Stella

Du même auteur
aux Éditions J'ai lu

Où sont les hommes ?, *J'ai lu* 4037

Terry McMillan

Stella

Traduit de l'américain
par Annick Le Goyat

Titre original :
HOW STELLA GOT HER GROOVE BACK

© 1996, by Terry McMillan

Pour la traduction française :
© Flammarion, 1999

1

Je n'ai aucun projet de voyage. Pourtant, malgré tout l'amour que je porte à mon fils, j'étais ravie de le voir disparaître derrière la porte d'embarquement numéro 3. Quincy est parti ce matin rejoindre son père à Colorado Springs, et la maison m'appartient. Enfin un peu de paix et de tranquillité. Trois semaines entières. Bien entendu, un million de choses m'attendent et je vais pouvoir m'y atteler sans être dérangée. Sans entendre : « Dis, maman, est-ce que je peux… ? » toutes les cinq secondes.

Dieu merci, c'est samedi. Dieu merci, c'est l'été. Plus d'école. Plus d'entraînement de l'équipe minime de base-ball trois fois par semaine ni de matchs assommants. Plus de ramassage scolaire une semaine sur deux, ni la crainte d'oublier mon tour et de devoir appeler les parents des enfants abandonnés qui poireautent une heure sous la pluie parce que j'ai failli à ma tâche et qu'ils sont tous – y compris mon fils – trop bêtas pour téléphoner à un autre parent. Dieu merci, je n'ai plus aucune obligation : pas de portefeuille financier urgentissime à examiner, pas d'ordinateur à consulter parmi les quatre qui occupent mon bureau (je peux me mettre en mode autonome, pour changer), pas de rendez-vous d'affaires, pas d'avion à attraper. *Nada*.

Il y a une bonne centaine de livres que je me promets de lire depuis un an et je me figure pouvoir les absorber tous. La maison est pleine d'arbres et de plantes grimpantes qui réclament d'être transplantés, tâche que je compte mettre à exécution dès aujourd'hui mais, comme par hasard, il n'y a aucun pot de grande taille dans le garage, ni la moindre paire de gants spéciaux à bouts caoutchoutés, tout juste une misérable poignée de terreau de rempotage, ce qui va m'obliger à faire un tour à la jardinerie de Home Depot. Je déteste cette grande surface parce que je finis toujours par m'égarer dans les allées des fournitures de toilettes ou des lavabos alors que j'ai tout ce qu'il me faut en accessoires de toilettes et lavabos. Le temps d'arriver à la caisse, généralement, je me vois obligée de troquer mon Caddie contre un chariot à plateau, après quoi je m'aperçois que je ne suis pas venue avec la camionnette et que je dois laisser mes achats en gage au magasin jusqu'à mon retour. Pendant le trajet je me dis qu'ils vont probablement échanger quelques articles en pensant que je ne m'en rendrai pas compte, et quand enfin je gare la camionnette devant les portes automatiques, je m'en veux terriblement d'avoir acheté toute cette camelote dont je n'ai aucun besoin car, bien que n'étant ni paysagiste ni menuisier, je me retrouve en possession de toutes sortes d'outils très utiles avec lesquels exprimer mes fantasmes de bricoleuse. Le plus rageant est que j'ai probablement dépensé environ un millier de dollars, somme qui semble être mon score habituel dans les grands magasins. Cela explique d'ailleurs pourquoi je change à cette seconde même mes projets pour la journée. J'irai demain. Avec une liste et la ferme intention de m'y tenir.

Je regarde autour de moi et je me rends compte que l'homme de ménage réalise dans la maison un travail formidable – pour un vieux Péruvien de soixante et un ans. Il répare tout ce qui casse, et comme il est ultrareligieux et peut-être même, me semble-t-il, bouddhiste pratiquant, par égard pour lui je surveille mon langage. Il nettoie dessus dessous chaque chose, ce qui me permet de me la couler douce le samedi matin. Épousseter, cirer et aspirer sont des tâches beaucoup trop assommantes, interminables et lassantes, et il existe mille autres occupations auxquelles je préfère m'adonner. Voilà pourquoi j'ai embauché Paco. Et il vaut la dépense.

En ouvrant les volets je m'aperçois que les pluies diluviennes du printemps ont joliment sali les fenêtres. Des inondations et des coulées de boue ont dévasté des centaines de maisons dans tout le nord de la Californie et je me trouve veinarde d'habiter cette petite vallée si ennuyeuse. Comme je ne lave pas non plus les vitres, je fais un nœud à mon mouchoir mental pour penser à appeler le laveur de carreaux dès lundi matin. Paco s'y est essayé une fois mais il n'arrivait pas à se hisser assez haut, et je me sentirais atrocement coupable s'il se blessait en tombant.

Je vais dans la cuisine me préparer un café au lait. Par la fenêtre j'aperçois Phoenix, notre labrador chocolat rescapé de la fourrière, qui nage dans notre piscine comme si c'était la sienne. Puis mon regard glisse vers ce qui est désormais une remise, qui fut paraît-il une maison pour les invités, et que j'ai transformée en atelier à l'époque où j'étais une personne créative, énergique et entreprenante, à l'époque où je dessinais, concevais et parfois réalisais ce que j'appelais de la sculpture fonctionnelle, autrement dit du mobilier artisanal en aluminium, cuivre, métal, bois, ou tout autre matériau, que des clients me commandaient et me payaient en bon argent, jusqu'à ce qu'il devienne trop dur de régler le loyer et que le mari auquel je finissais toujours par dire oui au lieu de répondre simplement non me persuade d'utiliser ma maîtrise de gestion et de la combiner avec mon diplôme d'arts plastiques, lequel était bien sûr inutile tout seul car qui voudrait acheter ce prétendu mobilier excentrique à exemplaire unique quand n'importe quel individu sensé pouvait tout simplement s'équiper chez Thouasville, Levitz ou Ikea, et comme évidemment je ne savais pas allier le commerce à l'art j'ai cessé de travailler avec mes mains. J'ai suivi la voie de l'intellect, fabriqué des calculs dans ma cervelle d'économiste et embrayé à fond dans les affaires. Je m'emploie à cette activité depuis je ne sais combien d'années et c'est aussi pourquoi, à cette minute où je regarde le chien barboter dans l'eau maintenant trouble et le petit bungalow saumon où je priais, rêvais, inventais, je me sens soudain submergée par l'envie urgente de passer l'aspirateur dans ma maison mentale et de décompresser, de m'asseoir suffisamment longtemps pour respirer le parfum des cosmos, des zinnias, des saxifrages, et de ce foutu café (je *peux* réellement le sentir en ce moment), de façon à être, au retour de Quincy, plus équilibrée, mesurée, pondérée que je ne le suis depuis des années. Le qualificatif générique est « relaxée ». Peut-être pourrais-je même acquérir un peu de ce que l'on appelle communément la patience, qualité qui me fait défaut. J'aimerais être capable de m'asseoir à côté de mon fils, devant une de ces émissions débiles qu'il m'implore sans relâche de regarder avec lui mais que je délaisse après quelques minutes, pendant la pub, pour m'activer à une tâche quelconque, manège que je recommence au moins cinq fois pendant la demi-heure que dure l'émission, ce qui tend à prouver que je ne suis pas un bon exemple pour mon fils à qui je ne cesse de répéter qu'il doit apprendre à se poser assez longtemps pour concentrer toute son attention sur un sujet. Quand je m'agite ainsi c'est uniquement pour déplacer des objets. Les assiettes vont dans le lave-vaisselle. Ou en sortent. Les journaux et magazines jamais lus ainsi que le courrier de la semaine passée, filent dans le broyeur. Les vêtements quittent le lave-linge pour entrer dans le sèche-linge. Ou bien je les plie. Les mets en piles. Chaque chose doit être à sa place. Parce que si je ne le fais pas, personne ne le fera.

Mais je suis lasse de m'agiter. Lasse de courir. J'aimerais pouvoir m'asseoir là, avec mon fils, sans bouger, sans désirer être ailleurs, ni faire autre chose, ni penser à autre chose, simplement tenir sa main ou enlacer ses épaules frêles. Je sais que dans quelques années il ne voudra plus que je m'asseye près de lui sur le canapé pour regarder la télévision, ni sans doute que je le touche.

Je passe de la cuisine à la salle de séjour, je m'assois sur la causeuse en cuir rouge, je regarde autour de moi, je vois toutes ces couleurs et toutes ces matières différentes – parquets en érable blond, dalles de ciment céleri, murs en plâtre pourpre, sofa en daim sarcelle, table de billard en chêne noir, sol en cuir aubergine dans mon bureau, plaques d'ardoise argent dans le séjour – et je suis fière d'avoir réussi au cours des années à adapter mon petit château californien à mes besoins et à mes goûts, de l'avoir gréé, équipé, habillé d'une façon si peu orthodoxe qu'il serait sans doute invendable, bien que je n'aie pas l'intention de déménager. Pourtant, aujourd'hui, à ce moment précis, pour une raison que j'ignore, je me sens écrasée par tout ce décor comme si j'étais allée trop loin et que toutes ces couleurs, toutes ces matières juxtaposées se dressaient contre moi au lieu de m'apaiser comme elles l'ont toujours fait, jusqu'à hier encore, et tandis que je suis assise là à regarder Phoenix qui s'ébroue, je me dis que moi aussi je devrais peut-être m'ébrouer un peu.

Mais comment ? Par où commencer ? Je baisse les yeux sur la table basse et je m'aperçois que Quincy a oublié le papier et les enveloppes que je lui ai achetés pour qu'il écrive, à moi et à ses copains. Peut-être est-ce *moi* qui devrais m'atteler au courrier en retard. Oui, c'est ça ! Je vais écrire à quelques parents perdus de vue et quelques amis avec qui je n'ai pas communiqué depuis des siècles. Quelques petits mots, c'est tout. Du genre « tu-crois-sans-doute-que-je-t'ai-oublié-mais-voilà-un-petit-message-pour-te-prouver-que-non ». Bon sang, je me souviens de l'époque où j'écrivais des tonnes de lettres. Qui a le temps, aujourd'hui ? Même de téléphoner ? Très souvent, je souhaite secrètement tomber sur un répondeur parce que des occupations mille fois plus productives m'attendent, comme de laver le linge ou m'activer dans la cuisine. Or quand j'utilise le sans-fil dans la buanderie et la cuisine, il y a trop de parasites, ce qui m'oblige à ne pas bouger pendant que je bavarde, aussi est-il plus pratique de laisser un message de deux minutes (si c'est un répondeur correct) plutôt que de papoter pendant une demi-heure ou plus, selon le degré d'intimité avec le correspondant, et de s'efforcer de couvrir tous les événements survenus au cours de la semaine, du mois, de l'année.

Je sais que je ne suis pas seule dans ce cas parce que je reçois toujours des messages d'amis et de parents éloignés, vexés que je n'aie pas répondu à leurs appels datant de Dieu sait quand. « Ma vieille, je pourrais être morte que tu ne le saurais même pas, quelle amie es-tu donc, Stella, nous qui étions si proches, est-ce que j'ai fait quelque chose de mal sans m'en rendre compte ? » Ce à quoi je réponds en secouant la tête « non-tu-n'as-rien-fait ». Ou bien : « Je viens d'accoucher » ou encore « Finalement j'ai divorcé et je voulais seulement que tu saches que je n'habite plus à Atlanta, ou Memphis, ou Los Angeles, et, ah au fait, je suis à nouveau grand-mère, est-ce que tu as reçu les photos, si oui tu ne m'as pas dit comme il est mignon et, bon sang, il a déjà trois dents ou il a commencé à marcher ou il va à la maternelle ». Parfois il s'agit de l'opératrice des longues distances qui me passe un appel en PCV de la part de Bennie : « Veuillez appuyer sur la touche 1 si vous acceptez l'appel, 2 si vous refusez... Monsieur, votre correspondant n'est pas chez lui », et Bennie qui répond : « OK mais est-ce que je peux quand même laisser un message ? » Suit un déclic et la voix d'un des nombreux membres de ma famille qui appelle depuis une prison : « Eh oui, Stella, c'est ton cousin Rafiki as-Salaam-Alaikum, ma sœur que la paix soit sur toi et que tes prières aillent à Allah, je sais que tu es étonnée que je ne t'appelle pas en PCV mais ma femme me laisse utiliser sa carte de téléphone pendant un mois, tu ne m'as toujours pas envoyé une photo de toi, tu sais je travaille à ma propre défense et je me demandais si tu pourrais m'expédier cinquante dollars pour m'acheter des affaires de toilette et des bricoles parce que ma mère n'est pas venue me voir depuis six mois elle est furieuse contre moi et ma femme n'a pas de moyen de transport pour venir jusqu'ici et je suis au trou depuis un mois pour un truc que j'ai pas fait mais tout va bien et de toute façon dis-moi si tu peux. » Ou encore : « Ma chérie, c'est ta tante Junie au bout du fil, je sais pas si tu le sais ou pas mais miss Willamae est à l'hôpital et je suis sûre que tu te souviens d'elle parce qu'elle te gardait quand tu étais bébé et tu sais qu'elle a de la cataracte et que finalement elle a eu l'opération qu'elle reportait sans arrêt à cause de tous ces problèmes d'assurances et tout, mais tu te souviens d'elle parce que c'est la sœur de la cousine de miss Bessie de son premier mariage avec Silbert qui habitait au coin de Moak et de la 14ᵉ Rue, juste au bas de la rue de

Mme Lucy quand elle vivait encore, en tout cas tu allais à l'école avec sa petite-fille dont le prénom m'échappe pour l'instant mais de toute façon prie pour elle même si elle va mieux maintenant et puis je voulais avoir des nouvelles parce que je ne t'ai plus jamais au bout du fil et comment va Quincy ? Je parie qu'il est aussi grand que toi maintenant et au fait quel âge a-t-il ? » (suit alors une longue pause, comme si elle attendait une réponse, et moi comme une idiote je réponds « Quincy a onze ans et demi, tante Junie »). « Mais même si tu ne gardes pas le contact je veux que tu saches que vous êtes tous les deux dans mon cœur, que Dieu veille sur vous, je vais appeler tes sœurs dès que j'aurai raccroché parce que le tarif est moins cher à cette heure-ci. Je t'aime, ma chérie. Je me demande si son répondeur a enregistré tout ça. Stella ? Tu as eu tout le message, ma chérie ? »

En revanche je ne reçois pas beaucoup de lettres – peut-être cinq ou six par an, en comptant les enveloppes pré-adressées et pré-timbrées que je prépare pour Quincy quand il part camper –, pourtant, zut, je connais au moins un millier de personnes, et au moins cinq cents d'entre elles habitent à plusieurs centaines de kilomètres d'ici. Assez loin pour écrire.

On a l'impression que plus rien n'est comme avant. Ce n'est pas que je sois nostalgique ou quoi que ce soit, mais je me demande simplement si cette impression vient du fait que je n'arrive pas à croire que j'ai quarante-deux ans, sous prétexte que les gens affirment que je n'ai pas l'air de les avoir. Franchement, je ne suis pas pressée d'en avoir *l'air*, à supposer qu'il existe un air spécial quand on a quarante-deux ans. En tout cas je ne sens pas mon âge. D'ailleurs qu'est-on censé *ressentir* à cet âge-là ? Toutefois je rattrape lentement mais sûrement ma maman, morte à quarante-deux ans. J'ai du mal à comprendre comment j'ai pu arriver au même âge qu'elle. Se peut-il que, sans le savoir, je traverse la fameuse crise de la maturité ?

Depuis ma séparation d'avec Walter, je suis un peu engourdie. Je ne le déteste pas d'être qui il est mais c'est assurément à cause de sa personnalité que j'ai cessé de l'aimer. Il m'ennuyait à mourir. Vivre avec lui était comme vivre dans un musée. C'était plein de courants d'air, de vastes espaces ouverts et de parquets glissants. Ce n'était pas un mauvais bougre mais je n'aimais pas ses attitudes. Plus tard, ses principes se sont révélés opposés aux miens. Il me voulait à son image. Je voulais qu'il respecte nos différences. J'ai fini par lui dire qu'il aurait dû s'épouser lui-même, se baiser lui-même. C'est sur ce point que nous étions en conflit. La personnalité de chacun. Nous ne parvenions jamais à un terrain neutre où nos sentiments et nos positions auraient été acceptables, ou du moins tolérables. Nous avons tenu, au cours des huit dernières années, une sorte de tableau de nos fautes respectives, jusqu'au jour où le tableau a été plein. Lui et moi savions que c'était fini. Au lieu d'en faire toute une salade, nous nous sommes mis d'accord pour arrêter avant d'en arriver à nous haïr.

Lui et moi carburions à plein rendement et c'est à peine si nous avions le temps de faire l'amour. Et quand ça nous arrivait, nous étions tellement épuisés que la simple pensée de nous montrer tendres, sensuels et ludiques, ne nous traversait même pas l'esprit. Ni le cœur. Nous baisions uniquement pour jouir, pour lâcher la soupape et libérer un peu des tensions et des contraintes de la journée. Parfois j'avais l'impression d'être sa prostituée et je suis sûre qu'il éprouvait de temps à autre le même sentiment. Tout ça sentait le vieux. Au bout d'un certain temps, j'ai commencé à me demander si un jour je ressentirais à nouveau du désir ou de la passion pour lui ou un autre homme, et depuis notre divorce, il y a quelques années, la même interrogation me hante.

Personne ne m'a fait chavirer. Personne ne m'a fait palpiter le cœur comme lors de ma première rencontre avec Walter, ou quand je suis tombée amoureuse de Chad. Et je n'ose pas remonter jusqu'au lycée ou à la fac ni au jour où Nathaniel m'a embrassée et que le monde s'est arrêté de tourner. Quant à Dennis, un seul sourire de lui suffisait à me renverser, comme dans la chanson d'Elvis. J'ignorais que le pouvoir de l'amour fût si puissant. Mais j'adorais ça. J'adorais cette sensation d'être envahie de nuages. De pouvoir courir le marathon sans m'y être entraînée. D'être mue par un élan engendré par un flot d'énergie continu, qui me mettait en état permanent d'excitation et me faisait voir la beauté en toute chose. Je pouvais marcher dans la rue et sourire à tout le monde, et tout le monde me regardait et souriait. C'est à ce moment que j'ai compris quelle sensation Dieu espérait nous voir éprouver.

Mais il fallait toujours qu'un truc vienne gâcher le tableau et contaminer ce qui était beau. Où étais-tu et pourquoi faut-il toujours que tu fasses ceci ou cela et comment se fait-il et pourquoi et je m'en contrefous si tu le fais mais parce que j'en ai envie et si tu ne peux pas te tenir quelle merde mais malgré mes efforts je ne peux pas imaginer mais la seule pensée que tu ne le fais plus maintenant mais nous pourrions si tu n'étais pas si têtue parce que bon Dieu je ne peux pas m'empêcher de l'être et bien sûr tu essaies de me transformer en une personne que je ne suis pas et tu veux voir combien de temps je peux résister à ce merdier et tu veux me voir reculer et surtout ne me rappelle pas combien nous comptions l'un pour l'autre et que c'est le passé et que c'est fini mon chou et vis dans le présent et tu vois bien que c'est trop dur pour moi et j'ai envie d'aller me noyer quelque part et mon cœur pèse une tonne ces temps-ci et d'ailleurs le seul fait de te voir et d'être en ta présence ne serait-ce qu'un instant me déprime horriblement et je n'ai pas besoin de toutes ces conneries et personne n'a besoin de ces conneries d'ailleurs je me tire d'ici.

Une chose est sûre, je vivais sur mes dernières réserves quand il est parti. Ensuite il m'a fallu un certain temps avant de m'habituer à être seule. J'ai découvert que quelqu'un peut vous user jusqu'à la corde, vous pousser à boire, et malgré tout vous le regrettez. Cet espace vide qu'il laissait derrière lui m'a endolorie pendant un moment, pendant quelques mois devrais-je dire, peut-être même une année. C'était comme une secrète envie de remplacer ce vide par quelque chose ou quelqu'un d'autre. Seulement voilà, je n'en avais pas l'énergie. Quincy remplissait un autre type d'espace, exigeait un autre genre d'amour. Il y a seulement un an et demi, j'ai pris conscience que je n'avais pas senti la chaleur d'un corps d'homme contre le mien, que mes lèvres n'avaient pas frémi, que mes seins n'avaient pas vibré, qu'aucune main, à l'exception de la mienne, n'avait rendu moite l'intérieur de mes cuisses, et cette prise de conscience m'a attristée, sans me laisser entrevoir de remède. J'attendais qu'*il* frappe à la porte, je suppose, et dise *Me voilà. Tes soucis sont terminés, bébé. Je suis là*. Mais il n'a pas frappé à la porte. Je ne me suis pas trouvée nez à nez avec lui. Je ne l'ai pas aperçu. Je ne l'ai pas croisé dans un aéroport, ni senti le moindre courant irradier de son corps vers le mien. Rien. Rien d'intime.

Mais tout va bien. Je sais que le mariage épuise et je ne suis pas sûre qu'il me reste assez d'énergie pour remettre ça. Toutes mes amies mariées sont malheureuses. Elles sont encore mariées parce que. Parce que ça fait longtemps. Parce qu'il y a les enfants. Parce que ça ferait perdre de l'argent. Changer de mode de vie. Parce que pensions alimentaires. Entretien des enfants. Et cette foutue hypothèque sur la maison et les voitures et les droits de visite et merde il faut tenir le coup. Certains couples ne dorment même plus ensemble. Certains maris – la plupart – ont des liaisons sérieuses, mais leurs maîtresses ne savent pas qu'ils n'ont aucune intention de quitter leur épouse. Les hommes ont simplement besoin d'un répit. De rompre la monotonie. De respirer le corps d'une femme nouvelle. Parfois c'est juste le besoin de bander et de jouir, et bon Dieu ça en vaut la peine.

J'en suis donc arrivée à la conclusion que le mariage est une institution sans issue. Je ne tiens pas à recommencer. Tout ce que je veux c'est une compagnie. Pas d'alliance. Pas de « jusqu'à ce que la mort nous sépare ». Je l'ai déjà dit une fois et nous sommes lui et moi bien vivants. Chacun attend trop de l'autre et, si on ne donne pas satisfaction, si on ne peut pas ou ne veut pas, alors on tombe en rade et on finit par en vouloir à l'autre et les années passent et on en arrive à tout juste se supporter. Je n'étais pas née pour vivre ainsi, surtout avec un homme. Je sais que Dieu n'avait aucun schéma directeur nous concernant, il n'avait pas prémédité que nous tombions amoureux, puis que nous nous démenions pour que ça marche, puis que ça échoue, et que nous finissions par connaître davantage le pire que le meilleur. Il y a quelque chose d'intrinsèquement erroné dans ce principe. On dirait que tout le monde s'évertue à obtenir la perfection. La parfaite épouse ou le parfait époux qui vous aidera à vous sentir parfait ou parfaite. Mais moi je sais de source sûre qu'un tel être n'existe pas. Je sais de source sûre que je suis loin d'être parfaite, bien qu'à maintes occasions j'aie cru le contraire. Je me suis battue d'arrache-pied pour le droit d'avoir raison. Or j'essayais seulement de préserver l'image que j'avais de moi. Je suis sur terre pour être ce que je suis et, s'il m'arrive d'être un peu perturbée, alors il faut m'accepter comme telle ou bien me laisser. Si un changement doit survenir dans mon comportement ou ma personnalité, il viendra de moi et je n'ai pas besoin qu'on me serine que je suis barjot parce que, figurez-vous, vous êtes sacrément barjot aussi.

J'ignore combien de temps il va me falloir, non seulement pour refaire le plein mais aussi pour redémarrer. Je suis divorcée depuis trois ans et je n'ai pas eu d'aventure sérieuse pendant près d'un an, bien que j'aie un homme sous la main à qui je peux téléphoner quand j'ai envie de sexe – rien de passionnel, un pur exercice d'entretien – , un homme qui Dieu merci est marié et avec qui ces derniers mois ont été difficiles parce qu'il est devenu flemmard au pieu et qu'il m'en veut de ne pas répondre à ses messages et de le fuir. Mais je suis fatiguée de coucher avec lui juste pour tirer un coup, de faire tout le boulot et d'être baisée comme il doit baiser sa femme – avec l'énergie d'une limace. Je n'aime pas l'embrasser et j'en suis arrivée au stade où je ne peux plus faire l'amour. Le sexe ne devrait pas être pesant. Et je n'aime pas l'idée de rechercher l'amour ou d'essayer de faire naître la passion. C'est probablement une des raisons pour lesquelles j'ai l'impression d'avoir beaucoup perdu au cours des années passées. Je sais que les choses ne pourront plus jamais être telles qu'elles ont été (et je n'oserais pas souhaiter le contraire) mais il en est quelques-unes relativement simples auxquelles j'ai renoncé et que j'aimerais voir revenir.

Je voudrais pouvoir appeler Delilah. Malheureusement c'est impossible. Delilah était ma meilleure amie depuis la fac et nous nous téléphonions tous les jours. Elle était l'être le plus brillant que j'aie jamais rencontré, nous pouvions discuter de tout malgré la distance qui nous séparait – elle habitait Philadelphie. Mais l'année dernière elle a décidé de me faire une mauvaise surprise et de succomber brutalement à une saloperie de cancer du foie, dont elle n'avait jamais cru bon de me parler jusqu'à ce qu'elle entre à l'hôpital pour y mourir la semaine suivante. Pourtant nous avions encore tellement de choses à nous dire. Tellement de choses. Des années et des années. Elle savait qu'elle allait me manquer, et bon sang ce qu'elle me manque cette négresse. Le seul moyen pour moi d'atténuer la douleur est de faire semblant qu'elle est toujours en vie et que nous sommes brouillées, ce qui nous arrivait de temps en temps, ou bien qu'elle n'a jamais existé. Cela exige un immense effort et des trésors d'imagination et, dès que je n'y prête pas garde, mon cœur dégringole en pleine réalité et l'absence de Delilah m'est intolérable.

Aussi, pendant les deux semaines à venir, ai-je l'intention de m'employer à offrir du bon temps à la petite Stella. Je compte entreprendre des choses que je projette depuis longtemps et que je n'ai pas pu réaliser pour une raison ou une autre. Le plus souvent parce que je suis trop occupée. J'ai toujours quelque chose en train. Travailler seule m'épuise. C'est banal, et cependant je compte bien donner un sens nouveau à l'expression « je déteste mon boulot ».

Je pourrais appeler quelques vieux amis et m'asseoir tranquillement pour bavarder avec eux au lieu de tourner en rond dans la maison, leur accorder toute mon attention, écouter ce qu'ils ont à me dire, ce qu'ils ont vécu ces derniers temps, ce qu'ils éprouvent. Je les aime mais, en ce moment, ils ne sont pas ma priorité. Ma vie est devenue trop encombrée. Il est temps pour moi de ralentir le rythme.

Je vais cuisiner. Avant, je mitonnais toutes sortes de plats exotiques et intéressants, mais, Walter parti, reste Quincy qui refuse de toucher ce qu'il n'est pas capable d'identifier. Un double Big Mac, des frites et un Chicken Mac Nugget à neuf morceaux, une tarte aux pommes et un soda constituent son repas favori. La cuisine me manque. J'ai envie de humer des fumets nouveaux, de concocter des sauces nouvelles, de découvrir des saveurs étonnantes. C'est décidé, je vais cuisiner. Ce deviendra une habitude. J'inventerai même quelques recettes basses calories tirées des quelque cinquante ou soixante guides culinaires que j'ai accumulés au cours des années et à peine ouverts.

Depuis deux ou trois ans je me promets d'imprimer une liste des dates anniversaires de tous mes amis et parents ainsi que de leurs enfants sur un calendrier prévu à cet effet, afin que, chaque matin en entrant dans mon bureau, il me suffise d'y jeter un coup d'œil. De cette façon ils auraient la surprise de recevoir, le jour dit, une carte de vœux, voire un cadeau, en fonction de leur âge et de leur personnalité.

Je compte également planter quelques fleurs dans le jardin, devant et derrière, car j'ai lu que le jardinage est zen et gratifiant, et comme il y a un certain temps que je n'ai pas fait l'amour je prendrai mon plaisir d'où qu'il vienne. Quoi qu'il en soit, il paraît que jardiner est une activité relaxante qui peut même procurer des endorphines, au même titre que l'exercice physique.

Sur ce chapitre aussi j'aimerais apporter quelques améliorations, profitant de ce que mon fils se balade dans les Rocheuses avec son comment-ai-je-pu-aimer-ce-mollasson de père. Dans les circonstances présentes, j'ai presque honte d'avouer que j'ai embauché une prof de gym particulière qui vient chez moi trois fois par semaine pour me faire pomper, boulonner, transpirer, parce que je suis paresseuse et dénuée de volonté. Bien souvent, j'ai émergé de rêves où je me voyais m'entraîner vigoureusement, et où, pour une femme qui venait de passer quarante ans, j'éclatais de beauté et faisais honte à Cher et à Tina Turner elles-mêmes. Mais il m'a fallu un an de rêves semblables pour prendre conscience que je n'avais jamais mouillé ma chemise ni haleté sous l'effort. Il m'a fallu une autre année pour me plier au rythme d'un entraînement régulier, et il y a encore de nombreux matins où je me fais porter pâle. Cependant, le véritable motif de mon désir de bonne santé physique étant la vanité pure, je suis désormais presque en forme. Malgré un injuste pourcentage de cellulite (Dieu merci moins important qu'il ne le fut), je possède un bel éventail de muscles et mes fesses sont plus hautes et plus fermes qu'elles ne l'étaient depuis un temps fou. Comme j'ai versé cent cinq dollars par mois pendant deux ans au club de gym où je ne mettais les pieds que pour y servir de guide à des amies ou parentes en visite en leur expliquant que c'était là que je m'entraînais quand j'en avais le temps, alors qu'en réalité je n'y allais que pour me prélasser dans le sauna, et comme aujourd'hui je dispose de deux saunas privés – ici et dans mon bungalow du lac Tahoe – je n'avais plus vraiment de raisons de dépenser de l'essence pour me rendre au club. C'est pourquoi, l'année dernière, j'ai fini par admettre que je me racontais des histoires et décidé, puisque j'ai du mal à m'imaginer grosse et négligée et vieille, de mettre les bouchées doubles – ainsi que cela se pratique dans les programmes de remise en forme. Ma prof de gym s'appelle Krystal, ferait passer Cindy Crawford pour une mocheté, et ne coûte que cinquante dollars de l'heure. J'ai absorbé des drogues qui me revenaient plus cher à la minute. C'est d'ailleurs l'une des raisons de mon refus de postuler à des fonctions officielles. Celui qui enquêterait sur mon passé aurait un sacré choc. Mais on est toujours choqué par le passé de ceux qui prétendent à des fonctions officielles, n'est-ce pas ? Quiconque a vraiment vécu ne peut avoir un passé nickel. Ma sœur Angela est la seule enfant du baby-boom que je connaisse à n'avoir jamais touché à aucune drogue. À mon avis, elle a raté de sacrés bons moments.

C'était l'heureuse époque. Les temps ont changé. Vingt ans ont passé. Je suis une grande personne. Dans tous les sens du terme. J'ai des responsabilités. Je suis raisonnable. Je suis une bonne mère. J'élève mon garçon noir toute seule, j'essaie d'être à la fois une mère et un père, et je fais de mon mieux pour qu'il devienne un homme noir, fort et fier et sûr de lui, conscient de ses qualités et de sa valeur, n'ayant peur ni d'aimer ni de montrer ses sentiments, résistant comme l'acier à l'extérieur, doux et sensuel comme un pull en cachemire à l'intérieur. Je consacre beaucoup de temps à être mère.

Je suis aussi une analyste financière très huppée dans un des plus importants groupes d'investissements bancaires du monde, je gagne un joli paquet de fric, et ma famille est fière de moi parce que je suis la seule à être parvenue en haut de l'échelle, mais je suis aussi la seule à savoir à quel point on peut se sentir isolé là-haut. À ce stade de ma vie, je préférerais me situer à mi-étage. Mon travail est morne et assommant. J'ai toujours pensé qu'un individu pouvait posséder plus d'un talent, plus d'une corde à son arc, et jouer de toutes celles dont il disposait, mais j'ai appris que ce n'est pas nécessairement vrai. Quand vous êtes un artiste, on vous prend rarement au sérieux, mais jouer sur plusieurs tableaux requiert une grande concentration. J'en suis également arrivée au constat que le prix que je paie pour être payée cher est excessif. Au-delà de deux cent mille dollars par an vous êtes constamment évaluée et donc contrainte de prouver en permanence votre valeur. C'est épuisant et, quoi que vous fassiez et si performante que vous pensiez être, dès lors que vous avez un supérieur hiérarchique vous devenez jetable à merci. C'est trop trépidant, là-haut, la compétition y fait rage sans relâche. C'est toujours l'heure de pointe et je n'ai pas trouvé le bon moment pour mettre mon clignotant parce qu'il est prudent de changer de file, et je ne sais pas non plus quelle bretelle emprunter pour sortir.

Je sais qu'il y a encore de la place dans ma vie pour l'acier et le daim, le cuivre et le cuir, le laiton et le bois, le marbre et l'ardoise, pour tous les matériaux en général, mais j'ignore quand, comment et où les introduire. Principalement parce que j'ai peur. J'ai toujours été douée pour réaliser des choses qui ont une utilité, qui servent, qui fonctionnent, mais l'art est aléatoire. Et puis il y a l'hypothèque, et puis je ne suis pas sûre de pouvoir reprendre les choses là où je les ai abandonnées, si jamais un jour j'ai le courage, le culot, les tripes de quitter mon boulot.

Divorcer et tout recommencer m'a vidée de ma substance et j'ignore exactement combien de temps il me faudra pour retrouver la pêche, comme disent les enfants. Je sais juste une chose : perdre est difficile. Recommencer est difficile. C'est pourquoi je m'efforce au mieux de passer d'un jour à l'autre, pourquoi je suis le droit chemin et sans doute aussi pourquoi ma vie n'est pas drôle.

Je suis même lasse de songer à la monotonie de mon existence et j'aimerais savoir comment y mettre un peu de piquant. Comment ressusciter. Comment insuffler un peu de vitalité dans mon cœur, mon esprit, dans cette âme qui m'abrite comme une maison. Je n'ai pas toujours été morte. Je menais une vie plutôt exaltante. Je prenais des risques. Je faisais des folies et je m'en fichais parce que ça ne blessait personne. Il y a quinze ans, ma vie était intéressante parce que je ne savais pas où j'allais, je savais seulement que j'allais quelque part. C'était passionnant parce que je n'étais encore arrivée nulle part. Le voyage était excitant en soi. Les chemins de traverse. L'incertitude. Je changeais d'idée au beau milieu des choses. Je commettais des erreurs et j'étais assez femme pour les reconnaître, mais je ne me frappais pas pour autant. De toute façon c'était généralement une bêtise réparable. À l'époque je faisais tout ce dont j'avais envie qui me donnait du plaisir. Quand ai-je arrêté ? Pourquoi ? Était-ce après ou pendant mon mariage ? La maternité ? Ma prétendue carrière ?

Je sors un instant pour réfléchir. Phoenix accourt vers moi avec sa forte odeur de chien mouillé, je lui caresse la tête puis rentre dans la maison. Mon café au lait est froid. Je vais dans le bureau chercher un livre mais pas un seul, parmi le millier que compte la bibliothèque, ne paraît convenir à mon humeur. Je ne veux pas lire quelque chose de trop léger, ni trop profond. Je ferme la porte et regagne la pièce de séjour parce que je ne suis pas certaine de vouloir réellement échapper à mon univers. De vouloir m'occuper.

Une partie de mon problème réside dans le fait que je suis toujours occupée. Lorsque je ne le suis pas, je cherche à l'être. Cette fois, je décide de m'allonger et de faire un somme. Simplement cesser de bouger.

Pour changer. Je m'enfonce dans les épais coussins de la causeuse rouge et je ferme les yeux, mais le cuir est froid sous ma peau et je ne suis pas épuisée. Je n'ai pas vraiment dépensé d'énergie aujourd'hui, hormis celle qu'il m'a fallu pour déterminer ce que j'étais et ce que j'allais faire.

Impulsivement je me relève d'un bond et décide de regarder un peu la télévision, activité qui ne demande aucune réflexion, et la seule à laquelle je me consacre rarement. Je ne sais même pas si j'ai une chaîne cinéma. J'espère que oui. Peu importe qu'il soit une heure de l'après-midi. Je me moque de débarquer au milieu d'un film car je me crois assez intelligente pour deviner le début de l'histoire. En réalité, tout ce que je cherche c'est entendre un peu de bruit en l'absence de Quincy, ou bien peut-être suis-je tellement habituée à être distraite que j'ai besoin d'une diversion pour ne pas réfléchir à ma superficielle, ronronnante et prévisible, bien qu'agréable, petite vie.

J'essaie trois télécommandes avant de trouver la bonne. Dès que le téléviseur s'allume, défile bien sûr un spot publicitaire. J'entends une voix mélodieuse de baryton qui fredonne : « Venez en Jamaïque ». On jurerait que la voix s'adresse à moi. Je lève les yeux sur l'écran d'un mètre vingt envahi d'eau turquoise, de sable blanc brûlant et d'un soleil jaune étincelant, et je vois un Blanc bronzé, en chemise de coton blanc et large pantalon de lin, qui se promène sur le rivage, puis une femme blanche, également bronzée, étendue sur un transat, un livre posé sur la poitrine. L'un et l'autre tiennent un grand verre givré rempli d'une boisson couleur melon. Je crois humer le jus de papaye, le jus d'ananas, l'huile de coco, sentir la brise tropicale qui murmure à mon oreille. Je regarde avec plus d'attention et je vois les jambes de la femme blanche virer au brun. Elle porte mon maillot de bain vert et mon joli chapeau de paille et ma Swatch et mes lunettes Revo. Je regarde plus attentivement encore cette femme qui ressemble maintenant à ma sœur jumelle et je m'aperçois que c'est *moi*, là, allongée sur ce transat, sur cette plage. Et lorsque la voix mélodieuse répète « Venez en Jamaïque », je me redresse et réponds : « Pourquoi pas ? »

2

« Avec qui pars-tu ? » me demande Angela. Qui, bien qu'étant ma cadette de vingt et un mois, me donne l'impression d'avoir dix ans de plus.

« Avec personne.
— Tu n'es pas sérieuse, Stella.
— Très sérieuse. »

Je l'entends déglutir. Angela passe son temps à enfourner quelque chose dans sa grande bouche. Sans doute parce qu'elle attend des jumeaux, j'imagine. « Minute », reprend-elle. « Tu veux dire que tu pars dans un pays étranger toute seule ?
— Oui. Et alors ?
— Quels gens vas-tu rencontrer là-bas ? Et si jamais quelqu'un remarque que tu es seule et cherche à profiter de toi ? Et pourquoi si loin, pourquoi la Jamaïque ? »

Je savais que je n'aurais pas dû lui annoncer la nouvelle en premier. L'acte le plus intrépide d'Angela au cours des dernières années a été d'acheter un break BMW. Comme elle et son juriste d'époux sont en train de couver des jumeaux, ils ont voulu acheter une maison modèle de cinq pièces, entièrement meublée, dans un quartier de maisons quasi sur mesure, et leur coup d'audace a été de repeindre la façade dans une teinte gris pâle différente du million d'autres gris des maisons du voisinage. Ma sœur serait perdue sans sa télécommande de porte de garage, son système d'arrosage et son broyeur d'ordures, et Kennedy serait désorienté sans le paysagiste, le jardinier, l'homme à tout faire, sachant qu'il est incapable de se servir des outils les plus simples. Cette pauvre folle d'Angela fait le ménage dans sa maison où elle passe toutes ses journées. Elle aime les choses prévisibles. C'est une Américaine pur jus. Mais elle ne regarde pas suffisamment les émissions d'Oprah à la télévision.

Angela n'a pas retenu un mot des conseils que nous donnait maman lorsque nous étions petites. « Ne jamais abandonner toutes les rênes du pouvoir à un homme. Ne jamais lui laisser deviner qu'on détient l'atout majeur. Ne jamais lui avouer combien d'amants on a eus avant lui, ni combien d'argent on possède, et garder certains secrets pour soi de crainte qu'il ne s'en serve contre vous lorsque vous croirez qu'il a oublié. » On aurait pu penser qu'Angela retiendrait la leçon après avoir convolé une première fois en justes noces. Eh bien non. Elle aime se répéter. Son premier mari (je ne me souviens pas de son nom, mais est-ce vraiment important ?) lui a donné un beau garçon dont je connais le nom par cœur puisque c'est mon neveu préféré (le seul, en réalité). Evan a vingt ans. Il mesure un mètre quatre-vingt-trois, étudie à l'université, et il est à ma connaissance le seul joueur de hockey noir. Et puis il est perspicace si j'en juge par ce que j'ai entendu récemment. Il m'a déclaré qu'il considérait Kennedy comme un tocard mais qu'il essayait de s'entendre avec lui parce que sa maman l'aimait. Angela a confié son âme à Kennedy le jour où elle l'a épousé. Il est le second homme avec qui elle ait jamais couché. Il écrit, produit et dirige les trois actes de leur vie selon un scénario quotidien bien réglé, et elle respecte scrupuleusement son programme car, je le crois sincèrement, Angela pense qu'elle n'est rien sans un homme. Malheureusement, dans son cas, c'est la vérité. Elle a besoin de conseils, de directives, et avec Kennedy elle est amplement servie. Elle n'a pas besoin de trop réfléchir par elle-même car il organise une approche scientifique et mathématique de la vie, prévoyant absolument tous les événements avant qu'ils surviennent. Ainsi ne reste-t-il plus à Angela qu'à se mettre en phase.

Elle vénère son mari. J'aimais le mien. Pour elle, le mariage est l'aboutissement de l'arc-en-ciel. Moi je voulais que le mariage *soit* l'arc-en-ciel. Je voulais que chaque jour soit neuf, chaud, réparateur, m'apporte du plaisir, je voulais du plus-je-te-connais-plus-je-t'aime et ce lien qui nous unit est de plus en plus fort et c'est bon de se fier à quelqu'un et je suis heureuse que tu me soutiennes et tu sais que je suis là et chaque matin à mon réveil quand je te sens près de moi je suis incroyablement contente que nous soyons ensemble et quand je te regarde et quand je pense à toi je souris parce que chacun veille aux besoins de l'autre, les respecte, les apprécie, et je voudrais que ça continue ainsi toujours. À mon avis, Angela a négocié les termes de son mariage avec Kennedy et, comme il est avocat, c'est lui qui a gagné.

Néanmoins elle est ma sœur et je l'aime. Si je l'ai appelée en premier c'est principalement parce qu'elle figure dans les A des numéros abrégés de mon téléphone de voiture, alors que mon autre sœur, Vanessa, se classe bien sûr dans les V.

Je roule en direction du centre commercial où je compte acheter quelques maillots de bain, paires de sandales, tenues de vacances et une ou deux robes bain de soleil un peu sexy.

« D'abord, si je vais en Jamaïque c'est surtout pour me retrouver loin de tout et de tout le monde, me prélasser sur la plage, bouquiner, me relaxer sans être dérangée. Si j'y allais accompagnée il faudrait que je négocie chaque jour l'emploi du temps commun. En cas de désaccord il y aurait des tensions et je passerais mes vacances à faire des compromis. Or j'en fais suffisamment au bureau et à la maison. Pour la première fois de ma vie, j'ai envie de me conduire en parfaite égoïste.

— C'est ridicule. Même si je suis enceinte de quatre mois et peut-être pas très rigolote, je me ferais une joie de t'accompagner et tu pourrais agir comme bon te semble.

— Je te répète que je ne veux pas de compagnie.
— Quand pars-tu ?
— Mercredi.
— Mercredi ? On est déjà dimanche !
— C'est bien pour ça que je vais m'acheter des fringues.

— Et Quincy ? Imagine qu'il lui arrive quelque chose pendant qu'il est avec son père et que tu ne sois même plus aux États-Unis ?

— Fiche-moi la paix, Angela. C'est la première fois que je prends des vacances sans Quincy en six ans, et c'est aussi la première fois que je prends une décision aussi spontanée depuis une centaine d'années. On ne peut pas dire que son père se soit démené pour venir quand Quincy était malade. Je me suis débrouillée toute seule. Maintenant c'est son tour. Je lui laisserai un numéro de téléphone, Angela. C'est aussi la raison pour laquelle Dieu a inventé les aéroplanes. Il n'y a jamais que six heures de vol.

— Où vas-tu exactement ?
— À Negril.
— J'en ai entendu parler. Il n'y a que des hippies, là-bas.
— Seulement dans un hôtel.
— *L'Hédoniste* ou je ne sais quoi.
— C'est ça. Mais moi je descends en face, au *Castle Beach Negril*.

— Il paraît que toutes les plages sont naturistes. Que personne ne porte de maillot. Tu vas faire comme les autres ?

— Il y a une plage habillée, indépendante. Et puis si j'ai envie de me mettre à poil, tu ne le sauras jamais, pas vrai ?

— Quand as-tu pris ta décision ? Il y a quelques jours, tu ne m'as pas parlé de prendre des vacances. Quincy vient à peine de décoller que déjà tu te sauves.

— Je refuse de t'écouter, Angela. Après avoir déposé Quincy, je suis rentrée à la maison, la tête remplie du million de choses que j'avais à faire, et puis je me suis aperçue que, depuis six étés, Quincy part camper pendant deux semaines et que je reste bêtement à la maison à bosser comme une malade. Je me suis aussi souvenue que, quand il était bébé et qu'il faisait la sieste, je me mettais aussitôt à fourgonner. Les conseils de maman me sont revenus en mémoire. « Quand un bébé dort, fais aussi un petit somme, sinon tu ne tiendras pas le coup. » Alors, hier après-midi, je m'en suis voulu de vouloir faire trente-six choses à la fois, et quand j'ai vu cette pub sur la Jamaïque je l'ai trouvée si alléchante que j'ai aussitôt appelé mon agence de voyages. Comme par hasard la fille revenait justement de Negril et m'a conseillé, puisque je voyage seule, de descendre au *Castle Beach*. Tout est compris – boissons, activités sportives, repas. Je lui ai demandé de me réserver un billet de première classe tout de suite, aujourd'hui si possible, avant que je reprenne mes esprits et recommence à me conduire comme l'adulte responsable que je suis depuis vingt ans. Je lui ai dit que je me fichais du prix, qu'elle effectue directement le prélèvement sur ma carte American Express, et que je passerais prendre les tickets dès qu'elle me donnerait le feu vert.

— Quand vas-tu les chercher ?
— Ils sont déjà sur ma commode.
— Et ton passeport ?
— La photo date de six ans et je suis superbe. J'ai une coiffure un peu raplapla mais je crois que c'était à l'époque où Quincy et moi sommes allés en Australie sans Walter. Tu t'en souviens ?
— Oui. Tu ne crois pas que Quincy aimerait connaître la Jamaïque, lui aussi ? Pourquoi n'attends-tu pas son retour ?
— Décidément tu ne veux rien entendre, espèce de crampon. Ouvre tes oreilles : *Je ne veux pas emmener mon fils en vacances avec moi.* Pigé ?
— Tu sais ce qu'on raconte sur les Jamaïquains, je suppose ?
— Quoi ?
— Qu'ils ont des sexes comme des tuyaux d'incendie.
— Je me fiche de la taille de leur sexe ! Tu ne m'écoutes pas, Angela. Je ne vais pas là-bas pour baiser. Je peux le faire ici tous les jours. Je vais là-bas pour me retaper. Je vis à plein régime depuis trop longtemps et j'ai besoin de décompresser. Un point c'est tout. *Comprende ?*
— Tu restes longtemps ?
— Neuf jours.
— Eh bien ma vieille !
— Écoute, je suis dans le parking du centre commercial. Si je ne t'ai pas au bout du fil avant mon départ, je t'appellerai une fois arrivée là-bas.
— Tu connais le prix des communications de l'étranger ?
— N'y pense plus. Je t'enverrai une carte postale. »

Là-dessus, je raccroche. J'aurais dû commencer par appeler mon autre sœur. Vanessa est beaucoup moins coincée qu'Angela, elle a quatre ans de moins que moi, un caractère encore juvénile, et un esprit beaucoup plus large et ouvert que ne l'aurait à sa place toute autre veuve fréquentant depuis peu un homme assez âgé pour être son père. J.B. est retraité. Il a travaillé pendant des années dans le secteur des fournitures de sport et il lui offre toutes les chaussures et équipements dont elle puisse rêver. Vanessa ne marche pas, ne court pas, ne fait pas de gym, mais elle accepte tout ce qu'il rapporte parce que c'est gratuit et que sa fille en profite : Chantel a onze ans et est en pleine croissance. J.B. (il ne lui a pas dévoilé ce que cachent ces initiales) est veuf de fraîche date et Vanessa affirme qu'ils ont donc beaucoup de points communs, même s'il passe son temps à lui parler de sa femme disparue et ne recherche qu'une oreille attentive. Il tient à lui apprendre le golf et se contente de l'emmener dîner chaque vendredi parce que, avec son cancer de la prostate, il ne peut pas batifoler. Vanessa s'en félicite, ce qui est un peu triste, mais elle affirme : « Ça ne coûte rien d'être gentille. Et ne va pas t'imaginer qu'il est mon petit ami. Il est ce que j'appelle un compagnon à temps partiel. »

J'aime Vanessa parce qu'elle est généreuse, fantasque, débordante de compassion. Quant à Angela, depuis qu'elle est en passe de pouponner à nouveau elle s'est mis en tête de nous servir de mère. La nôtre nous a été enlevée il y a vingt ans, fauchée sur un trottoir par un chauffard ivre. Notre père, lui, a filé sans laisser de traces voilà vingt-cinq ans, et aucune de nous ne se soucie de le retrouver un jour. Angela fait des heures sup avec ses poses de mère de famille. À l'entendre, on croirait que je lui demande son approbation pour partir en vacances. Ce qui n'est pas le cas.

Deux messages m'attendent à la maison. Le premier est de Vanessa. « Angela m'a appelée pour m'annoncer que tu partais à la Jamaïque. Pourquoi tu ne me l'as pas dit ? Bravo, ma fille. Il est temps que tu bouges tes fesses pour mettre du piment dans ta petite vie. Excellente idée. Emporte des tonnes de préservatifs et prends du bon temps avec tous ces jeunes Jamaïquains qui se baladent avec leur grosse quéquette au vent. Offre-t'en un par jour si tu as la santé, ma grande. Si tu savais comme j'aimerais t'accompagner ! Mais Angela dit que tu tiens à y aller seule – quelle vieille fille, celle-là ! Je ne te blâme pas parce que personne ne se mêlera de tes affaires et tu pourras jouer les tapineuses si le cœur t'en dit sans que ça se sache. Mais j'espère que tu me raconteras ! Rappelle-moi. Tu es vraiment certaine de ne pas vouloir que je t'accompagne ? »

J'éclate de rire. Vanessa et moi nous ressemblons beaucoup, à cette différence près qu'elle est beaucoup plus extravertie et dit tout ce qui lui passe par la tête. Elle fait sans cesse des gaffes et c'est ce que j'aime en elle, outre le fait qu'elle s'en fiche royalement. Personnellement je suis moins impulsive – du moins j'essaie de prendre en considération les conséquences de mes actes – mais, même si j'ai peur, je vais jusqu'au bout pour l'euphorie que cela me procure. C'est ce qui me plaisait dans la drogue. Il n'y a rien de tel que l'euphorie.

Bip. Je reconnais la voix prépubère de Quincy, qui ne va sans doute pas tarder à muer, dès que ces fichues hormones débouleront – si elles déboulent. Pour son onzième anniversaire, il a tenu à me montrer les poils de ses aisselles qui, a-t-il affirmé, avaient brutalement poussé la nuit précédente. Il a levé les bras en l'air, mais comme nous étions sur le palier du premier étage j'ai dû lui demander de se déplacer sous la lumière, et j'ai discerné un duvet brun, sans doute les fameux poils, mais j'ai surtout senti une forte odeur de sconse et lui ai suggéré de nouer des liens plus étroits avec son déodorant. J'ai aussi voulu profiter de l'occasion pour lui demander s'il avait des poils sur d'autres parties du corps, ce à quoi il m'a répondu : « Bien sûr. » J'ai alors demandé si je pouvais en avoir un aperçu et il m'a répondu : « Pas question. » J'ai plaidé : « Tu n'es pas obligé de me montrer toutes tes petites affaires » – même si je brûlais d'envie de savoir s'il serait aussi chanceux que son papa. Je ne voulais pas le brusquer. « Bon, d'accord, je vais te montrer le haut », a-t-il accepté, et tout à coup j'ai eu un choc parce que « le haut » signifiait qu'il existait une chose distincte et séparée du « bas », réalité à laquelle je n'avais jamais vraiment accordé de pensée puisque, quand il était petit, tout cela ne formait qu'une seule et même petite grappe. Maintenant il y avait un haut et un bas. Cette découverte m'a un peu effrayée et j'ai eu envie de lui dire « ce n'est pas grave, oublions ça », mais il s'est mis à baisser doucement et précautionneusement son pantalon de pyjama, puis il a dit : « Tu vois ? » Alors j'ai regardé et localisé ce qui était sans aucun doute possible des poils noirs, formant un petit triangle sur sa peau brune. Au même instant, avant même que j'aie pu assimiler ce que je voyais, l'élastique a claqué sur sa taille étroite et Quincy a fait : « Je te l'avais dit. » Après quoi je me suis entendue lui demander : « Il est grand comment ton petit bazar, maintenant ? » Et lui de répondre : « Pas mal grand, maman. Pas mal grand. »

« Maman, c'est Quincy, ton fils adoré, tu te souviens de moi ? Papa voulait que je te rappelle que nous partons à la pêche mardi et que nous n'aurons pas de téléphone pendant six longs jours, ce qui fait que tu ne pourras pas parler à ton fils chéri. Tu sais, maman, papa est tellement gros que tu ne le reconnaîtrais pas. Hier soir on a joué au menteur et je n'arrivais pas à glisser mes jambes sous la table tellement les siennes prenaient de la place. Ses cuisses sont énormes et collées l'une contre l'autre. Je lui ai dit qu'il devrait se mettre au sport, que toi tu as une prof de gym et que tu coures, et que tous mes copains te trouvent super. Il a rien répondu. Bref, je voulais surtout savoir comment va Phoenix. Est-ce que tu as trouvé d'autres tiques sur lui ? Parce que, tu sais, c'est la saison des tiques, maman. Phoenix me manque, et toi aussi tu me manques. Pourtant je viens à peine d'arriver. J'espère que tu vas bien t'amuser sans moi, mais pas trop quand même. J'aimerais que papa ait une Sega ou une Nintendo. Remarque, je ne m'embête pas vraiment parce qu'il raconte de sacrées bonnes blagues. Appelle-nous avant mardi, s'il te plaît. Je t'aime, maman. Ah, au fait, je te rapporterai un poisson. Je suis sûr que je vais en pêcher plein. C'est promis. »

Je raccroche, avec un sourire de trois kilomètres de large. Mon Dieu ce que j'aime ce garçon ! Je ne suis pas surprise d'apprendre que son père a grossi parce que, à l'époque de notre séparation, il commençait déjà à devenir un gros lard. La bière et les paquets géants de *nachos* avaient lancé l'embonpoint de la maturité à ses trousses, et apparemment il s'était laissé rattraper. Je me promets de les rappeler dans la matinée et de leur dire la vérité. Je pars en vacances. Ça vous pose un problème ?

Je suis impatiente de boucler mes valises. J'ai perdu la boule chez Macy's, et la raison chez Nordstrom's. Mon unique interrogation est de savoir pourquoi il n'y a pas de Caddies dans les galeries marchandes. Les maillots de bain ? J'ai bien dû en acheter six ou sept, mais je n'en suis pas sûre. Et des lunettes de soleil. Et des soutiens-gorge et des culottes en coton. De ravissants petits shorts de jogging, des maillots, des cuissardes. Incapable de résister aux affriolants ensembles jaune vif, orange ou roses exposés dans les vitrines des boutiques spécialisées où se ravitaillent surtout les adolescentes et les filles de vingt ans aux silhouettes époustouflantes, j'y suis entrée en prenant un air juvénile et j'ai acheté les tenues les plus sexy qu'une femme de mon âge puisse s'autoriser, car les prétendus rayons «dames» des grands magasins n'offrent que des articles d'été pour troisième âge. Leurs corsages sont si amples qu'ils vous camouflent les seins, or je suis fière des miens et je n'ai pas l'intention de les cacher puisqu'ils se tiennent encore au garde-à-vous. Leurs tee-shirts ont des épaulettes, le devant est décoré de bateaux à voile en caoutchouc, d'étoiles de mer, ou de tasses avec leurs soucoupes, et ils sont conçus pour dissimuler les estomacs bedonnants, ce que je n'ai pas, Dieu merci. Et puis il y a ces horribles shorts bouffants, serrés à la taille par un élastique, qui vous font paraître plus grosse que vous ne l'êtes en réalité. Vous avez le choix entre ces horreurs et des trucs cousus de motifs en lamé argent ou doré. Quant aux rayons chaussures, ils croulent sous des tonnes de sandales plates et blanches, ornées de grappes de fruits ou de bouquets de fleurs en plastique sur les orteils, de sandales bronze ou étain, sans talons. Tout semble destiné à ces femmes de plus de cinquante ans qui se cachent en général sous des parasols, s'enduisent d'écran total, se coiffent de chapeaux de paille bon marché, portent des maillots de bain criards avec des jupettes évasées, traînent des jambes couvertes de varices et des seins gigantesques, regardent les enfants jouer dans le sable ou contemplent les jeunes femmes aux silhouettes de mannequins en se rappelant qu'un jour elles ont été comme elles, n'osent pas baisser les yeux sur leur propre corps et préfèrent se plonger dans leurs romans à l'eau de rose, tandis que leurs maris les ignorent et suivent du regard jusqu'à l'infini les courbes des jeunes Suédoises, des jeunes Allemandes, des jeunes Françaises, des jeunes Noires, qui arpentent le rivage. Je ne ressemble pas encore à ces femmes. Un jour, peut-être, mais pas tout de suite.

Un océan de sacs recouvre le plancher de ma chambre. J'ai ouvert les fenêtres en grand, mis le ventilateur à plein régime, et la maison entière résonne des accents de Monteil Jordan qui chante *This Is How We Do It*. Mon fils et moi avons à peu près les mêmes goûts musicaux. J'achète un peu de rap, mais pas du rap gangsta parce que je n'aime pas les insanités qu'ils débitent ni les entendre traiter les femmes noires de salopes et de putes, et je déteste, mais vraiment je déteste le mot « négro », que nous n'avons *jamais* employé et que je proscris de la maison. J'aime le hip-hop, SWV, TLC, Xscape, R. Kelly, Mary J. Blige, Brownstone, Boyz II Men, Jodeci etc. Quincy, lui, adore ces trois sœurs très bien roulées dont le nom m'échappe. Ah oui, Salt-N-Pepa. J'aime aussi la musique de Blancs, ce que la plupart de mes amis ne comprennent pas. Quincy est un fan du groupe de rock Greenday, d'Aerosmith, d'Hootie and the Blowfish. Ils me plaisent aussi, ainsi que Seal, bien qu'il soit africain mais anglais et qu'il ait un public essentiellement blanc, Annie Lennox, Julia Fordham, et Sting. La bonne musique, c'est de la bonne musique, voilà tout.

On croirait Noël en plein été. Je suis tellement surexcitée que c'en est presque insupportable. J'ai déballé toutes sortes de choses ravissantes que je me rappelle à peine avoir achetées, et les ai essayées l'une après l'autre, y compris tous les maillots de bain sans exception. Je ne dois pas oublier d'aller me faire épiler en sortant de chez la pédicure, demain. J'ai belle allure en maillot de bain, considérant que j'ai quarante-deux ans, et j'adore ces rembourrages Wonderbra dans les bonnets. Je jubile littéralement. Je suis là, en train de m'admirer devant la glace, et je me demande si, quand le jour viendra, j'aurai le cran de subir une de ces opérations chirurgicales pour améliorer, restaurer, remodeler mon image juvénile, ou si je serai seulement une sorte d'imitation de moi-même. J'ai l'impression que le téléphone sonne mais je n'en suis pas certaine tant la musique est assourdissante. Je décroche par acquit de conscience.

«Oh, tu fais déjà la nouba, on dirait? Tu ne réponds donc jamais aux messages?

— Vanessa, le tien ne date que de quelques minutes, non?

— Ouais, mais pourquoi que tu m'as pas rappelée?»

Nous modifions toujours notre accent, comme si nous avions vu le jour ou passé notre vie dans le *hood*, le ghetto noir, comme si nous étions jeunes, branchées et mal élevées. C'est notre façon à nous d'exprimer notre affection, et aussi notre volonté profonde de ne pas oublier d'où nous venons, ni que tout le monde n'a pas eu notre chance en matière d'éducation. Car nous avons réellement vécu dans les cités, il y a très longtemps. Nos parents ont ensuite déménagé dans un jolie banlieue de Chicago, où nous n'avons jamais assisté au moindre drame, sauf lorsque papa est parti, puis quand maman a été tuée. La majorité de notre famille vit encore là-bas. Certains sont venus nous cracher à la figure que nous croyions être arrivées sous prétexte que nous habitions dans un secteur peuplé majoritairement de Blancs. C'est faux. Personnellement, si je vis dans un quartier blanc c'est parce qu'ils ont les meilleures écoles, les professeurs les mieux qualifiés, et que je tiens à ce que mon fils reçoive l'éducation la plus solide, puisque mes impôts servent paraît-il à la financer, et parce que je n'ai pas envie de vivre dans le ghetto ou dans n'importe quel quartier noir pour prouver à quel point je le suis. Je ne veux pas vivre dans un endroit où on se mitraille. Je ne crois pas à la propagande ni au mythe selon lesquels tous les quartiers noirs sont dangereux et gangrenés par le crime, mais la plupart d'entre eux sont en passe de le devenir à cause des armes, du crack, de l'héroïne, de l'absence des pères, de l'échec des mères en dépit de leurs efforts, parfois de la défection de l'autorité et de l'inexistence de modèles qui entraînent une dévalorisation du respect d'autrui. Car qui a le temps d'aller à l'église, par exemple, où pourtant on peut apprendre l'humilité, la compassion et l'amour ? J'avoue franchement que j'ai peur d'aller dans certains secteurs du quartier noir, et ça me peine parce que je me souviens de l'époque où c'était l'endroit le plus sûr pour nous, parce que nous étions entre nous et savions que nous pouvions compter les uns sur les autres. Mais les temps ont changé et chacun est une menace pour l'autre, sans que nous sachions pourquoi. Je ne tiens pas à me faire descendre pour rien, ni à aller au-devant de déconvenues parce que je crois encore que nous sommes tous dans le pétrin. Je refuse que mon fils grandisse en traitant les femmes de salopes et de putes parce que c'est cool, je ne veux pas qu'il ait le cafard, et j'en mourrais s'il succombait à une guerre de gangs et à toutes ces saletés. Je veux qu'il comprenne que la rue et toutes les conneries qu'on y apprend ne sont pas des techniques de survie qui lui serviront à l'université, ni en Amérique, ni dans le vaste monde.

 Parfois je m'emballe, je le sais. Mais je n'y peux rien si j'ai l'esprit en ébullition. Si, Stella, tu y peux quelque chose. Tais-toi et écoute ce que ta sœur essaie de te dire.

« Je suis fière de toi, ma grande. Tu arrives enfin à faire un truc spontané. Pour *toi*. Il était temps.

— Merci, V. Merci. J'ai du mal à le croire moi-même.

— Tu m'étonnes ! Mais j'ai une question à te poser. Je pourrai conduire la BMW pendant ton absence ? »

Vanessa a toujours besoin d'un service. « D'accord, mais évite les lavages automatiques et ne te promène pas en marche arrière. Et ne mets pas d'essence ordinaire. Uniquement du sans plomb. Je le saurai si tu te trompes. La seule condition, c'est que tu viennes relever le courrier, nourrir Phoenix et Dr Dre, lui changer sa litière, et jeter quelques flocons dans l'aquarium tous les trois jours. C'est possible ?

— Pas de problème. Merci, ma grande. Je surveillerai ta faune. Tu as déjà bouclé tes bagages ?

— Tu parles !

— C'était pas très folichon ici, hier soir, alors je suis allée chez ma voisine. Cynthia. Tu te souviens d'elle ? C'est la Mexicaine dont le mari refuse de lui renvoyer ses enfants du Canada, et qui va devoir passer devant le juge pour les récupérer. Incroyable, non ? Bref, je lui ai dit que tu partais toute seule à la Jamaïque et...

— Vanessa, ce n'est pas utile de raconter mes histoires personnelles. Ni où je vais.

— Tu ne la connais même pas. En tout cas, Cynthia m'a dit de te dire d'emporter assez de vêtements pour te changer au moins trois fois par jour. D'abord tu t'habilles pour le petit déjeuner, ensuite tu t'étales sur la plage, puis tu te changes pour aller déjeuner, le soir pour le dîner, et si jamais tu sors après – ce que tu as intérêt à faire, ma vieille – , tu dois encore enfiler autre chose, un truc sexy. Ça fait quatre. Bon, prévoie quatre tenues. Et un maillot différent tous les jours. Tes règles sont pour bientôt ?

— Je viens de les avoir. » Je contemple l'arc-en-ciel de maillots de bain répandus sur le lit.

« Tant mieux. Cynthia te conseille aussi d'emporter un laxatif, parce que tu risques probablement d'être ballonnée à cause du changement de nourriture, et constipée les premiers jours tellement tu seras excitée d'être sur une putain d'île. Cynthia n'est allée qu'à Cabo San Lucas et Maui, mais elle dit que les tropiques c'est les tropiques. Et tu ferais bien de croiser les doigts pour avoir autant de veine qu'elle et que ma collègue de cardiologie.

— De quoi parles-tu ?

— Eh bien, Cynthia est allée à Maui toute seule il y a six mois, et elle a rencontré un mec dans l'avion. Il bosse dans l'armée et il lui a envoyé six billets d'avion depuis qu'elle est rentrée. Quant à la fille qui travaille en cardio, une sœur, elle est allée à Paradise Island, qui se trouve aux Bahamas ou je ne sais où, avec sa mère et son père – pourquoi, je n'en sais rien. Elle barbotait dans l'eau en rêvassant et elle a fait la connaissance d'un type qui s'est trouvé être son moniteur de plongée sous-marine. Il a fini par plonger vraiment profond et il a découvert une perle noire. Chaque jour ils faisaient un truc différent dans l'eau. Aujourd'hui ils sont fiancés.

— C'est bien joli, tout ça, mais je ne vais pas là-bas pour me chercher un mari.

— Elles non plus, elles ne *cherchaient* pas. C'est justement ce que je veux dire. Arrange-toi seulement pour mettre ton radar en marche. Je te connais. Miro comme une taupe parce que tu lèves le nez au lieu de regarder autour de toi.

— Merci pour le sage conseil, Vanessa. Maintenant excuse-moi mais je dois te laisser. J'ai mes valises à terminer.

— Que leur as-tu dit, au bureau ?

— L'été est la saison morte, chez nous. J'ai simplement prévenu que je partais neuf jours à la Jamaïque.
— Bon. Je pense que ça marchera. C'est bon de savoir que certaines d'entre nous s'en sont sorties comme ça.
— Je te rappelle plus tard.
— Minute ! Et tes cheveux ? Fais quelque chose, Stella, je t'en supplie. Ne débarque pas là-bas avec ta coiffure des années 1980. Fais quelque chose d'un peu fou. Sois un peu scandaleuse. Va chez un coiffeur du ghetto, ma fille. Qu'on te fasse des tresses jamaïquaines. Comme ça, quand tu sortiras de l'eau toute dégoulinante, tu ressembleras aux nanas qu'on voit dans les magazines. Plus belle qu'avant. »
Je ris. Par simple coïncidence ou ironie du sort, R. Kelly est en train de chanter *Back to the Hood*. Je me dis que Vanessa a du flair et je m'entends lui répondre : « J'irai peut-être.
— Va à Oakland, chez "Ô les Cheveux Crépus". Ils vont t'arranger ça. »

Je suis son conseil à la lettre. Il faut dix heures à Fiona, originaire du Sénégal, et à Dreena, de Richmond, pour me donner l'impression d'être belle. Ma nouvelle coiffure me rajeunit de cinq ans. Cette fois, je renais vraiment. Elles m'arrachent littéralement la cervelle en tirant sur la centaine de petites tresses pour les relever en queue de cheval sur le sommet de mon crâne. Cela me donne un air vaguement afro-asiatique que je ne recherchais pas mais, quand je m'aperçois que cela opère comme un lifting facial instantané, je serre les dents et je me tais jusqu'à la fin des opérations.

Vanessa voit ses espoirs totalement dépassés et trouve que j'ai l'air d'une vraie pin-up. Je lui remets les clés de ma voiture. Je suis ravie que Quincy et

Walter soient absents et je leur laisse simplement un message avec le numéro de l'hôtel et tous les détails. Un taxi vient me chercher à huit heures du matin. Le chauffeur enfourne mes trois valises dans le coffre. Les paupières me brûlent parce que je n'ai pas dormi de la nuit, et mon cœur bat la chamade quand je ferme les yeux puis les rouvre pour regarder par le hublot de la cabine de première classe au moment du décollage. Je me demande vraiment ce qui m'attend là-bas. Je prie pour ne pas mourir en vol parce que, enfin, je fais quelque chose pour moi seule. Puis je m'éveille et je vois l'eau turquoise et une bande de terre verte irrégulière qui s'étire mille pieds en dessous. L'avion atterrit sur la piste de Montego Bay, où la chaleur ondule déjà en couches argentées. Je suis la troisième à descendre de l'avion. Le soleil me drape aussitôt le corps et transperce ma robe légère. Je baisse les yeux et je découvre vingt ou trente hommes noirs, de peau, de taille et d'âge différents, postés devant la Porte 6. En me voyant approcher, avec mes tresses qui semblent sautiller sur mes épaules, tous me sourient, avec leurs belles pommettes sculptées d'Africains, leurs belles dents blanches, leurs lèvres de toutes les formes et grandeurs imaginables, puis, l'un après l'autre, ils me fredonnent : « Bienvenue à la Jamaïque. » Je me persuade alors que, pendant que je somnolais, l'avion s'est réellement écrasé et que, par je ne sais quel miracle, j'ai tout simplement atterri au Paradis.

3

Il nous faudra près de deux heures pour parcourir les quatre-vingts kilomètres qui séparent Montego Bay de Negril, et j'ai davantage l'impression d'être sur un cheval sauvage que dans un minibus. La route est une chaussée sinueuse à deux voies qui borde l'océan sur de longues portions mais, comme le soir tombe – en réalité il fait nuit noire bien qu'il soit à peine sept heures et demie – , il est impossible de distinguer l'océan. Des piétons surgis de nulle part marchent sur les bas-côtés. Dix fois au cours de la première heure du trajet je crois que nous allons en renverser un. Une nuée de cyclistes s'efforcent tant bien que mal de rester sur la route, au péril de leur vie. Le chauffeur de notre minibus conduit comme un dément et rit de tout. Qu'il doive éviter de justesse une chèvre attardée au milieu de la route, ou qu'il nous demande si nous sommes déjà venus en Jamaïque, il se met à pouffer comme s'il savait une chose que nous ignorons. Il rit aussi quand il klaxonne les piétons. Je découvrirai plus tard que tout le monde ou presque sur cette partie de l'île se connaît. Je saurai aussi que les enfants, les femmes et les hommes qui marchent au bord de la route en brandissant le bras comme un drapeau, de jour comme de nuit, font tout simplement du stop pour rentrer chez eux, et qu'il y a toujours quelqu'un pour s'arrêter et les conduire jusqu'à leur embranchement. J'apprendrai, avec ébahissement, que les femmes peuvent faire du stop à toute heure de la nuit sans le moindre risque, que personne n'est violé, tué ni dépouillé, et je songerai avec nostalgie que c'était ainsi en Amérique autrefois, ainsi que les Noirs vivaient et se respectaient, il y a bien longtemps, quand j'étais petite. Et en quittant la Jamaïque je me surprendrai à les envier, pour cette raison et pour bien d'autres.

Hormis le conducteur, je suis la seule Noire du minibus. Parmi les cinq couples blancs, trois sont manifestement des jeunes mariés, les deux autres sont vieux, gros et gras, dotés d'un accent du sud et coiffés de larges chapeaux de paille. À peine quitté l'aéroport, ils m'interrogent.

« Votre mari va bientôt vous rejoindre, ma chère ? demande une des femmes chapeautées.

— Je n'ai pas de mari.

— Comment, vous êtes ici toute seule ?

— Oui. » Je me retiens d'ajouter : Ça vous pose un problème ?

« Vous êtes drôlement courageuse, commente une poupée Barbie maigrichonne. Jamais je n'oserais voyager seule.

— Pourquoi pas ?

— Eh bien c'est tellement... *étranger*.

— Et alors ?

— J'aurais peur.

— De quoi ?

— Je ne sais pas. De tout.

— Observez-moi, quand je serai sur la plage, au restaurant, ou sur la piste de danse. Vous verrez si j'ai peur.

— Avec qui danserez-vous ?

— Quiconque m'invitera ou que j'inviterai. Lui, peut-être, dis-je en désignant son mari.

— Il ne danse pas.

— Je vais profiter de l'occasion pour essayer de m'y mettre, répond le mari. Je danserai avec vous à condition que vous ne me traitiez pas de Virginien coincé. »

Je ris. Il rit. Nous rions tous. Puis chacun replonge les yeux dans les ténèbres, inquiet de savoir si c'est encore loin, encore long, et où diable se trouve notre hôtel. Aucun scintillement à des kilomètres à la ronde n'annonce quoi que ce soit qui ressemble à un hôtel.

Par chance, le chauffeur met une musique reggae fabuleuse. Une chose me sidère : il est à peine huit heures du soir, il fait nuit noire, il n'y a aucun réverbère, et pourtant des enfants s'amusent dehors. Il y a aussi quelques petits rassemblements d'hommes âgés qui jouent aux cartes et aux dominos, assis autour de tables de fortune constituées de vieilles planches et de portes. Le minibus prend un virage et ses phares éclairent brusquement un groupe de jeunes gens apparemment en pleine action. Certains s'embrassent sous des arbres touffus, d'autres sont assis sur de gros rochers – là, une tête sur des genoux, ici, une tête sur une épaule. La scène éveille en moi bien des souvenirs et je m'empresse de braquer sur mon visage le petit déflecteur de la climatisation.

Le seul détail qu'il m'est impossible de ne pas remarquer est que tous ces jeunes gens sont noirs.

Enfin, alors que nous somnolons tous, le chauffeur actionne son klaxon et hurle : « Bienvenue au *Castle Beach Negril* ! » J'ouvre les yeux. L'hôtel est encore plus joli que sur la brochure.

Les Blancs descendent du minibus sans laisser de pourboire au chauffeur parce que bien sûr le trajet est inclus dans le forfait, mais leur attitude me paraît mesquine et dénoter un manque flagrant de considération, et quand je tends à Donovan un billet tout neuf de vingt dollars américains il hoche la tête avec vigueur, me remercie, et son regard semble briller de gratitude pour ce petit témoignage de respect. C'est une histoire entre Noirs: Tu prends soin de moi, Je prendrai soin de toi.

Les bagages sont prestement déchargés et nous nous acheminons vers la réception. Une musique tonitruante nous parvient de l'extérieur, au bas d'une longue rampe en marbre menant vers un endroit qui m'attire irrépressiblement, et que je suis sur le point de découvrir lorsque deux jeunes hôtesses jamaïquaines nous offrent une serviette humide pour nous rafraîchir le front et un cocktail tropical de notre choix, le temps de remplir les fiches d'hôtel. Je commande une *piña colada* sans rhum, parce que je n'aime pas le goût de l'alcool, même camouflé. De toute façon, deux verres et je suis ivre, c'est pourquoi j'ai abandonné depuis longtemps les griseries liquides.

Il est environ neuf heures et demie, et c'est seulement en m'asseyant que je prends conscience de ma fatigue. Mais dès que la jeune femme qui m'est assignée, Abby, m'apporte ma boisson blanche givrée, surmontée d'une énorme tranche d'ananas, et qu'elle me demande si je désire visiter l'hôtel, je trouve instantanément en moi un regain d'énergie. J'emboîte le pas à Abby sur la rampe en marbre et je découvre un spectacle incroyable. C'est un peu une version moderne de *Casablanca*: des gens fourmillent sur la piste de danse tandis que, sur une scène, un orchestre joue un air funky qui invite à se trémousser. Toute l'assistance rit et applaudit, indifférente à ce qui n'est pas la musique.

Des centaines de tables blanches entourées de chaises blanches sont occupées par des Blancs bronzés et habillés de vêtements colorés. Un buffet d'un kilomètre de long regorge de toutes les sortes de fruits de mer, salades, pâtes, desserts imaginables.

Abby m'invite à la suivre à l'extérieur, et en voyant tous ces gens qui s'amusent je me dis que l'endroit va me plaire. Nous approchons de la passerelle qui mène directement à la plage et contournons la piscine. Là il y a d'autres tables. Une centaine de convives font la queue avec leur assiette devant un barbecue dont je peux voir et sentir la fumée. L'air joyeux et éclatant de santé, ils ont chacun un verre à la main, se servent mutuellement avec leurs doigts ou leur fourchette, et semblent attendre les côtelettes, crevettes et autres steaks que l'on grille devant eux. J'enregistre tout en même temps. Ce soir, le thème est «Nuit jamaïquaine». Je sirote mon cocktail tout en suivant l'allée qui conduit à ma chambre. Le bâtiment, doté seulement de deux étages, me paraît se situer juste à côté de la plage naturiste. J'émets un petit gloussement quand Abby me le confirme, et à sa question de savoir si cela me gêne je lui réponds, ainsi que j'ai appris à le faire depuis une heure: «Pas de problème, *mon.*»

Ma chambre est jolie mais moins spectaculaire que le reste de l'hôtel. Un ravissant balcon surplombe des rochers géants contre lesquels se fracassent les vagues, comme dans les films. Il y a une radiocassette et par chance j'ai apporté des cassettes enregistrées, notamment de Seal et de Mary J. Blige. Je mets aussitôt celle de Seal, j'ôte mes vêtements, puis je vais sur le balcon humer le moite air tropical. Tout est réel, incroyablement réel, je suis arrivée à destination, je ne suis pas morte, je suis vraiment en Jamaïque. Je suspends tous mes vêtements sur des cintres, prends une douche, écoute encore un peu Seal, enfile un ravissant minipyjama blanc, m'allonge sur le lit, me laisse bercer par la musique et le roulement des vagues, jusqu'à ce que mon corps m'abandonne et que mon esprit devienne clair et lisse, et, quand je rouvre les yeux, le jour s'est levé et Seal recommence à me charmer. Je m'assois et me dis : mais oui, je suis encore là. J'appelle le service d'étage pour commander café et jus de fruits, qui seront là dans dix minutes m'assure-t-on, j'enfile une de mes affriolantes tenues de jogging couleur pêche et je regarde l'heure : sept heures et demie, soit seulement cinq heures et demie chez moi. Il est encore trop tôt pour téléphoner à Quincy – ah non, j'oubliais, je ne peux pas le joindre. Si je réveillais Angela ? Non, qu'elle aille au diable ! Et inutile d'embêter déjà Vanessa. Je suis prête. On frappe à la porte, je dis « merci », offre un pourboire mais la jeune femme de chambre noire le refuse. Je découvrirai plus tard le moyen de leur faire accepter sans qu'ils risquent de perdre leur place.

Je glisse la cassette de Seal dans mon Walkman. Je ne suis pas encore rassasiée. Je déborde d'énergie, je me sens capable de voler. Bas, mais de voler quand même. C'est un coup de maître, Stella, vraiment une bonne idée. J'avale le jus de fruits d'un trait. Je suis presque trop survoltée pour boire tout mon café, moi, madame café au lait en personne !

La chaleur qui règne déjà dehors me surprend : il fait au moins trente degrés et l'air est chargé d'humidité, mais pas comme à Chicago, où j'ai fait mes études universitaires, ni comme à New York, où nous avons vécu très longtemps avec Walter, jusqu'à son transfert sur une base près de Oakland – nous avons d'abord habité Walnut Creek, puis j'ai décroché ce boulot et nous avons déménagé dans une petite ville appelée Alamo, que Walter a quittée après notre divorce pour retourner dans le Colorado, dont il est originaire.

Je descends l'escalier en courant. Sur la gauche, j'aperçois un groupe de Blancs, vieux, gros et nus, vautrés sur des transats, puis ce qui m'apparaît tout d'abord comme une famille de baleines à bosses roses affalées sur des matelas pneumatiques orange. En regardant plus attentivement, je découvre au moins une quarantaine de seins tendus, les tétons pointés vers le soleil, incongrus tant ils sont mal assortis aux corps auxquels ils sont reliés. Je pouffe de rire et je me dis que pour rien au monde je ne me déshabillerais devant cette bande de vieux Blancs à la mine d'alcoolos, surtout quand je songe à leur comportement au temps de l'esclavage, qui explique probablement pourquoi je n'ai pas la peau plus sombre. Pas question de leur offrir la satisfaction de contempler mon corps nu et brun, encore moins ma cellulite et mes vergetures auxquelles seul un intime peut avoir un accès rapproché.

Tout me paraît différent. Tout est vert et luxuriant, des bananiers géants bordent l'allée goudronnée comme une jungle, ainsi que des fleurs que je n'ai jamais vues ni senties. Ces arbustes couleur fuchsia – quel est leur nom déjà ? – ah oui, des hibiscus. Et ces fleurs, comestibles je crois, et ces massifs jaunes, orange et blancs. Mon paysagiste aurait des leçons à prendre. Pourtant, la chose qui me frappe le plus dans cet hôtel c'est que tous les employés, tous sans exception, sont noirs. J'en suis ravie mais je ne peux m'empêcher de me demander comment ils sont rémunérés, s'ils sont exploités tels des esclaves, s'ils touchent des salaires révoltants sous prétexte qu'ils sont très nombreux. L'hôtel tout entier grouille d'hommes en combinaison blanche armés de balais, de râteaux, de taille-haies. Connaissant les coutumes dans les hôtels mexicains, j'espère qu'il en va différemment ici.

Je dépasse la salle de sport, située pratiquement en extérieur. Une séance trépidante d'aérobic sur musique funk est en cours, dirigée par un Monsieur Univers en combinaison moulante, et je me dis qu'au lieu d'aller courir je ferais mieux de m'activer ici, sur un plan strictement sportif bien entendu. Sur la gauche se trouvent les haltères et les appareils de musculation. Je me promets de venir y passer quelques heures, sinon Krystal ne manquera pas de remarquer la mollesse de mes extensions et mes gémissements de douleur pendant les pliés ou les tractions latérales. En attendant je poursuis mon chemin vers la gigantesque salle à manger – ou quelle que soit sa dénomination – entrevue hier soir.

Ces vacanciers se lèvent vraiment tôt. Plus d'une centaine font la queue ou sont déjà attablés. Comme le service se prolonge jusqu'à dix heures environ, je ne m'arrête pas. Quelques personnes m'adressent un signe de la main et je les dévisage pour savoir si elles se trouvaient dans le minibus avec moi, mais il s'agit d'autres Blancs, que je salue en retour parce que, en règle générale, j'aime bien les Blancs, dès lors qu'ils ne se comportent pas comme des fachos et ne se croient pas supérieurs, plus riches, plus chics, plus intelligents, sous prétexte qu'ils sont blancs.

En longeant la piscine, je remarque une grande armoire en bois remplie de serviettes, puis je découvre la plage. Encore plus belle que dans la publicité. Le sable est vraiment très blanc. L'eau vraiment turquoise. Je me dirige vers le rivage, double le bateau chargé de matériel de plongée, les grands Pédalos munis de volants immenses, quelques bateaux à roues, des kayaks, des canoës, des petits voiliers. Environ cinq cents transats blancs s'alignent sur plusieurs rangs, certains sous des petits palmiers dodus. À droite, la plage s'étire et serpente sur trois kilomètres avant de buter, me semble-t-il, sur une crique. Si je n'avais pas mes tennis, je courrais dans l'eau.

Je démarre lentement pour mieux m'imprégner du paysage. Juste au moment où j'atteins ma cadence je manque de percuter une vache, qui me fiche une peur bleue. Mon moniteur cardiaque émet un bip pour indiquer que j'ai dépassé le seuil de brûlage de graisses, puis il se régule. Des crabes de sable se précipitent dans des trous quand je me catapulte au-dessus d'eux. En moins de dix minutes je suis en eau. Je m'aperçois que j'ai oublié de brancher mon baladeur mais je n'en ai pas besoin car ici la musique vient de l'océan et flotte dans l'air. Je me propulse jusqu'à un bosquet d'arbres qui avance dans la mer et m'interdit de continuer. Au retour, j'aperçois deux amants cachés dans une grotte. Ils sont en maillot de bain mais étroitement enlacés, et ils s'embrassent avec une telle fougue qu'ils ne me remarquent même pas. Tout à coup je me rends compte à quel point je les envie. Ils sont amoureux. Il y a bien longtemps que cela ne m'est arrivé.

Je sens mon allure ralentir, bientôt je me mets à marcher. Une question me taraude : quand ai-je dit « je t'aime » à un homme pour la dernière fois ? Et depuis quand ne me l'a-t-on pas dit ? Plusieurs années, sans aucun doute. Je n'en suis pas triste mais je me demande ce que j'éprouverais si cela se produisait à nouveau. J'en ai perdu le souvenir.

Le temps que je regagne l'hôtel, les activités nautiques ont débuté et la plage s'est peuplée. Certains tirent des bateaux dans l'eau, montent à bord, quelqu'un fait du parachute ascensionnel juste au-dessus de nos têtes, des jet-skis filent à toute vitesse, causant des remous que les baigneurs semblent apprécier car ils s'amusent à plonger dans le panache des vagues de la baie habituellement paisible. Soudain, un Jamaïquain m'interpelle : « Un masque pour la plongée, *mon* ?

— Pas pour l'instant.
— Vous avez couru ?
— Oui.
— Vous gardez la forme.
— Je m'y efforce.

— Vous êtes bien belle.

— Merci. » Et je poursuis ma route.

Un autre me lance : « Votre mari a de la chance ! » Je souris. Je prends une serviette pour me sécher le visage, la roule autour de mon cou, et j'entre dans l'immense salle à manger qui est maintenant presque bondée. Je pose mon Walkman et mes lunettes de soleil sur une table libre, puis je vais me servir au buffet.

Je ne veux pas avoir l'air vorace mais il est bien difficile de faire un choix dans cette abondance de victuailles, et je finis par opter pour des gaufres et de la mangue fraîche. Je rejoins ma place, en saluant d'un sourire mes compagnons de voyage de la veille et quelques autres. Alors que je m'apprête à entamer les gaufres, me parvient aux narines le plus entêtant des parfums : une fragrance d'agrumes, à la fois fraîche et sucrée, dont je ne parviens pas à dépister la provenance, puis, à la lisière de mon champ de vision, sur la gauche, j'entrevois un jeune homme noir qui glisse sa chaise sous la table voisine. Il porte une casquette de base-ball blanche, et un tee-shirt qui découvre ses bras longs et poilus, d'un doré très sombre. C'est tout ce que je distingue de lui mais il ressemble à un de ces rappeurs dont le nom m'échappe qui passent sur MTV. Il doit percevoir mon regard car il se tourne aussitôt vers moi, sourit en hochant la tête, et dit : « Bonjour », ce à quoi je réponds : « Êtes-vous un rappeur ? »

Il rougit, puis son beau visage se fend d'un large sourire, comme si je lui avais adressé un compliment immérité. « Non », dit-il avec un doux accent jamaïquain. Il se penche vers moi et subitement je m'aperçois qu'il est beaucoup trop jeune pour être aussi beau et sexy. Il a des sourcils épais, des yeux en amande, des pommettes bien sculptées, et une bouche magnifique dont il se sert pour demander :

« Quel rappeur ? » Ses lèvres me troublent, tellement parfaites que j'ai du mal à en détourner les yeux. Néanmoins je parviens à répondre : « Je ne sais plus. Mais vous ressemblez à un rappeur. » Ses yeux se ferment une ou deux secondes, ses épaules s'inclinent en un geste d'excuse et il dit : « Je ne rappe pas. »

Je reviens à mes gaufres. Un serveur s'approche pour me resservir du café, dans lequel je verse deux sachets de sucre. À cet instant on me tapote l'épaule. Je me retourne et à nouveau je suis assaillie par le même parfum entêtant, qui évoque maintenant davantage une brise océane, pimentée d'un soupçon de jus de pamplemousse rose, et je découvre que c'est le parfum du jeune homme. « Vous déjeunez seule ?

— Oui.

— Cela ne vous dérange pas que je me joigne à vous ? »

Comme c'est charmant, me dis-je, et je réponds : « Non, ça ne me dérange pas. »

Il repousse sa chaise, prend son assiette, se lève, et je manque avoir une attaque. Il mesure un mètre quatre-vingt-dix ou quatre-vingt-quinze, il est mince mais large d'épaules, et porte un ample short marron. Il s'approche de ma table et une seule pensée me vient à l'esprit : « Dieu de Dieu, tu vas faire une heureuse, à condition qu'elle sache te garder ! » Le jeune homme s'assoit en face de moi et me regarde droit dans les yeux. Un jeune effronté. Pour être franche, je me sens un peu mal à l'aise, mais je plante ma fourchette dans la gaufre dont, allez savoir pourquoi, je n'ai plus du tout envie.

« Comment allez-vous ? » Son accent jamaïquain se teinte d'une pointe d'accent britannique. Il a une voix rauque et pourtant douce, rêveuse et apaisante, et il s'exprime avec une profondeur et une sincérité apparentes.

« Bien, merci. Je reviens de courir et je ne suis pas très approchable, pour l'instant.

— Je vous ai vue partir.

— Ah oui ? » Je suis surprise.

À nouveau son regard plonge dans le mien, à l'intérieur de moi. Je voudrais qu'il arrête ce petit jeu. Enfin presque.

« Vous séjournez ici longtemps ?

— Huit jours.

— Vous êtes arrivée hier soir, n'est-ce pas ?

— Comment le savez-vous ?

— Je vous aurais remarquée.

— Vraiment ?

— Vraiment. » Il a l'air de le penser.

Il est trop mignon et il devrait cesser ce petit flirt, si tant est que c'en soit un.

« Quel est votre nom, jeune homme ?

— Winston Shakespeare. Et le vôtre, jeune dame ?

— Stella. »

Il est facétieux. A-t-il réellement dit Shakespeare ? Oui, aucun doute. Il a l'air sérieux. Je me demande si c'est un nom fréquent en Jamaïque. Bien entendu il sait qui est Shakespeare. Il ne peut pas l'ignorer. Mais ce qui m'intéresse davantage c'est de savoir s'il a le sens du drame et s'il y prend plaisir.

« Enchanté de vous connaître, Stella. » Cette fois, son sourire découvre deux rangées de magnifiques dents blanches et bien droites, qui se cachaient jusqu'alors derrière ses succulentes jeunes lèvres. Arrête, Stella. C'est un enfant. Un beau et grand enfant sexy couleur de sirop d'érable, mais un enfant quand même. Pourquoi n'ont-ils pas un modèle identique dans ma tranche d'âge ?

« Où est votre mari ?

— Qu'est-ce qui vous fait penser que j'en ai un ?

— Simple supposition. Je ne devrais peut-être pas supposer.

55

— Je n'ai pas de mari. »

Il en paraît satisfait. À moins que ce ne soit de nouveau mon imagination.

« Vous êtes venue avec votre petit ami, alors ?

— Vous posez beaucoup de questions.

— C'est le seul moyen d'obtenir une réponse sur un sujet qui vous intéresse, non ?

— Sans doute. Mais pourquoi voulez-vous le savoir, au juste ?

— Parce que la majorité des touristes qui viennent ici sont en couple, blancs pour la plupart, et souvent fiancés ou en voyage de noces. Je pensais que vous apparteniez à l'une de ces catégories.

— À aucune. » Je bois une gorgée de café.

Il esquisse une sorte de hochement de tête, comme s'il marquait le tempo d'une lente musique intérieure, puis il dit : « d'accord », et il entreprend de fourrager dans la montagne de nourriture empilée dans son assiette, magma de riz, d'œufs, de maïs bouilli et d'au moins cinq sortes de viandes différentes. Il s'attaque à un tas à la fois, et je suis sidérée de voir qu'il semble savourer chaque goût distinct ; après chaque bouchée il se tapote les lèvres avec sa serviette et la repose lentement sur ses genoux. Il rougit quand il s'aperçoit qu'il a pris une bouchée un peu trop grosse. Visiblement il est affamé – il mange comme un étudiant rentrant dans sa famille pour le week-end. Je le dévisage sans m'en rendre compte. C'est plus fort que moi. Il émane de lui une tendresse et une innocence que je n'ai pas vues chez un homme depuis bien longtemps. C'est réconfortant, mais attristant à la fois parce qu'il est jeune : à quel âge les hommes perdent-ils ces qualités ? Et comment ?

« Vous êtes en vacances ? » je lui demande.

Il secoue la tête, mastique et déglutit. « Je viens de terminer mes cours à l'université de Kingston, et je suis venu ici dans l'espoir de décrocher un emploi d'apprenti cuisinier pour l'été, un travail dans les cuisines, n'importe quoi. Et vous, de quel endroit des États-Unis venez-vous ?

— De Californie.

— Oh. La Californie. Où, précisément ?

— Le nord. À une quarantaine de minutes de San Francisco.

— Vous aimez cette région ?

— Assez.

— Qu'est-ce qui vous a décidé à venir en Jamaïque ?

— Vaste question. Disons pour simplifier que j'avais besoin de vacances et je me suis dit pourquoi pas la Jamaïque.

— Ça vous plaît ?

— Oui. Tout le monde est très gentil. »

Il pose à nouveau sur moi son regard rêveur, et même s'il ne peut voir à travers mon maillot de jogging j'ai la sensation d'être complètement nue. Il m'admire, et le fait qu'il ne cherche pas à le cacher m'intrigue beaucoup. Je ne comprends pas. Que se passe-t-il ? Je me penche en avant, les mains croisées en travers de mes seins, et je demande : « Quel âge avez-vous, Winston ?

— Quel âge me donnez-vous ?

— Vingt-deux ans. Vingt-trois tout au plus. » Un fourreau de poils noirs bouclés couvre ses bras. Ses cheveux sont épais, noirs, brillants, et courts sur les côtés. Sa moustache semble encore inachevée, mais le reste de son visage est celui d'un homme qui se rase régulièrement. Il a une odeur d'homme, une voix d'homme, un corps d'homme.

« Je vais avoir vingt et un ans. »

Je hoche la tête. Elle sera vernie, la fille qui se blottira entre ces longs bras et qui baisera ces belles lèvres dorées. Arrête, Stella. Arrête tout de suite.

« C'est bien.

— Et vous ?

— Quarante-deux. »

Il pose sa fourchette. « Pas possible.

— N'en faites pas trop.

— Je suis sérieux ! C'est vrai ?

— J'ai quarante-deux ans. Pourquoi mentirais-je ? »

Il découvre ses belles dents blanches et secoue la tête. Puis il me regarde sans rien dire et se met à opiner d'un air entendu. « Vous me dites vraiment la vérité ? »

J'acquiesce.

« Vous prenez soin de vous.

— Je ne sais pas. J'essaie. Je fais un peu de sport.

— Davantage de femmes devraient faire comme vous. »

Et voilà que je me sens séduite, là, au beau milieu de la salle à manger. Il commence vraiment à jouer avec mes nerfs. Franchement je n'ai pas besoin de me laisser émoustiller par un jeune homme de vingt et un ans devant une table de petit déjeuner dès mon premier jour de vacances ! Il y a là quelque chose de parfaitement incongru.

« Écoutez… Winston. C'est bien Winston ?

— Oui. Vous partez déjà ? Vous n'avez pas fini de déjeuner.

— J'ai déjà grignoté quelque chose dans ma chambre, tout à l'heure. Je veux prendre une douche avant d'aller bouquiner sur la plage. »

Il me regarde comme s'il voulait poser une question mais ne savait comment s'y prendre. Puis il se lance : « Vous allez à la soirée pyjama, ce soir ?

— La quoi ? »

Il recommence à rougir, à sa manière sexy qui met mes nerfs et ma raison à rude épreuve. « C'est une soirée organisée à la discothèque, où chacun est censé porter les vêtements qu'il met pour dormir.

— Vous plaisantez ?
— Non. C'est amusant. Il paraît que certaines personnes s'habillent de façon assez provocante, mais vous pouvez mettre ce qui vous plaît. Le DJ est génial. Vous devriez venir. » On dirait que ses yeux ont un pouvoir magique. Il me regarde comme s'il m'hypnotisait et j'ai l'impression que je ne *peux* pas dire non. Il ajoute : « Ce serait bien » en souriant encore, mais ce n'est pas un de ces sourires convenus habituels. Ce jeune homme sourit pour autre chose. Et j'essaie de savoir quoi.

« J'hésite…
— C'est votre premier soir. Vous avez prévu autre chose ?
— Je ne sais pas. Je n'y ai pas encore réfléchi.
— Venez. J'adorerais danser avec vous.
— Ah oui. Vous adoreriez ça.
— Oui. Vous me paraissez bonne danseuse.
— Comment pouvez-vous le deviner alors que je suis assise ?
— Je le sais. » Maintenant il me regarde comme s'il était en transe. « J'en suis sûr. »

Est-ce qu'il flirte avec moi ? Non. Impossible. Je suis assez vieille pour être sa mère ! Et que pourrait-il chercher avec moi qu'il ne trouverait pas auprès des jolies filles qui sont ici, comme cette petite nana qui passe, par exemple ? D'un autre côté, il a raison. Je suis venue pour m'amuser, alors pourquoi m'en priver ?

« La soirée commence à quelle heure ?
— Vers dix heures. Vous viendrez ?
— Peut-être.
— Vous voulez bien m'y retrouver ?
— Moi ?
— Pourquoi pas ? Qu'y a-t-il de bizarre ? » Il a l'air sincèrement perplexe.

« Pour rien. » Cette fois, c'est moi qui me sens rougir. Je me lève. Il s'efforce de ne pas me regarder. Quand il se lève à son tour, je manque en perdre le souffle. C'est assez scandaleux d'éprouver ce que j'éprouve devant un si jeune homme mais, en m'écartant de la table, je m'entends lui dire : « À ce soir, Winston. » Et il me répond : « Je vous en prie, ne changez pas d'avis. Je viendrai uniquement pour danser avec vous. » Il me gratifie de son sourire charmeur, mais son visage reflète une expression admirative qui me paraît incroyable. Et tellement agréable.

Au moment où je m'éloigne, il ajoute : « Merci d'avoir accepté ma compagnie. »

Je me contente d'un hochement de tête, tant je suis maintenant pressée de partir. J'ai l'impression de sentir sur moi mille paires d'yeux, qui se demandent probablement pourquoi je ne suis pas sur la plage naturiste.

4

Stella, tu devrais avoir honte de te laisser ainsi chambouler par un jeune homme. Vraiment honte. Ressaisis-toi, ma fille. Tel est le cours de mes réflexions tandis que je regagne ma chambre, saluant au passage une bonne vingtaine d'employés de l'hôtel. Une chose importante m'apparaît : je n'ai pas éprouvé un tel émoi depuis au moins trois mille ans. C'est comme un miracle. Cela signifie que finalement je ne suis pas morte. Je suis vivante ! C'est drôle, vous croyez avoir perdu cette capacité et pourtant elle est là, en veilleuse, attendant l'étincelle qui réembrasera des flammes que vous pensiez réduites en cendres froides depuis longtemps. Apparemment le feu n'est pas éteint. Vous n'êtes pas encore sur le déclin, vous êtes encore capable de tressaillir, de réagir, de flirter. C'est formidable. Je monte en courant les marches qui conduisent à ma chambre, sans même jeter un coup d'œil aux nudistes. Au moment où j'engage la clé dans la serrure, Mary J. Blige entonne *I'm Goinn' Down*. Je danse tout en me déshabillant et je me promets de remercier ce jeune homme – j'ignore de quelle manière – pour cette chose qu'il a déclenchée en moi et que j'espère identifier avant mon départ.

Une fois douchée, j'étale mes sept maillots de bain sur le lit en essayant de m'imaginer dans chacun d'eux. Trois sont des deux-pièces mais, allez savoir pourquoi, je me sens plutôt d'humeur mono aujourd'hui, aussi je porte mon choix sur le maillot vert pomme, lequel est pourvu d'un soutien-gorge Wonderbra magique – non que j'en aie vraiment besoin mais le rembourrage présente l'avantage de tout vous remonter, y compris le moral. Ensuite je relève mes innombrables tresses en queue de cheval, chausse mes lunettes de soleil, enfile un immense tee-shirt jaune citron qui ressemble plutôt à une minirobe, pêche un livre parmi les dix que j'ai apportés, mon Walkman, ma lotion solaire, et me voilà partie.

C'est la canicule. La plage est bondée. Ce n'est pas une plage très vaste, une de ces plages publiques assaillies par des milliers de baigneurs et d'enfants. Rien de tel ici. Tout d'abord, il n'y a pas d'enfants, alléluia, car l'établissement est réservé aux adultes. C'est plutôt reposant de ne pas croiser de bambins armés de pelles et de seaux dévastant le rivage, criaillant et piaillant. Leurs rires ne sont pas déplaisants, certes, mais quand je ne les vois pas et ne les entends pas ils ne me manquent pas; en tout cas c'est mon sentiment après une heure ou deux passées sur un transat.

Ma peau ordinairement ocre a bruni de deux tons et pris une nuance un peu rouge. Je me sens déjà très tropicale. J'aimerais foncer le plus possible car j'ai toujours regretté de n'être pas née très noire, comme ces fiers Africains que je ne me lasse pas d'admirer dans les albums de photographies qui ne quittent pas la table basse de mon salon.

Je transpire et j'ai besoin de boire frais. J'aperçois une jeune femme coiffée de tresses courtes qui avance dans ma direction, chargée d'un plateau de boissons. J'ai beau inspecter la plage entière du regard dans l'espoir de repérer Winston, je ne le vois nulle part, pas même du côté de la piscine, où pourtant sa haute taille devrait me permettre de le distinguer. Je sirote le deuxième des quarante ou cinquante *piña colada* sans alcool des huit prochains jours, après quoi je m'élance au grand galop dans l'eau tiède. Soudain la panique me saisit à la vue d'un banc d'au moins cent minuscules poissons argentés qui grouillent autour de mes chevilles. Je me remets à courir en scrutant l'eau pour voir s'ils me suivent, ce qu'ils ne font pas, puis je me dirige vers le large et plonge sous l'eau.

Je me fais un peu l'effet d'une sirène, ne remontant à la surface que pour respirer, et je nage de long en large jusqu'à épuisement. Heureusement que je n'ai pas négoté sur les tresses en cheveux naturels ni acheté des synthétiques, comme Vanessa : en se baignant elle avait la sensation de sombrer tant ces fichues tresses pesaient lourd. Je regagne le rivage et jette un coup d'œil au canot de plongée qui s'éloigne. On peut aussi faire de la plongée en haute mer avec combinaison, tous les jours à onze heures, mais je l'exclus d'emblée. Le volley-ball, qui commence également à onze heures, entre davantage dans mes cordes, ainsi que le ski nautique et la plongée de surface avec masque et tuba. Et même si je crains un peu le vertige, je compte aussi essayer le parachute ascensionnel. Mais en aucun cas la plongée sous-marine. Je n'envisage pas une seconde de descendre aussi profond.

Je passe l'heure qui suit à bavarder avec un couple de Canadiens en voyage de noces. Ils séjournent ici deux semaines entières. Lui est un grand et bel Italien brun, elle, mignonne et très voluptueuse. Elle est allongée sur le ventre et il lui essuie doucement le dos avec une serviette. Je me demande comment elle s'est débrouillée pour conquérir ce superbe mâle. Elle est française et ne parle quasiment pas un mot d'anglais. Ils sont l'un et l'autre très bronzés.

Deux jeunes hommes en short kaki et tee-shirt blanc, responsables des activités de loisirs au *Castle*

Beach Negril, s'approchent de nous. Hier la couleur devait être le jaune car Abby et sa collègue, ainsi que celle qui s'occupe de la salle de jeux, également animatrices, portaient toutes des shorts kaki et des tee-shirts jaunes. Leur tâche consiste à s'assurer que les vacanciers se divertissent, ne manquent de rien, obtiennent des réponses à toutes leurs questions avant même de les poser, et s'amusent. Voilà pourquoi Norris et Gillette viennent nous proposer une partie de volley. L'Italien ferme les yeux, lève son long bras en l'air comme s'il repoussait de la paume un mur invisible, et dit : « Pas aujourd'hui, les gars. J'ai la gueule de bois.

— Allons, Ben, venez. Vous guérirez votre gueule de bois en prenant une bonne suée, répond Norris, qui a la peau chocolat noir et une beauté étrange, mais qui gagnerait à porter des bretelles, et peut-être une casquette pour couvrir son énorme tête ovale. Ça vous fera du bien.

— Je ne m'en sens pas capable », marmonne Ben.

Un peu plus loin, Gillette circule sur la plage et sert le même boniment à d'autres pensionnaires. Norris se tourne vers moi : « Et vous, Stella ? Vous avez l'air athlétique. Venez donc.

— Comment savez-vous mon nom ? » Lui, bien sûr, porte le sien en grosses lettres sur un insigne. NORRIS.

« Vous avez fait la connaissance de mon ami Winston. Il m'a dit avoir rencontré une ravissante Américaine coiffée de tresses. Alors, qu'est-ce que vous en dites ? » Il pose le ballon de volley sur le bout de son index et le fait tourner. Il a le même regard que Quincy quand il essaie de m'amadouer pour parvenir à ses fins.

« D'accord, dis-je. Pourquoi pas.

— Aïe », soupire Ben en se levant péniblement. Il mesure au moins un mètre quatre-vingt-quinze.

« Quand vous me verrez ce soir, Stella, boxez-moi de toutes vos forces si je vous dis que j'ai bu plus de deux ou trois cocktails Beach Bomb Boombas. D'accord ?

— Pourquoi ne demandez-vous pas plutôt à votre femme ?

— Vous rigolez ? Sasha est pire que moi. Regardez-la », ajoute-t-il en riant. Sasha sourit mais il est évident qu'elle n'a pas saisi un mot. « Joue bien », dit-elle en laissant retomber sa tête sur une serviette roulée.

Nous jouons pendant plus d'une heure, nous rions beaucoup, et j'ai l'impression d'avoir perdu au moins deux kilos d'eau. Je meurs de faim, mais auparavant je ne peux m'empêcher de courir vers l'océan pour me rafraîchir. Ensuite je me sèche, ramasse le livre que je n'ai pas ouvert et mon fourre-tout jaune avec le petit singe qui pendouille de la fermeture Éclair, puis je me dirige vers la salle à manger.

Je pose mes affaires sur une table et prends la file d'attente devant le buffet, qui est déjà bien longue. Je me surprends à scruter les alentours d'un air faussement détaché, mais je suis déçue de ne pas apercevoir Winston. À ma montre, il est une heure. Quand déjeune-t-il ? Arrête, Stella. Bon sang, mais que se passe-t-il ? Ce jeune homme est agréable à regarder, c'est tout. Quel mal y a-t-il à baver un peu ? Je n'ai pas l'intention de toucher, juste admirer, mais j'aimerais bien que mon cœur recommence à tambouriner – ça ferait deux fois dans la même journée – et je voudrais vérifier si mon émoi de ce matin était un phénomène unique. Merde alors, il n'y a pas de mal. Où diable peut-il être ?

« Vous déjeunez avec nous ? propose Ben derrière moi.

— Volontiers. »

Je choisis quelques fruits de mer, une salade mélangée préparée à la demande, du riz, des haricots, des pâtes. Jamais je ne mangerai tout mais c'est tentant parce que cela semble offert gracieusement, ce qui évidemment est illusoire puisque tout est compris dans le forfait.

Ben sert d'interprète à Sasha. Il possède sa propre entreprise de carrelage au Québec, et c'est la première fois depuis des années qu'il prend des congés. Bien qu'il s'agisse de leur voyage de noces et non de vacances ordinaires, il a eu beaucoup de mal à s'échapper deux semaines entières car son travail est délicat et les clients exigent sa présence. Vous comprenez quand je ne suis pas là tout va de travers, et comme c'était l'entreprise de mon père et que le chiffre d'affaires a décuplé depuis que j'ai pris les rênes, il est important pour moi de maintenir mon rang car la concurrence devient de plus en plus rude et si vous perdez votre place eh bien c'est fichu. Je prends conscience, en regardant Sasha acquiescer de la tête, que pas une fois je n'ai songé à mon travail, ni à la pile de dossiers laissés en souffrance, ni à ceux qui m'attendront à mon retour. Je m'en moque. Ils patienteront. Mon patron considère que tout est urgent, comme si le monde allait s'arrêter de tourner sous prétexte que nous risquons de manquer l'occasion de gagner un dollar supplémentaire. Il me suffirait d'y songer plus de trois secondes pour avoir des palpitations, mais je refuse d'y accorder la moindre pensée et je concentre toute mon attention sur Sasha, laquelle est en train de sourire à Ben. Il est évident qu'elle est amoureuse. C'est agréable à voir. Eux aussi comptent participer à la soirée pyjama. Nous convenons de nous y retrouver.

Le soleil vous anéantit. Ma sieste dure près de deux heures. Je décide de m'installer sur le balcon pour lire quelques pages de *The Grace of Great Things*, de Robert Grudin, dont le texte de la jaquette m'a tentée mais qui se révèle trop académique, trop profond, loin de la lecture de plage escomptée. Je l'abandonne après une demi-heure au profit de *Black Betty*, de Walter Mosley, que je me promets de lire depuis que j'ai adoré *Devil in a Blue Dress*, mais il se produit un meurtre effroyable dès la deuxième page et je ne suis pas d'humeur macabre. Je me rabats donc sur un exemplaire relié de *Waiting to Exhale* [1], de Terry McMillan, que j'ai acheté à sa parution et que je programme de lire depuis maintenant deux ans, mais après en avoir parcouru les cinquante ou soixante premières pages je me demande pourquoi ce roman a causé autant de tapage et pourquoi on trouve l'auteur formidable alors que le texte est assez faiblard, quand on y regarde de près, qu'il présente un intérêt littéraire très limité, du moins à mes yeux, et que McMillan se complaît un peu trop dans les jurons. Je pourrais écrire les mêmes histoires. Elle ne possède pas ce qu'on appelle un style, même si j'arrive à m'identifier à certains de ses personnages – bien que la raison pour laquelle j'ai différé ma lecture est précisément que deux ou trois héroïnes me ressemblent paraît-il énormément. À ceci près que je suis un peu moins stupide. De toute façon je ne suis pas d'humeur à lire les malheurs d'une bande de copines noires. Je passe au crible le reste des livres et j'écarte *A Short History of God* et *The Between*, dont j'ai entendu des éloges mais qui traitent de thèmes un peu surnaturels, qui m'intéresseront sans doute plus à la maison qu'ici. L'auteur, Tanarive Due, est une jeune Noire de Floride à propos de laquelle j'ai lu un article dans le *Miami Herald* lorsque je me

---

1. *Où sont les hommes ?*, J'ai lu n° 4037.

trouvais là-bas. Il y a aussi *Moo*, de Jane Smiley. J'adore tout ce qu'elle écrit – *A Thousand Acres* m'a enthousiasmée bien avant qu'il remporte le prix Pulitzer – mais je n'ai pas très envie d'un essai satirique aujourd'hui. Quant à *Crossing over Jordan*, de Linda Beatrice-Brown, un retour dans la mémoire jusqu'au temps de l'esclavage ne m'emballe pas. Pour finir, je choisis *Going under*, de William Luvaas, qui me semble approprié, pour je ne sais quelle raison, et je m'y plonge pendant deux heures et demie.

Je me sens parfaitement ridicule de fouiller dans mes affaires à la recherche d'une tenue pour la soirée pyjama. Le seul que j'ai est un pyjama en coton pas du tout affriolant mais très agréable à porter, surtout pour quelqu'un qui va dormir seul pendant sept nuits. En réalité, j'ai aussi une nuisette très sexy de chez Neiman Marcus qui m'a coûté une fortune, mais elle ressemble trop à un déshabillé polisson spécial-nuit-de-noce pour que j'ose m'exhiber dedans en public. Si je l'ai apportée c'est parce que Vanessa m'a convaincue qu'il faut toujours avoir au moins un truc vaporeux car on ne sait jamais ce qui peut arriver. Finalement, je tombe sur cette chemise de nuit en coton blanc, pas tout à fait transparente mais presque, ornée de dentelle festonnée tombant sur les épaules et cousue de perles minuscules, avec une petite rose au milieu de l'encolure pas trop plongeante, l'ensemble se portant avec une veste longue ultra-fine et dotée de manches bouffantes que l'on remonte au-dessus des coudes. Ce sera ma tenue de soirée. C'est doux, sensuel tout en restant sage, et pas trop révélateur à moins de se tenir devant une source de lumière. Mais pourquoi ferais-je une chose pareille ?

Je prends une autre douche. La troisième de la journée. Puis je choisis une robe bain de soleil rose pâle style Marilyn Monroe, qui bien entendu n'exige pas de soutien-gorge et dont la coupe astucieuse fait paraître la poitrine ferme et souple grâce à une double épaisseur de tissu. Le port d'un slip ne paraissant guère approprié à la robe, je décide de m'en passer. À la maison, j'use une bouteille de savon intime toutes les deux à trois semaines car je ne supporte pas l'odeur qui se dégage de cette partie du corps quand je transpire – c'est d'ailleurs la raison pour laquelle, j'en suis sûre, beaucoup d'hommes n'aiment pas brouter le minou des femmes. À leur place ça ne m'emballerait pas non plus, c'est pourquoi je procède à un lavage intime régulièrement, suivant l'attention dont je suis l'objet, et je n'écoute pas les théories des gynécologues sur l'utilisation des bonnes bactéries et des risques d'infection. S'ils ont raison, comment expliquer que les toilettes des dames sentent toujours le poisson pas frais ? J'attends avec impatience que l'on invente la lotion de lavage interne à vingt-cinq cents, ou le distributeur d'éponges féminines, disponibles partout. Pour ma part, je promène un petit nécessaire de tampons nettoyants dans mon sac, ce qui me permet de ne pas ajouter à l'odeur ambiante des W-C publics. On ne se sent jamais trop propre.

Je laisse quelques-unes de mes tresses tomber dans ma nuque, et d'autres dans une sorte de queue de cheval haute. J'enfile des sandales blanches à talons plats et renonce à me maquiller car le soleil me sert de fond de teint, rehaussant simplement mon hâle avec un rouge à lèvres rose sombre et un trait de crayon à paupières pour ne pas avoir l'air embaumée. Je me passe de la lotion sur les épaules et les bras puis me vaporise un peu d'eau de Calyx, dont je commence à me lasser car, bien qu'elle soit restée mon parfum secret pendant deux ans, c'est-à-dire depuis que je l'ai découverte, toutes les Américaines qui font leurs courses chez Macy's, Neiman's ou Nordstrom's semblent également avoir découvert la gamme de produits Calyx. Mais ici je ne suis pas en Amérique, n'est-ce pas ?

Ce soir, il n'y a pas de buffet. Je traverse donc la salle à manger pour rejoindre l'un des trois restaurants parmi lesquels nous avons le choix, et je sens peser sur moi les regards, surtout ceux des vieux messieurs blancs escortés de leurs grosses épouses vêtues de tailleurs-pantalons blancs aux épaules rembourrées, ornés de lamé argent et or, et chaussées de petites sandales dorées surchargées de grappes de fruits miniatures sur leurs orteils épais. La plupart des mâles noirs présents ont la carrure d'arrières de football – d'ailleurs la plupart font partie de la Fédération américaine. Ce doit être le coin des sportifs car ils sont au moins une douzaine, avec leurs ravissantes épouses ou leurs petites amies, plus belles les unes que les autres – certaines s'en donnent la peine et je ne les en blâme pas, il faut reconnaître leurs mérites à ceux qui en ont. Je ne suis pas jalouse de ces jeunes femmes aux corps parfaits car le mien l'était aussi, autrefois, et je sais que, après un ou deux enfants et passé la quarantaine, elles m'envieront ma silhouette d'aujourd'hui.

J'espère qu'aucun des pensionnaires rencontrés sur la plage ou de mes partenaires de volley-ball, ni aucun des animateurs ne viendront s'asseoir à ma table ce soir, car j'ai uniquement envie de manger, d'écouter l'orchestre, et de réfléchir pour savoir si oui ou non je vais me rendre à cette grotesque soirée en chemise de nuit. Plus j'y songe, plus ça me paraît idiot. En fin de compte aucun orchestre ne joue pour l'instant car les quatre musiciens sont attablés à la terrasse du restaurant vers lequel je me dirige. Le batteur, que je me souviens avoir croisé hier, me dit bonsoir. Je lui réponds et il me demande : « Vous dînez avec quelqu'un ? » Je lui dis que non et de la main il m'indique une chaise libre : « Joignez-vous à nous. » J'accepte, et je prends conscience que c'est la troisième fois dans la même journée que j'ai de la compagnie à table. Et ma sœur qui craignait que je ne prenne mes repas seule ! Peut-être les Jamaïquains sont-ils élevés dans le respect absolu de la politesse, me dis-je tandis que les jeunes (et moins jeunes) musiciens se présentent l'un après l'autre. Le batteur est celui qui a des vues sur moi. Comme par hasard, c'est le moins mignon de tous. Ses traits évoquent un peu ceux d'un animal, mais je n'ose pousser la comparaison plus loin de crainte d'être frappée par la foudre pour cause de vilaines pensées à l'égard d'un garçon qui essaie seulement d'être gentil. Mon prénom déclenche une discussion d'où il ressort qu'aucun d'eux ne connaît de Stella. Le plus jeune remarque : « Vous me rappelez terriblement une fille qui s'appelle Zoleta.

— Ah oui ? » Sur quoi il me gratifie d'une œillade. Je manque vraiment éclater de rire en me demandant si les jeunes gens d'ici ont un faible pour les femmes mûres ou bien s'ils se montrent tout simplement amicaux, car depuis vingt-quatre heures à peine j'ai capté l'attention de plus d'hommes qu'en plusieurs années. C'est assez revigorant.

« De quoi avez-vous envie ? demande le batteur.

— Je vous demande pardon ?

— Pour dîner, *mon*.

— Oh… je ne sais pas.

— Je peux vous conseiller ?

— Bien sûr.

— Vous mangez de la viande ?

— Parfois, oui. Mais pas de porc.

— Pourquoi pas ?

— C'est trop dégoûtant.

— Pas le porc jamaïquain.
— Je veux bien vous croire.
— Et les fruits de mer ?
— Ça me tente assez. Ils sont très épicés ?
— En Jamaïque, tout est épicé, *mon*. »
Et tous de se mettre à rire. Je ris avec eux : « Parfait. C'est la raison pour laquelle je suis venue.
— Pourquoi ?
— Pour mettre un peu de piment dans ma vie.
— Bravo », dit le batteur en se renversant en arrière sur sa chaise. Il doit sans doute se prendre pour un docteur ès épices.

Je commande mon habituel *piña colada* sans alcool et, au moment où j'explique aux musiciens pourquoi j'évite les boissons alcoolisées, je suis de nouveau assaillie par le parfum d'agrumes. Je tourne la tête et, qui vois-je ? Winston, debout derrière moi.

« Bonsoir, Stella. Vous vous amusez bien ? » Les garçons de l'orchestre le regardent, me regardent, le regardent encore. Ils doivent flairer une histoire de cul.

« Je dîne avec les musiciens.
— C'est ce que je vois, répond-il lentement. Mais notre rendez-vous de ce soir tient toujours, n'est-ce pas ? » Il pose sur moi son regard sombre, genre fantôme de l'opéra, et j'aimerais qu'il arrête ce petit jeu parce que je me sens rougir et que j'ai l'impression d'avoir avalé une tequila (ma boisson favorite quand je buvais). Seigneur, quel est donc ce parfum qu'il porte ?

« Je serai là.
— Dix heures ?
— Dix heures. »
Et déjà il disparaît à l'intérieur du restaurant. Je me retourne vers les musiciens, qui tous me dévisagent d'un air interrogateur. Puis ils semblent en prendre leur parti, comme s'ils savaient à quoi s'en

tenir. Mais ils ne savent rien et ce n'est pas du tout ce que visiblement ils ont en tête. Je vais danser. Un point c'est tout.

« À quelle heure commencez-vous à jouer, ce soir ?
— Dans une heure, répond le batteur. Vous allez à la soirée pyjama, si je comprends bien ?
— Peut-être, oui.
— C'est vraiment marrant quand on aime les trucs loufdingues, remarque le plus jeune en me regardant fixement comme si j'étais sa Zoleta réincarnée. Ça doit sûrement vous plaire, ajoute-t-il avec un clin d'œil. Zoleta aussi aimait s'éclater. C'est fou ce que vous me faites penser à elle. Vous ne pouvez pas imaginer à quel point.
— Non, je ne peux pas. »

Je sirote mon *piña colada*, tandis que chacun avale deux ou trois verres de je ne sais quel breuvage. Toutes les dix ou quinze minutes je me tourne vers la porte du restaurant dans l'espoir secret de capter le parfum de Winston, mais le dîner se passe sans qu'il réapparaisse.

Un peu plus tard, je me rapproche de la scène pour écouter l'orchestre, qui joue très bien, mais surtout pour tuer le temps. Il n'est que neuf heures et je me sens un peu fébrile. Tout à coup, prise d'une impulsion, je ramasse ma pochette et file droit à ma chambre. Là je décroche le téléphone pour appeler Delilah, avant de réaliser que je ne peux plus la joindre. Alors je songe à appeler Vanessa, mais je me ravise. Que pourrais-je bien lui raconter sinon que, comme prévu, la Jamaïque est magnifique et bla bla bla et bla bla bla et ah au fait figure-toi que je suis fait draguer par (ou que je drague) un garçon de vingt et un ans qui m'a fait vibrer et merde je suis beaucoup trop vieille pour ce genre de connerie et d'ailleurs j'ai dû perdre ma cervelle de femme de quarante-deux ans pour réagir ainsi mais comment a-t-il pu me faire cet effet et d'où tire-t-il cette sorte de pouvoir, enfin merde qu'est-ce qui se passe ?

J'enfile ma chemise de nuit, un peu longue car elle me cache les genoux, puis la veste, avec les manches relevées, et voilà que j'ai l'air d'une bonne du XIXe siècle, ce qui n'est pas exactement l'effet recherché, mais il faudra s'en contenter. Un nouveau petit coup de déodorant, puis j'enfile mes sandales dorées plates sans fruits sur les orteils. Pour tuer encore un peu de temps, je regarde des clips vidéo sur BET, une chaîne musicale, jusqu'à ce que la pendule indique enfin dix heures. Alors je me lève d'un bond et fonce vers la porte.

Je me sens ridicule. Je n'ai toujours pas mis de culotte et je me demande si ma chemise est transparente. En passant sous l'une des lampes de l'allée, je baisse les yeux et je vois se dessiner les contours de mon corps, qui n'a pas l'air aussi svelte et élancé que je le croyais il y a encore une heure, quand je m'admirais devant le miroir. Vraiment dommage.

Devant la porte de la discothèque, Norris et Abby accueillent tout le monde. « Stella ! Vous vous êtes décidée ! Nous sommes ravis ! Entrez, entrez ! Éclatez-vous ! » Ils ouvrent la lourde porte capitonnée bleu marine et aussitôt je suis ébahie par ce que je vois. La salle est sombre mais on distingue nettement une petite piste de danse bondée de couples blancs, en bustiers, porte-jarretelles et tenues légères pour les femmes, strings, caleçons et slips de bain pour certains hommes. La musique pulse, Diana King chante *Shy Guy*. Tout à coup je ressens la même palpitation et, au moment où je me demande si Winston est déjà arrivé, je respire son parfum et j'entends sa voix : « Je suis heureux que vous ayez pu venir. » Je me retourne. Il me prend la main et m'entraîne vers la piste de danse au ralenti. Il me regarde en souriant et dit : « C'est ma chanson préférée. » Je réponds : « À moi aussi ! », et nous savons l'un et l'autre que c'est vrai. Il porte un ample short noir et un tee-shirt d'un blanc éclatant. Ses longues jambes paraissent encore plus longues. Plus poilues. Plus minces. Ses épaules plus larges. Pendant que nous dansons, il me regarde en souriant et dit : « Vous avez une très jolie chemise de nuit », ce à quoi je réponds : « Merci. Mais vous, comment avez-vous pu entrer, habillé ainsi ? Ça ne ressemble pas à un pyjama. »

Il rit. « Je suis entré torse nu, mon tee-shirt roulé en boule. Je l'ai enfilé après.

— Pourquoi ?

— Je ne sais pas. Je suis un garçon timide. »

J'éclate de rire.

« Qu'y a-t-il de si drôle ? » Il rougit vraiment.

Je me contente de hocher la tête et de continuer de danser, jusqu'à ce que quelqu'un lui tapote l'épaule pour lui glisser quelques mots à l'oreille. Winston se retourne vers moi et s'immobilise. « Que se passe-t-il ? » je lui demande.

Il pouffe de rire. « Je dois aller mettre un pyjama. Ils ne comprennent pas comment j'ai pu entrer dans cette tenue. » Je ris avec lui et il ajoute : « Je cours me changer. J'en ai pour cinq minutes. Promettez-moi que vous serez toujours là quand je reviendrai. Cinq minutes, pas plus.

— D'accord. » Il est déjà parti. Je continue de danser toute seule, ce qui ne pose aucun problème dans cette foule. Ben et Sasha sont là. Elle a l'air d'une poupée écervelée et lui d'un grand Clark Gable en pantalon de pyjama en satin. Quand le DJ lance *This Is How We Do It*, toute l'assistance est prise de folie et j'aperçois Abby, en culotte sexy de satin rose et boléro violet moulant, qui s'empare d'un micro et braille : « Vous voulez vous éclater ? » La foule répond en hurlant : « Ouais !!! », et Abby crie plus fort encore : « Alors éclatez-vous et enlevez tout ce qui vous tient chaud ! » À cette injonction, des porte-jarretelles se dégrafent, des strings tombent, des hauts talons volent en l'air, et en quelques secondes on ne voit plus sur la piste que des corps dénudés. Je n'en crois pas mes yeux. Je contemple ma chemise de nuit qui semble rallonger de plus en plus. On dirait que je porte une crinoline ou une armure. Je me sens vieille et déplacée. Rien ne me ferait perdre la tête au point de me mettre nue devant tous ces gens et de tournoyer et de jouer des hanches comme je le fais quand je suis habillée. À chaque seconde qui passe, les fêtards se dépouillent un peu plus et je pressens que d'ici à deux minutes ils se moqueront de moi. Alors je m'enfuis.

5

Il est sept heures du matin lorsque je pars courir. Bien que la température soit moins torride qu'hier, l'air reste chaud et parfumé. Seal chante dans mes écouteurs à un niveau sonore tel que les poissons peuvent probablement l'entendre, et sa musique me pousse à sprinter pendant la majeure partie des trois kilomètres de plage. J'atteins l'extrémité un peu trop vite à mon goût et je rebrousse chemin à la même allure. J'ai besoin de cette vitesse. De cette jubilation. La course me donne la sensation de contrôler ma vie. Je ralentis pour essuyer la sueur qui me coule dans les yeux. Le soleil me rôtit les omoplates. Tout mon corps vibre. Je m'arrête et je reste là un moment à contempler la mer turquoise. Elle est si claire et calme et belle que j'ôte mes chaussures et cours droit dedans, comme si je n'avais pas le choix, comme si quelque chose m'aspirait. Je m'immerge, ma peau se contracte, fourmille, accueille la fraîcheur. Mon short en coton s'affaisse sous le poids de l'eau et me colle à la peau, mais je parviens à nager quelques brasses puis je me laisse flotter sur le dos jusqu'à ce que la température de mon corps ait baissé. Je n'ai évidemment pas de serviette mais je ne m'en souviens que trop tard, au moment de sortir de l'eau, or le seul moyen de m'en procurer une est de passer par la piscine, juste devant l'entrée de la salle à manger. Je n'ai nulle envie de me montrer toute dégoulinante mais il n'y a pas d'autre alternative. De plus il est à peine huit heures moins le quart et peut-être n'y aura-t-il pas foule.

À l'instant où je pose le pied sur la dernière marche menant à la piscine, Winston se dresse devant moi. À croire qu'il m'attendait.

« Bonjour. » Il est toujours aussi grand, séduisant, mince. Mais que fait-il debout si tôt ?

« Bonjour, Winston. Que faites-vous debout si tôt ?
— J'ai mal dormi. »

Il regarde – non, il ne regarde pas – si, il regarde ma poitrine mouillée et je sens mes bouts de seins durcir. Oh comme je voudrais qu'ils mollissent. Puis je m'aperçois que ce sont mes pieds et non ma poitrine qu'observe Winston et je me félicite d'être allée chez la pédicure avant de partir. Mais au fait, pourquoi je m'emballe ? Je n'ai pas à impressionner ce garçon !

« Que vous est-il arrivé, hier soir ? Vous avez disparu. Vous aviez promis de m'attendre. J'ai fait quelque chose ? » Il paraît blessé.

« Non, Winston, ce n'est pas du tout à cause de vous.
— De quoi, alors ?
— Les gens ont commencé à se déshabiller. »

Il a l'air sincèrement soulagé et se met à rire. « Beaucoup le font. Certains se découvrent subitement hédonistes. Ils boivent quelques verres de trop et vous connaissez la suite…
— Ça m'a déplu. »

Il hoche la tête, il comprend. « Mais vous n'étiez pas obligée de vous déshabiller simplement parce que ces crétins le faisaient.
— Je sais, mais je me suis sentie vieille, décalée.
— Vous avez eu tort. Ils sont juste un peu débridés. Abby m'a dit qu'elle vous avait vue partir et que vous deviez revenir tout de suite. Alors j'ai attendu.

J'ai attendu plus d'une heure. » Son regard est tellement innocent que je veux bien admettre qu'il ne s'agit pas d'une manœuvre de sa part. Ce n'est pas aussi calculé ni sophistiqué que les tactiques de nos frères d'Amérique. La franchise se lit sur le visage de Winston, dans l'inclinaison de ses épaules, et surtout dans sa façon de rentrer les lèvres comme pour dire : Tu as dit que tu viendrais jouer avec moi mais tu n'es pas venue alors j'étais vexé et je me trouvais idiot de poireauter pourtant je pensais que tu m'aimais bien, non ?

Je crois que je commence à me sentir plus douce, plus chaude, plus complaisante, je dirais même subjuguée si j'osais, mais non, minute, arrêtez la caméra, coupez ! Enfin, Stella, que se passe-t-il, ma grande ? Tu as réfléchi à ce que tu fabriques ? Ressaisis-toi, ma vieille.

« Pardon, Winston. Je ne savais pas où aller, alors je suis rentrée dans ma chambre.

— Pourtant je vous avais dit que je revenais. Je croyais que vous vouliez danser avec moi. »

Je m'aperçois que je l'ai offensé. « Je *voulais* danser avec vous, Winston.

— Alors pourquoi ne m'avez-vous pas attendu dehors ? »

En d'autres circonstances, si un type m'enquiquinait à ce point je répondrais : « Si j'avais voulu danser avec vous je vous aurais attendu. Or je n'ai pas attendu. Il faut vous faire un dessin pour que vous compreniez ? » Winston attend ma réponse mais une seule pensée m'obsède, l'envie folle qui me tenaille d'embrasser sa bouche magnifique et de le prendre dans mes bras. « Je me serais sentie stupide d'attendre devant la porte en chemise de nuit, Winston. D'ailleurs, pourquoi est-ce si important ? »

Il me lance un regard exaspéré qui semble dire : Tu n'as donc rien compris ? Puis il balance tout son poids sur un pied en faisant une moue qui, si je ne m'abuse, signifie : Parce que tu me plais, Stella. Mais je feins de ne pas comprendre, parce qu'il est trop jeune, parce que je suis trop vieille pour délirer comme une collégienne. « C'est important parce que nous n'avons pas pu danser ensemble, soupire-t-il.

— Je suis désolée, Winston. C'était impoli de ma part.

— Non, pas impoli. Ce n'est pas ce que j'ai voulu dire. Je me faisais une joie de vous retrouver et j'ai été déçu. C'est tout. Tout va bien. Vraiment. »

Mais je vois que tout ne va pas bien. Il a le même air déçu que moi lorsque le partenaire avec qui je fais l'amour prend son plaisir le premier et trop vite, puis me regarde en espérant que j'ai pris le mien. Dans ces cas-là je mens : « Tout va bien », mais en réalité je suis frustrée, furieuse, j'ai envie de prolonger nos ébats jusqu'à ce que, moi aussi, je m'envoie en l'air.

Je suis en train de sécher sur place. « Excusez-moi, Winston, mais j'ai besoin d'une serviette et d'aller me changer. »

Il me regarde du coin de l'œil, d'un drôle d'air. S'il savait comme il est sexy ! Mais il ne le sait pas et c'est charmant. « Vous reviendrez pour le petit déjeuner ? » La désinvolture de sa question cache mal son désir. Son visage tout entier en est empreint. À son âge il ne dissimule pas, ou ne sait pas encore dissimuler ses sentiments, il les étale au grand jour et cela donne l'impression de respirer une brise fraîche par une fenêtre entrouverte.

« Je pense, oui. Pourquoi ? » Maintenant c'est moi qui le tourmente parce que je sais, raisonnablement, que ce jeune homme ne peut pas me draguer. C'est impossible. Avec vingt ans de moins je verrais les choses autrement et mon choix se porterait sur lui sans la moindre hésitation.

« Pour rien. J'ai déjà déjeuné. »
Pourquoi suis-je déçue, subitement ?
« Vous vous êtes inscrite pour des sports nautiques ?
— Pas encore. J'irai peut-être plonger avec un masque, tout à l'heure. Et vous ?
— Je n'aime pas la plage.
— Et vous vivez en Jamaïque ?
— Depuis toujours.
— Comment peut-on ne pas aimer la plage ?
— Ça ne m'a jamais attiré. J'ai horreur du sable.
— C'est votre droit.
— Qu'allez-vous faire, ce matin ?
— Monter à cheval.
— Allez-y le plus tôt possible, me conseille Winston. La chaleur est parfois intenable.
— Le départ est prévu à neuf heures et demie.
— Dans ce cas je vous verrai peut-être au déjeuner ?
— Je ne sais pas, Winston. Peut-être. Où sont vos amis ?
— Quels amis ?
— Norris et Abby.
— Ils travaillent. Je ne saurai pas avant lundi à quel poste je suis affecté. Pour l'instant je tourne, j'aide à droite et à gauche, mais j'ai aussi posé ma candidature au *Paradise Grant* et au *Windswept*. Il va bien en sortir quelque chose.
— Alors bonne chance. » Je passe devant lui et mon bras effleure incidemment le sien. En une fraction de seconde une sorte de fièvre m'envahit. Dans un monde parfait, ou dans un film étranger, je me retournerais, je mettrais une main derrière sa nuque pour attirer son visage vers le mien jusqu'à ce que nos nez se touchent, ma bouche se poserait sur ses belles lèvres charnues, nous nous enlacerions, et nous glisserions doucement vers le sol, oubliant tout le reste, pour faire l'amour, ici, tout de suite.

« Amusez-vous bien, Stella. Et peut-être à plus tard. »

Que le ciel l'entende. J'esquisse un petit salut de la main.

Je suis la seule du groupe du minibus à me rendre au centre équestre Issy's. Les Canadiens m'ont conseillé de m'inscrire tôt car il est parfois difficile de réserver deux jours à l'avance, mais la balade vaut paraît-il largement les cinquante dollars de l'heure: galop sur la plage, promenade à l'intérieur des terres et dans la montagne, panorama à couper le souffle.

L'architecture de Negril ne me fait pas grande impression. Nous passons devant une place de marché poussiéreuse, occupée par une centaine d'échoppes branlantes, bourrées d'objets en bois et d'un kaléidoscope de vêtements où domine le rouge, le noir et le vert, puis nous traversons le prétendu centre-ville, qui consiste en une banque et un petit centre commercial. Viennent ensuite des maisons en ciment, petites mais brillamment colorées, des cafés, des restaurants en plein air. On m'avait prévenue que pas un seul immeuble ne dépassait la hauteur des palmiers, mais c'est bien en dessous de la vérité. En fait il n'y a rien de très intéressant à Negril sur le plan touristique. Pourtant c'est là qu'ont afflué les *hippies* devenus *yuppies* qui cherchaient un havre de paix, loin du tourbillon de la vie citadine en Amérique.

On me dépose au bas d'une piste, où je suis accueillie par le frère de Issy, surnommé le Général, la propriétaire des lieux étant devenue un personnage trop important pour s'occuper elle-même des chevaux. Le Général a l'apparence et l'odeur d'un homme qui a une sainte horreur de l'eau et ignore l'existence du déodorant. Tandis que nous nous dirigeons vers les écuries, il me demande si je fume et ma réponse négative le déçoit.

« Combien de temps dure la promenade ?

— Deux heures. Et vous en aurez pour votre argent, *mon*. Faites-moi confiance. Vous allez adorer. Vous tracassez pas. »

Les écuries sont moches, nauséabondes, pareilles à un décor défraîchi et déglingué de *Bonanza*, et les chevaux ont l'air anorexiques. Une bonne demi-douzaine de rastas coiffés de longues *dreadlocks* sont assis et jouent aux cartes. Impossible de ne pas sentir flotter les effluves de ganja, la marijuana locale. Ils me jettent à peine un regard quand j'approche avec le Général, lequel a déjà choisi mon cheval : Dancing Dan. Je signe une liasse de formulaires et il me demande seulement trente-cinq dollars pour deux heures, alors que l'on m'en avait annoncé cinquante. J'en déduis qu'il travaille au noir, ce qui m'impressionne car ils ont l'air d'être très organisés et compétents, même si personne ne s'active.

Le Général m'aide à me mettre en selle sur Dancing Dan et nous nous engageons sur une piste rouge et rocailleuse, bordée d'avocatiers, de manguiers et de blighia. Des arbustes en fleurs envahissent tout le coteau. Ensuite nous pénétrons dans ce qui ressemble à une véritable forêt tropicale. Soudain les arbres triplent en taille et en densité, leurs branches ploient si pesamment au-dessus du chemin qu'il faut parfois baisser la tête. Au début cela procure une sensation de fraîcheur, puis l'air devient suffocant comme dans une serre. Je ne suis pas précisément une championne d'équitation et, lorsque le Général s'élance au galop, j'ai du mal à soulever mon postérieur à l'unisson avec Dancing Dan. Mes fesses claquent sur la selle dure. Non seulement ça me brûle, mais en plus le vent me rabat la puanteur du Général droit dans les narines. Je m'égosille : « Je ne sais plus galoper !

— Pas de problème, *mon*. » Il tourne bride.

Le Général m'explique comment procéder et ajoute : « Dommage que vous fumiez pas, *mon*. »

Nous avançons au trot et commencent à apparaître çà et là de minuscules structures carrées qui ressemblent à des cabanes, certaines fabriquées avec des planches de tailles et de matériaux variés, clouées simplement l'une au-dessus de l'autre. La plupart ont un toit en fer ou en aluminium, peut-être une ou deux petites fenêtres. Je me demande ce que ces cases font ici, dans ces montagnes, au milieu de nulle part, lorsque tout à coup j'aperçois des enfants qui jouent devant l'une d'elles, puis une femme qui étend du linge sur une corde, et enfin un adolescent d'une quinzaine d'années, debout au milieu du chemin, occupé à laver du linge dans deux gamelles en fer-blanc remplies d'eau, dont l'une de lessive. Il salue le Général et lui demande une cigarette, ce que, bien sûr, le Général n'a pas. Nous poursuivons notre route au pas. De jeunes enfants s'avancent au-devant de mon cheval en me présentant une brassée de colliers de perles rouges, vertes et jaunes. Je leur donne un billet de vingt dollars et ils me tendent vingt ou trente colliers, mais je n'en prends que quelques-uns. Ils me dévisagent comme si j'étais folle et s'égaillent en piaillant de joie. Je range les cinquante dollars qui me restent dans ma poche, en me promettant d'en donner vingt au Général – je crois au pouvoir du pourboire – à la condition qu'il cesse de s'arrêter et de placer son cheval juste dans l'axe du vent.

« Est-ce que des gens habitent vraiment ici ? »

Le Général pouffe de rire. « Oh oui, *mon*. Sûr et certain. »

Je suis un peu sceptique parce que non seulement ces cases me semblent incapables d'abriter plus d'une seule personne, mais qu'elles paraissent aussi peu solides que les cabanes construites par Quincy et ses copains dans la crique près de chez nous. Malgré mes difficultés à concevoir que des familles entières puissent vivre dans ces huttes, je m'efforce de ne pas émettre de jugement. Apparemment il n'y a ni eau courante, ni fosse septique, ni électricité, mais j'espère sincèrement me tromper. Même en Jamaïque, on est en 1995, non ?

Mon moral baisse à mesure que défilent devant nous ces drôles de maisons. C'est ainsi que vivaient les Noirs du Sud dans les années 1920 et 1930. Il me reste de vieilles photos de mes grands-parents assis sous le porche de petites bicoques délabrées identiques à celles-ci. Je déteste ces photos. Mes grands-parents ont un air usé, las, l'air de gens qui n'en peuvent plus, qui ont beaucoup trimé pour n'arriver à rien. Dancing Dan mène son propre train, j'ai chaud, je me sens poisseuse, je voudrais descendre de ce satané cheval, m'asseoir sous un arbre, dénicher une bouteille d'Évian ou de Crystal Geyser glacée avec du citron vert. Je tire sur les rênes pour forcer Dancing Dan à ralentir car je viens d'apercevoir l'océan vert émeraude, à quelques kilomètres, par-delà la forêt. « Général, quand va-t-on descendre galoper sur la plage ?

— La plage ?

— Oui. Des gens de l'hôtel m'ont dit qu'ils montaient à cheval sur la plage et je me demandais si c'est encore loin. »

Il rit. « Oh non, *mon*. Chez Sopher, oui, on se promène sur la plage. Pas chez Issy's. Chez Issy's, on fait des balades en montagne, *mon*. Vous voyez la vraie Jamaïque, comment vivent les rastas. »

Merde, merde, merde. « J'avais envie de galoper sur la plage.

— Vous n'aimez pas la montagne ?

— Si, mais il fait vraiment très chaud, Général. Combien de temps reste-t-il ?

— Vous avez payé deux heures.

— Je sais, mais on peut raccourcir. Ça ne me dérange pas.

— Non, *mon*. On vous en donne pour votre argent. Chez Issy's, on est correct. » Il regarde sa montre. « Il nous reste encore plus d'une heure, mais on va bientôt s'arrêter pour boire un verre, vous inquiétez pas. »

Le Général s'applique à me montrer du doigt un certain nombre de jardins plantés de patates douces et d'un tas de légumes dont je n'ai jamais entendu parler. Me voyant examiner la terre rouge et sèche, il m'explique que les plantations ne sont pas florissantes parce que tout le monde attend la pluie, qui devrait tomber demain après-midi, c'est sûr. Moi, tout ce qui m'intéresse, c'est de savoir ce que fait Winston pendant que monsieur Météo me désigne fièrement quelques bâtisses en brique inachevées plus grandes que les cabanes précédentes, dont certaines seront paraît-il de belles maisons à trois chambres. J'ai du mal à l'imaginer. De temps à autre il m'indique ce qu'il appelle des villas, et qui ne rempliraient même pas les conditions requises comme asile de nuit dans un ghetto noir. Une autre question m'intrigue.

« Général ?

— Oui, *mon* ?

— Comment les gens rentrent-ils chez eux ? Nous sommes dans la montagne, les chemins ne sont pas très praticables et je n'ai vu aucun réverbère.

— Qui a besoin de lumière, *mon* ? Tout le monde connaît le chemin de sa maison. Aucun problème. C'est là que nous habitons. Certains ont des voitures, certains des bicyclettes, les autres vont à pied. On n'a rien à craindre, ici. Jah veille sur nous. À quoi sert la lumière quand on sait où on va ? »

Très juste. J'ai honte de mes réactions, mais il m'est difficile de les contenir. Nous dépassons un groupe d'enfants qui jouent dans un pré, au milieu de nulle part. Plus loin, une petite fille harnachée d'un sac à dos s'arrête pour me dévisager comme une bête curieuse. Que fait-elle ici toute seule ? Plus loin encore, des enfants vêtus de haillons, mais propres, se pourchassent, d'autres déterrent quelque chose, un autre encore poursuit une chèvre (du moins je pense que c'est une chèvre). Tous rient aux éclats et je prends subitement conscience de leur profonde gaieté. Pourtant ils ne possèdent ni Sega, ni Super Nintendo, ni VTT à cinq cents dollars, ni rollers fluo. Et apparemment il n'y a ni crack, ni fusillades, ni viols collectifs. Ces enfants savent s'amuser, chose que nous avons oubliée, et je m'aperçois qu'ils vivent probablement mieux, beaucoup mieux que je ne pensais.

« Vous voulez une Red Stripe ? » me propose le Général. Nous faisons halte devant la barrière d'une de ces petites échoppes qu'ils appellent magasins.

« Non merci, je ne bois pas de bière. Je préfère de l'eau. »

Sur la droite, à environ quatre cents mètres sur le flanc de la montagne, j'aperçois un vieux Noir assis sur un gros rocher et deux petits garçons qui gloussent. Un cheval gris clair se tient à côté du vieil homme. Tout à coup, le Général crie : « Eh ! Tanto ! » Eh bien, croyez-moi ou non, le cheval s'élance aussitôt vers nous au galop. Il a l'air de foncer droit dans la clôture mais, au dernier moment, il bifurque brusquement et part vaquer à ses occupations le long de la piste, jusqu'à ce qu'on le perde de vue.

« Comment faites-vous, Général ?

— Quoi ?

— Commander à ce cheval de courir là-bas. Où est-il allé, d'ailleurs ?

— Il connaît son nom, *mon*. Les bons jours, j'apporte une pomme, mais il sait si j'en ai une ou pas. Venez boire, *mon*. »

Là encore, les enfants me dévisagent et je leur souris. Comme il n'y a pas d'eau minérale, je commande une bouteille verte de Ting, délicieuse boisson pétillante à base de pamplemousse. Elle m'est servie glacée, ce qui signifie qu'ils ont l'électricité. J'en suis soulagée pour eux. Le Général tape une cigarette à l'épicier qui vend toutes sortes d'articles : bière, boissons non alcoolisées, fruits, bonbons, et même certains ustensiles ménagers et produits de toilette. Une adolescente de seize ans environ se tient sur le seuil de la petite hutte accolée à la boutique. Elle s'apprête sans doute à sortir parce que ses cheveux sont huilés et tirés en arrière. Avec son vieux blue-jean repassé de frais et son chemisier blanc amidonné, elle me fait penser à moi, il y a trente ans. Moi aussi je m'habillais avec les moyens du bord. J'emporte ma bouteille de Ting auprès du Général, et je remarque une autre jeune fille à l'intérieur de la maison, en soutien-gorge et petite culotte, qui est en train de repasser. Nos regards se croisent. Dans le sien je lis une sorte de dégoût. D'une certaine façon je la comprends. Je vais m'asseoir plus loin sur un banc de fortune pour boire mon Ting, pendant que le Général avale deux Red Stripe.

La vue sur la pointe de l'île est saisissante et le panorama sur l'océan, irréel, incroyable. J'ai l'impression d'être assise devant une carte postale animée. Des kilomètres de boqueteaux vert sombre rejoignent la mer turquoise, sur laquelle on aperçoit des petits bateaux de pêcheurs. Les récifs de corail sont dessinés comme des États bleu marine sur la carte des États-Unis. Le ciel plonge dans l'eau. C'est un lieu idéal pour prier. On est davantage enclin à confesser la vérité à cette altitude, et quelqu'un là-haut pourrait peut-être entendre. Il est indispensable de monter jusqu'ici pour s'imprégner du spectacle. Une photo (même si j'avais songé à emporter mon appareil), ou même une vidéo, n'aurait pas le même impact. On perd toujours quelque chose quand on essaie de retrouver ou d'exprimer ses émotions. Je suis heureuse d'être là et je me souviendrai de tout sans avoir besoin de photo, et lorsque j'en parlerai à des amis j'espère être capable de traduire un peu de toute cette beauté afin de leur donner le désir de venir en jouir eux-mêmes.

Le Général fume sa cigarette lentement et nous restons assis dans un silence dont je lui sais gré. Les deux jeunes filles sortent de chez elles, verrouillent le minuscule loquet de la porte avec une clé minuscule, puis disparaissent dans un bosquet. J'ignore pourquoi mais elles me font penser à Winston. Que fait-il à cette minute ? Le Général a dû surprendre mon air perplexe car il me dit : « Elles prennent le raccourci pour aller en ville. »

Sur le chemin du retour je me risque à galoper mais j'ai encore beaucoup de mal à me régler sur le rythme de Dancing Dan. Et puis il fait trop chaud, et puis j'en ai assez de respirer l'odeur du Général. Je m'empresse de lui donner son billet de vingt dollars américains dès que nous arrivons aux écuries. Il est tout heureux. Je lui conseille de s'acheter des cigarettes et j'aimerais ajouter qu'un flacon de déodorant serait un précieux investissement, mais je n'ose pas et je me contente d'un vague sous-entendu : « J'ai piqué une bonne suée. Aussitôt rentrée à l'hôtel je vais prendre une douche pour être propre, fraîche et sentir bon.

— Je peux pas vous le reprocher », répond le Général. Il me raccompagne au bout du chemin où m'attend la camionnette qui doit me ramener à l'hôtel.

C'est l'heure du déjeuner. Comme véritablement je ne sens pas très bon je prends la douche annoncée, puis j'enfile mon maillot une pièce bleu marine et blanc et un petit short blanc. Je compte aller réserver un transat sur la plage avant le repas pour plus tard. En passant je jette un coup d'œil dans la salle à manger. Deux ou trois cents personnes sont déjà installées devant les tables blanches, mais je ne sais comment, au milieu de la foule, je distingue Winston assis tout seul. Il m'aperçoit aussi et me salue du regard. Je lui réponds d'un signe de la main mais je ne m'arrête pas.

Le fait de le voir me procure un curieux soulagement. Pour être franche – sois franche avec toi-même, Stella –, c'est même de l'extase. Sinon pourquoi mon cœur battrait-il si vite et par à-coups ? Je dépose mes affaires sur un transat, aperçois quelques-uns de mes jeunes mariés préférés qui somnolent ou se désaltèrent à grands bruits, puis je reviens à la salle à manger.

La table de Winston est vide. Mon cœur dégringole et un grand embarras m'envahit brusquement quand je prends conscience de ce qui m'arrive. Ce garçon m'attire terriblement. Je coule un regard alentour comme si quelqu'un avait pu percer à jour mes pensées, et je m'efforce de les chasser en amoncelant sur mon assiette des pâtes et des fruits de mer que je me contrains à avaler sans lever les yeux.

Winston ne reparaît pas.

Je passe l'heure qui suit entre bains de mer et bains de soleil, m'endors sous un palmier pendant près de deux heures, puis je m'éveille, brûlante et moite, et cours me baigner. Je passe devant un Noir couvert de poils grisonnants qui ressemble – je ne plaisante pas – à la Créature du Lagon Noir, sans les écailles ni les ailerons. Il se tient debout dans l'eau, immergé jusqu'aux reins, juste assez pour couvrir ce qui semble être une excroissance de peau. À la façon dont ses yeux louchent, je devine qu'il est aveugle.

« C'est bon, n'est-ce pas ? » remarque-t-il. Et comme je suis la seule à me baigner, j'en déduis qu'il s'adresse à moi.

« Oui, délicieux. » Je vais un peu plus loin, nage quelques brasses et plonge sous l'eau selon mon rituel habituel, après quoi je regagne la plage désertée. C'est l'heure de la sieste pour la plupart des soiffards ou des gens comme moi que l'exposition prolongée au soleil épuise. Le vieil homme est assis sur le transat voisin du mien. J'espère que cet emmerdeur est vraiment aveugle. Si en plus il était sourd ce serait parfait. Allons, Stella, sois gentille, ce monsieur est assez vieux pour être ton père. Oui, mais il ne l'est pas.

Dès que je sors de l'eau je comprends qu'il n'est pas aveugle : son regard scrute avidement tous les recoins de ma personne à la recherche de je ne sais quel trésor perdu. Il ferait bien d'arrêter avant que je vomisse. Je m'enveloppe dans ma serviette en cachant tout ce qu'il est possible de cacher, et je sèche les parties encore exposées avec une autre.

« Bonjour, je m'appelle Nate McKenzie. Et vous ?
— Stella Payne.
— Vous restez longtemps à l'hôtel ?
— Encore six jours et demi, dis-je en rassemblant mon Walkman, mes livres, mes serviettes.
— Moi aussi. C'est mon huitième séjour en trois ans. »

J'aimerais pouvoir répondre que je m'en fiche, mais je me contente de hocher la tête.

« Eh oui. Je suis retraité de l'Air Force depuis quelques années. J'habite dans la banlieue de Pittsburgh mais j'adore venir ici. »

Je fouille dans mon fourre-tout à la recherche de mon short car je n'aime pas la façon dont son regard me détaille.

« Vous êtes déjà allée sur la plage naturiste ?

— Pardon ? » Je me tourne vers lui. La première chose que je remarque ce sont les oignons sur ses pieds de coq, puis le filet de sang qui coule d'une entaille sur ses jambes arquées. Je me demande s'il l'a remarqué.

« Vous savez que vous saignez ? »

Il baisse les yeux par-dessus sa protubérance stomacale. « Oui, je suis tombé de vélo, aujourd'hui. Ce n'est rien. Alors, oui ?

— Non, je ne fréquente pas la plage naturiste. Pourquoi ? Vous, oui ? » Où veut-il en venir ? Ce doit être un de ces vieux cochons obligés de payer pour avoir une femme. En l'observant plus attentivement je m'aperçois qu'il n'est pas réellement laid, plutôt repoussant. Il émane de lui une sorte de vulgarité. Cela vient sans doute de sa bouche, qui évoque un peu celle d'un poisson : mouillée et ouverte en permanence.

« Oui, reprend-il, comme s'il se rappelait soudain quelque chose. En fait, c'est la première fois que je viens sur cette plage-ci. Vous devriez essayer l'autre. Je crois que ça vous plairait.

— Je n'ai aucune envie de fréquenter la plage naturiste.

— Pourquoi ?

— Parce que je ne vois aucun intérêt ni plaisir à me promener nue devant une bande de vieux vicelards. De plus, je ne tiens pas à offrir à des Blancs le spectacle de mon corps noir, eux qui nous violaient quand nous étions esclaves. À moins que vous n'ayez oublié ce petit épisode de notre histoire ? »

Il s'éponge le front l'air de dire : Eh ! Ne vous en prenez pas à moi. Mais ensuite il dévoile la vraie nature du vieux débauché que je le soupçonnais être quand il ajoute : « Venez donc là-bas avec moi. »

Il me donne envie de vomir, mais je réponds : « Non, je vais boire un verre au bord de la piscine. Peut-être à plus tard, Nate.

— Attendez ! s'exclame-t-il en se relevant tant bien que mal. Je vais vous tenir compagnie. »

Merdemerdemerdemerdemerde.

En arrivant à la piscine, quel n'est pas mon soulagement – et ma joie – de voir Winston flottant sur l'eau. Lui aussi a l'air ravi de me voir, ce qui ne fait qu'augmenter mon émotion. Je laisse tomber mes affaires sur un siège vide et me glisse dans l'eau avant que le vieux Nate ne me rattrape. Je l'aperçois qui traîne ses pieds bots dans le sable. J'ai un peu honte de me payer ainsi sa tête. Mais, après tout, s'il a envie d'une petite gâterie il n'a qu'à chercher une fille qui a besoin d'argent. Pas moi.

« Vous voulez me rendre un service, Winston ? » je lui souffle à voix basse. Je suis à trois mètres de lui et il se rapproche en émergeant graduellement de l'eau. Ô Seigneur... son torse est couvert de poils, ses épaules plus larges que je ne pensais, et, pas de doute, il a vraiment un corps d'homme. Son visage est maintenant à trente centimètres du mien. Son parfum m'assaille. Sans même réfléchir je lui demande : « Quelle eau de toilette portez-vous, Winston ? » « Évasion », répond-il. Et je marmonne : « J'aimerais en être capable. » « Pardon ? » dit Winston. « Ça sent très bon. » Au même instant j'aperçois le vieux Nate et j'ajoute : « Winston, s'il vous plaît, ne bougez pas et parlez-moi pendant quelques minutes. Ne vous retournez pas. Il y a un vieux bonhomme derrière vous qui essaie de me draguer. » Il tourne quand même la tête pour jeter un coup d'œil et murmure :

«Je ne l'en blâme pas.» Sa remarque lui vaut de ma part un regard de réprimande: Voyons, Winston, avez-vous conscience de ce que vous dites? Mais je rétorque simplement: «Winston, je vous en prie.» Il s'étonne: «Quoi?» et de nouveau ses yeux plongent dans les miens comme s'il voulait y pénétrer. J'ai l'impression qu'il se rapproche de moi mais je n'en suis pas certaine. Son épaule effleure la mienne et l'eau devient soudain très chaude. Le vieux bonhomme saute dans la piscine et se dirige vers nous. Je me rapproche un peu plus de Winston, ce qui d'évidence est une erreur car j'ai la sensation de me trouver sous influence – laquelle, je l'ignore, mais je suis comme aimantée. Je parviens néanmoins à me contrôler: «Winston, si je n'avais pas tout mon bon sens je croirais que vous aussi vous essayez de me draguer.» Ce à quoi il répond: «Et vous auriez raison.» Cette fois je me laisse glisser sous l'eau parce que je suis à court de paroles. Je lâche des bulles d'air et je vois son visage apparaître dans la transparence bleutée. Sous l'eau, Winston me sourit et hoche la tête comme pour dire: Mais oui, c'est vrai, c'est vrai, et c'est très bien ainsi. Nous refaisons surface en même temps, je reprends mon souffle: «Winston, vous ne parlez pas sérieusement.» Et lui: «Je n'ai pas l'air sérieux?» Je scrute son visage. Dieu qu'il est charmeur, naturellement, sans chercher à l'être, et le regard qu'il pose sur moi est très différent de celui du vieux vicieux aux lèvres mouillées. C'est un regard tendre, comme s'il voulait simplement m'embrasser sur la joue. Je jurerais que l'eau commence à bouillir. Je bataille de toutes mes forces pour essayer d'assimiler ce qui est en train de se produire et je m'entends dire: «Attendez. Une minute. Stop.

— Quoi?

— Vous êtes vraiment sérieux, n'est-ce pas, Winston?

— Totalement.

— Je vois », je gémis. Cette fois je suis au pied du mur. « Laissez-moi vous poser une question. Quel âge avait la plus vieille de vos petites amies ?

— Vingt-quatre ans.

— Dans mon cas, il faudrait inverser ces deux chiffres, jeune homme.

— Et alors ? » Il s'est assombri. La même interrogation se lit sur son visage : Où est le problème ?

« Attendez. Laissez-moi mettre les choses au clair. »

Mais il sourit encore, comme s'il devinait ce que je me prépare à lui dire, et même si je ne le sais pas moi-même il a apparemment une réponse toute prête. Je respire à fond plusieurs fois avant de me lancer : « Voulez-vous dire que vous aimeriez coucher avec moi, Winston ? » Je guette sa réaction mais il répond sans ciller : « Absolument », avec l'air de dire : Ne faites pas l'étonnée. Du coin de l'œil j'aperçois le vieux Nate qui nous épie. Winston plonge son bras droit sous l'eau et ses longs doigts effleurent ma taille. Je frémis de la tête aux pieds, et ma réponse me prend au dépourvu : « D'accord. »

Il sourit triomphalement et rougit en même temps. « Vraiment ?

— Vraiment.

— Vous ne changerez pas d'avis comme hier soir ?

— Je ne le pense pas, Winston, mais je dois vous avouer une chose. Je ne sais pas ce que je fais et je n'arrive pas à croire ce que je viens de vous dire. Il y a quelque chose d'immoral dans cette histoire, vous ne trouvez pas ? »

Il m'enveloppe d'un regard réconfortant. « Il n'y a rien d'immoral et je ne comprends pas très bien ce qui vous pousse à le croire.

— Oh, Winston, je soupire.

— Quoi ? » Lui aussi soupire, mais il a l'air sincèrement perplexe.

« J'ai l'âge d'être votre mère.
— Mais vous ne l'êtes pas.
— Je sais.
— Vous ne ressemblez pas à ma mère. Vous n'agissez pas comme elle. Et vous n'avez certainement pas les mêmes sentiments. »

Je dois admettre qu'il est assez convaincant. Mais c'est parfaitement scandaleux, Stella, et tu le sais ! La serveuse s'approche et dépose près de nous, sur le bord de la piscine, un verre rempli d'une boisson rouge et un autre contenant visiblement mon habituel *piña colada* sans alcool. Winston la remercie et me tend le verre.

« Quand avez-vous passé la commande ?
— Quand je vous ai vue venir par ici.
— Comment saviez-vous que j'allais boire un verre avec vous ?
— Je ne le savais pas. Je l'espérais. » Winston me refait le coup du regard hypnotique et je détourne légèrement la tête dans l'espoir de reprendre mes esprits. Le vieux Nate nous épie, l'eau à la bouche d'envie. Il me fait pitié. Quand j'ose de nouveau regarder Winston en face, j'ai du mal à croire que ce grand et beau jeune homme veut réellement me toucher, m'approcher, me faire l'amour. Je ne sais plus où j'en suis. Ai-je vraiment dit à ce garçon que je coucherais avec lui ? Mais oui, Stella, tu l'as dit. Eh bien, dans ce cas, personne n'est obligé de l'apprendre, ce sera notre petit secret. Comme il est gentil, doux et séduisant. Je ne veux pas seulement coucher avec lui, je n'imagine pas entre nous un banal coït. Je veux lui faire l'amour, lui donner quelque chose de tendre, de chaud, de beau, quelque chose qui ait une résonance, afin que plus tard, demain matin, le mois prochain, dans un an, il se souvienne de ce qu'est faire l'amour avec une vraie femme, et non pas simplement la baiser, comme ces petites nanas qui

couchent à droite et à gauche et qui pensent que plus c'est brutal mieux on jouit, ce qui est évidemment faux. Je me surprends encore à ajouter : « Vous attendez que je vous apprenne des trucs, Winston, ou pensez-vous pouvoir m'en apprendre ? »

Il sirote une gorgée de son daiquiri fraise, me regarde par-dessus le verre sans le moindre complexe – du moins autant que je peux en juger – et répond : « Probablement les deux. » Je m'en étrangle presque. Maintenant je brûle d'impatience, je voudrais faire ça là, ici, tout de suite, dans la piscine.

« Mais nous pourrions commencer par dîner ensemble, et ensuite aller danser, propose-t-il.

— C'est ainsi que vous voulez procéder, Winston ? » Je suis un peu ébranlée. Avec un de ses congénères plus âgés nous aurions déjà pris le chemin de ma chambre depuis dix minutes. Tout cela est très rafraîchissant.

« Vous me plaisez, Stella. Je voudrais passer le plus de temps possible avec vous.

— Mais pourquoi, Winston ? »

De nouveau il soupire. Il se frotte la tête de ses deux mains, puis la nuque. « J'aime discuter avec vous, je ne peux pas m'empêcher de sourire quand je vous vois et c'est une sensation que j'aime.

— Mais Winston...

— Quoi ?

— Êtes-vous sûr de vous ?

— Pourquoi est-ce si difficile pour vous d'accepter le fait que je vous trouve jolie et agréable, que vous m'attirez, et que, depuis l'instant où je vous ai vue entrer dans la salle à manger, hier, tout s'est animé, comme si les ventilateurs s'étaient mis à tourner plus vite. J'ai été fou de joie quand vous m'avez parlé. Vous ne devriez pas vous soucier de mon âge ni du vôtre parce que ce ne sont que des chiffres. Et puis ne craignez rien, je ne vous décevrai pas, ajoute-t-il d'une façon telle que je ne peux m'empêcher de le croire.

— Je n'ai aucune crainte à ce sujet, Winston.
— De quoi avez-vous peur, alors ?
— De moi. »

Je pose mon verre et me hisse hors de la piscine. En me penchant pour récupérer ma serviette je remarque le regard du vieux Nate rivé sur mes fesses. J'ai envie de lui conseiller de prendre des leçons sur Winston.

« À quelle heure, ce soir, Winston ? » Il plonge sous l'eau comme ces dauphins qui jouent dans les spectacles nautiques, puis il remonte à la surface en souriant : « Quand vous voudrez. »

Je lève sept doigts.

Il en lève six.

6

Je regagne ma chambre en titubant. L'idée m'effleure qu'ils ont peut-être versé accidentellement de l'alcool dans mon verre. J'ai l'impression d'avoir sauté dans le rêve d'une autre. Bon, d'accord, je sais que je suis en Jamaïque. À Negril. Je crois être arrivée avant-hier mais je n'en suis pas certaine tant il s'est produit d'événements, alors qu'habituellement de longs mois peuvent s'écouler sans que rien de notable survienne dans ma vie. Pourtant tout est bien réel. Je remonte l'allée du *Castle Beach Negril* après avoir promis à un jeune homme de vingt et un ans de passer la nuit avec lui. Oui, il semble bien que je sois allée jusque-là. Je me couvre les yeux et les joues de mes deux mains, mes genoux se dérobent. J'entrevois plusieurs employés qui ont l'air de se demander si j'ai perdu la boule alors je baisse les mains, je souris, et je continue de marcher, ou plutôt de flotter vers ma chambre, encore abasourdie par ma propre témérité. Enfin n'exagérons rien, je n'ai pas l'intention d'épouser ce garçon ! Je vais simplement coucher avec lui. Rien de plus. C'est aussi simple que ça. Après, je le renvoie à ses occupations. J'ai une pleine boîte de préservatifs. Où est le problème, Stella ? C'est un adulte consentant. Il *veut* s'envoyer en l'air. Mais pourquoi avec moi ? Voilà la question. Parce que je suis vieille, voilà pourquoi. Il n'a encore jamais fait ça avec une vieille. C'est tout.

Il mène une étude comparative. Une vieille est-elle aussi bonne qu'une jeune ? Je ne connais pas la réponse à cette question et je ne tiens pas à ce qu'il y réponde. Cependant il ne semblait pas n'avoir que le sexe en tête puisqu'il m'a proposé de dîner avec lui. Puis d'aller danser. N'est-ce pas ce qu'on appelle un rendez-vous galant ? Mais je déraille. Je divague. La vérité c'est qu'il est grand, beau, attirant, jeune, que je suis une séduisante femme de quarante-deux ans, américaine, qu'il a envie de moi, que je vais lui donner matière à souvenir et, si je me débrouille bien, en tirer du plaisir. J'espère qu'il sait embrasser car ce serait du gâchis de ne pas savoir se servir des lèvres magnifiques dont Dieu l'a doté, j'espère qu'il n'est pas de ces catcheurs du baiser qui vous agressent avec leur langue dégoulinante et vous donnent l'impression d'être sur une chaise de dentiste, j'espère qu'il sait bouger car, même si je peux le guider une partie du chemin, le rythme ne s'apprend pas, on l'a ou on ne l'a pas, et enfin j'espère qu'il connaît l'importance de la poitrine chez une femme, mais comme vraisemblablement personne ne lui a appris le mode d'emploi je lui ferai une petite démonstration – à son âge il devrait vite piger. Bon sang, rien que de penser à ses belles lèvres sur mes seins... Stop, Stella, change de sujet parce qu'il reste encore – je regarde ma montre – trois heures à tenir. Que vais-je faire pendant trois heures sinon devenir folle ? J'ai envie de lui tout de suite mais je ne vais tout de même pas aller me masturber dans ma chambre ! Pas de ça Lisette, je compte bien garder toute mon énergie pour Winston, et il a intérêt à être vaillant, le petit. Quelle musique vais-je mettre ? Pas de ces chansons pousse-au-vice ou insidieuses, ni de ces guimauves langoureuses, rien non plus de trop funky ni de trop enlevé, ce qui me ramène une fois encore à Seal. Je ne tiens pas non davantage à décoller complètement ni à donner l'impression de monter un monumental numéro de séduction, ce serait vraiment trop ringard. Et pourtant, malgré la conscience que j'ai d'un certain ridicule, je rebrousse chemin vers la boutique de cadeaux et, sous le prétexte d'acheter *USA Today*, je fais l'emplette de quatre bougies odorantes, que je dispose ensuite dans des endroits stratégiques autour de la chambre : à la tête du lit, sur la table basse, sur le balcon et dans la salle de bains. J'ai le sentiment de tricher, de rendre prémédité ce qui était spontané, mais cela n'en demeure pas moins assez astucieux. Winston n'a certainement jamais connu une atmosphère semblable. En un sens, j'ai l'impression que je le lui dois.

Plantée devant l'armoire, j'essaie de choisir la robe la plus flatteuse et je prends brutalement conscience que je ne suis pas une jeune fille, que mes vêtements reflètent mon âge, et que l'image renvoyée par le miroir en pied n'est à l'évidence pas celle d'une femme de vingt et un ans : j'ai eu vingt et un ans il y a vingt et un ans. Aussitôt la sempiternelle question revient m'assaillir. Pourquoi ce jeune homme veut-il coucher avec moi ? Qu'est-ce qui l'attire ? Quelle est sa véritable motivation ? Je sais. Il a sûrement entendu la rumeur selon laquelle les Américaines célibataires de plus de trente ans, les Noires en particulier, sont prêtes à couchailler avec le premier venu dès qu'elles se voient en perte de vitesse. Auparavant, quelques semaines seulement séparaient leurs ébats amoureux. Maintenant c'est en mois qu'elles doivent compter, et elles flippent parce qu'elles sont désespérément seules et que, après des années et des années à chercher l'homme idéal, elles sont parvenues à la conclusion qu'il n'existe pas. Nous qui nous présentons d'autorité comme la Miss perfection personnifiée, n'avons pas encore saisi que notre perfection est purement et simplement une invention de notre imagination pervertie. Je suis bien placée pour le savoir puisque je suis membre du club des plus de quarante ans pour Éléments Subversifs Affectifs Négationistes.

Ce dont j'ai intimement conscience, en revanche, bien que j'en garde précieusement le secret, c'est ma terreur à l'idée de m'abandonner à nouveau totalement à un homme, de me dépouiller de ce joint étanche qui protège le cœur et de laisser un étranger y pénétrer, s'y promener, s'y reposer, y fouiner, y découvrir tous les petits drapeaux rouges. Surtout lorsque l'on sait que le cœur jouxte l'âme, où se trouvent les pièces pleines de défauts du puzzle de la personnalité que, peu à peu, la maturité venant, on commence enfin à cerner et à identifier. On essaie de résoudre certains problèmes mais on en est à peine au numéro quatre d'une liste interminable, et on s'effraie à la simple pensée de se dénuder affectivement car reste en mémoire le désastre des deux ou trois expériences précédentes. Puisque désormais le monde a admis que les femmes de notre âge s'efforcent de lutter contre la montre, certaines ont dressé autour de leurs sentiments une clôture invisible, semblable à celles que certains maîtres utilisent pour contenir leur chien dans le jardin – transgresser cette ligne invisible vaut une décharge de courant, et les chiens lassés d'être électrocutés finissent par rester assis sans bouger à regarder les voitures et leurs congénères leur passer devant le nez. Ce que je vis est très proche : je ne bouge plus. Comme bon nombre de mes copines, je cède à la facilité. Je voudrais croire que Winston ignore tout cela, mais il y a fort à parier que nos magazines féminins et les émissions d'Oprah sont également diffusés en Jamaïque.

Je souhaite seulement, s'il s'est engagé dans une croisade de compassion à mon égard, qu'il comprenne que les femmes de mon genre ne sont pas à proprement parler des enragées. Faire l'amour ne pose pas un réel problème – tous les hommes ou presque sont partants pour baiser à l'œil – mais le faire avec quelqu'un dont on a envie est plus hasardeux. Lorsqu'une femme rencontre un homme qui l'attire vraiment, loin d'être capable de tout, elle devient vulnérable, nerveuse, craintive. La différence est de taille. Allons, Stella, voilà que tu remets ça ! Pour une femme qui projette une simple petite aventure d'un soir avec un garçon, tu t'emballes beaucoup trop. Épargne-moi tes considérations philosophico-sociologiques sur le statut des Américaines, et des Noires en particulier. Prenons du plaisir et poursuivons au mieux ces vacances. Est-ce si compliqué ?

D'accord, cette masturbation mentale a au moins l'avantage de tuer une heure. Mais la lecture est aussi un excellent passe-temps et j'ouvre un livre sans même regarder le titre, épelant les mots l'un après l'autre et non par groupes comme l'exige la méthode de lecture rapide que j'ai apprise il y a des années et qui, dans mon cas, n'a jamais été très efficace, sauf précisément pour le groupage des mots. Je délaisse donc le livre et conclus que le meilleur moyen est encore de me reposer. Cette nuit je vais dépenser – et, je l'espère, consommer – beaucoup d'énergie.

J'appelle la réception pour demander qu'on me réveille à cinq heures précises, pour le cas où je m'endormirais, puis je me glisse sous les draps tout en songeant : Ô Seigneur ! que vont penser et dire les gens s'ils nous voient ? Merde. Et alors, Stella ? On est en Amérique. Non, on n'est pas en Amérique. D'accord. En tout cas on est dans les années 1990, tu peux donc dormir tranquille, ma fille. Je reporte mon attention sur les vagues qui n'en finissent pas de rouler sous la fenêtre, j'enfouis mon visage de plus en plus profondément dans l'oreiller blanc et moelleux, je ferme les yeux quelques minutes, et je suis tout ébahie quand le téléphone sonne. La standardiste m'annonce qu'il est cinq heures. Je regarde ma montre : il est vraiment cinq heures.

Pressons le bouton d'avance accélérée, car c'est à toute vitesse que je saute du lit, prends une douche, me rase les aisselles et les jambes, procède à une toilette intime, ponce talons, coudes et genoux, me brosse les dents, épile quelques poils de sourcils, me verse quelques gouttes de collyre dans les yeux, rabats mes tresses de l'autre côté, enduis les parties brunies de mon corps de crème hydratante, et termine par un maquillage ultra-léger, parce que je ne supporte pas d'avoir le visage englué et parce que je tiens toujours à ce qu'un homme – même très jeune – ne soit pas trompé sur la marchandise.

Comme je n'ai toujours pas choisi ma tenue, je m'absorbe de nouveau dans la contemplation de l'armoire et m'aperçois que je possède plusieurs robes à la Marilyn Monroe – bien que Dieu merci je ne sois pas une réincarnation de Marilyn. Par ailleurs je ne veux pas me répéter, ni avoir l'air de vouloir sortir de ma robe le plus vite possible, mais je ne veux pas non plus ressembler à un chaperon au premier bal de son fiston – d'ailleurs je n'ai rien de ce style en rayon. Mon choix finit par se fixer sur une robe en lin jaune pâle, très décolletée devant et derrière, très ajustée, qui m'arrive juste au-dessus du genou et me dessine de jolies formes, alors qu'en vérité j'ai les hanches étroites et un fessier musclé, arrondi et ferme, en d'autres termes un gros cul, marque distinctive et chère à mon cœur de la famille. Je mets le soutien-gorge sans bretelles à vingt-deux dollars déniché chez Macy's, qui épouse parfaitement ma poitrine sans l'écraser ni la gonfler de deux tailles, et qui, de profil, laisse subtilement entrevoir la naissance des seins.

J'enfile des escarpins couleur moutarde, de gros anneaux d'or à mes oreilles et, en inspectant mon reflet dans le miroir, il me semble en toute honnêteté que j'encourage la suite des opérations. Pourvu que Winston soit du même avis. J'espère qu'il n'a pas changé d'idée. Et s'il s'était ravisé ? S'il avait recouvré la raison et se terrait dans sa chambre ? Je risque de sortir toute pomponnée et de me retrouver seule comme une gourde. Voilà l'une des raisons pour lesquelles souvent je déteste les hommes. Tous les mêmes. Impossible de compter sur eux. Ils sont faibles. Je ne comprends absolument pas pourquoi Dieu les a pourvus de couilles, eux qui la plupart du temps agissent comme s'ils n'en avaient pas. Leur incurie commence dès leur plus jeune âge. Vous ne trouvez pas ? D'ailleurs je m'engage sur-le-champ à apprendre à Quincy à devenir un adulte en utilisant autant que possible ses attributs, à se jeter à l'eau, à prendre des risques, à vaincre sa peur. Je ne veux pas le voir se comporter comme une mauviette, comme Winston, comme son papa, comme tant de ces mâles de par le monde qui ne méritent pas le nom d'homme. Certains d'entre eux – un bon nombre, voire la plupart – auraient bien besoin de passer un mois ou deux dans un ranch dirigé par des femmes. Nous seules pouvons montrer à ces nigauds comment devenir des hommes puisque nous les élevons, et peut-être souffrent-ils tous d'une déficience mentale car ils semblent avoir oublié les principes indispensables, précieux et constructifs que nous leur avons enseignés au cours de leur enfance, ce qui explique pourquoi aujourd'hui une majorité d'entre eux devraient suivre de toute urgence des cours de recyclage.

Munie de ma petite pochette je me dirige vers la salle à manger, l'air grave car je me prépare à une déception. Si par hasard je rencontre Winston en compagnie d'une jeune pin-up, il aura droit à mon regard de vampire, le regard qui dit : Ça va te coûter cher mon petit gars de m'avoir roulée, pour qui te prends-tu, tu n'as sans doute jamais fait l'amour comme il faut, n'est-ce pas, Winston, tu n'as même sûrement jamais découché, sauf pour dormir chez un copain, pas vrai ?

Le voilà. Assis sur un banc à l'extérieur de la salle à manger. Seul. Il se lève dès qu'il m'aperçoit et vient à ma rencontre. Oh non... il est encore plus beau. Et toujours ce parfum. Je me réjouis de n'avoir pas mis de petite culotte – ça commence à devenir une habitude – mais peut-être cette fois est-ce une erreur car je sens une moiteur s'épancher à l'intérieur de ma cuisse. Merde. Jusqu'où cela va-t-il dégouliner ? Par chance j'ai des petits cotons dans mon sac. Je prie Winston de m'excuser un instant. Il s'inquiète : « Un problème ? » Mais je m'éloigne d'un pas tranquille, comme dans les films, et je le rassure : « Tout va bien, juste un petit détail à réparer. » Je ne veux surtout pas lui laisser penser que je suis indisposée. Il est si jeune, il ne voudrait sûrement pas inaugurer nos rapports sexuels le jour de mes règles, bien que je connaisse des hommes qui aiment vous faire une gâterie quand vous saignez. Personnellement je trouve ça dégoûtant et je ne supporte même pas de les regarder faire, et pas question qu'ils remontent après en voulant m'embrasser, Non monsieur, va d'abord te brosser les dents, passer le fil dentaire, prendre un bain de bouche, et si ton haleine est acceptable alors on pourra peut-être envisager un baiser mais pas avant.

J'ai honte de m'être excitée si vite et je me fais un peu l'effet d'une traînée, pourtant cette sensation ne me déplaît pas. Comme je voudrais pouvoir appeler Delilah pour lui raconter ce que je m'apprête à faire – elle me répondrait : « Fonce, ma belle ! » Ma sœur Vanessa, elle, renforcerait le sentiment de ridicule que j'éprouve déjà, et Angela ne manquerait pas de me gronder et de me prédire une punition céleste pour avoir ne serait-ce qu'envisagé une chose pareille. Je me nettoie, je sors de la cabine, et comme personne ne me regarde je lance : « Allez au diable toutes les deux ! » Puis je sors en pouffant de rire rejoindre Winston qui m'attend.

Ses cheveux noirs et brillants sont brossés en arrière et la coupe rase sur ses tempes laisse entrevoir le cuir chevelu, son oreille gauche s'orne d'une boucle en or, il a une chemise boutonnée qui n'a rien de tropical et semble sortir du rayon hommes d'un grand magasin, même pas d'une boutique fréquentée par les fans de hip-hop, et dont je ne peux dire dans cette lumière si elle est violette ou marron mais qui est semée de petits points figurant le système solaire ou une galaxie. Il a un blue-jean, qui sied merveilleusement bien à ses jambes interminables et qu'il porte d'une façon désinvolte que j'adore, sans souci de son apparence, et il est chaussé de mocassins en daim noirs. J'aime son style, son goût, ses choix. Il est beau et n'en fait pas étalage. Il a le maintien et l'aisance d'un homme sûr de lui, conscient de ce qu'il est, mais ignore encore son pouvoir.

« Tout va bien ? s'enquiert-il, visiblement soucieux.
— Très bien.
— Vous avez faim ?
— Non. Et vous ? »

Il sourit, rougit, secoue la tête. Depuis quand a-t-il des fossettes ?

« Nous devrions quand même manger un peu, vous ne croyez pas, Winston ?
— On peut toujours essayer. » Et nous voilà pris d'un fou rire. Dont nous connaissons l'un et l'autre la raison.

« Winston ?

— Oui ? » Cette fois c'est le désir qui luit dans son regard, pareil à un rayon laser, et qui pénètre dans cette petite région de ma poitrine qui pourrait bien être mon cœur. Je voudrais qu'il arrête ce manège.

« Il fallait vraiment que vous mettiez cette eau de toilette ?

— Je croyais qu'elle vous plaisait ?

— Elle me plaît. C'est bien le problème. Elle m'étourdit.

— J'ai forcé la dose ?

— Non, ce n'est pas ce que j'ai voulu dire. »

Son regard est perplexe.

« C'est sans importance, Winston.

— Des *pesta*, ça vous tente ? »

Sa prononciation me fait sourire : il veut dire *pasta*.

« D'accord. » Nous traversons la salle à manger où Norris, Abby et tous les autres animateurs, les jeunes mariés, les vacanciers qui sont arrivés avec moi dans le minibus et ceux que je côtoie sur la plage, y compris le vieux Nate, tous nous saluent sur notre passage. Je me dis que nous ne devrions pas nous exhiber ainsi.

« Pourquoi tant de précipitation ? s'étonne Winston.

— Je me précipite ?

— Oui, on dirait que vous avez le diable aux trousses. Qu'y a-t-il ?

— Rien, dis-je en choisissant une table à l'extérieur.

— Expliquez-moi ce qui se passe, Stella. » Il se penche vers moi et son regard me fait perdre le fil. Puis la mémoire me revient : « Winston, vous êtes sûr de vouloir continuer ? Parce que si vous voulez renoncer, si vous avez changé d'avis, cela ne pose aucun problème. Vous ne me vexerez pas, je suis une grande fille et j'ai l'habitude des déceptions. Alors si vous avez un regret, nous pouvons simplement dîner, peut-être danser un peu, puis nous dire bonsoir et en rester là sans aucun ressentiment. » Il ouvre de grands yeux incrédules. « Voulez-vous répéter ça, mot pour mot, Stella ? » Il s'adosse contre sa chaise et attend.

Je suis terriblement embarrassée. « Vous savez très bien ce que je veux dire.
— Stella ? »
Je n'ose pas le regarder.
« Stella ?
— Quoi ? » J'évite son regard. Je me sens dans la peau d'une collégienne alors que je devrais être le principal.

« Je n'ai pas changé d'avis. J'ai été incapable de réfléchir clairement de toute la journée parce que vous occupiez toutes mes pensées. Je n'ai pas peur, Stella. Je n'ai pas peur de vous. Je n'ai pas peur de ce qui arrive. Je n'ai pas peur de ce qui pourrait arriver. Et je vais être franc, je n'ai pas été autant attiré par une femme depuis... jamais. »

Je peux à peine déglutir. Du reste je n'ai rien à déglutir tant ma bouche est sèche.

« Je suis sincèrement flattée, Winston.
— Je ne le dis pas pour vous flatter. C'est la vérité.
— Je suis quand même flattée. Moi aussi je vais vous faire un aveu. Même si je trouve tout ça un peu ridicule, sachez que vous me plaisez beaucoup également et...
— Qu'y a-t-il de ridicule ? »
Je trépigne intérieurement. « Tenez-vous vraiment à m'entendre le répéter ?
— Encore cette histoire d'âge ?
— Oui. Winston, de toute ma vie, jamais je n'ai fait une chose pareille.
— Qu'entendez-vous par "une chose pareille" ?

— Plusieurs choses, en réalité. D'abord, jamais je ne suis partie en vacances pour lever un homme que je ne connaissais pas.

— Vous ne m'avez pas levé, Stella.

— Vous me comprenez très bien. »

À son air un peu vexé je vois qu'un éclaircissement s'impose. Je n'ai pas voulu insinuer que je l'avais ramassé comme on ramasse un prostitué. « Ce que je veux dire, Winston, c'est que nous sommes dans les années 1990, l'époque du sexe protégé. On ne saute plus aussi facilement dans le lit d'un étranger.

— Je suis un étranger pour vous ?

— Non. Mais je vous ai rencontré seulement hier. C'est un peu nouveau, non ?

— Je suis tout disposé à vous raconter tout ce que vous voudrez savoir sur moi. Posez-moi des questions.

— D'accord. Parlez-moi de vos parents.

— Papa est chirurgien à Kingston, et maman infirmière. J'ai deux sœurs aînées. Mariées toutes les deux. J'ai grandi près de Kingston, fait mes études secondaires dans un collège privé, et deux années de biologie à l'université des Indes occidentales de Kingston. Mais comme la biologie ne me plaisait pas, j'ai commencé à prendre des cours de cuisine et j'envisage soit d'étudier la gestion hôtelière, soit de devenir chef. Je ne sais pas encore. Papa désapprouve l'un et l'autre. Voilà. Vous connaissez tout de moi. »

Sa façon de dire papa me donne envie de sourire, mais je me retiens car ce serait de mauvais goût et je ne veux pas encore me servir de son âge contre lui. Ce n'est pas de sa faute s'il n'a que vingt et un ans. Comme il est touchant quand il croit m'avoir tout dit de lui.

« Merci pour ces renseignements, Winston. »

Il ne comprend pas. « Que vouliez-vous savoir d'autre ?

— Oh... je ne sais plus. Ce n'est pas si important, finalement. »

Une serveuse s'approche et m'adresse un sourire encourageant – « vas-y, ma vieille » – et brusquement je m'aperçois que tout le monde nous voit. « Quel genre de *pesta* désirez-vous ? » demande Winston. Je repère un plat sur la carte et l'indique à la serveuse. Winston choisit la même chose et nous commandons les boissons : *piña colada* sans alcool pour moi bien sûr, daiquiri fraise également sans alcool pour Winston.

« Et moi, que devrais-je savoir sur vous, Stella ? demande-t-il en se penchant en avant, les coudes sur la table.

— J'aime votre chemise. »

Il sourit. « Merci. Je vous écoute. Maintenant que je vous ai livré mes secrets les plus intimes, j'attends les vôtres.

— Je suis divorcée depuis trois ans.

— Vous avez un petit ami ?

— Non. »

Sauf erreur, il a l'air vraiment soulagé et prêt à franchir un autre pas.

« Pourquoi non ?

— Parce que j'ai du mal à en trouver un à mon goût.

— Pourquoi est-ce si dur ? Vous êtes très séduisante. J'imagine que les hommes grouillent autour de vous.

— Non, Winston, ils ne grouillent pas. Les apparences sont trompeuses. Et puis disons que je suis difficile. Trop, peut-être. Mais ça ne m'empêche pas d'avoir des aventures. Je continue, monsieur ? »

Il sourit et hoche la tête. On en mangerait.

« J'ai un fils de onze ans qui s'appelle Quincy. Je l'aime infiniment et il est mon meilleur ami.

— C'est bon à entendre.

— Et pour gagner ma vie, je fais des passes.

— Des passes ? Quel genre de passes ?

— Je plaisante. Je travaille comme analyste financière dans une société boursière. »

Il semble déconcerté, mais qui l'en blâmerait ? « Ça sonne bien, mais au fond ce travail n'a pas grand sens et je ne serais pas surprise que les ordinateurs nous remplacent très bientôt.

— Que fait un analyste financier exactement ?

— C'est un peu compliqué à expliquer mais disons que lorsque des clients, et dans mon cas il s'agit de sociétés, de municipalités, d'universités et autres, veulent investir leurs bénéfices pour gagner de l'argent, j'analyse les différentes possibilités et je les conseille sur les placements les plus sûrs et les plus rapides.

— Oh, je vois, dit Winston en hochant la tête. Et ce travail vous plaît ?

— Avant, oui. Mais mon enthousiasme est tombé. Envolé. Toutefois je ne me plains pas. Je gagne ma vie.

— Et vous avez étudié de nombreuses années pour en arriver là ?

— Oui. À l'université de New York. Licence et maîtrise. Sans parler de mon diplôme des beaux-arts.

— Je vois », dit Winston avec un soupir, comme s'il mettait toutes ces informations en place. Puis il plonge son regard dans le mien et ajoute : « À mon avis, si on fait de si longues études il faut au moins que cela conduise à travailler dans un domaine qui donne du plaisir. Non ?

— Bien sûr, mais en vieillissant il arrive que l'on change de point de vue, de désirs, d'échelle de valeurs. Ce qui vous excitait ne vous excite plus.

— Vous agissez de la même façon avec les gens ?
— Que voulez-vous dire ?
— Quand vous vous ennuyez avec quelqu'un ou quand vous n'avez plus les mêmes dispositions à son égard, vous le traitez comme vous traiteriez votre travail ? Vous le gardez ou vous en cherchez un autre ? »

Ça alors ! Je reprends mon souffle. Winston n'a décidément pas le raisonnement ni l'attitude d'un jeune homme de son âge. Il ne s'impatiente pas, ne trépigne pas, et j'irai même jusqu'à dire qu'il est plus posé que moi. Sa remarque me surprend beaucoup, elle prouve qu'il pèse ce qu'il voit et entend, et cherche à assembler tous les éléments. C'est plutôt agréable. « Disons que j'ai tendance à attendre jusqu'à épuisement de mes forces, et quand je m'aperçois que j'ai donné le maximum je m'en vais. Mais cela peut prendre du temps. »

On nous apporte nos *pasta* et chacun de nous semble vouloir alléger un peu l'atmosphère : nous grignotons de minuscules morceaux de nourriture en les mastiquant avec soin comme si nous les savourions, puis nous reposons nos fourchettes. Il est à peine plus de sept heures et nous sommes aussi nerveux l'un que l'autre, malgré nos efforts pour feindre qu'il s'agit d'un rendez-vous ordinaire, mais lui et moi savons que c'est tout sauf ordinaire. Peut-être aurions-nous dû nous retrouver moins tôt car la discothèque n'ouvre pas avant dix heures. Il nous reste à écouter l'orchestre, assis dehors. Bien entendu le batteur nous examine, je vois ses petits yeux ronds briller, et son copain le guitariste me contemple comme si j'étais la réincarnation de son ancienne petite amie. Nous nous installons sur des chaises longues près de la piscine pour écouter les vagues, la musique, parler de la Jamaïque, de l'Amérique. Puis nous allons nous promener, non pas sur la plage, à cause de ces stupides puces de mer qui, bien qu'invisibles, se liguent pour venir vous piquer, surtout aux chevilles et surtout si vous avez mis du parfum. Elles en raffolent et vous dévorent mais vous ne vous en rendez compte que plus tard, une fois pris de démangeaisons incontrôlables qui vous donneraient presque envie de pleurer ; vous croyez en être quitte en vous grattant furieusement, mais ça ne s'arrête pas, vous avez la peau rouge, en sang, et aucune crème n'y fait rien. Voilà pourquoi Winston et moi décidons de marcher jusqu'à *L'Hédoniste*, où se déroule un Concours de Beaux Mâles. Nous nous attablons dans le bar en plein air pour admirer une vingtaine de jeunes gens du monde entier qui défilent en shorts et maillots de bain. Ils sont tous superbes et dévêtus, et, d'après les échos que j'ai entendus de ces soirées, je m'étonne que le public soit encore habillé. En d'autres circonstances, sans doute aurais-je moi aussi poussé des cris de ravissement devant ces magnifiques garçons, mais je trouve qu'ils n'ont ni la finesse, ni le port, ni la grâce, ni la beauté de Winston, lui qui ne s'exhibe pas, et je mesure pleinement ma chance.

En revenant, il me prend la main et la tient serrée dans la sienne, et croyez-moi je ne plaisante en disant que j'ai la chair de poule et des frissons qui me courent jusqu'en bas du dos. Sa main devient plus chaude, je crois que je la serre très fort. Au *Beach Negril*, l'orchestre plie bagage. Nous entrons dans la discothèque où le DJ passe de la musique très rythmée. Pas question de s'asseoir. Nous gagnons aussitôt la piste bondée sur laquelle nous allons danser sans interruption pendant les deux prochaines heures, et où je vais me griser des mouvements onctueux et déliés de Winston. Contrairement à certains garçons trépidants de son âge, il évolue de façon naturelle et spontanée, ressentant la musique de l'intérieur et se laissant guider par elle. De son côté il m'observe tourner et onduler, ce que je ne fais pas trop mal non plus, même si je ne pratique pas les dernières danses. Puis le DJ lance un slow frotti-frotta et Winston, comme au ralenti, m'enlace instinctivement. Nous évoluons dans un espace minuscule, j'entoure sa taille étroite de mes bras, j'ai l'impression de tourner de la même manière que la fille qui joue avec John Travolta dans *Staying Alive*. Winston sent délicieusement bon, son torse est ferme. Enveloppée de ses longs bras j'ai l'impression d'être au creux d'une niche chaude et sûre. Vas-y, Stella, relaxe-toi. Ses épaules sont incroyablement larges, des poils dépassent de son col de chemise ouvert, je me sens bien, je voudrais que cette chanson dure une heure, et lorsque ses mains serrent ma taille pour me repousser un peu et qu'il me regarde en souriant et m'embrasse sur le front, je jurerais avoir absorbé une drogue euphorisante. Ensuite il m'attire à nouveau contre lui, tout contre mais très doucement, et je comprends que Winston n'est pas un garçonnet, ni mon jouet d'une nuit. C'est un homme à part entière.

Il est minuit et demi. Hormis Winston et moi, la piste de danse est maintenant déserte. Nous avons pris plaisir à danser ensemble mais nous avons aussi cherché à gagner du temps car nous avons un peu peur. Peur ou pas, la discothèque va bientôt fermer et il nous faudra partir, et comme mon appréhension n'est quand même pas si grande et que j'ai très envie de lui, je prends sa main sur une chanson de Warren G et je lui souffle : « Tu es prêt ? » Winston répond : « Depuis longtemps, mais je pensais que tu voulais danser encore. » Je secoue la tête, nous échangeons un sourire et, main dans la main, nous traversons la salle et gagnons l'allée qui conduit à ma chambre. J'ouvre la porte et entre la première, et tout à coup j'ai l'impression d'être redevenue une lycéenne. Je ne sais plus ce que je dois faire.

Les battements de mon cœur excèdent largement leur cadence normale. Si j'avais un moniteur cardiaque, il sonnerait l'alarme depuis deux heures. La séduction ne m'est pas étrangère mais j'ai l'habitude d'être celle que l'on séduit et non la séductrice, cependant je peux inverser les rôles, je peux lui montrer la marche à suivre. Donc, après avoir mis un disque de Seal, évidemment, je me retourne et je suggère : « Assieds-toi, Winston », mais il s'approche, passe ses bras autour de mes épaules nues et se penche pour me dire – me chuchoter – à l'oreille : « Tu es très belle », et avant que je puisse répondre, quelque chose de chaud et de divin atterrit sur mes lèvres. Non, impossible. Que fait-il ? Sa bouche est si douce qu'on croirait du velours. Comment parvient-il à éveiller en moi toutes ces sensations ? Il m'embrasse comme s'il en rêvait depuis longtemps, mais sans précipitation, sans violence, ses lèvres m'effleurent à peine. Je t'en supplie, Winston, n'arrête pas, j'attends depuis une éternité un baiser comme celui-ci. Qui donc t'a appris à embrasser ainsi ? Attends, arrête. Je m'écarte.

« Qu'y a-t-il, Stella ? »

Je voudrais le lui dire. Tu ne comprends donc pas ? Tu m'embrasses comme si tu savais ce que tu fais, tu m'embrasses comme si tu connaissais mes points faibles, tes baisers m'anéantissent, me vident de mes forces. Je t'en prie embrasse-moi encore parce que tu es ce dont j'ai besoin, tu es ce qui me manque depuis si longtemps, ce que j'ai attendu pendant tant d'années, toute ma vie : tes lèvres sur les miennes. Mais au lieu de cela je bafouille :
« Winston, tu embrasses comme...

— Quoi ? » Il paraît inquiet. Ma réaction est excessive.

« Je ne m'attendais pas à ça.

— Mais quoi ?

— Que tu embrasses aussi bien.
— C'est toi qui embrasses bien.
— Non, toi. Je me sens toute chose. Je voudrais pouvoir mentir mais je ne peux pas. Regarde-moi. » Forcément il doit voir la buée qui émane de ma peau, ou bien mon corps se désintégrer dans un nuage de vapeur.

« Touche mon cœur, Stella. » Il place ma main sur sa poitrine et sous mes doigts son cœur s'emballe. « Il te sent. »

Ce à quoi je m'entends l'implorer : « Je veux que tu abuses de moi, Winston. »

Son regard me répond : Détrompe-toi, pas question d'abuser de toi. Il m'embrasse et je deviens de la guimauve. Je n'ai rien éprouvé de tel depuis un milliard d'années, depuis le lycée peut-être. Je pourrais pleurer tellement j'ai attendu de retrouver cette magie oubliée, tellement je l'ai attendu, lui. J'ai lu bien des choses sur la force d'un baiser, mais quand sa langue envahit ma bouche, sans frénésie, et danse lentement avec la mienne, Winston m'envoie un message que je reçois, il me raconte une histoire dont j'aime chaque mot, et quand il me serre étroitement il me dit qu'il veut me sentir tout près, le plus près possible, alors j'enroule ma langue autour de la sienne comme pour le protéger, et je m'insinue en lui, je veux qu'il sache que ce n'est pas seulement le baiser qui m'émeut, mais lui, l'homme derrière le baiser, et je glisse mon épaule sous son aisselle pour nous imbriquer l'un dans l'autre, mais lui sait déjà que ce n'est pas assez près et il m'aide à chercher une position où nous pourrons nous fondre une fois pour toutes. Impossible. Alors nous commençons à nous explorer mutuellement, au ralenti, menton, oreilles, sourcils, bras, doigts, poignets, et toujours nous revenons à nos lèvres, par lesquelles transite quelque chose de lui à moi, de moi à lui, et nous tournons, et ma bouche est comme une pêche chaude, et mon sexe est comme une pêche chaude, Winston je t'en prie n'arrête pas, tant pis si c'est un cliché mais j'ai l'impression d'être un papillon et je ne veux pas que tu cesses de me faire voleter. Il m'embrasse sur la joue, je l'embrasse sur la joue, il frotte sa pommette contre ma pommette et dit: « Tu es bien ? » Impossible de répondre à cette question tellement je tremble. Je ne peux que hocher la tête. « Tu es sûre ? » Bêtement je réponds: « Tu ne trouves pas qu'il fait chaud ? » Il caresse mes tresses et m'enlace encore pendant trois autres chansons de Seal. Je jure que je pourrais pleurer pour de bon. Si je le connaissais mieux je ne retiendrais pas mes larmes. Je prends peur en sentant glisser la fermeture de ma robe, mais il le fait si délicatement, si doucement, que je ne m'aperçois même pas que je suis en soutien-gorge et sans culotte. Il me caresse le dos. Il dit: « Tu n'as pas le corps que je m'attendais à trouver chez une femme de quarante-deux ans. » Et moi: « Pourtant je les ai. » Il recule d'un pas pour mieux me regarder et je me fais l'effet de cette godiche de Cendrillon. « Tu ne ressembles à aucune des femmes de quarante-deux ans que j'ai pu rencontrer. » J'insiste: « Pourtant je les ai. » Il reprend: « Je te préfère à n'importe quelle fille de vingt ans. » Moi: « Mais je ne les ai pas. » Winston: « Je sais, et j'en suis heureux. Tu es si tendre et si belle, Stella. Tu veux bien que nous restions comme ça un moment ? J'aime te sentir, je veux te prendre tout entière. » Et moi qui me sens glisser je réponds d'une petite voix: « D'accord. » Alors il m'étreint, si fort que je sens une pulsation dans son ventre, et la toison de son sexe se presser et s'emmêler à la mienne, jusqu'au moment, quelques minutes ou quelques heures plus tard, où nous gisons l'un contre l'autre sur le lit. Il s'est dépouillé de ses vêtements, il m'embrasse le nez, les épaules, il bouge toujours très lentement, son absence de hâte me réjouit, apparemment il sait très exactement ce qu'il me... oh, ses lèvres sur mes seins, juste comme il faut, Seigneur aidez-moi, d'où vient-il, oh non, ne t'arrête pas, oh je t'en supplie arrête sinon je crie, et sa bouche de nouveau sur ma bouche. Je l'entends ouvrir un préservatif. Il me murmure à l'oreille : « Maintenant ? » Il est si poli, si plein de considération. J'acquiesce d'un léger baiser, et quand il trouve son chemin en moi, il m'aide en douceur à glisser sur lui, il me guide jusqu'à son rythme, lent et onduleux, il s'accroche à moi jusqu'à ce que nous ondoyons comme les vagues dehors, et je me perds dans la houle et je le sens qui m'agrippe comme si j'allais sombrer, puis il murmure mon nom. Je succombe, je me rends. « Winston, qu'est-ce que tu me fais ? » Il soupire et gémit : « Oh, Stella, pourquoi me fais-tu ça à *moi* ? » Je m'étonne : « Quoi ? » « Stella... » J'ai l'impression d'être de l'écume chaude. « Winston... » Nous nous étreignons comme deux êtres qui se sont cherchés très longtemps, et quand nos deux têtes reposent l'une contre l'autre, sueur contre sueur, notre seule pensée, je crois, est que nous sommes arrivés là où nous avons toujours voulu être.

7

Au réveil, son odeur envahit non seulement mon oreiller mais la chambre tout entière. Aucun doute, Winston était bien là. Ce n'était pas un rêve. C'est arrivé pour de vrai. Il était vrai. Je prends une douche tiède, puis je choisis un short en coton blanc épais avec un maillot assorti et je m'habille très lentement. Les semelles en mousse de mes tennis font un coussin moelleux quand je descends les marches quatre à quatre en direction de la plage. Ce matin, j'ai l'impression de flotter le long du rivage, comme si mes pieds ne touchaient pas le sable. Le soleil vient à peine de se lever et pourtant le ciel est déjà bleu roi, sans la moindre trace de nuage. L'océan est serein, lisse. C'est fabuleux. J'entre dans l'eau avec mes chaussures, et toute une compagnie de poissons d'argent viennent virevolter autour de mes chevilles. Ils sont tellement jolis que je reste un long moment à les admirer.

Je regagne la rive, la brûlure du soleil sur mes épaules. J'ôte chaussures et socquettes et m'assois sur le sable. Il n'y a personne. C'est ma plage. Je regarde l'horizon, où l'océan tombe et disparaît. Il me semble que je pourrais courir sur l'eau jusque-là-bas, où probablement je découvrirais une cascade. C'est dire à quel point je me sens légère. Comme si, au milieu de la nuit, mon âme avait reçu une visite divine – quelle qu'elle soit et quoi qu'il se soit passé je suis différente de ce que j'étais hier. Plus aérienne, comme si la brise pouvait me passer au travers. Stupéfiant.

Tout à coup je crois le sentir. Je me retourne, il n'est pas là. Je ne peux que sourire. Et réfléchir. Je n'ai rien eu à lui apprendre. Je le lui ai dit avant qu'il parte. « Je n'ai rien eu à t'apprendre, Winston. » Il a pouffé de rire : « Oh, mais si ! » Cela m'a étonnée : « Quoi ? » Il a dit : « Jamais je n'ai ressenti une telle tendresse et... » Il a poussé un soupir, paru vouloir ajouter quelque chose mais il m'a fait rouler sur lui. Je l'ai embrassé doucement. « Je pourrais t'embrasser indéfiniment, Winston. » Il m'a rendu mon baiser. « Tu peux et tu devrais. J'adorerais ça. » Ma question a jailli : « Tu as une petite amie ? » Il m'a dit non et cela m'a semblé difficile à croire. « Pourquoi non ? » À quoi il répondit : « Parce que je n'en ai pas trouvé une qui me plaise vraiment. » J'ai insisté : « Allons, Winston. » Lui aussi : « C'est la vérité. » Et comme en effet il avait l'air sincère, j'ai demandé : « Bon, d'accord, quelles sont les qualités que tu recherches chez une petite amie ? » par pure curiosité et pour savoir s'il avait vraiment creusé le sujet. « D'abord, je la veux plus âgée. » Je me suis redressée pour l'examiner et il arborait la même expression de franchise. « Pourquoi plus âgée, Winston ? » « Parce que les filles de mon âge sont idiotes. Tout ce qu'elles recherchent, c'est un type avec une belle voiture, qui a plein de fric et envie de le dépenser avec elles.

— C'est vrai pour de nombreuses femmes, ai-je fait remarquer en riant. Tout au moins en Amérique. Mais je ne suis pas de celles-là. »

Il a ri aussi.

« En Jamaïque, l'argent et la position sociale sont tout.

— C'est-à-dire ?

— Le quartier et la maison où tu habites comptent énormément. Et puis beaucoup de femmes ne travaillent pas. Elles restent chez elles, s'occupent des enfants et de la cuisine. Ce sont les maris qui gagnent l'argent de la famille.

— Ça ne me plairait pas du tout. Je peux et je veux payer mes propres factures.

— Je sais. Tu es différente. »

Je me suis retrouvée à l'embrasser à nouveau, sans même m'en apercevoir.

« Quoi d'autre ?

— Je ne sais pas. » J'ai cru que pour lui le sujet était clos, qu'il me trouvait trop bavarde, mais il a ajouté : « J'aimerais qu'elle te ressemble.

— À moi ?

— Oui. Tu es ouverte, tu es courageuse, tu oses venir seule en Jamaïque où tu ne connais personne. Tu es intelligente, tu vas droit au but, sans tricher. La preuve, tu m'as dit franchement ce que tu voulais et nous voilà. C'est agréable de ne pas avoir à jouer un rôle.

— Quel rôle joues-tu d'habitude ?

— Aucun. Mais j'ai regardé les autres agir. Certaines filles, par exemple, font semblant de t'aimer alors qu'elles s'en fichent éperdument.

— Tu as déjà été amoureux, Winston ?

— Je ne crois pas.

— Tu ne crois pas ?

— Comment le saurais-je ? »

Quelle merveilleuse question. « Eh bien... » Je pousse un soupir parce que je n'ai jamais expliqué à quiconque ce que l'on éprouve quand on est amoureux et cela exige une certaine réflexion. « C'est quand tu as le besoin maladif d'être avec une personne, auprès de qui tu te sens extraordinairement bien, auprès de qui ton adrénaline fait un bond, et dont tu n'es jamais rassasié.

— Alors non. Jamais je n'ai ressenti ça.
— As-tu jamais été blessé ?
— Dans mes sentiments, oui.
— Tu as des animaux, Winston ?
— Pardon ?
— Tu sais, un chien ou un chat, à qui tu donnes un nom et une pâtée dans une gamelle. »

Il rit. « Oui, j'ai deux chiens, de race indéterminée, et quatre perruches.
— Tu te considères comme un ami des animaux ?
— Oui.
— As-tu jamais perdu un animal que tu aimais ? »

Son visage change d'expression. « Oui. J'ai eu un cheval pendant six ans, mais il a attrapé je ne sais quelle maladie et il a fallu l'abattre. J'en ai été très malheureux.
— Tu avais ton propre cheval ?
— Oui. Mes parents en possèdent une dizaine. Le mien s'appelait Siméon.
— Tu es bon cavalier, j'imagine ?
— Je l'étais. Je suis moins fana des chevaux qu'avant. Et toi ? Je suis sûr que tu adores les animaux.
— Nous avons un chien et des poissons. » Soudain, le silence se fait. « Voilà.
— Voilà, a répété Winston. Quels sont tes projets pour cet après-midi ?
— Parachute ascensionnel. »

Il m'a embrassée. J'ai pensé, en le regardant, qu'il était capable de créer en moi une accoutumance. Si seulement il n'était pas si jeune.

« Et ensuite ?
— Pourquoi ? Où qu'tu veux en v'nir, chéri ? ai-je dit avec un accent du sud qui l'a fait sourire.
— Tu aimerais dîner encore avec moi ?
— Qu'entends-tu exactement par dîner ? »

Il a paru décontenancé. « Nous pourrions aller en ville. Nous éloigner du *Castle Beach*. Je voudrais te voir dans un autre décor. D'autres circonstances. Cet endroit est un peu confiné, tu ne trouves pas ?
— Si. Mais tu sais, Winston…
— Quoi ?
— Nous devrions recommencer… *ça*. Tu n'es pas d'accord ?
— Absolument. » Il a esquissé un petit sourire narquois et nous avons éclaté de rire. Il m'a serrée dans ses bras et j'ai glissé mes doigts dans ses cheveux, encore et encore.
« Faisons l'impasse sur le dîner en ville.
— Tu es sûre ?
— Certaine. Ce sera toi, mon repas. »
Il a gloussé. « Et toi mon dessert ?
— Absolument.
— Parfait. »
Nous sommes restés ainsi encore un moment, mais ses chances de travailler à l'hôtel seraient très compromises si quelqu'un le voyait sortir de la chambre d'une cliente, alors il s'est levé au milieu de la nuit, s'est rhabillé, m'a donné un dernier baiser, de ceux qu'on voudrait ne jamais voir finir, et il s'en allé en silence. J'ai regardé les bougies intactes et j'ai pouffé de rire, ravie de n'en avoir pas eu besoin. Puis je me suis enfouie la tête dans les oreillers et les draps pour inhaler son parfum qui imprégnait le coton blanc, et j'ai commencé à me sentir toute guimauve à l'intérieur. Tout d'un coup j'ai pris conscience qu'un garçon de vingt et un ans m'avait complètement bouleversée.

Encore sous le choc, je ramasse mes socquettes et mes chaussures mouillées et je me dirige vers ma chambre en secouant la tête. Et qui je croise en chemin ? Ce vieux Nate. Il a meilleure figure. Il devrait toujours se lever tôt et s'activer.

« Bonjour, beauté !

— En forme, Nate ?

— Pas autant que vous, apparemment. Mais... vous avez mouillé vos chaussures en courant ?

— En quelque sorte, oui.

— Vous passez du bon temps ?

— Oh oui, énormément.

— Je vois. » À son intonation, on pourrait croire qu'il a regardé par le trou de la serrure.

« Vous allez à la soirée karaoké ?

— Je ne sais pas. Je n'en ai pas entendu parler.

— C'est toujours très rigolo.

— Comment le savez-vous ? Je croyais que vous veniez d'arriver. »

Il émet un petit gloussement de satisfaction, et je ne peux m'empêcher de regarder flageoler la graisse de son ventre. « Vous oubliez que c'est la huitième fois que je viens depuis trois ans. J'ai été un des premiers clients de l'hôtel. J'adore descendre ici.

— Moi aussi. Peut-être à plus tard, Nate.

— Si vous allez à la plage aujourd'hui, allez-y de bonne heure. Il va pleuvoir. Peut-être même une petite tempête. »

Je me contente d'un hochement de tête, mais j'ai envie de lui répondre : « Excusez-moi, monsieur Météo, mais vous oubliez que nous en sommes en Jamaïque. C'est l'été, pas la saison des pluies. » Il ne sait vraiment pas de quoi il parle, ce vieux Nate.

Je me douche et change de tenue avant de me rendre à la salle à manger, où je commence à me sentir chez moi. Je croise des visages familiers parmi quelques nouveaux. En me voyant approcher du buffet sans un regard pour l'assortiment des autres mets déployés sur la longue table, le jeune employé noir préposé aux gaufres connaît mon choix d'avance. Je cherche des yeux une table libre. Winston n'est pas là. Je ris sous cape en songeant qu'il doit encore dormir. Il est jeune et encore en pleine croissance.

Je petit-déjeune donc seule, ce qui est plutôt agréable, puis je prends mes serviettes et me dirige vers la plage. Je retrouve mon transat et glisse mon fourre-tout dessous. Un employé m'interpelle : « Quand viendrez-vous plonger avec nous, *mon* ? J'ai remarqué que vous aimez l'eau. Venez donc aujourd'hui.

— C'est à quelle heure ?

— Neuf heures trente ou treize heures trente. »

Je regarde ma montre. Il est neuf heures vingt. « Peut-être la prochaine sortie. Ou bien demain matin.

— Je vous attendrai. Et surtout mettez ce maillot ! »

Il rit et tire le canot dans l'eau. Je lézarde au soleil pendant environ une heure malgré la chaleur, déjà lourde pour cette heure matinale, et je m'étonne d'avoir encore foncé. Je me tourne sur le dos et m'assoupis. C'est le match de volley-ball qui me réveille. Il est onze heures et quart. Ben, le Canadien, me voit dresser la tête et me hèle : « Stella ! Venez, on a besoin de vous !

— J'arrive, j'arrive. »

Je joue avec énergie et bien. Nos adversaires, absents lors du dernier match, présument d'emblée que je vais jouer comme une femme est censée jouer, c'est-à-dire sans coups puissants, si athlétique soit-elle. Ils ne s'attendent donc pas à me voir servir ou frapper la balle avec une telle régularité. Ils ont probablement estimé que mes deux premiers services étaient des coups de veine, mais, lorsque notre équipe les bat à plate couture grâce justement à mes services canons dignes de Monica Seles, la mise au point est faite et, je crois, enregistrée.

Nous jouons jusqu'à midi et demi, après quoi je retourne me baigner, et là une idée me frappe. J'ai couché avec un jeune homme de vingt et un ans, la nuit dernière, n'est-ce pas ? Je me suis abandonnée à lui comme à un homme, j'ai pensé à lui toute la matinée, je lui ai vraiment demandé s'il voulait recommencer ce soir, n'est-ce pas ? Oui, Stella, pas de doute. Alors que va-t-il se passer si, de son côté, il s'est réveillé en se disant : Ô mon Dieu ! qu'ai-je été faire avec cette vieille femme ? Qu'est-ce qui m'a pris de lui donner rendez-vous ce soir encore ? Je voulais juste tirer un coup et maintenant la voilà qui veut me revoir, et dans cet hôtel je n'ai aucun moyen de me cacher ni de la fuir, alors je vais rester dans ma chambre jusqu'à ce qu'elle revienne de son jogging et prenne son petit déjeuner, ensuite j'irai déjeuner avant qu'elle ait terminé son match de volley. C'est sûrement ce que Winston est en train de penser, me dis-je en gagnant la salle à manger.

Eh bien, ne t'inquiète pas, Winston. Je vais te tirer d'affaire. C'était très agréable et tout et tout, mais je me passerai fort bien de remettre ça. Du moins je crois. J'aurais volontiers recommencé mais tu es jeune et libre comme l'air, tu n'as pas besoin qu'une vioque en vacances te traite comme un gigolo. Alors je peux me retirer, pas de problème.

Winston est assis à une table, une centaine de ventilateurs blancs tournoyant au-dessus de sa tête. Je m'amuse de la montagne de nourriture dans son assiette. Mangerait-il autant si ce n'était pas gratuit ? Il semble surveiller la salle du coin de l'œil et il sourit dès qu'il m'aperçoit. Je souris aussi parce que j'envisageais, dans le cas où il ne m'aurait pas remarquée, de prétendre ne pas l'avoir vu non plus et emporter mon assiette à l'extérieur afin de le libérer totalement de moi. Ce soir, il m'aurait suffi de ne pas me montrer. Ne connaissant pas mon nom de famille il n'aurait pas pu me téléphoner, et il ne serait certainement pas venu frapper à ma porte, du moins je ne le crois pas. J'esquisse un petit salut de la main et il me fait signe de le rejoindre.

« Bonjour, Winston. » Je reste debout derrière la chaise.

Il me jette un regard bizarre, on dirait que quelque chose se cache derrière ses yeux, une histoire quelconque. Visiblement il essaie de trouver le moyen de m'annoncer qu'il ne pourra pas venir ce soir, même s'il a passé un agréable moment la nuit dernière. Je suis préparée.

« Tu déjeunes avec moi, Stella ?
— Je n'ai pas très faim.
— Assieds-toi au moins quelques minutes. »

J'hésite, je réfléchis. Il préfère sans doute attendre que je sois assise pour me faire part de sa décision. Bon, d'accord. Mais je garde mon sac sur l'épaule.

« Tu vas bien, Stella ? » Il a l'air inquiet.
« Oui, et toi ?
— Très bien.
— Bon. » Je regarde autour de moi.
« Tu as l'air de ruminer des pensées pas très gaies. J'ai fait quelque chose qui t'a déplu ?
— Non, rien.
— Tu n'as pas été satisfaite, cette nuit ? »

Il est fou ! Satisfaite, c'est vraiment peu dire. J'étais en extase ! Au comble du ravissement ! Je jubilais ! Mais au lieu de le lui avouer, je réponds : « Mais si, Winston, j'ai été parfaitement satisfaite. Et toi ? »

Il pose sa fourchette et m'enveloppe d'un regard grave : « Je n'ai jamais passé un moment aussi agréable avec une femme de toute ma vie.
— Ce qui veut dire ?
— Que c'était merveilleux, Stella. J'ai ressenti quelque chose de profond et d'intense. Quelque chose de fort et d'épicé. » Il m'observe du coin de ses yeux en amande en hochant la tête comme pour appuyer ses propos.

Épicé ? Pourquoi pas, du moment qu'il ne me compare pas à un poulet au curry.

« Je suis ravie de l'entendre, Winston. Mais...
— Mais quoi ?
— J'ai réfléchi. Je sais que nous avons passé un agréable moment ensemble, hier soir, mais maintenant il fait jour et, si tu t'es ravisé, si tu n'as pas envie de recommencer ce soir il te suffit de le dire. Ça ne pose aucun problème.
— Tu es sérieuse ?
— Très.
— J'attends ce soir avec impatience, Stella. Et ce matin j'attendais avec impatience de te voir. Sais-tu depuis combien je suis assis là à te guetter ? »

Je suis émue aux larmes. Ce genre de franchise est exactement ce qu'une femme souhaite entendre dans la bouche d'un homme. Pourquoi n'a-t-il pas au moins trente-cinq ans ? Allez, disons trente.

« C'est vrai, Winston ?
— C'est vrai.
— Puis-je te poser une question ?
— Je t'écoute.
— Comment est ton père ?
— Que veux-tu dire ?
— Est-ce qu'il te ressemble ? Est-il heureux avec ta mère ? »

Il a l'air offensé. Comment ai-je pu dire une chose pareille.

« Mes parents sont très heureux. Pourquoi ?
— Je... tu n'as pas compris le sens de ma question.
— Oh si.
— Non. Simplement je ne veux pas que tu penses que je prends tout ça trop au sérieux. »

Cette fois il est carrément vexé.

« Qu'entends-tu par "tout ça" ?
— Tu le sais bien.

— Non, je ne sais pas. Tu parles du sexe ou de moi ? »

Je ne dis pas ce qu'il faut, et tout ce que je dis est mal interprété. Comme toujours je ne cherche qu'une chose : me protéger. De quoi ? D'un jeune homme de vingt et un ans ou de mes sentiments ? De quoi, Stella ?

« Pardonne-moi, Winston. Je suis un peu nerveuse parce que j'ai beaucoup aimé être avec toi hier soir. J'aime être avec toi, point. Mais je... soyons lucides, je suis tellement plus vieille que toi. Et puis ce sont les vacances. Hier soir tu m'as donné l'impression que j'étais belle, sensuelle, et j'ai envie de t'embrasser, de te serrer dans mes bras. Pour toutes ces raisons je me sens ridicule. Tu comprends ? »

Il sourit. « Ne t'inquiète pas, Stella. Détends-toi et ne te rends pas les choses aussi difficiles. J'ai envie de toi et la journée va être longue jusqu'à ce soir. »

Je le crois.

« Tu tiens toujours à faire du parachute ascensionnel ?

— Oui. Et toi ? Quel est ton programme pour aujourd'hui ?

— Oh, je vais certainement regarder la télé.

— Toute la journée ?

— Je n'ai rien de prévu. Alors pourquoi pas la télé ? » Il hausse les épaules.

À moins que je ne fasse erreur, il espérait peut-être que j'allais passer l'après-midi avec lui et il semble un peu déçu que je maintienne mes projets de parachute ascensionnel ou que je ne l'invite pas à se joindre à moi. S'il aimait la plage, je serais ravie qu'il m'accompagne, mais à quoi bon le proposer s'il tient vraiment à regarder la télévision toute la journée. Et puis c'est peut-être une excuse pour ne pas dévoiler ses véritables projets. Donc, je vais vaquer à mes occupations comme prévu.

Je me lève et rajuste l'anse de mon sac sur mon épaule. Tout à coup il a l'air étonnamment seul.

« À quelle heure, ce soir, Stella ?

— Ça m'est égal.

— Je ne veux pas que tu te sentes obligée.

— Mais non, Winston... Écoute, je crois que nous compliquons trop les choses. Essayons simplement de passer un bon moment, d'accord ? »

Il acquiesce de la tête. Et j'ajoute : « Je peux te dire autre chose ?

— Bien sûr.

— Hier soir, j'ai fait l'amour avec toi sans oublier que tu avais vingt et un ans.

— Ah.

— Oui. Mais ce soir, je te ferai l'amour comme à un homme de trente-cinq ans.

— Ce qui veut dire ?

— Que je vais ignorer notre différence d'âge et te traiter comme un homme.

— Il ne m'a pas semblé que tu me traitais autrement. »

Je lui lance un regard appuyé.

« D'accord, Stella, j'ai compris. Alors à quelle heure ?

— Tu décides. »

Il se met à rire. « Oublie ce stupide parachute ascensionnel. Enfin, si tu dois... Six heures, c'était bien. Ça nous laisse beaucoup de temps.

— Six heures, c'est parfait, Winston. Mais j'ai encore une question.

— Laquelle ?

— Qu'as-tu l'intention de faire avec moi qui nécessite beaucoup de temps ? »

Il rougit. Il est trop mignon. Adorable. Je pourrais l'avaler tout cru. Oh oui, je pourrais. « Tu verras, Stella. Laisse-moi te surprendre. »

Sur ce je pousse la chaise sous la table et nous échangeons un large sourire. Je m'éloigne dans la mauvaise direction, j'ai l'impression de flotter sur un tapis volant, d'être iridescente. En arrivant sur la plage je dérive vers l'endroit où se trouvent les bateaux de parachute ascensionnel. De gros nuages gris se forment dans le ciel, un grondement tonne, puis je sens quelques gouttes tomber et je pousse un juron. Le temps d'arriver en courant à ma chambre, l'averse gagne de la vitesse.

Lorsque je m'affale sur le lit pour reprendre mon souffle, il pleut si fort que l'on distingue à peine l'océan, le tonnerre roule. C'est magnifique. J'ouvre la porte du balcon et je m'allonge de nouveau sur le lit, d'où le parfum de Winston s'est évaporé parce que les femmes de chambre ont changé les draps. J'en suis dépitée mais il suffit que je ferme les yeux pour revivre la nuit précédente et il est là, ses bras autour de moi, je le respire, je l'inhale, inlassablement, et tout est paisible, comme ces après-midi où l'on allume la télévision pour regarder *Casablanca* ou un vieux film avec James Cagney ou Sydney Poitier, on se blottit entre les draps blancs amidonnés et on finit par oublier que la télé est allumée. Si Winston était vraiment là, nous pourrions feindre d'être amoureux, d'être faits l'un pour l'autre. Peu importe ce qui est ou ce qui n'est pas, je suis heureuse d'être venue en vacances sur cette île, et personne n'a besoin de savoir que je suis déjà intoxiquée par ce garçon, je peux garder le secret pour moi. Je ferme très fort les yeux. Je voudrais qu'il soit réellement là, sur moi, dessous, à côté. Mais l'imaginer n'est pas le voir, c'est l'homme en chair et en os que je désire et non le rêve. Dans un monde parfait il serait là, ce serait délicieux, nous n'aurions à nous soucier de rien, ni de notre âge ni d'autre chose.

On toque à la porte. Je me redresse et regarde ma montre. Trois heures. Ce doit être la femme de chambre, bien qu'elle soit déjà passée. Comme je suis nue – j'ignore pourquoi – j'attrape mon peignoir et approche de la porte. « Qui est-ce ? » En reconnaissant la voix de Winston je chavire contre la penderie de l'entrée. Je n'arrive pas à croire qu'il puisse se matérialiser par la seule force de mon désir. J'ouvre et il est là, brun, trempé, beau, son grand corps se découpant sur les bananiers d'un vert étincelant et les fuchsias en fleur. Je distingue sa peau et la courbe de ses épaules à travers son tee-shirt mouillé. Les poils de ses jambes sont lisses et brillants. Ses orteils luisent dans ses tongs bleus. Je crois que je vais recouvrer la foi ! Je parviens à peine à articuler : « C'est toi, Winston. » Il s'excuse : « Pardon de venir sans avoir téléphoné, mais je ne connais pas ton nom de famille et je viens de m'apercevoir que j'avais oublié ma montre ici, hier soir. Et puis, j'ai de mauvaises nouvelles. »

Tout cela ne me dit rien qui vaille.

« En réalité, ce ne sont pas exactement de mauvaises nouvelles, mais je suis obligé de partir dans une heure. »

J'ai l'impression de recevoir un coup de harpon en pleine poitrine, mais je suis capable d'encaisser. Je pressentais une histoire foireuse. « Entre, Winston. »

Il baisse la tête en passant la porte. Il ne devrait pas être ce qu'il est, qui il est, et je ne devrais pas me soucier de ce qu'il est ni de qui il est, mais je ne peux m'en empêcher et je le regrette, je voudrais tout arrêter, couper le courant. Il s'assoit sur le lit, je m'approche de la télévision et j'aperçois sa montre sur la table à côté. Je la lui donne. Il m'enveloppe d'un regard étrange. Comme s'il m'avait rencontrée ailleurs et cherchait à me remettre.

« Tu dormais ?
— Plus ou moins.
— Il tombe des cordes. »

Il est nerveux. Je change de voix, je prends un ton raisonnable, très tranchons-dans-le-vif. « Alors, Winston, que se passe-t-il ? Je t'écoute. »

Il a du mal à attacher sa montre. Je l'aide. Il me regarde et annonce : « Je suis embauché au *Windswept*, l'hôtel qui se trouve au bas de la route. Ils veulent que je commence lundi et je dois rentrer chez moi tout de suite pour préparer mes affaires, parce que je logerai sur place. Je suis engagé comme assistant du chef cuisinier. Mon contrat va seulement jusqu'à septembre mais c'est un commencement. Voilà. » Sa voix tombe de deux octaves et il poursuit : « Je dois m'en aller aujourd'hui, Stella. J'attendais cette soirée avec tellement d'impatience. Mais je dois vraiment partir chez moi. »

Va te faire voir, Winston. C'est la meilleure excuse qu'on m'ait jamais servie, mais je suis une grande fille, une adulte, une femme, quoi ! et je ne suis pas venue en Jamaïque pour faire mumuse avec un petit garçon. « Aucun problème, Winston. Fais ce que tu as à faire. »

Il comprend que je suis fâchée quand il pose la main sur mon épaule et que je m'écarte comme s'il était contagieux.

« Je suis désolé, Stella.

— Moi aussi, Winston. » Je recule jusqu'au mur. « J'espère que tu n'inventes pas cette histoire parce que tu as des remords ou des réticences à l'idée de passer la soirée avec moi. Tout à l'heure je t'ai dit que je voulais te laisser le champ libre au cas où tu n'aurais pas le courage de venir me le dire en face.

— Stella, je n'ai aucun remords et je te dis la vérité. Crois-moi. Je suis sans doute plus déçu que toi, mais c'est un emploi difficile à obtenir. C'est important pour moi. Je suis navré de devoir partir. Je voudrais pouvoir être à deux endroits à la fois, mais mes parents ont envoyé une voiture me chercher et elle sera là dans moins d'une heure. Tu comprends mon dilemme ? »

Il reste assis sur le bord du lit encore quelques secondes puis se lève. La pluie tombe à verse. J'ai l'impression d'être plongée en plein milieu d'un vieux film en noir et blanc : mon homme va partir à la guerre et je m'apprête à lui dire : « Fais bien attention à toi, mon chéri. Je t'en prie, reviens-moi. » Ensuite je fondrai en larmes. J'ai horreur de ce rôle stupide, je voudrais changer de chaîne et regarder plutôt un Nick Carter, ou même Annette Funicello dans le Club Mickey Mouse, ou encore Barney, que je déteste depuis toujours mais qui me conviendrait très bien en ce moment quand il chante *Je t'aime, Tu m'aimes, Nous sommes une famille heureuse*... Non, que Barney aussi aille au diable ! Tous autant que vous êtes, vous délirez à longueur de temps sur ce débordement d'amour et vous tapez sur les nerfs des braves gens alors qu'il n'y a pas d'amour dans votre monde. Y en a marre. Va te faire voir, Barney, va te faire voir, Annette, et toi aussi, Winston !

Il se tient devant moi, tout dégingandé, tout imprégné de son eau de toilette Évasion, bien sûr, juste pour m'embêter. Je voudrais qu'il se hâte de sortir pour lâcher ce qu'il lui reste à dire, quoi que ce soit. Je balance tout mon poids sur une jambe comme si je me préparais à lui botter les fesses, ou comme si je me fichais de ce qu'il va m'annoncer, si toutefois il a vraiment quelque chose à m'annoncer. Bref, j'attends qu'il bouge. « Je tiens à te revoir avant ton départ, Stella.

— Ah oui ?

— Oui, vraiment.

— Et comment comptes-tu t'organiser ? Suis-je censée courir jusqu'au *Windswept* et t'attendre dans la cuisine ? »

Je l'ai blessé et je le sais, mais ce n'est pas juste. La vie n'a jamais été juste, Stella, cesse de te conduire comme une petite peste gâtée et capricieuse alors que tu es une femme de quarante-deux ans en vacances, qui a couché avec un garçon de vingt et un ans, lequel t'a complètement chamboulée – il faut bien dire la vérité. Et maintenant qu'il te quitte tu ne peux pas le supporter.

« J'aurai un peu de temps libre pendant la journée, Stella. Crois-moi, j'ai sincèrement envie de te revoir.

— Pourquoi ? » Ma question le perturbe. Il s'agite. Alors j'essaie de m'expliquer plus clairement avant qu'il réponde. « Voyons, Winston, tu commences juste à travailler. Comment sais-tu que tu pourras t'échapper ?

— On a deux heures de pause chaque soir.

— Oh ! Deux grandes heures !

— Pas plus.

— Je pars jeudi.

— Je commence lundi et je vais travailler entre douze et quatorze heures par jour, mais je ferai tout mon possible pour venir. En tout cas avant mercredi.

— Et si tu ne peux pas ?

— Je viendrai, Stella. Je viendrai. »

Il se penche, m'embrasse, m'enlace, m'étreint comme s'il m'aimait, et je l'embrasse, je le serre, je le caresse comme si je l'aimais. Puis il me sourit et je le regarde s'éloigner sous la pluie, et dans cette fraction de seconde où il disparaît de ma vue et où je ferme la porte, je prends conscience que déjà il me manque, et que la dernière fois où j'ai éprouvé ce sentiment *j'étais* amoureuse. Suis-je capable de l'aimer ? Est-ce que je l'aime ? Non. Je ne le connais même pas, et il est indubitablement, incontestablement, irrémédiablement trop jeune. Et puis nous sommes sur une île exotique, peut-être est-ce une sorte d'oasis, ou bien peut-être suis-je sous l'effet d'un sortilège jamaïquain puisque déjà je souffre à la perspective de ne plus le revoir. Car si je me fie au nombre incalculable de fois où j'ai très fort désiré quelque chose en vain, aux rares fois où j'ai aimé un homme sans pouvoir l'obtenir ou le garder (pour une raison ou une autre), sans parler des souhaits, fantasmes, rêves, désirs et espoirs qui ne se sont jamais réalisés, je ne le reverrai probablement pas. Si j'ai appris une leçon au cours de ces quarante-deux années, c'est celle-ci : quand les choses ont l'air trop belles pour être vraies, en général elles le sont. Trop belles.

8

Quand la pluie cesse, je me pomponne pour le dîner comme à l'accoutumée, je me rends à la salle à manger, je remplis mon assiette au hasard. Les Canadiens s'approchent de ma table et Ben demande : « Stella, vous venez au karaoké, ce soir ? » Je lève sur eux un regard de somnambule, état qui ne m'a pas quittée de toute la journée. « Quand ? »

Sasha sourit, selon son habitude. Elle a de plus en plus l'air d'une poupée avec sa queue de cheval perchée au sommet du crâne qui retombe en longues boucles blondes. Ben me lorgne avec insistance pour que je j'accepte et Sasha dit : « Venez, Stella. C'est la fête. » Après tout, me dis-je, je n'ai aucun rendez-vous, aucun projet pour la soirée. « D'accord. À quelle heure ? »

À ma grande surprise, c'est Sasha qui répond, et distinctement : « Neuf heures. » Son mari la serre dans ses bras.

« Elle s'améliore de jour en jour », se réjouit-il. Et Sasha remet ça avec son sourire plâtré.

Une fois rassasiée de ce que j'avais dans mon assiette, je me rends dans la salle de jeux et je me plante devant une machine à sous pendant une vingtaine de minutes. Norris s'approche de moi.

« Salut, Stella. Vous savez que Winston est parti, je suppose ? lance-t-il avec une mimique satisfaite.

— Oui, je sais. » Une question me titille depuis le début sur laquelle je n'ai pas voulu m'attarder. Norris est-il homo ? Je le trouve un peu trop doucereux, et maintenant un peu trop curieux de mon intérêt pour Winston.

« C'est génial qu'il ait décroché ce travail, n'est-ce pas ? » Il m'épie du coin de l'œil, à l'affût d'un signe de dépit.

« Oh oui, formidable. C'est une chance pour lui.

— Il ne reviendra pas.

— Je sais, Norris.

— Vous avez bien accroché tous les deux, pendant un moment, hein ?

— C'est un garçon charmant.

— Ouais. Vous venez quand même à la discothèque après le karaoké ?

— Je ne sais pas encore, Norris.

— Allons, Stella. On va rigoler. C'est toujours marrant, le karaoké. Et le DJ m'a dit qu'il passerait *Shy Guy* et *Crazy* de Seal, juste pour vous.

— Très gentil. » Mes pièces de monnaie sont arrivées à épuisement, il fait une chaleur épouvantable, et je n'ai rien gagné.

De retour dans ma chambre, je m'aperçois que je n'ai pas parlé avec mon fils depuis plusieurs jours et que je n'ai guère pensé à lui, sinon pas du tout, mais au moment de décrocher le téléphone je me souviens que je ne peux pas le joindre. Néanmoins je décide de laisser un message sur le répondeur de son père. « Je suis en Jamaïque, je passe des vacances formidables, tu me manques, j'espère que tu rapporteras du poisson, sinon on se rabattra sur les surgelés. »

Ensuite je me dis qu'il est temps d'appeler mes sœurs. Je compose machinalement le premier numéro qui me vient à l'esprit et j'attends de savoir laquelle va répondre. « Salut, c'est moi.

— Enfin ! s'écrie Vanessa. Tu aurais pu appeler plus tôt ! Je me suis fait un sang d'encre. Je pensais que l'avion s'était écrasé, que tu avais été kidnappée ou je ne sais quoi ! Mais puisque ce n'est pas le cas, dis-moi comment tu vas. Tu t'éclates ? Tu t'es envoyée en l'air ? Comment sont les mecs ?

— Du calme, Vanessa. D'abord, Negril est un endroit superbe et je passe un séjour merveilleux. J'avais vraiment besoin de vacances. Tu t'es occupée des poissons, de Dr Dre et de Phoenix ?

— Oui, j'ai nourri tes bestioles. Mais Paco leur a aussi donné à manger, alors si tu les retrouves le ventre traînant par terre, ou flottant à la surface gonflés comme des outres, ne t'en prends pas à moi. Comment se déroulent ces vacances ? Tu as des histoires croustillantes à me raconter ?

— Tu ne me croiras pas.

— Quoi ? Quoi ? Quoi ?

— J'ai couché avec un garçon de vingt et un ans. »

Vanessa est prise d'un fou rire irrépressible. Elle finit par se calmer mais continue de pouffer, et son rire me gagne. Quand enfin notre hilarité s'apaise, elle reprend : « Une petite minute. Tu peux me répéter ça ? S'il te plaît.

— J'ai couché avec un garçon de vingt et un ans, c'était très bien, et il s'est montré assez renversant. Mais il vient de décrocher un emploi et il a dû partir. Il me plaît beaucoup, Vanessa.

— Tu me fais marcher. Minute, papillon. Non. Ce qui m'intéresse, c'est la baise. C'était comment ? Donne-moi tous les détails. Et qu'entends-tu par "il me plaît beaucoup" ?

— Eh bien, nous n'avons pas simplement *baisé*.

— Ne me dis pas que vous avez *fait l'amour*.

— Si. Exactement.

— Allons, Stella, sois réaliste. Tu t'es envoyée en l'air, point. Il est jamaïquain ?

— Oui.
— La rumeur est vraie ou non ?
— Je ne sais pas.
— Comment, tu ne sais pas ? Tu n'as pas vu sa quéquette ? Tu as bien dû la sentir, au moins.
— Non je ne l'ai pas vue, oui je l'ai sentie, et tout ce que je peux dire c'est que c'était assez... mais d'ailleurs qu'est-ce que ça change, la taille ? En l'occurrence, la question n'est absolument pas là.
— Où est-elle, alors ?
— Il est très doux et très viril de bien des manières.
— Tu vas le revoir, ou non ? Parce que Dieu sait que tes petites fesses ont besoin de réjouissances. Profite de tout. Est-ce qu'il t'a vraiment renversée à ce point ? Fallait-il aller jusqu'en Jamaïque pour reprendre goût à la vie grâce à un... quel âge a-t-il, déjà ? J'ai bien entendu vingt et un ans ?
— En vérité, il les aura dans deux mois.
— Ouah ! Ça fait une sacrée différence ! En tout cas, je n'ai qu'une chose à te dire. *Fonce, ma fille !*
— Vanessa ?
— Quoi ?
— N'en parle pas à Angela. Elle ne comprendrait pas.
— Quoi ?
— Elle est tellement... tu sais bien.
— N'en dis pas plus. Je sais me taire. Mais tu imagines comme elle s'inquiète à ton sujet. Tu devrais l'appeler.
— Dès que j'aurai raccroché.
— J'ai un grand service à te demander, sœurette.
— Quoi encore, Vanessa ?
— Ne prends pas ce ton, bon sang ! Tu as le droit de refuser.
— Dis-moi d'abord de quoi il s'agit. Tu m'as déjà emprunté ma voiture.

— Tu pourrais me prêter quinze cents dollars jusqu'à ce que je touche mon trop-perçu d'impôt ?

— Serait-ce violer ton intimité que de te demander pour quelle raison ?

— Aucun problème. J'ai quelques factures en retard.

— Il n'y a rien de nouveau sous le soleil, Vanessa.

— Mon assurance auto arrive à expiration.

— Je ne dois même pas te demander pourquoi tu as du retard, je suppose ?

— Toujours la même histoire. Mon budget n'est pas extensible.

— Mais tu parles de trop-perçu d'impôt. On est en juillet, non ?

— J'ai déposé ma demande en retard. Je suis douée pour ça, Stella. Dis-moi seulement si tu veux bien me prêter cet argent pour que je puisse faire le chèque à l'assurance.

— Attends mon retour. Mais tu sais que tu me dois déjà près de six cents dollars depuis Noël. À moins que tu n'aies oublié ?

— Non, je n'ai pas oublié.

— Il vaut mieux, Vanessa. Je ne suis pas une banque. Pigé ?

— Pigé. » Elle a l'air soulagée. « Bon, passons à autre chose. Tu as bruni ?

— De quatre tons, à peu près. Je suis couleur bronze. Comment va Chantel ?

— Elle a trop grandi. Mais elle va bien.

— Et le travail ?

— Ces enfoirés continuent de mourir à droite et à gauche. J'en ai marre de travailler aux urgences. Tous ces petits violeurs qui s'entre-tuent. Et je prends de l'âge. Je n'en peux plus de tout ça. Franchement.

— La plupart de leurs crétins de parents sont de la génération du baby boom, comme la majorité des adultes américains, ce qui signifie qu'ils devraient connaître Malcolm X et Martin Luther et avoir assez de bon sens pour enseigner la vie à leurs enfants – surtout à leurs fils. S'ils l'avaient fait, ces gamins ne seraient probablement pas dans la rue en train de se faire sauter mutuellement la cervelle ou de se poignarder, en croyant que la mort est un jeu et qu'ils auront droit à une deuxième chance. Si par exemple on faisait une cassette de *L'Autobiographie de Malcolm X* en exigeant qu'elle soit écoutée – puisqu'on ne lit plus rien – au cours élémentaire, peut-être que les jeunes comprendraient que la guerre doit avoir lieu à l'extérieur et non à l'intérieur. Tu ne crois pas ?

— Je t'adore, Stella. Tu aurais dû être évangéliste et prêcher dans les églises pour ces cons de profanes. Excuse-moi mais il faut que je raccroche. Je dois aller pointer. Envoie-moi une carte postale et amuse-toi bien avec ton amoureux !

— Compte sur moi. »

Alors que je m'apprête à raccrocher, je l'entends qui crie : « Partez en vacances et en quelques jours devenez une Marie-couche-toi-là !

— Va te faire voir, Vanessa ! » J'essaie d'effacer mon sourire narquois. « Moi aussi, je t'adore. »

Je contemple un moment le téléphone d'un regard fixe, car je ne suis pas d'humeur à causer avec miss Sainte Nitouche, mais elle doit être au bord de la crise de nerfs, ou plus vraisemblablement sur le point d'alerter la police jamaïquaine. Je me résigne donc à composer son numéro, en priant pour qu'elle soit au supermarché en train de choisir de nouvelles tétines. Malheureusement elle répond. Je change de ton. « Angela ?

— C'est pas trop tôt ! Pourquoi n'as-tu pas appelé dès ton arrivée pour prévenir que tout allait bien ? Tu vas bien ?

— Mais oui. Écoute, Angela, si tu n'as pas reçu de télégramme, c'est que j'étais saine et sauve.

— Peut-être, mais c'est ce qu'on appelle de la considération pour autrui. C'est tout. Bon, tu t'amuses bien ?

— Je m'éclate.

— Tu as rencontré des gens intéressants ?

— Oui.

— Avec ou sans vêtements ?

— Eh bien… les deux. En quelque sorte.

— Oh non, Stella.

— Eh si, Angela.

— Je me demande ce qui rend le déshabillage si obligatoire dans ce pays.

— Ne te tracasse pas pour ça, Angela. Je voulais juste te dire bonjour et t'informer que tout va bien.

— Tu as déjà pratiqué quelques activités ? »

Je retiens ce que j'ai sur le bout de la langue et je réponds : « Du parachute ascensionnel, de la plongée, du pédalo, du jet-ski.

— Eh bien ! Et on n'est que samedi ! Tout ça en trois jours ?

— Tout est compris dans le forfait, tu sais. Alors on en profite autant que possible.

— Et les hommes, ils sont comment ?

— Quels hommes ?

— Les Jamaïquains.

— On voit surtout des Américains à l'hôtel. Des joueurs de basket ou de football, accompagnés de leurs femmes ou de leurs copines.

— Ce qui signifie que tu n'en as rencontré aucun de disponible ?

— Non.

— Je t'avais dit de ne pas partir toute seule.

— Ça ne m'empêche pas de m'amuser, Angela.

— Bon, d'accord. Message reçu. Je suis seule et je m'en porte très bien. Je suis libre, sans attaches, je n'ai pas besoin d'un homme. Je suis très heureuse toute seule, merci beaucoup. C'est bien ça ?

— Ne sois pas ridicule, Angela. Je n'ai émis aucun message de ce genre.

— Chez toi, c'est une sorte de langage corporel, Stella. Tu sais que tu peux être très dure ? Bon, peut-être que "dure" est un terme trop cru. En tout cas tu peux être très boulot-boulot, directe, froide. Fuyante. Et je t'ai vue te comporter de telle manière qu'aucun homme n'aurait même pu imaginer t'approcher. Pour être franche, je commence à me demander si tu ne préfères pas être célibataire.

— C'est ça ! Je veux passer le restant de ma vie toute seule.

— En tout cas, quoi que tu fasses, je t'en supplie, ne reviens pas en nous racontant que tu as eu une aventure tropicale avec un Jamaïquain, que tu es amoureuse et je ne sais quoi encore. Dans ces îles, les romances ne comptent pas car elles sont illusoires. Ces gens-là veulent tous devenir citoyens américains, alors ils te font du charme en espérant s'ouvrir les portes de l'Amérique. Ne l'oublie surtout pas, si jamais il t'arrive de craquer pour l'un d'eux. »

Change de sujet, Stella. « Evan rentre à la maison, cet été ?

— Non. Il effectue un stage dans une société d'équipements sportifs qui recrute. Il viendra passer une semaine avant la reprise de ses cours, vers la mi-août. Pourquoi cette question ?

— Simple curiosité. Je serai contente de le voir.

— Tu l'as vu à Pâques.

— Je sais. Il a toujours la même petite amie ?

— Ne me parle pas d'elle, s'il te plaît.

— Trop tard.

— Elle est enceinte.

— Encore ?

— Oui, mais cette fois elle veut le garder.

— Non !

— Je me retiens de ne pas aller moi-même le lui arracher du ventre. Elle a tout manigancé. Et Evan est trop bête pour comprendre qu'il s'est fait piéger.

— Combien de mois ?

— Tu ne vas pas le croire. Quatre.

— Aïe. C'est du sérieux, alors ?

— Evan veut la faire venir sur le campus et l'épouser.

— Je crois en effet que je préfère parler d'autre chose, Angela. Je ne sais pas quoi en penser. Je suis en vacances et je ne veux même pas croire qu'il puisse y avoir un mot de vrai dans cette histoire. »

Angela pleure. J'ignore si c'est Evan ou ses hormones de femme enceinte qui la tracassent.

« Angela ? Ça va ?

— Oui, oui. Je suis juste furieuse contre Evan. Il se conduit comme un idiot. Je ne comprends pas comment il a pu se laisser rouler aussi facilement. Jennifer est une manipulatrice et... oh, oui, changeons de sujet. Ils se débrouilleront. Désolée de t'avoir gâché ta bonne humeur.

— Ce n'est pas grave, Angela. Mais je dois te laisser, maintenant. Il y a une soirée karaoké qui commence dans quelques minutes.

— Oh, c'est sympa. Mais avant de raccrocher, je voulais te dire que les bébés ont bougé.

— Non !

— Sans blague. C'est très bizarre de les sentir tous les deux.

— Il y a si longtemps, que j'ai oublié quel effet ça fait.

— C'est toi qui devrais avoir un bébé, Stella. Pour Quincy, ce serait formidable d'avoir un petit frère ou une petite sœur. »

Oh non, pitié, pas encore cette histoire de bébé. Surtout dans les circonstances actuelles. J'en ai vraiment assez de ces conseils qu'on vous impose, et surtout j'en ai soupé de ces femmes de plus de quarante ans qui accouchent de leur premier enfant et se comportent comme si le monde devait s'arrêter de tourner. Je ne souhaite pas, je ne rêve pas et je serais même incapable de changer une couche, ou de me lever au milieu de la nuit pour donner la tétée à un bébé qui braille. Non merci. Angela a envie de recommencer, mais bientôt elle redécouvrira combien c'est pénible, surtout quand elle verra son mari se recroqueviller dans son coin chaque fois qu'elle sautera du lit pour aller s'enchaîner aux petits chiards. Moi, j'ai donné. J'aime mon fils. Mais il faudrait me payer cher pour que je retombe enceinte à mon âge. D'ailleurs, si cela devait arriver, je serais probablement déjà grand-mère !

« Angela, dès mon retour je me dégote un mari tout neuf et nous prenons les choses en main… enfin, c'est une façon de parler. Nous nous attelons à l'agrandissement de la famille séance tenante. Tu es contente ?

— Tu es impossible, Stella. Bon, soyons sérieuses. Passe de bonnes vacances et tâche d'éviter les ennuis.

— Tu n'as pas à t'inquiéter.

— Pardon ?

— Rien. Au revoir, Angela. Moi aussi, je t'embrasse. »

Seigneur, comme ma vie est triste.

C'est l'heure du karaoké. Je me traîne dans l'allée, saluant au passage les employés du service de nuit, et je monte au piano-bar qui est archibondé, en majorité de Blancs. Ils chantent à tue-tête. Les paroles sont projetées sur le mur blanc. On me remet un livret dans lequel je suis censée choisir une chanson, mais je ne suis pas du tout d'humeur. Je redescends et entre machinalement dans la discothèque déserte où Bevon, le DJ, teste ses sélections de la soirée. Je lui demande *Shy Guy*, par Diana King. Il accepte volontiers et me voilà seule sur la piste en train de danser. Il passe mes morceaux préférés, *Dreaming in Metaphors* de Seal, *Groovin' in Midnight* de Maxi Priest, *Open your Heart* de M. People et *I'm Ready* de Tevin Campbell. Je tangue, je tourne, je titube, jusqu'à ce que toute cette tristesse, cette sensation de vide me submergent. Je remercie Bevon, je sors, et je rentre prendre une douche. Après quoi j'enfile mon pyjama en coton, je me glisse entre les draps, qui ne sentent plus rien, et passe des heures à essayer de mettre en panne mon cerveau et mon cœur, de les débarrasser de Winston, de son image, de son odeur, de ces putains de baisers. Jusqu'à ce que, enfin, je suppose, le sommeil me prenne.

Je cours sur le sable mais mes pieds sont comme du plomb, la plage n'en finit pas, et il fait déjà trop chaud. Pourquoi une telle chaleur le matin ? Hein, pourquoi ? Je dépasse quelques personnes. À ma grande surprise, deux sont des femmes noires. Elles me saluent et lèvent le pouce. Tout à coup je me dis que c'est agréable de se voir de l'extérieur, parfois, et aussi que c'est agréable que les Noirs échangent un signe de reconnaissance.

Après le jogging, je me livre à mon rituel. Petit déjeuner, d'abord. Winston n'est pas là et je fais semblant de ne pas penser à lui, mais par moments je dois fermer les yeux parce que je crois voir sa silhouette translucide marcher entre les tables dans ma direction. Les deux femmes que j'ai remarquées sur la plage approchent avec leurs plateaux. « On peut se joindre à vous ? me demande la plus grande.
— Volontiers. »

Nous procédons aux présentations. Celle qui a posé la question se prénomme Tonya. Bien que je l'aie prise pour un mannequin elle est en réalité interne en chirurgie, au Massachusetts General Hospital de Cambridge. Pourtant elle a tout juste l'air d'être en première année. Patrice est anesthésiste à l'hôpital St. Luke, à Manhattan, et probablement originaire de Porto Rico. En tout cas elle est métissée : sa peau est parfaitement lisse, d'un brun crème-soyeux, ses cheveux sont longs, fins, raides et noirs. À leur accent, je les crois venues du sud, or elles sont de Chicago et amies depuis l'école primaire. Moi aussi je suis de Chicago, et de la banlieue, comme elles. Immédiatement le facteur géographique crée un lien entre nous. J'explique quel est mon métier, et une fois effectué ce tour d'horizon nous avons un peu l'impression d'être trois copines en vacances.

« Pourquoi êtes-vous venues à Negril, vous deux ?
— Pour fuir nos maris », répond Tonya.

Elles rient. Tonya relève ses cheveux en queue de cheval. Elles sont dans une forme éblouissante. Patrice a une silhouette digne d'une couverture de magazine « sport et santé », et Tonya, sans doute davantage sujette à un stress quotidien, pourrait être sa challenger. Elles ont toutes les deux trente et un ans et pas d'enfant.

« Pas pour faire des bêtises, tout de même ? »
Patrice rougit. « Pas exactement. Nous aimons nos maris, même s'ils nous tapent parfois sur les nerfs, mais nous avons travaillé très dur ces huit ou neuf derniers mois et nous nous sommes à peines vues. Alors nous avons décidé de prendre des vacances entre filles et de laisser nos mecs à la maison.

— Ça me semble sain.
— Vous ai-je dit que je suis enceinte de deux mois ?
— Non. Félicitations, Tonya.

— Et vous, Stella ? Où est votre homme ? »

Je me sens rougir. « En fait, je suis venue seule.

— Bravo », dit Tonya. Elles se tapent dans la main. « Et vous, vous avez fait des bêtises ? » demande Patrice. Elles se penchent toutes les deux en avant et leurs quatre seins alignés se posent sur la table.

Ma rougeur s'accentue.

« Allons, racontez-nous ! On veut tout savoir. »

À mon tour je me penche en avant et, cette fois, ce sont six seins qui reposent sur la table. « Puisque je ne vous connais pas, je suppose que je peux me confier sans crainte. Je devrais peut-être avoir honte, mais j'ai couché avec un jeune Jamaïquain de vingt et un ans.

— Non ! s'exclame Patrice.

— Si.

— Quel effet ça fait avec un gamin ? » s'enquiert Tonya.

Le terme me fait grimacer. « Ce n'est pas un gamin.

— D'accord. Comment était-ce ?

— Oui, racontez-nous. C'est *comment* ? insiste Patrice en se rapprochant encore.

— D'abord, il prend son temps. Et je peux vous jurer que jamais, de toute ma vie, je n'ai été si bien embrassée.

— Taisez-vous, dit Patrice avec une moue d'envie.

— Un baiser suffit à vous envoyer en l'air, parfois, remarque Tonya.

— À qui le dites-vous ! J'étais sous le choc. Moi qui pensais lui apprendre quelques trucs, le tournebouler, le faire planer, l'enflammer, eh bien c'était moi qui étais en feu. Vous imaginez ?

— C'était si bon que ça ? gémit Patrice.

— Et ce n'est pas seulement une question de sexe. Il se passe autre chose que je n'arrive pas à saisir. Tout ce que je sais, c'est que je suis complètement perturbée. Démolie, même. Parce qu'il est parti.

— Où ? demande Patrice en sirotant une gorgée de citronnade.

— Il a trouvé du travail au *Windswept*, un peu plus loin. Et il a dû retourner chez lui chercher ses affaires. C'est à quatre heures de route d'ici. Ensuite il devra loger sur place.

— Rendez-lui visite, dit Patrice. J'ai passé ma lune de miel au *Windswept*. C'est un hôtel magnifique, réservé aux couples. Allez-y et embarquez votre homme, Stella. » Ça nous fait rire toutes les trois.

Je secoue la tête. « Je ne peux pas. Je ne le connais pas assez et je risquerais de l'effrayer. Non. Je voudrais juste cesser de penser à lui.

— C'est trop compliqué pour moi, remarque Tonya. Oubliez-le, Stella. Prenez cette histoire pour ce qu'elle est : une aventure d'une nuit sur une île tropicale. Ça s'appelle une toquade. À ne pas confondre avec le début ou l'éclosion d'une nouvelle relation. Ce garçon est exotique, il va avec le décor. Ce n'est pas une liaison qui pourrait conduire au mariage ! Trouvez-vous une autre victime pour ce soir, et vous oublierez cette passade en un tournemain.

— Tais-toi, Tonya », grommelle Patrice. Nous reprenons une position normale. J'ai l'impression d'avoir rejoué le dernier épisode du *Grand Départ* ou de je ne sais quel film. Recouvrons notre sang-froid et sortons de la zone dangereuse. Patrice semble s'identifier totalement au personnage. On dirait qu'elle était présente et pourrait tout raconter. C'est alors que Holly, la jeune, grande et séduisante responsable des festivités, avec ses cheveux courts bouclés et ses seins voluptueux, auprès desquels nos trois paires paraissent bien raplapla, et qui semble-t-il a été malade pendant deux jours, s'affale sur notre table en s'annonçant par un « Hello ! » à l'accent très britannique.

Nous lui rendons son salut et elle roucoule : « Je ne veux surtout pas vous interrompre ! Continuez », en tapotant la nappe de la main.

Je poursuis donc. « Bref, mon nouvel amoureux me manque.

— Un amoureux ! s'exclame Holly. Comment s'appelle-t-il ?

— Win-ston, je réponds, avec l'accent jamaïquain.

— Vous plaisantez ! Pas ce grand maigrichon de Winston, avec les grosses lèvres ? »

Patrice et Tonya tournent la tête de droite à gauche, comme à un match de tennis. Je réponds à Holly : « Si, il s'agit bien de lui. Qu'avez-vous contre Winston ? »

Holly esquisse une grimace dégoûtée et un geste de repoussement. « Il m'a couru après pendant si longtemps que maintenant il me tape sur les nerfs. »

Nous levons six sourcils étonnés. Mais en observant Holly, avec sa peau terre de Sienne par-faitement lisse, ses dents blanches régulières, ses pommettes rondes, ses cils recourbés, ses longues jambes fines, sa taille étroite, ses hanches arrondies – elle pourrait aisément gagner sa vie comme mannequin – je comprends très bien que Winston l'ait poursuivie de ses assiduités. Le fait qu'elle ne prenne pas du tout au sérieux ce terme d'amoureux que j'ai lancé en manière de boutade (bien que, avec le recul, il sonne agréablement à mon oreille) est un rappel brutal de la réalité et un coup qui m'est douloureux. « Vous ne trouvez pas Winston attirant ? » J'essaie, en lui posant la question, de ne pas paraître sur la défensive.

« Oh si, il est mignon, mais trop maigre. Il aurait besoin de prendre un peu de poids. De plus il n'a pas de fric et il est beaucoup trop passif.

— Passif ? » Permettez-moi de ne pas partager votre avis, très chère ! ai-je envie d'objecter.

Patrice et Tonya me font un clin d'œil. Holly poursuit sur sa lancée.

« Oui, passif. Je le trouve lent, et puis j'en ai assez des Jamaïquains. Ils n'ont pas d'argent, pas de classe, ils ne savent pas s'habiller. J'espère rencontrer un Américain.

— C'est pour cette raison que vous faites ce travail ? demande Patrice.

— Non. C'est un boulot comme un autre. »

Holly inspecte la salle à manger. Pour prospecter, peut-être ? J'aurais vraiment souhaité lui dire que les jeunes Américains partent rarement en vacances en célibataires parce qu'ils ne savent pas se distraire seuls et surtout parce qu'ils sont, disons-le, assez sots et qu'ils refusent de miser sur leurs chances quand ils peuvent payer cash et emporter leur bonne fortune avec eux. Ainsi donc, ses propres chances de rencontrer un homme capable d'oublier pour ses beaux yeux le duplicata de Miss America qu'il a amenée dans ses bagages sont extrêmement minces. Holly ferait mieux d'économiser pour s'acheter un billet d'avion pour l'Amérique. Bien sûr, ses chances seraient plus ténues encore (ce que je me garderais de lui dire), car des millions de jolies filles aux États-Unis nourrissent les mêmes espoirs qu'elle.

Holly tapote une nouvelle fois la nappe et se lève d'un bond. « Je dois y aller. Bon petit déjeuner. L'une de vous serait-elle intéressée par un match de volley, cet après-midi ? »

Tonya, Patrice et moi échangeons un regard. « Peut-être », dis-je. « Peut-être », dit Patrice. « Peut-être », dit Tonya. Et nous pouffons de rire.

« Elle est mignonne comme tout, remarque Tonya ensuite.

— Oui mais elle le sait et c'est une frimeuse, tranche Patrice. Oublie-la. Je veux en apprendre davantage sur ce Winston. »

Je reprends donc mon histoire depuis le début et je leur raconte tout. Quand j'arrive à l'épilogue, nous sommes étendues sur la plage, sur nos transats respectifs. Peu après, Norris s'approche : « Une partie de volley-ball, mesdames ? » Nous levons les yeux toutes les trois, mais c'est à moi qu'il s'adresse : « Winston a fait un saut ici, ce matin, pour me rendre ma clé. Vous saviez qu'il partageait ma chambre, n'est-ce pas ?

— Non.

— Eh bien si. » Il sourit, ce petit salaud, puis il s'éloigne en se déhanchant comme Naomi et Cindy dans un défilé de mode. Je le déteste.

« Qui est cette chochotte ? demande Patrice en l'observant par-dessus ses lunettes.

— Je crois qu'il a le béguin pour Winston.

— C'est plus qu'évident, constate Tonya en roulant sur le ventre.

— Je n'ai pas envie de jouer au volley, dis-je.

— Moi non plus, dit Tonya. Nous sommes arrivées hier soir et nous sommes fatiguées.

— Oui, acquiesce Patrice. Je préfère volleyer sur mon transat. »

Nous dédaignons donc Holly et Norris, mais soudain éclate un vacarme qui nous arrache à notre torpeur. L'hymne national américain, *La Bannière Étoilée* ! Du coup nous ôtons nos lunettes de soleil.

Impossible d'en croire nos yeux : un véritable cortège d'une soixantaine de vacanciers peinturlurés en bleu, blanc et rouge défile devant nous !

« Ils doivent se croire le 4 Juillet !

— Sans aucun doute », dit Tonya.

Et nous regardons ces patriotes dénudés marcher au pas, le corps peint d'interprétations libres du drapeau américain. Lèvres rouges. Chevelures bleues. Corps bronzés recouverts d'un blanc irisé. Étoiles dessinées sur le ventre et les fesses. Un vieil homme exhibe son pénis bleu, blanc, rouge, tandis qu'une femme, qui n'a pas subi la liposuccion dont elle aurait pourtant bien besoin, arbore des drapeaux miniatures sur ses parties intimes, et d'autres collés sur ses énormes mamelles. Ils sonnent de la trompette, chantent à tue-tête et gesticulent en passant devant nous. La chaleur du soleil mélange le bleu, le rouge et le blanc. Nous sommes trop abasourdies pour émettre le moindre commentaire et nous les regardons, médusées, faire demi-tour et repasser devant nous. Visiblement, nous avons la même pensée toutes les trois : venons-nous réellement d'assister à un défilé d'Américains nus et peinturlurés sur la plage ? Mais oui, mais oui, mais oui, mais oui, mais oui.

À notre total ahurissement, la partie de volley ne s'est même pas interrompue. Nos têtes retombent sur nos serviettes roulées en oreillers, jusqu'à ce que la chaleur nous oblige à aller nous jeter dans l'eau. Ensuite nous déjeunons, je suppose, puis je fais ma sieste, je dîne, je vais à la discothèque où je m'ennuie ferme, je regagne ma chambre, et je me demande ce que fait Winston, s'il pense à moi. Je songe que nous ne sommes que dimanche et qu'il me reste encore lundi, mardi et mercredi. Pourquoi diable dois-je rester tout ce temps, que vais-je faire pendant ces trois jours, sans lui, sur cette île idiote ? J'aime bien Tonya et Patrice, mais leur compagnie est moins stimulante. Je contemple les grosses vagues qui se fracassent sur les rochers, j'écoute Seal, encore, et, debout sur le balcon, je respire l'air marin, le regard perdu dans le lointain, où je ne vois rien sinon que le monde semble s'achever quelque part là-bas. Puis je rentre dans la chambre, je ferme les portes-fenêtres parce que je suis lasse de toute cette beauté, de toute cette eau, parce que j'ai le sentiment que ma fièvre tropicale est tombée et que j'ai envie de rentrer chez moi.

9

« Je commence vraiment à me demander si je ne suis pas victime d'un sortilège », dis-je à Patrice et à Tonya. Nous gisons sur nos transats, allongées sur le ventre, le corps huilé et luisant. Je sirote mon troisième *piña colada* sans alcool de l'après-midi, Patrice et Tonya en sont à leur quatrième, mais avec alcool.

« Ma chère, vous avez plutôt l'air d'être amoureuse, remarque Patrice.
— Impossible.
— Pourquoi, impossible ?
— Parce que c'est un enfant. »

À d'autres, Stella ! Tu sais très bien au fond de toi que tu es complètement mordue de ce garçon, et que toi seule continues de flipper sur son âge. Mais sois franche, est-ce uniquement son âge qui te cause un tel embarras, ou bien est-ce ton propre malaise, déclenché paradoxalement par le bien-être intense dans lequel t'a plongée Winston ? Sous prétexte qu'il est jeune tu as fait de son âge un élément négatif, et selon ton habitude tu t'es focalisée sur le négatif plutôt que sur le positif. Il est beaucoup plus facile de se dérober en arguant de sa jeunesse, et donc de son inaccessibilité, n'est-ce pas ? Que dirais-tu s'il était blanc, juif, asiatique ! Ou si c'était une femme ! En brandissant sa jeunesse comme argument de défense, quelle cause crois-tu servir, Stella ? S'il avait trente et un ans ou quarante et un ans, quel problème soulèverais-tu ?

« Apparemment, Winston n'a rien d'un enfant, objecte Patrice. Il mesure un mètre quatre-vingt-dix, il vit seul, il travaille à plein temps, il vous a abordée en adulte, et d'après ce que j'en ai entendu il se comporte vraiment comme un homme.

— Je parle sérieusement, Patrice. C'est une pratique courante, en Jamaïque. On dit qu'ils font appel à des bonnes femmes qui utilisent leurs amulettes contre vous, pour des honoraires insignifiants.

— C'est ce qu'on raconte, oui.

— Winston a sûrement tout manigancé depuis le début. Il m'a choisie. Ou plus probablement sa copine sorcière m'a choisie, et lui est juste intervenu pour la baise. Qui sait s'il n'est pas envoûté, lui aussi.

— Vous délirez, Stella », intervient Tonya en roulant sur le côté.

Je m'assois et contemple mes jambes. Elles sont maintenant intégralement couleur bronze. Si je pouvais conserver cette teinte ! Je décide d'aller me baigner. Juste au moment où je me lève, arrive en courant le long du rivage, droit vers nous, un spécimen de mâle typique des pubs Calvin Klein, une vraie statue de bronze vivante. Il court vite. Quand il se rapproche je découvre (nous découvrons) qu'il est absolument splendide !

Je glisse un coup d'œil vers Patrice et Tonya qui abaissent leurs lunettes de soleil sur le bout de leur nez. L'homme ne porte ni chaussures ni maillot, seulement un short de course en Nylon noir. Il a la carrure d'un attaquant de football : grand, musclé, mais sans le cou de taureau ni le corps enflé et volumineux caractéristique de la plupart des joueurs de football américain ; ses cuisses, ses mollets, ses épaules, ses triceps et biceps sont parfaitement formés. De près, je remarque qu'il a la peau noire comme un *espresso*, une moustache drue et épaisse, des cheveux coupés ras. Et quelles pommettes, quel torse poilu, quels pectoraux! Il me regarde droit dans les yeux, dévoile ses dents étincelantes de blancheur, et lance avec un accent britannique: «Bonjour!» Puis il se tourne vers Patrice et Tonya pour répéter: «Bonjour!» Frappées de stupeur, c'est à peine si nous réussissons à émettre un faible «Bonjour», mais nous l'émettons en chœur.

Il poursuit sa course jusqu'à la douche en plein air près de la pelouse et, sans même m'en rendre compte, je le regarde fixement tirer la chaînette qui déverse sur son corps une cascade argentée. L'eau prend aussitôt la teinte chocolat de sa peau, rebondit sur ses omoplates en fines gouttelettes qui s'écrasent sur le ciment. Il lève son visage vers la cataracte et je me dis, en voyant sa taille certainement plus étroite que la mienne, qu'il devrait réellement poser pour des pubs Calvin Klein (je pourrais téléphoner à Calvin dès mon retour pour lui annoncer que j'ai trouvé son homme!). Patrice me souffle à voix basse: «Vous devriez aller le capturer.»

Tonya se rassoit et dit: «Un spécimen aussi beau devrait être illégal. Bon sang, d'où sort-il, celui-là?

— Je ne sais pas, mais Dieu a dû l'envoyer sur terre pour une bonne raison.» Finalement j'enfonce mes pieds dans le sable blanc et j'entre dans la mer. Une fois que l'eau m'arrive aux épaules, je me retourne, et je jurerais que l'homme a les yeux fixés sur moi, du moins dans ma direction. Il ébauche un geste de la main et sourit. Je plonge la tête sous l'eau. C'est complètement irréel. Enfin quoi, je traverse une crise douloureuse, j'ai le cœur en miettes, et voilà que ce chevalier noir surgit de nulle part! Où est donc son destrier? J'essaie d'ajuster ma vision à la densité aquatique pour tenter de repérer des bancs de poissons, mais j'ai la vue trouble aujourd'hui. Quand je refais surface, l'homme a disparu.

Je reviens moitié marchant, moitié courant au rivage, où Tonya est maintenant absorbée par une revue médicale, et Patrice dans *En quête de satisfaction*, de J. California Cooper. À mon arrivée, elles lâchent leurs lectures respectives et ôtent leurs lunettes de soleil.

« Vous l'avez bien regardé ? demande Patrice.

— Oui. Où est-il passé ?

— Là-haut », répond Tonya en pointant le premier étage des chambres du front de mer, situées juste derrière le terrain de volley.

Je ramasse ma serviette et m'éponge. « Si j'avais su qu'il pleuvait des hommes, je serais venue ici depuis longtemps.

— Ce doit être inscrit dans vos étoiles, Stella. Nous sommes ici depuis deux jours et les seules avances qu'on ait reçues venaient de petits mecs trapus ou de vieux machins. Nos alliances effraient les hommes, ce qui nous convient parfaitement. J'aime mon mari, affirme Tonya.

— Et moi j'ai l'intention de garder le mien encore un moment, renchérit Patrice. Mais vous, Stella, vous devriez en profiter au maximum. Vous êtes célibataire et Winston est parti.

— Adieu, Winston, soupire Tonya en agitant la main dans le vide. Qui va à la chasse perd sa place, mon petit gars.

— Combien de jours vous reste-t-il ?

— Trois.

— Nous, deux. Mais trois jours suffisent amplement pour faire des ravages », conclut Tonya.

Un peu plus tard, Tonya me demande : « Que faites-vous pour le dîner, ce soir ?

— Je mange.

— Très drôle. Vous voulez venir au *Rick's Café*, avec nous ?

— On m'en a parlé. Ou j'ai lu quelque chose dans une brochure.

— C'est un endroit fabuleux. À un quart d'heure d'ici vers l'extrémité de l'île. Le propriétaire est un Blanc, un dénommé Rick. Le restaurant est en plein air, à côté des falaises. Vous dégustez du homard en regardant des fous qui plongent d'en haut.

— C'est une farce.

— Pas du tout. L'endroit est connu aussi pour ses couchers de soleil. Ça vous tente ?

— Bien sûr. Pourquoi pas. »

Un taxi vient nous chercher. Le chauffeur a la mine de quelqu'un à qui l'on vient de raconter une bonne blague. Tonya et Patrice montent à l'arrière et moi devant, car la petite Subaru n'est guère spacieuse. Nous payons quarante dollars américains au chauffeur, qui nous attendra devant le *Rick's Café*. L'autoradio braille de la musique reggae à plein tube, si fort que les basses nous heurtent les tympans.

« Vous pouvez baisser un peu, mon frère ? demande Tonya.

— Pas de problème, *mon* », répond-il avec un sourire à s'en décrocher la mâchoire. Puis il se tourne vers moi pour demander : « Vous êtes mariée ? » et glisse le bras gauche sur mon dossier, sa main droite reposant sur le volant, lui aussi à droite.

« Non, je réponds.

— Non ? Quel dommage.

— Et vous ?

— Oui, mais ça ne vous rend pas moins belle.

— Vous feriez mieux de surveiller la route. »

J'entends Tonya et Patrice pouffer de rire à l'arrière.

« Je préfère vous regarder.

— Vous avez des enfants ?

— Oui, deux. »

Sans réfléchir, je lui redresse la tête d'une petite tape. « Dans ce cas pensez à eux et cessez de flirter avec des étrangères. Sinon je relève votre nom et votre numéro, et je préviens votre femme ! »

Il replace immédiatement ses deux mains sur le volant et éclate de rire. Nous rions tous les quatre, tandis que la voiture tangue sur la route étroite et cahoteuse. On a l'impression que tout le monde est de sortie, ce soir. Des centaines d'employés quittent les hôtels. Ils se rassemblent, se dispersent, tous vêtus des mêmes uniformes violets ou verts, ils lèvent les bras dans l'espoir de se faire prendre en stop, et notre chauffeur klaxonne et les salue même s'il ne peut pas s'arrêter. Et puis il y a des chiens à l'air anorexique, et les chats les plus effrayants que j'aie jamais vus, debout au milieu de la route comme s'ils attendaient qu'on les contourne (ce que fait le chauffeur), et aussi des chèvres et des vaches, attachées à des arbres par une corde d'aspect fragile, qui avancent jusqu'au bord de la route et s'immobilisent.

Nous gravissons la montagne mais je n'ai aucune conscience de l'altitude jusqu'au moment où nous descendons de voiture et entrons dans le patio du *Rick's Café*. C'est vraiment très haut. Deux ou trois cents personnes sont déjà là mais on nous déniche une table libre et je me penche pour admirer les falaises, qui m'évoquent un quartier de Rome – je n'y suis jamais allée, mais j'ai vu suffisamment de photos pour m'en faire une idée. En vérité c'est une anse, une crique encerclée de roches découpées qui montent à pic jusqu'au sommet, où se dressent un bouquet d'arbres et une pancarte qui annonce en lettres droites et sèches : « Attention Chien Méchant ». De jeunes Jamaïquains au torse étroit, presque creux, s'élancent de cent mètres de hauteur dans le vide, bras écartés, pareils à des mouettes, et ils semblent véritablement voler lorsqu'ils perforent la surface turquoise sombre sans une éclaboussure.

Je suis fascinée par le spectacle du soleil qui entame son coucher devant nos yeux, d'abord jaune d'œuf, puis mandarine, orange sanguine, rubis, et enfin pourpre foncé. Cinq cents touristes au moins ont sorti appareils photo et caméscopes. Comment peut-on enregistrer un coucher de soleil sur une bande vidéo ? C'est le genre de films qu'on inflige au retour de vacances à la famille et aux amis, lesquels sont pris de l'envie irrépressible de sortir fumer une cigarette ou un joint. Les cinéastes amateurs s'affairent à recharger leur magnétoscope en oubliant complètement la présence de leur public, trop occupés qu'ils sont à revivre l'instant de rêve, à se remémorer ce qu'ils ont mangé, ainsi que je m'y apprête avec ce homard qui me fait saliver. La vue est somptueuse et je me réjouis de ne pas penser à Winston – mais je serais curieuse de savoir s'il est venu là et s'il a sauté de ces falaises, ce qui est probable puisqu'il m'a dit avoir fait partie de l'équipe de natation de l'université. Sur la plus haute plate-forme, un adulte prend son élan pour exécuter un double flip, et mon cœur manque jaillir littéralement de ma poitrine. Des centaines de spectateurs applaudissent mais, d'après ce que je peux en déduire, ce qu'attend le plongeur ce sont des billets américains, de préférence supérieurs à un dollar. Il y a aussi une plate-forme moins élevée, juste en dessous de nous, bondée de monde, de laquelle sautent des touristes plus raisonnables, et d'où je m'imagine très bien sauter aussi. La prochaine fois. La prochaine fois.

J'arbore mon short de jogging couleur pêche, avec le maillot court et les socquettes assortis, et je commence à penser que je ressemble un peu trop aux filles des vidéos de gymnastique ; demain je mélange tout, c'est juré. Il n'est que sept heures et à nouveau la plage m'appartient. Après avoir couru, je procède à quelques étirements contre l'un des voiliers et c'est alors que j'entends un « Bonjour ! » très british et distingué, lancé par la voix la plus sexy que j'aie entendue depuis des lustres, à l'exception de celles de James Earl Jones et de Wesley Snipes. Je me retourne et découvre monsieur Espresso en personne, vêtu du même short ultracourt, mais cette fois avec un maillot de musculation très échancré et perforé de millions de petits trous. Je m'aperçois à quel point il est rare d'entendre un Noir s'exprimer avec l'accent anglais.

« Bonjour », je lui réponds sur le même ton, finalement ravie d'avoir mis mon petit ensemble à la Jane Fonda. Mais je regrette que mes jambes soient si minces et si courtes – le bon Dieu aurait quand même pu me les faire plus galbées –, et que l'intérieur de mes cuisses ne soit pas plus ferme avec tous les exercices que je pratique depuis un an. Et puis j'aurais peut-être dû oser me faire poser des implants au silicone avant qu'on les retire du marché. Il n'aurait plus alors manqué pour compléter mon look Jane Fonda qu'un bandeau autour du front. Je n'ai guère envie de lever l'autre jambe et de me coucher dessus, mais je m'y vois plus ou moins obligée pour ne pas m'en laisser imposer par sa présence. Je me penche donc en avant dans un mouvement censé étirer mes quadriceps et je sens se tendre mes muscles fessiers, sur lesquels s'attarde son regard puisque je le surprends en flagrant délit quand je tourne la tête pour demander : « Vous allez courir ? »

Son sourire laisse à penser qu'il se voit déjà en train de me faire l'amour et, bizarrement, je n'ai aucune peine à nous imaginer dans cette situation, mais je m'efforce de chasser cette image en poussant sur mes mollets, car je me demande avec inquiétude si je ne suis pas en train de devenir une vraie traînée.

« Oui, répond-il. Pour vous, c'est terminé, à ce que je vois ?

— Oui, j'en reviens.

— On pourrait courir ensemble.

— Bonne idée.

— Vous vous sentez capable de recommencer ?

— Oh non ! J'aimerais bien, mais je n'ai pas le tonus suffisant.

— Vous m'avez pourtant l'air dans une forme éblouissante », remarque-t-il en me jaugeant du regard.

En Amérique, si un homme me reluquait de cette façon je serais tentée de l'engueuler. Ici, je me sens flattée et pas du tout offensée. J'ignore pourquoi mais je décide de ne pas creuser la question plus avant et je réponds simplement : « Merci. »

Il me serre la main et se présente : « Judas Germaine Rozelle. »

Qui ? Je me retiens et dis : « Stella.

— Stella comment ? »

Subitement je ne sais plus comment je m'appelle. Enfin la mémoire me revient mais je m'aperçois que je n'ai même pas dit mon nom de famille à Winston et que je ne connais pas cet homme. C'est un parfait étranger, peut-être même n'est-il pas pensionnaire à l'hôtel, peut-être est-ce un violeur ou un tueur en série beau comme le diable et sportif. Je réponds donc : « Stella tout court, pour l'instant. » Tu es une allumeuse. Je dois lui donner l'impression de flirter, et ce n'est pas qu'une impression.

Il pousse un soupir en souriant. « Qu'est-ce qui vous amène en Jamaïque, Stella ?

— Le soleil, la plage, l'atmosphère de l'île. »

Il hoche la tête. « Et vous venez de… ? »

J'aimerais lui répondre « Devinez », mais je ne me sens pas d'humeur à tourner autour du pot, et puis j'ai une envie pressante d'aller aux toilettes.

« Californie.

— Je vois, dit-il. Los Angeles ?

— Non. Le nord. La baie de San Francisco. À quarante minutes du centre.

— Belle région. »

Maintenant c'est moi qui hoche la tête, comme une débile profonde. « Et vous, vous êtes… ?

— Né au Sénégal, élevé à Londres, mais j'habite Atlanta.

— Atlanta ?

— Oui. » Dieu savait certainement ce qu'Il faisait lors de la distribution des sourires sexy. Judas devait se trouver en deuxième position, juste après Winston, mais bien sûr à plusieurs années d'intervalle car… Stop, Stella. Cet homme semble d'un âge tout à fait légal, sans pourtant qu'on puisse le déterminer avec précision. En tout cas l'âge de boire de l'alcool. « Je vis en Amérique depuis l'âge de vingt-deux ans. »

Mes sourcils se lèvent. « Et maintenant, vous en avez… ? » Je prends après coup conscience de la stupidité et de l'incongruité de ma question, mais bien sûr j'ai une bonne raison de la poser.

« Trente-quatre, répond-il. Pourquoi ?

— Je ne sais pas, ça m'est venu comme ça. Pourquoi avez-vous émigré en Amérique ?

— Je jouais au rugby quand j'étais à Oxford. Je suis venu terminer mes études de génie civil à l'université Emory, à Atlanta. Je n'en suis jamais reparti.

— Pourquoi Atlanta ?

— Pourquoi pas ? J'adore Atlanta. Il y a beaucoup de Noirs et c'est une ville formidable d'où je peux opérer.

— Comment cela opérer ?

— Je suis promoteur et je conçois des plans de zones d'affaires. Des complexes avec immeubles de bureaux, galeries marchandes, etc. En Amérique et outre-Atlantique.

— Vraiment ?

— Mais oui. Et vous ? Comment gagnez-vous votre vie ? Je parie que vous exercez un métier passionnant.

— Non. Je suis analyste en investissements. » Je n'en ajoute pas plus. Il devrait savoir en quoi cela consiste.

« Oh, c'est fascinant. » Il a l'air sincère. « Vous êtes venue accompagnée ? » Il se masse le menton en souriant, et son regard semble passer au travers de ma tenue de jogging. Si ce n'était pas si ostensible, s'il était moins doué à ce jeu, si j'étais chez moi, ou à Oakland, je lui demanderais ce qu'il examine avant tant d'attention.

« Non, je suis venue seule.

— J'en suis enchanté, dit-il avec un sourire éblouissant. Vous êtes mon genre de femme. Alors, comme ça, vous avez fait ce long voyage depuis les États-Unis sans compagnon ?

— Exactement.

— Merveilleux. Vous êtes une femme indépendante et pleine d'entrain.

— Comment pouvez-vous en être si sûr ?

— Un homme remarque ces choses-là. Je l'ai compris en vous voyant jouer au volley, hier.

— Vous m'avez vue jouer ?

— Bien sûr. Vous ne vous en êtes pas aperçue parce que je ne voulais pas vous montrer que je vous observais. Vous leur avez donné du fil à retordre.

— Je joue au volley depuis la fac.

— C'est le cas de beaucoup de gens, mais tous ne sont pas aussi doués. Vous avez de la force. J'aime ça », précise-t-il avec un petit rire.

En temps ordinaire, ce genre de propos me taperait sur les nerfs et je comprends mal pourquoi je réagis différemment ici.

« Et vous, vous êtes venu ici avec votre femme ?

— Moi ? Nooooon. Je ne suis pas marié. J'ai amené une amie, mais c'est une simple amie, insiste-t-il. Elle vient d'avoir un grave accident d'auto et il a fallu l'amputer du bras gauche. Elle est très déprimée et je l'ai amenée pour lui remonter le moral. Tiens, d'ailleurs la voilà. »

Il désigne une grosse femme vêtue d'une sorte de boubou, que je regarde à deux fois car d'ici elle pourrait passer pour sa mère. Et c'est moi qui dis ça !
« C'est gentil de votre part. »

J'ai terminé mes étirements depuis longtemps et je serais incapable d'en faire un autre, même simulé. J'ai plutôt envie de serrer les cuisses. « Écoutez, Judas, j'étais ravie de bavarder avec vous et peut-être nous reverrons-nous plus tard, mais je dois absolument aller aux toilettes. » Il éclate de rire : « Allez-y ! Mais avant dites-moi à quelle heure vous comptez déjeuner ?

— Vers une heure.

— Je vous retrouve là-bas.

— D'accord. » Je m'élance en courant vers l'hôtel.

J'entre dans les toilettes des dames qui embaument délicieusement le chewing-gum à la framboise puis, enfin soulagée, je me lave les mains et examine mon reflet dans le miroir en songeant : Qu'est-ce que tu fabriques en Jamaïque, ma vieille, sinon chercher des ennuis ?

Au restaurant, j'aperçois Judas avec son amie. Il vient à ma rencontre et de toute évidence cela déplaît à la dame. « Mon amie ne se sent pas très bien, m'explique-t-il. Je la reconduis à sa chambre pour qu'elle se repose et je reviens. »

Je réponds par un vague assentiment mais je n'ai nullement l'intention de rester ici jusqu'au retour du bel Africain. En vérité les Africains m'effraient. On raconte qu'il suffit de les embrasser une fois et de coucher avec eux pour qu'ils veuillent vous épouser; ensuite ils vous cantonnent dans la cuisine pour que vous leur prépariez leurs repas et fassiez le ménage, et exigent de vous obéissance et passivité, à l'image des femmes chinoises, japonaises et musulmanes qui mettent au monde des enfants à la chaîne (pas en Chine, bien sûr). Nombreuses sont les Africaines qui n'ont plus de clitoris grâce à ces messieurs, seuls habilités à tirer plaisir du sexe, avec autant de partenaires qu'ils peuvent se le permettre. J'attends avec impatience le moment où les femmes opéreront leur prise de conscience et oseront se rebeller: « Non, mon vieux, pas question que tu coupes le clitoris de ma fille, si tu la touches c'est moi qui te coupe le pénis. Qu'est-ce que tu dis de ça? » J'attends le moment où elles parviendront à passer des diplômes et à trouver un emploi – voire mener une carrière –, embaucher une nounou et une femme de ménage, j'attends le moment où elles se débarrasseront de toutes ces fanfreluches, de ces voiles, et laisseront libres leurs cheveux car, à bien y réfléchir, je vois mal le rapport avec la religion. Comment les vêtements peuvent-ils entraver ou interdire votre capacité à exprimer votre spiritualité, votre foi et votre amour envers une Puissance supérieure? Et d'ailleurs, qui a décidé que les femmes devaient dissimuler leur corps, leur visage et leur chevelure? Une réponse au hasard? Disons les hommes, tiens! Pourquoi ne se cachent-ils pas, *eux*? Pourquoi ne portent-ils pas des perruques et des voiles, *eux*? Pourquoi parle-t-on si peu de la mère de Jésus, sauf à Noël? Pourquoi Marie occupe-t-elle si peu de place, et pourquoi se réfère-t-on à Jésus comme étant seulement le fils de Dieu?

Et sa maman, alors! Soyons réalistes, même si j'ai appris récemment que l'on réécrit la Bible pour la rendre politiquement correcte – un scandale quand j'y songe –, ces femmes devraient avoir une pièce à elles dans la maison, une vie à part entière, comme Virginia Woolf, parce que les temps ont changé et que, merde, on est dans les années 1990 sur toute la planète! À nouveau resurgit l'idée que les hommes africains essaient de nous séduire et de nous épouser dans le seul but de devenir citoyens américains. Ne font-ils pas tous la même chose? Oui, mais Judas, lui, est déjà américain et fier de l'être. De toute façon cela ne change rien parce que j'en ai marre d'attendre les hommes, et comme j'ai recouvré non seulement mon appétit de vivre mais aussi mon courage, je décide que la coupe est pleine et que je vais enfin m'essayer au parachute ascensionnel.

J'aperçois de nouveau Judas et son amie à l'heure du dîner. Il s'approche et me dit: «Pourquoi avez-vous disparu, à midi?
— Je ne me sentais pas très bien.
— Et maintenant?
— Beaucoup mieux.
— Bien. Vous courez, demain matin?
— Oui.
— Vous voulez courir avec moi?»
Est-ce que je veux courir avec lui?
«À quelle heure?
— L'heure qui vous convient.
— Cela ne risque pas de contrarier votre amie?»
Il jette un bref regard dans sa direction puis: «Non, elle va bien. Ne vous inquiétez pas.
— Sept heures?
— D'accord pour sept heures. À demain.»
Pour l'instant nous sommes encore mardi soir, et même si l'hôtel est plus calme qu'il ne l'a été depuis

mon arrivée, Tonya, Patrice et moi avons décidé de dîner au restaurant français très chic et sophistiqué ; l'attente est longue mais elle en vaut la peine. Ensuite nous allons danser toutes les trois sur la piste de la discothèque déserte. Je leur raconte mon entrevue avec Judas et je m'éclipse en disant que j'ai besoin de repos si je veux pouvoir me lever et courir avec lui. En regagnant ma chambre, j'espère voir clignoter le signal d'appel, j'espère que Winston aura téléphoné, qu'il aura réussi à dénicher mon nom pour me joindre, qu'il me dira que son travail est fatigant mais que je lui manque, qu'il ne supporte pas de ne pas me voir, et même s'il ne peut s'échapper avant minuit serait-il possible, accepterais-je, ne prendrais-je pas mal qu'il vienne me rejoindre ?

La lumière rouge du téléphone ne clignote pas. Elle semble n'avoir et ne devoir jamais clignoter. Du moins pas tant que j'occuperai cette chambre, dans cet état de dépendance qui me fait agir comme une *pom pom girl* follement amoureuse du quaterback qui a couché avec elle sur la banquette arrière de sa Mustang, alors que pour lui il ne s'agit que d'une simple aventure car il a une petite amie *régulière* dans une autre fac avec qui il n'a jamais baisé parce qu'il l'aime, la respecte, et veut l'épouser.

Je me glisse sous les draps et je les hume à pleins poumons jusqu'à ce que, enfin, je décèle les effluves d'*Évasion,* ce qui me permet de trouver le sommeil.

Judas est exactement ce qu'il me faut. Telle est ma conclusion alors que j'enfile un short blanc et un tee-shirt dont le slogan inscrit dans le dos proclame : « Si vous ne vivez pas sur le fil, vous occupez trop d'espace. » Je choisis une paire de vilaines socquettes blanches et j'abandonne mon Walkman sur la console près de la porte à côté de la pile de cassettes car j'ai la nette conviction que je vais beaucoup parler et écouter.

Après tout, Judas *pourrait* se révéler une excellente diversion. J'espère seulement qu'il saura me distraire pendant les deux jours qu'il me reste à passer ici, car j'en ai vraiment plus qu'assez de cette tension et de cette attente.

Il m'attend près d'un bateau hissé sur le rivage. Il est aussi beau aujourd'hui qu'hier. (Tu as raté le coche, Winston.) Il me sourit et je songe qu'il pourrait être un de ces dieux africains expédié ici pour me ramener à la réalité. Peut-être est-il celui que j'étais destinée à rencontrer, si tant est que j'étais destinée à rencontrer quelqu'un, et peut-être est-ce la raison pour laquelle Dieu a gardé le meilleur pour la fin. Nous échangeons un « Bonjour » et commençons à courir sur la plage déserte. J'ai pleinement conscience de la chance que j'ai d'être vivante.

« Vous courez souvent ? je lui demande.

— Quand on a été un sportif, on continue de s'entraîner toute sa vie. Je n'ai jamais arrêté. Je cours environ sept kilomètres par jour, selon mon planning. »

Le temps d'atteindre l'extrémité de la plage où j'ai l'habitude de faire demi-tour, il m'a quasiment débité toute l'histoire de sa vie, qui est fort intéressante, mais pas autant que son corps en mouvement. On pourrait dire, je suppose, que nous avons tissé des liens. Nous transpirons abondamment. Je me sens un peu comme Bo Derek dans le film *10*, bien que, à l'instar de la plupart des Noires d'Amérique, j'ai détesté le culot de Bo lorsqu'elle nous a volé nos tresses et osé y ajouter des extensions et des perles comme si c'était sa propriété exclusive. C'était la nôtre. Ne pouvons-nous donc *rien* posséder en propre ? Évidemment, quand les Blanches nous imitent, on les trouve superbes, elles passent à la télé, elles vendent des voitures, mais quand nous restons nous-mêmes, qu'obtenons-nous ? Passons. Judas marche dans l'eau (ou est-ce dessus?), et je me surprends à le suivre comme une somnambule. Je vais droit vers lui, ma poitrine se presse contre la sienne, je contemple sa splendide bouche chocolat et j'y pose la mienne car je sais qu'il espérait un baiser. Il m'embrasse tendrement, fougueusement, et j'éprouve un curieux choc car le seul qui m'ait embrassée ainsi récemment est Winston. Bon sang, il y a peut-être beaucoup plus d'hommes ici que je n'aurais pu l'imaginer. Il m'entoure de ses bras et je sens tout en lui qui se dresse et me presse. Je suis frappée de stupeur, mes seins palpitent, je veux comprendre comment il est possible de vibrer pour un homme le vendredi et pour un autre le… quel jour sommes-nous déjà ?

Je sombre. Je suis en train de perdre mes principes et je jouis de chaque minute de ma perdition. Pourtant, tout à coup, je me sens bizarre. J'ouvre les yeux et je prends conscience que Judas n'est pas Winston. Alors je dis : « Il vaut mieux arrêter ». Mon attitude présente est sans aucun doute une réaction à l'échec précédent, un moyen d'apaiser la douleur de mon petit cœur brisé. Quelle idiote je suis de penser à Winston, là, dans l'océan, avec cet homme magnifique que je leurre et à qui je donne une fausse image de moi. Pourtant il caresse bien, je suis en vacances, libre, célibataire, et nous sommes là tous les deux alors que Winston est parti. Finalement, sur le chemin de l'hôtel, je me détends un peu et j'accepte d'aller danser avec lui ce soir, après le dîner.

Aucune comparaison possible. Il n'a aucun rythme. Pour un Africain il devrait avoir honte. Je suis vraiment très gênée pour lui et gênée de me trouver avec lui sur la piste, à le regarder se trémousser comme un Blanc. Tout compte fait je ne suis pas si vieille si je me soucie qu'un homme danse mal. Winston est fluide et paraît glisser, tandis que Judas s'agite, tressaute, et me dévore du regard comme si j'étais comestible. Quand le DJ passe *Shy Guy*, je lève les yeux et ce n'est pas Winston que je vois. À nouveau je me sens submergée. « Cela vous ennuierait qu'on parte ? » Naturellement, il ne demande que ça. Nous sortons, nous nous asseyons sur un banc, il me parle et je suis incapable de l'entendre, pourtant je lui réponds, un peu comme si je cochais des réponses avec une croix.

Judas n'est pas un très bon substitut. En fait il est plutôt ennuyeux. Il représente tout ce que j'essaie de fuir. Malgré son accent sexy il me rappelle mon ex-mari, tant il est impressionné par l'impression que peuvent exercer sur moi ses impressionnantes références, et je me rends compte, assise là à côté de ces bananiers indissociables pour moi de Winston, que l'une des qualités que j'apprécie chez Winston est précisément qu'il n'a pas de talents particuliers, le reconnaît volontiers, et qu'il n'a pas cherché à m'impressionner ni prétendu qu'il pouvait faire davantage que ce qu'il fait, à savoir la cuisine. Il est qui il est et il me plaît ainsi. Je le comprends en observant Judas, lequel, entre nous, ferait bien de changer de patronyme. Au début j'ai tenté d'ignorer son prénom mais maintenant je m'aperçois qu'il lui va très bien, car il est évident que Judas ne cherche qu'une chose, coucher avec moi. C'est pour cette raison, et pour celle-là seule, que je lui prends la main et le guide jusqu'à ma chambre d'hôtel. Je veux en avoir confirmation. Comme c'était à prévoir, il se prend pour un véritable don Juan et m'attire aussitôt contre lui. Son sexe est dur comme un canon. Sans me laisser le temps de dire ouf, il m'embrasse et m'arrache mes vêtements – on se croirait dans un film porno et pas du tout dans un roman d'amour, vers lequel va plutôt ma préférence. Je lui tends un de mes préservatifs et il se met à me marteler brutalement, sans doute convaincu de me chavirer alors qu'il n'y a que le lit qui chavire. Puis il crie : « Dis : baise-moi, Judas. Dis-le ! » et me claque la croupe comme un étalon qu'il voudrait faire avancer. Alors je regarde ce pauvre abruti hystérique, je me lève, j'attrape mon peignoir, et je vais ouvrir la porte en grand.

« Va-t'en, s'il te plaît.

— Mais, Stella, je voulais seulement te donner du plaisir. Si tu me trouves un peu brusque je peux faire ça plus doucement, plus lentement. Tu es le genre de femme qui aime la douceur, hein ? » Et il reste assis là, sans bouger, souriant.

« Judas, c'était une erreur. Je ne suis pas aussi libérée que j'en ai l'air.

— Moi, je peux te libérer.

— Je te serais reconnaissante de partir, *maintenant*. »

Il se lève sans se presser, s'avance vers moi, avec son gros pénis noir au garde-à-vous, dont l'extrémité m'effleure le bras quand il entre dans la salle de bains. S'il ne se dépêche pas je vais vomir. Winston, où es-tu ? Je garde les yeux fixés sur les bananiers et les fuchsias, puis j'entends un bruissement de tissu. Monsieur Judas le Traître enfile au ralenti son pantalon, sa chemise, ses chaussures, puis en passant devant moi il dit : « Désolé si je t'ai offensée. Je voudrais vraiment me faire pardonner. Voilà ma carte. Si jamais tu viens à Atlanta, passe me voir.

— Je n'aime pas beaucoup Atlanta. (Ce qui est un mensonge total.)

— Si tu me rends visite, je te ferai changer d'avis. »

Compte sur moi, dans une autre vie ! Il me fait un clin d'œil et je recule pour éviter le baiser que je pressens venir. Judas sourit, l'air de dire : Je t'aurai la prochaine fois. Je ferme la porte et vais m'asseoir sur le bord du lit telle une vieille pute fatiguée.

10

Je me sens mal. À mon réveil, ce matin, ma première pensée est que j'ai été trop dure envers Judas. Au moment d'enfiler ma tenue de jogging, je me ravise. Je suis lasse de courir sur la plage. C'est mon *dernier* jour. Depuis mon arrivée j'ai couru chaque matin, et je ne tiens pas à tomber sur Judas aujourd'hui. En fait je préférerais si possible ne plus croiser ce phénomène de la nature avant mon départ.

Je commande mon petit déjeuner au service d'étage, puis je descends faire mes adieux à Tonya et Patrice, qui s'en vont dans quelques heures. Après l'échange des numéros de téléphone et les embrassades, je remonte dans ma chambre avec l'idée de commencer mes bagages, mais c'est trop sinistre et je dispose encore de toute la journée. Je décide donc d'aller faire un peu de plongée, d'autant que j'ai très peu profité des activités offertes – ou plus exactement payées d'avance.

Munie d'un masque et d'un tuba, je plonge, plonge et plonge encore. La beauté des poissons et la magnificence des coraux expliquent l'engouement des plongeurs. Il y en a de toutes les couleurs, de toutes les formes imaginables. Même à Maui, le spectacle ne possédait pas cette intensité, cette instantanéité, cette proximité, cette splendeur. J'éprouve le besoin de caresser les végétaux, qui se pâment, oscillent et se tendent vers la surface, mais bien sûr il n'est pas question de toucher les coraux, dont la plupart sont encore vivants et périraient au contact de la main humaine ; je trouve d'ailleurs frappant qu'un simple effleurement puisse provoquer la mort d'une chose aussi belle. Mes oreilles semblent bizarrement obstruées et j'ai la sensation que l'eau me maintient en une seule pièce. En dessous de moi, un millier de minuscules poissons jaune et violet filent dans une seule et même direction ; j'aimerais les suivre mais j'aurais l'impression de violer leur domaine sans autorisation, alors je m'écarte et bats des palmes jusqu'à ce que réapparaisse le gouvernail du bateau. L'eau est tiède et profonde de trois mètres tout au plus, pourtant nous sommes à plus d'un mile de la côte. Je pourrais rester ici des heures. J'ôte le masque et le tuba, et avale par mégarde une gorgée d'eau salée, mais je n'y prête pas garde tant je me sens parfaitement apte à flotter.

Plutôt que d'aller à la plage normale, pour une raison étrange, inconsciente, insoupçonnée et non préméditée, je me retrouve sur le chemin de la plage nudiste, et j'en conclus que c'est principalement pour éviter Judas. J'ai mis mon maillot de bain une pièce écossais bleu. Ordinairement l'écossais est pour moi synonyme de laid – l'écossais des écoles catholiques par exemple –, or ce maillot est très sexy, bien que le moins onéreux de ma collection, et il accomplit des merveilles pour ma silhouette sans pour autant être muni de rembourrage dans les bonnets.

Je m'arrête pile avant même de poser le pied sur le sable. Ces gens feraient mieux d'aller se cacher quelque part plutôt que d'exhiber impudemment cette abondance de chair. La plupart ont la peau rose, bien que certains soient plus foncés que moi, et il y a toute une ribambelle de gros seins bien fermes pointés en l'air. Je m'efforce d'ignorer tout ce joli monde, en dépit des regards interrogateurs fixés sur mon maillot de bain écossais. J'aperçois le vieux Nate qui se redresse. Je redoute de le voir de trop près : des touffes de frêles poils gris fleurissent sur son torse tacheté et ses bras ocre rouge. Il agite la main dans ma direction, je réponds d'un petit signe et vais élire domicile sur un transat à une dizaine de mètres de lui, et à trois mètres d'un vieux monsieur, blanc, gras et négligé, qui tète une pipe froide. Sa femme, probablement une beauté dans sa jeunesse, lit un roman de Jude Deveraux en édition de poche, coiffée d'un grand chapeau de paille mou, évidemment nue comme les autres, les seins aussi vastes que le ventre – que je me contenterai de qualifier d'énorme – et le corps parcouru de veines violacées telle une carte routière. Je reste piquée là un moment, le regard perdu sur l'océan, identique à lui-même vu de cette plage ou de l'autre, la plage habillée, puis j'abaisse mes bretelles et m'extrais de mon maillot. Le soleil est doux sur mes fesses, sur mes seins, sur mes épaules. Je marche jusqu'au rivage, les mains sur les seins, puis je fais volte-face vers les gens étalés sur le sable et, sans raison, je souris au vieil homme blanc. Eh oui, mon vieux, tu vas remonter dans ta chambre avec ta grosse femme bouffie qui m'observe en se disant qu'autrefois elle était autrement mieux balancée que moi. Et puis il y a le vieux Nate, qui salive, et les autres, sur cette petite portion de plage, qui me dévisagent, bouche bée, avec leurs petits yeux prétendument libérés ne-croyez-pas-qu'on-vous-voit-comme-une-femme-nue. S'ils me scrutent ainsi ce n'est pas parce que je suis superbe. La vérité c'est que je suis l'unique femme noire de la plage. La plupart des Noirs courent le cul à l'air seulement en Afrique, devant les leurs, dans un pays où la nudité est naturelle et ne pose de problèmes à personne.

Je reste dans l'eau quelques minutes à peine. Lorsque j'en sors, le vieux Nate vient à ma rencontre, mais je me hâte d'aller récupérer ma serviette avant qu'il soit suffisamment près pour me laisser découvrir son attirail éléphantesque, atroce et effrayant. Jamais je ne serai en manque à ce point-là!

«Pourquoi? demande Nate en me voyant me couvrir de ma serviette.

— Ne m'embêtez pas, Nate. Je ne suis pas venue pour me faire enquiquiner.

— Je suis ravi de vous voir ici, dit-il, visiblement fier.

— Menteur. Vous n'avez pas l'air aussi ravi que vous le prétendez», dis-je en baissant les yeux sur lui. Là-dessus, je commence à m'éloigner.

«Vous venez d'arriver. Pourquoi partez-vous déjà?

— Parce que je suis fatiguée et que cet endroit me rase.»

Il hoche la tête. Il n'a pas le choix.

Je déjeune en compagnie des Canadiens. Ils ont encore une semaine entière de lune de miel à passer ici et pourtant il est visible qu'ils s'ennuient déjà ensemble, à moins qu'ils ne soient las des gueules de bois, de l'île, de la captivité dans l'enceinte du *Castle Beach*. Je leur dis combien j'ai pris plaisir à leur compagnie et Sasha, avec son sourire nunuche, me répond: «Très contents aussi, Stella!» Ben me confie qu'il lui tarde de rentrer travailler, de poser du carrelage, de tailler du marbre, du granit, du calcaire. Et moi, tout d'un coup, je ne sais quelle lubie me pousse à lui demander quel est le métier de Sasha. Danseuse, me répond-il. Quel genre de danseuse? Ma question le fait rougir. Il se met à dessiner des volutes avec les mains devant son torse puis les fait rouler sous la table. J'essaie de deviner : danseuse nue ? Il finit par avouer que Sasha est strip-teaseuse. J'ouvre des yeux ronds comme des soucoupes et je me tourne vers la blonde Sasha qui hoche la tête en souriant : « Oui, oui, oui ! » Je me retiens de dire à Ben que cette fille devrait retourner à l'école.

Je commande un taxi pour aller en ville et passer quelques heures au marché, où tout ce qui se vend semble être noir, rouge et vert, ou en bois. J'achète une petite sculpture, des chapeaux, des tee-shirts, encore des tee-shirts, des bracelets, des boucles en or, des guides de cuisine jamaïquaine, une bonne vingtaine de CD et des cartes postales, tout cela aux commerçants autochtones afin de marquer mon soutien à leurs efforts et à leur esprit d'entreprise sur une île en majorité tenue par les Britanniques.

Rapatrier tous ces achats dans ma chambre présente quelques difficultés, mais lorsque j'y parviens enfin je vide le contenu du sac et mets aussitôt un CD de Maxi Priest intitulé *Fe Real*, que j'ai entendu pendant le déjeuner, au moment précis où j'apprenais que Sasha était strip-teaseuse. Sur l'instant je n'y ai pas prêté grande attention, mais la chanson passait aussi dans la boutique, ce qui tendrait à prouver qu'elle a exercé un effet subliminal sur mon psychisme. Seal commence à me lasser et Maxi devient ma nouvelle passion. Une fois mes affaires sorties du placard et étalées sur le lit, la question se pose de savoir comment les fourrer toutes dans mes valises.

Pour finir je décide de commencer par écrire mes cartes postales afin de les poster de Jamaïque et non de Miami, où mon vol doit effectuer une escale de deux heures. Pour Quincy je choisis une vue du *Rick's Café* qui représente deux jeunes gens en plein envol de la plus haute falaise, et j'écris quelque chose de maternel, tendre et un peu bébête ; pour les autres je réussis à me fendre d'une idée originale pour chacun – Angela, Vanessa, quelques amis proches, un ou deux collègues. C'est alors que le téléphone sonne. Je sursaute car il y a des jours que je ne l'ai entendu.

« Stella ? » La voix est comme de la soie.

« Winston ? » Mon cœur s'envole à mille pulsations par minute.

« Comment vas tu ?
— Bien. Et toi ?
— Bien. Je travaille beaucoup. Dis-moi, tu pars toujours demain ?
— Oui. De bonne heure. » Je lâche les cartes postales sur le lit.

« Écoute, Stella, j'aimerais vraiment te voir avant ton départ. »

Et moi j'aimerais lui dire « Va te faire voir, Winston. Pourquoi n'as-tu pas appelé plus tôt, pourquoi maintenant, espèce de petit con ? », mais au lieu de cela je réponds : « Quand ?
— J'ai une heure et demie de pause pour le dîner.
— Une heure et demie entière !
— En réalité, deux heures, mais...
— J'ai vraiment une chance inouïe.
— Qu'est-ce qui ne va pas, Stella ?
— Rien, Winston.
— Je prends une douche et j'arrive. »

Un coup d'œil à ma montre. Trois heures cinq.

« Quand penses-tu être là, exactement ? Je dois dîner avec des amis.
— Je les connais ?
— Je ne sais pas, Winston. Quelle importance ?
— Tu vas bien, Stella ? J'ai fait quelque chose ?
— Non, Winston. Je suis seulement un peu surprise de t'entendre. Ton ami Norris m'a appris que tu étais passé et clairement fait sentir que j'avais été idiote de me lier avec toi.

— Je suis passé une fois pour déposer sa clé mais je ne suis resté que quelques minutes. Je lui ai demandé s'il t'avait aperçue et il m'a répondu que non. Je ne connaissais pas ton nom de famille et la réception refusait de me le donner. Finalement j'ai appelé Abby pour qu'elle se renseigne. Depuis hier j'essaie de te joindre mais tu n'es jamais dans ta chambre.

— Pourquoi n'as-tu pas laissé de message ?

— On ne pourrait pas en parler de vive voix ? Je dois être rentré vers six heures.

— D'accord. » Je parle comme une mère et je me sens idiote.

« J'aurai besoin d'un laissez-passer, sinon ils me refuseront l'entrée.

— T'inquiète, je réponds en imitant le jargon local.

— On se retrouve à l'entrée principale, à cinq heures cinq ?

— Je serai habillée en jaune vif, pour le cas où tu aurais oublié à quoi je ressemble.

— Tout mon problème est là, Stella. J'essaie de toutes mes forces de t'oublier.

— Et ?

— C'est impossible. À tout à l'heure. »

Je débourse soixante dollars pour obtenir un laissez-passer de visiteur afin que Winston puisse franchir la grille du *Castle Beach Negril* et y rester environ quarante-cinq minutes. Qu'importe, j'ai besoin de le voir. Je veux le voir. Sinon j'aurai l'impression que mon voyage est inabouti. Bien évidemment je sais que j'aurai envie de faire l'amour avec lui, mais les conditions ne s'y prêtent pas, j'aurais honte de moi et je ne veux pas lui laisser penser une seconde que c'est la raison qui me pousse à le revoir, ou que c'est la seule chose qu'il m'intéresse de partager avec lui alors que nous disposons seulement de quarante-cinq petites minutes. Il n'y pas que le sexe qui m'attire en lui. C'est la seule certitude que j'ai. Winston apparaît derrière la haie, en chemise rose foncé, bermuda violet, socquettes blanches et tennis noires. Il est si beau, déjà rougissant. Son parfum m'arrive bien avant lui. Il me regarde comme s'il évoluait en plein rêve, il se penche et m'embrasse, au vu et au su de tous, et subitement je comprends que jamais je ne l'oublierai.

« Tu es jolie, tout en jaune. » Il me prend le coude et j'ai l'impression qu'il vient de revenir sain et sauf de la guerre, que je vais entrer au couvent ou une ineptie de ce genre.

« Alors, tu cuisines beaucoup ?
— Pas exactement. En réalité je découpe, je tranche, je hache. Tu vois ce que je veux dire ?
— Je crois que je vois, oui. »

Nous remontons l'allée, pour ce qui sera la dernière fois. Étrange sensation. Les fuchsias et les hibiscus ont l'air triste, les bananiers penchent la tête, quant à Winston, il semble très préoccupé et souffrir d'un mal indéterminé – si je savais lequel je pourrais l'aider. Bientôt nous arrivons dans ma chambre, Winston s'adosse contre le mur et contemple toutes mes affaires étalées sur le lit.

« Tu pars pour de bon, à ce que je vois.
— Oui. »

Maxi Priest chante une jolie chanson veloutée qui parle de promesses tenue ou rompue, je ne sais plus. Mais seul Winston m'intéresse. Je n'arrive pas à croire qu'il est réellement là jusqu'à ce qu'il s'approche, s'arrête, baisse les yeux sur moi et me dise, avec la plus extrême sincérité : « Stella, il faut que tu saches à quel point ton départ me rend triste. » Je n'ose pas croiser son regard de peur de fondre en larmes – je suis trop vieille pour pleurer à cause d'un tout jeune homme que je viens à peine de rencontrer sur une île perdue. Je me sens toute ramollie à l'intérieur, de la vraie guimauve. Je ne le reverrai sans doute jamais et cette pensée me ronge, mais je parviens à me ressaisir et j'essaie de me comporter en adulte.

« Tu vas me manquer, Winston.
— C'est vrai ?
— Ça t'étonne ?
— Pourquoi est-ce que je te manquerais, Stella ?
— Tu tiens vraiment à le savoir ?
— Oui, j'y tiens.
— Parce que je t'aime bien.
— De quelle manière m'aimes-tu ? »

Il est très sérieux. Ça se lit sur son visage. « De la manière dont une femme aime un homme. »

Ma réponse paraît le satisfaire. Il se redresse en poussant un soupir et reprend : « Je suis venu parce qu'il le fallait, non parce que je le voulais. Il le *fallait*.

— Explique-toi. »

Il regarde le plancher, puis le mur blanc, puis à travers les rideaux, puis moi. « Tu m'inspires des sentiments que je ne sais pas définir, mais qui sont très forts, inhabituellement forts. Jamais je n'ai rien éprouvé de tel.

— Bienvenue au club.
— Toi aussi ?
— Oh oui. »

Nous poussons en chœur une sorte de soupir, peut-être de soulagement, et Winston se penche pour poser sa joue contre la mienne et m'enlacer pendant un temps infini. Je le serre contre moi et nous nous fondons l'un dans l'autre pour la deuxième fois, et il m'embrasse, intensément, lentement, si lentement, et ses lèvres sont chaudes, et les miennes, et nos deux bouches deviennent compatissantes l'une envers l'autre, au point que l'instant atteint au sacré.

Comment le quitter ? J'enfouis ma tête dans sa poitrine. « Oh, Winston, je voudrais pouvoir te plier en quatre et te ranger dans ma valise. » Ses mains remontent le long de mon dos et il répond : « Je voudrais pouvoir me plier moi-même en quatre pour sauter dans ta valise. »

Longtemps nous restons là, debout, à tanguer. De très longues minutes puisque ma montre indique déjà six heures moins le quart ; pourtant il vient à peine d'arriver.

Nous nous écartons. « Que veux-tu faire, Winston ?

— J'aimerais te revoir.
— Cela me paraît très improbable.
— Pourquoi ? Tu peux revenir.
— Un jour, peut-être. Mais j'ai un travail, Winston. Et un fils.
— Je sais. Je pourrais venir vous rendre visite.
— Tu viens à peine de commencer à travailler.
— C'est juste.
— Mais nous pouvons nous écrire.
— Écris-moi au *Windswept*.
— Oui, le *Windswept*, dis-je en soupirant.
— Je peux avoir ton adresse ? »

Il est si poli ! Je sors le chéquier de mon sac et arrache le bordereau de dépôts sur lequel figure mon adresse. « Tiens. Et n'hésite pas à faire autant de dépôts que tu le voudras. »

Il rougit à nouveau, et je ne suis pas certaine qu'il ait pleinement conscience de ses paroles quand il lance : « Avec toi, je voudrais en faire autant que possible. » Puis il éclate de rire et ajoute : « Je ne l'entendais pas exactement dans ce sens. »

J'éclate de rire aussi, et je voudrais que notre rire se prolonge, mais il s'arrête brusquement. Nous cessons de rire pour nous étreindre encore, et une remarque vraiment stupide m'échappe : « Oh, Winston, si au moins tu avais… trente ans. Tout cela aurait davantage de sens. »

Il me lâche comme si je l'avais frappé. « Je n'ai pas trente ans, et je ne les aurai pas avant neuf ans. Que puis-je y faire, Stella ?

— Tu me comprends très bien, Winston.

— Non, Stella. Que veux-tu dire exactement ?

— Que je suis amoureuse de toi. Que si nous vivions dans un monde parfait ce serait possible. Nous pourrions même aller plus loin ensemble. Mais le monde n'est pas parfait, Winston. Tu es trop jeune pour moi et je suis trop vieille pour toi. Voilà la réalité. »

Il pince les lèvres. J'aimerais tant les embrasser encore, une dernière fois, pour la route, mais ce serait rendre les choses plus périlleuses qu'elles ne le sont déjà. « Nous pouvons quand même rester amis, non ? Est-ce que cela cadre avec ton monde imparfait, Stella ? »

Winston pèse encore mes paroles comme je pèse maintenant sa question. Je voudrais qu'il en soit autrement mais c'est ainsi. Comment devrais-je, comment devrions-nous, comment pourrions-nous… ? Non, nous ne pourrions pas. « Winston, si tu veux je te raccompagne à la grille.

— Tu n'y es pas obligée », commence-t-il par répondre en se dirigeant vers la porte. Puis il se tourne vers moi, l'air abattu et plein de remords, et je comprends que je ne suis pas la seule à avoir basculé par-dessus bord, je ne suis pas la seule à être mal. « Je sais, Winston. Je sais que je n'y suis pas obligée.

— Tu as beaucoup à faire. Tes bagages et…

— Tu as envie que je vienne ? »

Il me regarde droit dans les yeux : « Oui, j'adorerais que tu m'accompagnes. » Je l'embrasse légèrement sur les lèvres. « Très bien. Mais je ne suis pas douée pour les adieux, alors, le moment venu, quand je te dirai "cours", nous partirons chacun de notre côté en courant. D'accord ?

— Tu parles sérieusement ? demande-t-il en riant.

— Très sérieusement.

— C'est une des choses qui me plaisent en toi, Stella.

— Laquelle ?

— Tu es toujours sérieuse mais tu me fais rire quand même. »

Nous voilà de nouveau dans l'allée qui mène à la sortie, le bras de Winston sur mes épaules – comme un homme enlace sa femme, non sa mère. En chemin nous croisons son ami Norris, visiblement assez choqué – non seulement son plan a échoué mais il s'est retourné contre lui. Au lieu de lui jeter son échec en pleine face je lui souris, grande dame, et Winston le salue. Un peu plus loin je reconnais le vieux Nate sortant de la boutique de souvenirs, qui feint de ne pas nous voir. On dirait que le hasard s'entête à placer sur notre route tous les pensionnaires du *Castle Beach Negril*. Winston paraît s'en moquer. En franchissant l'entrée principale et cette sorte de clôture électrique invisible, je n'éprouve rien, aucune sensation. Mais lorsque j'embrasse Winston et que je reviens sur mes pas en courant, je suis complètement électrisée.

11

Effrayée par la perspective du trajet de deux heures en minibus sur la route cahoteuse de l'aéroport, je me retrouve en plein ciel avec un jeune pilote de vingt-sept ans, Nigel, qui semble à peine avoir l'âge de conduire une voiture. L'avion de quatre places qui va mettre environ quinze minutes pour me déposer sur l'aéroport international de Montego Bay m'offre une vue panoramique sur cette partie de l'île. Je comprends maintenant pourquoi on les appelle les Montagnes bleues : elles sont si vertes qu'elles paraissent bleutées, et la mer alterne vert émeraude et turquoise. Le spectacle est irréel et pourtant j'ai nagé dans cette eau. Il me semble que je pourrais revenir ici chaque été. Je songe même, au moment où l'avion effectue son approche et où les pneus crissent sur la piste, que si les choses continuent pour moi au même rythme sur le plan professionnel, je pourrais acheter une propriété en bord de mer. Je descends de l'avion, j'attends ma carte d'embarquement, je paie la taxe de départ, je m'assois, j'attends, je m'assois, j'attends, je m'assois, et tandis que j'attends de monter à bord de ce fichu 727, je me dis que oui, j'achèterai sûrement une maison.

Quelqu'un dans les parages se parfume à l'*Évasion*. Je jette un coup d'œil circulaire. Impossible de savoir qui. Je ferme les yeux. Tout à coup je me rappelle que Quincy sera là dans quelques jours. J'ai hâte de le revoir. Même si parfois j'aime me trouver loin de lui, j'adore quand il est là. Quitte à être mère, je me réjouis d'être la sienne. J'espère avoir le même enthousiasme quand il aura quatorze ans : il paraît que c'est l'âge où l'on commence à vouloir non seulement les renier mais aussi les écharper. Une de mes amies affirme qu'il faudrait creuser un trou gigantesque quelque part au bout du monde pour y enterrer les adolescents de la terre entière jusqu'à l'âge de vingt ans au moins, et les relâcher ensuite afin qu'ils mènent leur vie.

Nous atterrissons à Miami en une heure à peine. J'ai horreur de cet aéroport. On dirait un zoo. Des gens venus de toute la planète ont l'air de débarquer d'une autre, personne ne semble capable de parler anglais, tout le monde est déboussolé, aucun téléphone n'est disponible, du moins quand on parvient à en dénicher un qui n'est pas caché. Le passage de la douane est une vraie corvée. Je mens en déclarant deux cents dollars d'achats alors que j'en ai dépensé deux mille – qui pourrait se souvenir de tout ? – et la rédaction du formulaire m'occupe un temps fou. En traversant l'aéroport je remarque des flacons de parfums sur les étagères des boutiques détaxées. J'entre dans l'une d'elles et demande au vendeur hindou s'il a *Évasion*, de Calvin Klein. Il me répond par l'affirmative mais, comme je suis américaine, je ne peux pas l'acheter. Je lui explique que je veux seulement en sentir la fragrance car des amis me l'ont vantée. Il sort alors un flacon de sa vitrine et me surveille d'un œil soupçonneux en me voyant l'inhaler à pleins poumons. Je retrouve exactement l'odeur de Winston. Puis-je ? je demande en indiquant mon poignet. Il acquiesce et je vaporise un nuage sur mon avant-bras. Merci, monsieur. De Miami à San

Francisco, je dors pendant trois heures le poignet collé sous le nez.

Bien qu'il soit dix heures du soir, ma maison a l'air plus grande et plus belle. Je ne comprends pas pourquoi. C'est la même maison. Phoenix n'en finit plus d'agiter sa grande queue brune de contentement. Je lui frotte les oreilles et le caresse. Ensuite, pas question de franchir le seuil sans prendre dans mes bras Dr Dre qui bloque l'entrée. Dr Dre est une chatte, mais nous avons découvert son sexe trois semaines seulement après que Quincy l'eût baptisée.
Le chauffeur de taxi est celui-là même qui m'a conduite à l'aéroport la semaine dernière. Il transporte dans la maison mes trois valises, plus lourdes qu'au départ, et je le gratifie d'un pourboire de quarante dollars qui lui seront sûrement utiles pour soigner le tour de reins que lui auront valu mes folles dépenses jamaïquaines.
J'ouvre les fenêtres de ma chambre et branche le ventilateur du plafond. C'est une pièce ravissante. Je l'ai peinte en saumon pâle car je la voulais chaude, surtout lorsqu'il fait froid dehors. Vingt-six messages m'attendent sur le répondeur. Je m'assois sur le lit et les fais défiler en avance rapide, notant au passage quelques noms et numéros de téléphone, puis je les efface tous à l'exception de cinq, que j'écoute ensuite intégralement tout en défaisant mes valises. L'un émane de mon prétendu patron. « Stella, appelez-moi à mon domicile dès votre retour de vacances. Il y a un problème et nous devons le résoudre au plus vite. » Il indique son numéro. Quel problème ? Et pourquoi a-t-il appelé ici ? Je n'ai pas posé mes valises que déjà les emmerdements commencent.
« Salut, Stella. C'est Masha. J'espère que tu n'as pas oublié le vernissage de la galerie, ma chérie. Tu

nous as promis de venir. Tiger compte sur Quincy. Tu as intérêt à te pointer. »

« Nous viendrons, c'est promis », je réponds au répondeur. J'adore Masha, j'adore Rudy et j'adore Tiger. C'est une vraie famille. Une famille heureuse. Masha et Rudy forment un des rares couples de ma connaissance mariés depuis un million d'années et toujours très amoureux. Ils continuent de se faire rire, de vanter l'intelligence, le talent, la sagesse et la tendresse de l'autre, et de louer la chance qu'ils ont eue de se rencontrer. Ils paraissent vraiment heureux et, s'ils jouent la comédie, ils méritent un oscar. Chaque fois que je les approche, eux ou des couples semblables – phénomène peu fréquent –, j'admire leur bonne humeur, leur gentillesse, leur affection sincère, leur respect mutuel, qui contaminent leur entourage et restaurent quelque peu ma foi dans le mariage. Du moins jusqu'au moment où je rentre chez moi et où j'entends, par exemple, un message tel que celui qui suit.

Leroy est l'homme que j'appelais lorsque j'avais envie de sexe. Nous avions un arrangement. Chacun de nous s'efforçait d'être là pour l'autre au moment où cette envie se manifestait. Leroy avait oublié l'art d'aimer et de témoigner son affection, et il désirait que je lui donne des leçons. C'était un élève lent dans ce domaine, bien qu'il soit un authentique génie doté d'un QI de mille et des poussières. Il connaît beaucoup de choses sur tous les sujets, ce qui constitue d'ailleurs un peu son handicap. Il est trop brillant et n'a aucun exutoire véritable dans lequel canaliser son énergie. Pendant un temps j'ai fait office de réceptacle de cette énergie, et Leroy me fascinait car, pour une fois, je rencontrais un homme capable de parler d'autre chose que de lui-même. Mais je ne lui ai pas téléphoné depuis des siècles car il a cessé de me satisfaire depuis longtemps déjà, depuis le jour où j'ai découvert qu'il était alcoolique. Cela expliquait pourquoi il mettait si longtemps à jouir. Et quand enfin il y parvenait… gare! Il me mettait les chairs à vif. J'ai dû courir un jour chez le médecin avec une infection de la vessie tant il m'avait pilonnée. On aurait dit qu'il me haïssait au lieu de me désirer. Et un beau jour je me suis demandé : À quoi bon ?

Le message de Leroy est inaudible. Lorsqu'on est ivre on ne se rend pas compte qu'on bafouille et on ne soupçonne même pas que les autres le devinent. Il parvient néanmoins à articuler : « Stella, c'est Leroy. Où es-tu ? Pourquoi n'as-tu pas téléphoné ? J'ai beaucoup pensé à toi ces dernières nuits. Ah… Beverly. Je suis en voiture, sur le pont, et je me demandais, Debs, si je pouvais passer quelques minutes. Seras-tu rentrée dans la demi-heure qui vient ? Oh, merde, tu ne peux pas me répondre évidemment. Bon. C'était quand même sympa de parler à ton répondeur. Rappelle-moi au bureau. Salut. »

Je braille à l'adresse du répondeur : « Rentre chez ta femme, soûlard ! » Je suis navrée pour elle. Et puis non, pour être franche, je ne la plains pas. Elle sait qu'il a des liaisons mais elle tolère ses infidélités parce qu'*il* est très riche : Leroy possède toutes les sortes de franchises imaginables. Sous prétexte qu'il est riche et beau il se croit totalement irrésistible, ce qui est faux car il ne sait jamais quand s'arrêter. Il ne sait pas que la vie n'est pas une immense ruée. Il ferait mieux parfois de se calmer. Un murmure plutôt qu'un hurlement. Leroy pense que l'amour peut s'acheter si on en a les moyens. Il offre à sa femme tout ce qu'elle désire, et cela depuis vingt ans, et je trouve personnellement attristant que, à notre époque, des femmes se reposent encore sur leur mari pour déterminer leur mode de vie et s'exposent elles-mêmes à l'humiliation dans le seul but de continuer à conduire de jolies voitures, à habiter des maisons immenses et dotées de pièces innombrables où personne n'entre jamais. Le jeu en vaut-il vraiment la chandelle ? À mon avis, c'est pathétique. Mais personne ne me demande mon avis et je parle toute seule. Allons, Stella, ressaisis-toi.

« Tu as perdu les pédales, Stella ! D'après Vanessa tu as couché avec un gamin en Jamaïque et tu t'es entichée de lui. Tu dois être en pleine crise de la quarantaine. Je ne vois pas d'autre explication. Je connais quelqu'un avec qui tu pourrais en discuter. Appelle-moi. »

Je t'emmerde, Angela ! Et toi, Vanessa, je vais t'étriper !

« Ne te mets pas trop en rogne contre moi, Stella. J'ai fait une gaffe en disant à Angela ce qui t'est arrivé en vacances. Ça m'a échappé mais, franchement, je crois que cette bobonne avait besoin d'entendre un truc capable d'égayer son petit univers ennuyeux, et j'avais envie de la secouer un peu. Je savais qu'elle ne pourrait pas supporter une chose pareille. Dis-moi si l'une de tes bestioles a crevé, et quand je pourrai venir chercher les cadeaux que tu as rapportés pour Chantel et moi. Car j'espère que tu ne nous as pas seulement envoyé une carte postale ! Salut. Ah, au fait... Bienvenue au pays. »

Rien ne vaut des sœurs. Je déballe mes affaires et la vue des vêtements que j'ai portés lorsque j'étais avec Winston me rend nébuleuse. Pour la énième fois je prends conscience qu'il n'était pas, qu'il n'est pas un rêve ni un simple fantasme, qu'il a véritablement fait éclore en moi une émotion pure et profonde encore très présente, et bien que je sois dans ma chambre, chez moi, bien qu'il n'y ait dehors ni vagues, ni rochers, ni hibiscus, ni bananiers, je hume le parfum des fleurs, j'entends les vagues, je sens le sable entre mes orteils, et je dois secouer la tête pour m'empêcher de l'entendre frapper à ma porte, de le voir sous la pluie, de sentir ses lèvres sur les miennes. Et plus je sors mes affaires des valises, triant le linge sale et les vêtements nécessitant un nettoyage à sec, plus se renforce ma certitude que ma langueur s'explique tout simplement par le fait que Winston me manque affreusement.

Isaac ? Ici Stella. Que se passe-t-il ?
— Parlez-moi d'abord de la Jamaïque. C'était bien ?
— Formidable. Negril est un très joli coin de l'île.
— Quand êtes-vous rentrée ?
— Hier soir.
— Parfait. Ravi que vous ayez passé de bonnes vacances. J'ai toujours eu envie d'aller là-bas. Je connais Aruba, mais pas la Jamaïque. Voilà, Stella, si je vous ai téléphoné chez vous, il y a une bonne raison.
— Je vous écoute.
— J'aurais pu attendre de vous voir au bureau et vous l'apprendre de vive voix mais j'ai cru bon de vous prévenir avant. Beaucoup de choses se sont produites pendant votre absence.
— Venez-en au fait, Isaac. Cessez de tourner autour du pot.
— Bien. Vous savez que, depuis quelque temps, on parle de réduire les effectifs et de réorganiser votre service ?
— Oui, bien sûr. Tout le monde est au courant. Ce n'est pas un secret.
— Figurez-vous que Fred a été remplacé par Michael Javitz et...
— Javitz ? De notre bureau de Los Angeles ?
— Oui.
— Et alors ?
— Il va prendre ses fonctions avec une nouvelle équipe.

— Une minute, Isaac. Êtes-vous en train de me dire ce que je crois comprendre ?

— Je ne voulais pas procéder de cette façon, Stella. Nous avons fait un bout de chemin ensemble, vous et moi...

— En clair, je suis au chômage, c'est ça ?

— C'est ce que j'essaie de vous expliquer, oui.

— Vous devez plaisanter.

— Javitz affirme qu'il ne peut pas justifier votre salaire.

— Voyez-vous ça ! Avec tous les bénéfices que je rapporte à l'entreprise, il ne peut pas justifier *mon* salaire ?

— Stella, vous gérez les mêmes comptes depuis un certain temps, et nous essayons de nous agrandir. De nouveaux clients rapportent autant que les anciens.

— Je n'arrive pas à le croire.

— Vous savez comment les choses évoluent à ce niveau.

— Quel niveau, Isaac ? Quel niveau ?

— Nous vous offrons d'importantes indemnités de départ. Une année de salaire, plus une prime et la majorité de vos pourcentages. Vous pouvez même conserver votre participation aux bénéfices.

— Ce qui signifie que je dois accepter ?

— C'est ce que nous vous offrons, Stella.

— Je vais y réfléchir. Merci de m'avoir prévenue, Isaac. » Je raccroche et je reste plantée devant la fenêtre très longtemps, si longtemps que les larmes que je n'ai pas senties couler finissent par se condenser. Je n'ai plus de travail. Je suis au chômage. Je n'ai plus de revenus. Après tant d'années consacrées à faire ce que je croyais un investissement, on m'apprend qu'il n'est pas rentable. Pouf. Comme ça. Fin de la balade. Interdit de passer. Circulez. Je n'ai pas la moindre idée de ce que je suis censée faire. Ressentir. Et à qui le demander ? D'ailleurs je le saurais que ça ne changerait rien. Je vais devoir recommencer. Autre part. Tout recommencer. De zéro. Encore.

Je laisse choir le téléphone par terre puis je me mets à errer sans but, et comme la boîte aux lettres se trouve sur mon chemin je l'ouvre. De toute évidence Vanessa n'est pas venue depuis plusieurs jours car elle est pleine d'enveloppes blanches et brunes, de magazines. Je tire tant bien que mal pour extraire tout le paquet mais plusieurs tombent sur le trottoir. Peu à peu mes mouvements ralentissent. Pour une raison que je ne cherche pas à élucider, à cette minute, je me sens plus légère, ma tête s'éclaircit comme ces nuages qui s'évaporent dans je ne sais quel spot publicitaire à effets spéciaux, et je m'aperçois que ce que j'éprouve est du soulagement. J'empile le courrier éparpillé et je reviens dans la maison, aérienne. Mes jambes sont des plumes, je ne sens même plus le ciment sous mes pas, et une fois la porte refermée une envie de rire s'empare de moi. J'ignore pourquoi et comment mais j'ai l'impression qu'un énorme fardeau a quitté mes épaules. En fait, pendant tout le temps que je trie le courrier – bon à jeter pour l'essentiel – et que je vais dans la buanderie pour enfourner le linge sale dans la machine à laver, un sourire m'étire le visage. Je suis aux anges de ne plus avoir de travail parce que je sais qu'il y a toujours une raison aux choses et que c'est peut-être une seconde chance qui s'offre à moi, l'occasion de m'aventurer sur une voie différente. Je vais donc réfléchir avec soin à ce temps vacant qui m'échoit. Une chose est certaine, c'est la première fois depuis dix-sept ans que je me trouve libre, totalement et sans équivoque.

« Tu peux rentrer à la maison, Quincy.
— Maman ! Où es-tu ?

— Chez nous.
— Non ! Comment c'était ?
— Magnifique. Et toi, tes vacances ? Tu t'amuses bien ? Tu as pêché du poisson ?
— Au début, je me suis bien marré. Mais papa se couche tôt. Il m'a emmené une ou deux fois aux jeux vidéo et j'ai pu jouer au Mortal Kombat III. C'était super. Et puis j'ai attrapé six poissons, mais ils étaient trop petits alors on les a remis à l'eau.
— C'est très gentil de ta part. Ton avion arrive bien samedi à midi ?
— Ouais.
— Je serai devant la porte, les bras grands ouverts.
— Oh non, maman, s'il te plaît. Les bras ouverts, c'est pas utile.
— Bonsoir, Quincy. Salue ton papa de ma part, et dis-lui que je l'appellerai dès que tu seras rentré.
— Attends !
— Quoi ?
— Tu m'as rapporté un truc de la Jamaïque ?
— Oui, des tas de trucs.
— Quoi, par exemple ?
— Surprise. »

Aucun doute, je suis chez moi. J'ai été virée de mon travail. Et je m'en contrefiche royalement ! Si je ne craignais pas d'avoir l'air idiote j'appellerais Winston sur-le-champ. Mais je ne le ferai pas. D'ailleurs que lui dirais-je ? Je viens de rentrer et je pense encore à toi ? J'ai rêvé de toi pendant tout le vol de retour ? J'essaie déjà de trouver un moyen pour t'oublier ? Parce que ce qui s'est passé entre nous était en vérité – *dixit* l'article que j'ai lu dans l'avion – ce qu'on appelle une toquade. On a une toquade quand, en vacances, on s'enflamme pour une personne que l'on ne connaît pas, avec qui on fait merveilleusement l'amour, et que l'on baigne dans une telle euphorie que l'on espère pouvoir éprouver ce sentiment à tout jamais, mais que, à cause de problèmes géographiques et parfois de la barrière des langues, de différences culturelles profondes et, par exemple, d'une disparité d'âges, on ne peut pas – répétez après moi : *on ne peut pas* – prendre cette histoire au sérieux car, une fois chez soi, c'est fini, adieu, *hasta la vista, bye bye baby*, je ne te reverrai sûrement pas l'année prochaine mais c'était extra, j'ai passé un moment fabuleux et j'espère avoir autant de chance quand j'irai au Brésil aux prochaines vacances. Point final. Pourtant il arrive, mais c'est rare, qu'une fois de retour chez soi les jours s'égrènent et qu'il semble impossible de s'ôter cette personne de l'esprit. Alors on lui téléphone, on lui écrit des petits mots plusieurs semaines après, et il se peut, je dis bien il se peut, que la toquade se transforme en une véritable relation. Mais, en général, mieux vaut jouer la sécurité et tout oublier.

Je vais à la jardinerie tout spécialement pour acheter des plants de zinnias, de pétunias et de chrysanthèmes, de plus grands pots pour le ficus et le schefflera, de gros sacs de terreau et de tourbe, plusieurs paires de gants de jardinier. Une fois sortie avec mon chariot, j'enfourne le tout sans la moindre difficulté à l'arrière du break.

À genoux dans le jardin, je creuse des trous pour y planter les fleurs. La terre est douce et fraîche même au travers des gants. Je répartis les plants, je regroupe certaines fleurs, me relevant de temps à autre pour juger des motifs obtenus ou bien de l'absence de motifs formés par les minuscules bouquets, et déjà, à ma grande satisfaction, le jardin a l'air plus joli. Je ne me rends pas compte que je suis là depuis plus de deux heures jusqu'à ce que j'entende ce qui ressemble au moteur de ma voiture dans l'allée de devant. Simultanément la sonnerie du téléphone retentit. Je prends le sans-fil sur la table de jardin.

« Oui ?

— Ta charmante sœur et ta nièce préférée sont devant chez toi. Nous sommes venues chercher nos cadeaux et aussi un chèque, j'espère. Et puis je t'apporte une bonne et une mauvaise nouvelle. Alors amène-toi dans le garage et dis-moi laquelle tu préfères entendre en premier. »

Je raccroche et me dirige vers le garage. Vanessa et Chantel sont là, dans ma BMW noire, un modèle sport M5 dont je n'ai nul besoin mais que j'ai achetée parce que j'en avais les moyens, qu'elle me plaisait et roulait vite.

Vanessa descend et me prend dans ses bras. Elle pourrait passer pour la sœur de Pepa, du groupe Salt-N-Pepa, du moins c'est ce qu'a pensé Dexter, le copain de Quincy, la première fois qu'il l'a vue. Il a ouvert des yeux ronds et s'est exclamé : « Pepa ? » Vanessa a répondu : « Qui ça, mon chou ? » et c'est ainsi qu'il a su que ce n'était pas elle.

« Alors, détourneuse de mineurs ! se met-elle à brailler.

— Ne commence pas, Vanessa. »

Chantel se résout enfin à sortir de la voiture, où elle écoutait la radio, probablement une de ces chansons rap branchées sexe dont elle raffole. Chantel et Quincy ont le même âge et souvent je les sors tous les deux. Elle est un peu la fille que j'aurais pu avoir, n'ai pas eue et n'aurai jamais.

« Qu'est-ce que tu fabriques ? demande Vanessa.

— Je plante des fleurs.

— Depuis quand t'es-tu mise à jardiner ?

— J'y pensais depuis deux ans, et je m'y mets aujourd'hui. Ça te dérange ?

— Tu es mignonne. Différente. Comme si tu avais... je ne sais pas. Je ne trouve pas le mot.

— J'ai bronzé, Vanessa.

— Bonjour, tante Stel », me lance Chantel. C'est mon petit amour de nièce. Elle s'épanouit. L'année dernière elle était plate comme une feuille de papier, cette année elle a pris des courbes.

« Bonjour, ma puce. » Et la voilà qui file dans la maison comme si elle avait le diable aux trousses. « Bon, je t'écoute, Vanessa. Pas de salamalecs. Ta mauvaise nouvelle ne peut pas être pire que celle que je viens d'apprendre.

— Quoi donc?

— Je n'ai plus de travail.

— Ils t'ont foutue dehors? dit-elle en faisant le tour du break pour s'assurer que Chantel est bien entrée dans la maison.

— Oui. Ils ont fait leurs saloperies pendant que j'étais en vacances.

— Tu ne peux pas les attaquer en justice?

— Tout le monde attaque tout le monde en justice. Je n'en ai ni le temps ni l'énergie, mais je vais avoir ce qui me revient. Sur ce point je ne m'inquiète pas.

— C'est un coup vraiment tordu. Drôle de retour de vacances.

— Si tu veux la vérité, je ne suis pas aussi accablée que je le devrais.

— C'est ce que je vois. Tu as l'air trop calme, du moins c'est ce que je crois percevoir dans ta voix. Tu as avalé quelque chose?

— Non, je n'ai rien avalé. Épargne-moi ce refrain. Dis-moi plutôt ta mauvaise nouvelle.

— Tu promets que tu ne te mettras pas en colère?

— Dis-moi de quoi il s'agit, Vanessa.

— Attends. Tu as préparé mon chèque?

— J'ai dit que je t'avancerais cet argent. Maintenant parle.

— J'ai eu un petit accident.

— Où ? je demande en jetant un coup d'œil vers la voiture.

— À l'arrière. Côté gauche. Le feu arrière. »

Je vais voir. En effet, le feu est cassé et il y a une petite éraflure sur le côté.

« Comment est-ce arrivé ?

— Un crétin qui ne regardait pas devant lui au moment où je sortais en marche arrière d'une place de parking. Et pan ! Je l'ai heurté.

— Rien de grave.

— Tu veux dire que tu n'es pas en rogne ?

— Ce n'est qu'un petit accrochage. Quelqu'un a été blessé ? »

Elle reste perplexe, car j'ai la réputation d'être nerveuse et emportée – uniquement si on me provoque – et de manquer parfois de compréhension. Du moins est-ce la rumeur qui court.

« Non, personne n'a été blessé, répond Vanessa lentement. Qu'est-ce qui t'arrive ? Tu n'es pas shootée et je sais que tu es dingue de cette voiture.

— Ce n'est jamais qu'une voiture. Ça se répare. Pourquoi dramatiser ? »

Elle éclate de rire. « Ce jeune homme t'a vraiment fait un drôle d'effet ! Regarde-moi, Stella. »

Après sa remarque, il m'est impossible d'affronter son regard. Je me sens rougir et je ne peux pas me cacher derrière mes gants pleins de terre. Je baisse la tête mais Vanessa me relève le menton : « Que t'est-il arrivé, Stella ? »

Je m'efforce de gommer le sourire de mon visage. « Rien. Ton chèque est dans la cuisine. Va le chercher.

— Tu n'es tout de même pas tombée amoureuse d'un gamin de vingt et un ans, n'est-ce pas, Stella ?

— Tu es folle !

— Moi non. Mais toi ? » Elle me dévisage comme si

elle ne m'avait pas vue depuis vingt ans, ou comme si je venais de me raser les cheveux ou de les faire teindre d'une couleur atroce. « Tu as quelque chose de différent, Stella, et je vais te dire un truc. Tu es plus radieuse que je ne t'aie vue l'être depuis longtemps. Je ne plaisante pas. Tu as une étincelle dans les yeux.

— Je n'ai aucune étincelle dans les yeux, je suis seulement bronzée. J'ai pris des vacances et apparemment elles m'ont réussi.

— Ce n'est pas ce dont je parle et tu le sais très bien, Stella. Tu es vraiment tombée amoureuse de lui, n'est-ce pas ? Dis-moi la vérité.

— Arrête, Vanessa. Tu ne sais même pas de quoi tu parles.

— Réponds à ma question. Comment tu te sens ?

— Je me sens bien, comme dirait James Brown. » Et j'éclate de rire.

« Cesse de déconner, Stella. Réponds-moi.

— Bon, d'accord, j'éprouve quelque chose. Je ne sais pas quoi, mais je me sens bien, à l'intérieur, plus légère, mieux que je ne l'ai été depuis des années. J'ai l'impression que je pourrais planter toutes les fleurs du monde dans mon jardin aujourd'hui même. »

Vanessa sourit. « Eh bien ! » Puis elle soupire : « Ne dis rien. Garde-le pour toi.

— C'est ce que je fais. Et ta bonne nouvelle ?

— Oh. Quand j'ai eu l'accident, j'allais à Reno avec Cassandra, la fille avec qui je travaille. Pour être tout à fait sincère, je ne pensais à rien d'autre qu'au fric. J'ai gagné trois cents soixante dollars aux machines à sous !

— C'est une bonne nouvelle pour toi. Mais en quoi suis-je concernée ?

— Ce qui est à moi est à toi, pas vrai, frangine ?

— N'allons pas jusque-là. » Je lui tourne le dos pour regagner le jardin.

« Attends une minute ! Enlève ces stupides gants. Nous sommes venues prendre livraison. » Et elle me pousse dans l'autre direction. « T'as intérêt à ne pas nous avoir rapporté des conneries. Et j'espère que t'as du champagne au frais parce qu'il fait une chaleur du diable, et puis c'est l'été, la vie est belle, et je veux que tu me parles de la Jamaïque et de ton amoureux. Sérieusement. Je veux savoir ce qu'un garçon de vingt et un ans peut faire à une femme de quarante-deux pour lui donner l'air plus jeune de cinq ans en une seule semaine, pour qu'elle ne se mette pas en rogne en apprenant que sa sœur lui a esquinté sa voiture à soixante mille dollars et qu'elle lui prête quand même mille dollars. Et enfin pour qu'elle reste de marbre alors qu'elle vient d'être virée d'un boulot hyper bien payé que je rêverais d'avoir. Je veux tout savoir, insiste Vanessa en se mettant les poings sur les hanches. Et n'oublie rien. »

Je lui raconte.

12

« Rien que du vent », je marmonne entre mes dents, en commençant à empaqueter trois de ces satanés ordinateurs qui ont occupé tellement de place dans mon bureau à la maison. Et tout en m'activant je décide de refaire la décoration et les peintures. En réalité, mieux vaudrait déménager et reconstruire une maison entièrement neuve ! Mais cette idée s'envole aussitôt parce que désormais je n'ai plus d'emploi. Dieu merci, ma mère m'a appris à mettre de l'argent de côté pour les mauvais jours, lesquels se réincarnent et reviennent à la mode comme les titres exonérés d'impôts émis par les collectivités locales. C'est l'un des rares conseils donnés par ma mère que j'ai suivis à la lettre. Je me félicite aussi d'avoir réalisé, il y a plusieurs années, de solides investissements dans une marque de café devenue célèbre et dans un centre commercial grand public très populaire, que je fréquente moi-même sans pourtant y bénéficier de rabais spécial. Et puis je remercie Leroy qui, malgré ses défauts sur le plan physique, affectif et spirituel, possède un sens aiguisé des affaires et n'a pas hésité à m'en faire profiter. En réalité, il me pressait, m'implorait de m'associer avec lui, ce que, un peu contre mon gré, j'ai fini par accepter, mais seulement après qu'il m'eut promis que si je cessais de coucher avec lui cela ne nous empêcherait pas de continuer de gagner de l'argent ensemble ; son offre m'a parue sensée et il a tenu parole, tant et si bien que je me retrouve aujourd'hui actionnaire principale ou propriétaire minoritaire d'actions dans un certain nombre d'entreprises de restauration rapide et de sodas que je préfère ne pas nommer.

En outre, je ne suis pas stupide. L'une des leçons élémentaires et fondamentales que vous enseigne la finance est de commencer par se couvrir soi-même. Pourquoi dépenser son temps et son énergie à montrer aux autres comment s'enrichir si on ne le fait pas pour soi ? Mes mentors ont toujours insisté sur le fait que, dès lors que vous gagnez plus qu'il n'est suffisant pour vivre, vous devez commencer à investir. Placez un petit pourcentage de vos revenus quelque part où ils croîtront à une vitesse grand V, et si, par exemple, vous jouez à Las Vegas, prenez un risque mais ne misez jamais plus que vous n'avez les moyens de perdre, ensuite prélevez une partie de cet argent durement gagné pour l'investir dans un placement plus sûr mais plus lent, afin d'éviter toute inquiétude sur son rapport. L'objectif est de répartir vos placements dans tous les domaines, des polices d'assurances aux actions en bourse, de telle sorte que si vous perdez votre emploi, ou même la vie, vos factures seront honorées, vous serez couvert, et vos enfants à l'abri du besoin. J'ai suivi ces conseils et si je devais mourir aujourd'hui ou s'il m'arrivait un pépin, mon portefeuille est constitué de telle manière que, une fois tous les frais réglés, mes héritiers n'auraient à payer aucun droit de succession. À l'inverse des stars de cinéma, athlètes, rappeurs et autres chanteurs de rock qui gaspillent leur fortune en grosses voitures, fringues et demeures somptueuses, je ne ferai pas faillite. Depuis environ cinq ans je me plie à ces principes, et cela m'autorise à ne pas travailler pendant deux ans et demi ou trois ans sans me ronger d'angoisse. Néanmoins, je vais m'en assurer auprès de mon comptable et de mon agent de change, et passer mon portefeuille en revue.

J'ignore pourquoi l'idée de m'arrêter ne m'a encore jamais effleurée, mais c'est sans doute parce que j'ai toujours travaillé. Par ailleurs, j'ai toujours pensé que ce que je faisais avait un sens pour quelqu'un, que je fournissais une prestation appréciée et unique. Or apparemment le dicton se vérifie : nul n'est irremplaçable. Mais vous savez quoi ? Je m'en fous.

Je n'ai pas la moindre idée de ce que je vais faire maintenant, et j'en ai conscience. Ce que je sais avec certitude, en revanche, c'est qu'il n'est pas question pour moi de franchir à nouveau les portes à tambour d'une grande entreprise, vêtue d'un tailleur strict et agrippée à un attaché-case. Au diable l'Amérique des sociétés anonymes, où l'individu ne compte pas, où le profit a un pouls, et où tous les regards sont fixés sur son électrocardiogramme. Je passe la main. Désormais il s'agit pour moi de trouver une place qui me permettra de gagner ma vie tout en étant moi-même, bien que je possède très peu (à supposer même que j'en aie) de talents « négociables » (sauf peut-être pour la décoration). Et puisque je n'ai plus d'emploi pour distraire mes pensées, peut-être pourrais-je me concentrer sur ce qui, avant, me procurait le plus de plaisir.

Le jardin regorge de fleurs et les racines des plantes d'intérieur ont toutes leurs aises. J'ai l'impression que je suis en train d'attraper un rhume. À moins que ça ne soit un ulcère. J'avale un comprimé d'Advil mais rien n'y fait. La sensation que je vais tomber malade persiste. Je plie le reste de mes vêtements de vacances et commence à ranger les derniers shorts et T-shirts dans leurs tiroirs respectifs, quand brusquement je lâche tout en vrac sur le lit et décroche le téléphone. J'appelle les renseignements internationaux et demande le numéro de l'hôtel *Windswept*. Pour cinquante cents on me passe la communication et une voix à l'accent jamaïquain me dit : « Bonjour, ici l'hôtel *Windswept*. Jasmine au standard. Qui désirez-vous ? » Je demande à parler avec Winston Shakespeare, tout en songeant : Quel nom, Quel homme pour porter un nom pareil, et Quelle folle je suis de lui téléphoner ! Mais juste au moment où je reprends mes esprits et m'apprête à raccrocher, je reconnais sa voix : « Allô, Winston Shakespeare à l'appareil. » Je pousse un soupir : « Bonjour, Winston.

— C'est toi, Stella ?

— Oui, c'est moi. » Je dois probablement avoir l'air aussi abruti que Jim Carey dans *Dumb and Dumber*. Autrement dit Grand Bêta et Gros Nigaud.

« Comment vas-tuuuuu ? dit-il de sa voix chantante.

— Bien. Je suis chez moi.

— Oui, je sais.

— J'appelle juste pour te dire bonjour.

— Tu veux bien attendre une seconde, le temps que je change de poste ? Je t'entends très mal. Reste en ligne, je t'en prie.

— D'accord. » Je regarde par la fenêtre et tout à coup je me sens stupide. Que vais-je lui dire ? Winston, je ne cesse de penser à toi et je suis à deux doigts de m'acheter un flacon d'*Évasion pour homme* et d'en inonder mon oreiller et mes draps afin de pouvoir respirer ton parfum toute la nuit ? Winston, tu me manques tellement que j'en deviens dingue et je me demande si tu éprouves un peu de ce que je ressens, as-tu été aussi ému que moi, as-tu du mal à réfléchir et à rassembler tes idées ? Que vais-je faire, qu'allons-nous faire, car toi et moi savons que tout cela est ridicule, que je suis trop vieille pour toi, que tu es trop jeune pour moi, que ça ne marchera jamais, comment cela pourrait-il marcher, c'est impossible, mieux vaut oublier tout cela.

« Stella ? Tu es toujours là ?
— Oui, je suis toujours là.
— Je t'ai envoyé une carte postale ce matin.
— Vraiment ? » Je suis très touchée.

« Oui, vraiment. Tu sais, je me sens très bizarre depuis quelques jours. Je manque d'entrain, et tout le monde me demande ce qui m'arrive. D'abord je n'ai pas compris de quoi ils parlaient et puis je me suis aperçu que j'étais complètement déprimé et que ça avait commencé juste après ton départ. Tu me manques, Stella. »

Mon cœur se serre. Mon cœur sombre et brûle et chute au fond de mon estomac. Tout à coup, j'ai très chaud. Aucun doute, je suis en train de couver quelque chose, et ce quelque chose est au bout de la ligne. Cela au moins je viens de le comprendre.

« Tu me manques aussi, Winston. Plus que tu ne le sauras jamais.
— C'est-à-dire ?
— Beaucoup. Et c'est assez ridicule.
— Ce n'est pas ridicule, Stella. »

Il y a un silence, suivi d'un autre silence, et enfin il reprend : « Stella ?
— Oui ?
— J'ai vécu auprès de toi les moments les plus heureux de ma vie. Je voulais que tu le saches.
— Je suis contente de l'entendre, Winston. Mais, quand on y songe, nous avons passé très peu de temps ensemble.
— Justement. »

J'entends sa respiration, j'ai l'impression de sentir son odeur, et je peux voir ses lèvres bouger quand il dit : « J'espère sincèrement te revoir, Stella. »

Mes épaules s'affaissent, ma poitrine se tasse, mon corps bascule en avant, ma tête oscille tout près du sol, et je m'entends murmurer : « Moi aussi, Winston. » C'est un peu trop pathétique et je suis ravie que personne ne puisse me voir ni m'entendre agir comme une gamine de dix-sept ans.

« Pour moi c'est assez urgent.

— Pour moi aussi. » Pauvre abrutie.

« J'ai pensé à une chose, Stella.

— Quoi ?

— Dans trois mois je pourrais prendre un congé maladie et venir te rendre visite en Californie pendant une semaine ou deux. Qu'en dis-tu ? »

Ici ? Il veut venir ici ? Cette idée me séduit beaucoup. Énormément. Mais trois mois c'est long, et une femme peut se flétrir en trois mois lorsqu'elle désire ardemment une chose qu'elle ne peut obtenir. Pourtant, là encore, je commence à apprendre la patience et c'est un test. En outre, la chose la plus importante est que je ne suis pas seule dans cette galère. Dieu merci, je ne suis pas la seule à être mordue.

« J'aimerais beaucoup que tu viennes, Winston. Tu n'imagines pas à quel point.

— Je vais m'en occuper.

— Et ton travail, il te plaît ?

— Beaucoup. J'apprends un peu plus chaque jour. Je pourrai devenir chef cuisinier après un an d'apprentissage, mais j'aurai besoin de pratique. Pour l'instant tout va bien. J'acquiers de l'expérience.

— Et l'endroit où tu loges ?

— Ça peut aller. Je dors dans un lit jumeau. J'ai un camarade de chambre. Il est sympa mais nous sommes un peu à l'étroit. De toute façon on n'a pas le choix. C'est le même régime dans tous les hôtels.

— Tu as la télé ?

— Non.
— Une stéréo ?
— Tu plaisantes !
— Un réfrigérateur ?
— Non.
— Quoi, alors ?
— Je te l'ai dit, répond-il en riant. Des lits jumeaux et un placard pour ranger ses affaires. C'est tout.
— C'est un peu comme un dortoir de collège.
— Exactement. Et ton fils, comment va-t-il ?
— Il est toujours chez son père.
— À quel endroit, déjà ?
— Dans le Colorado.
— Dans les Rocheuses, c'est ça ?
— Oui, plus ou moins, je réponds en riant. Il rentre samedi matin et j'ai hâte de le revoir.
— Ce doit être agréable d'avoir un fils.
— Oui. En tout cas j'adore celui que j'ai.
— J'espère le rencontrer bientôt. »

Aïe. La pensée d'une rencontre Winston-Quincy me fait disjoncter pendant une minute. Que dirais-je à mon fils ? « Quincy, je te présente le nouveau petit ami de maman. Il n'a pas le droit de voter ni d'acheter de l'alcool en Amérique, et il ne sera pas ton beau-père, mais que dirais-tu d'en faire une sorte de grand frère ? Je t'en prie, ne me demande pas son âge, mais il sera probablement ravi de jouer au Sega ou au Nintendo avec toi ! »

« Quincy te plaira, dis-je, ne trouvant rien de mieux.
— Qu'as-tu fait depuis ton retour ? »

Au lieu de lui avouer, comme je le voudrais, que j'ai été licenciée et ne cesse de penser à lui, je réponds : « J'ai planté des fleurs et pris quelques décisions d'ordre professionnel.
— C'est-à-dire ?
— Je t'expliquerai tout en détail par lettre.

— Vrai ?
— Promis.
— C'est bon d'entendre ta voix, Stella. Tu n'as pas idée. Si tu voyais mon sourire ! »

Le plus étrange c'est que je le vois. Plus étrange encore est la conscience que j'ai d'avoir l'air d'une ado enamourée. Je dois me pincer la joue pour chasser cette drôle de vibration et réussir à articuler : « Moi aussi, je souris, Winston.
— Alors tu m'écriras ?
— C'est juré. » Je raccroche. Je me sens complètement gaga, je songe à cet article stupide que j'ai lu dans l'avion et je me dis que nous avons dépassé le stade de la toquade puisque nous venons de causer au téléphone, qu'il m'a déjà écrit une carte postale et avoué qu'il espérait me revoir, que je donnerais une fortune pour sentir à nouveau le goût de ses lèvres, croiser son regard, me serrer contre lui, respirer son odeur. Pourtant cela ne fait même pas une semaine et, selon l'article, la période limite pour savoir si votre amourette se transforme en une relation sérieuse est de deux semaines. Je devrais envoyer un mot au journaliste pour lui signifier que je ne partage pas son opinion.

Non, en vérité ce n'est pas vraiment ce que je pense. D'ailleurs je ne pense à aucun article. Je suis allongée sur mon lit, le regard fixé sur le ventilateur du plafond qui tourne et tourne, tourne si bien qu'il me semble que mon cœur tourne et tourne dans le sens inverse, et j'ai l'impression d'être en sursis, réconfortée, apaisée, soutenue. Comme si, pour la première fois depuis bien longtemps, quelqu'un venait de me dire je t'aime parce que tu es toi, voilà tout. C'est aussi simple que ça. Winston ne m'a pas demandé où j'habite ni dans quel genre de maison, combien d'argent je gagne, quelle voiture je conduis, il ne m'a posé aucune de ces questions idiotes que posent généralement les hommes jouissant de tous leurs droits légaux et qui m'agacent prodigieusement. Étrange, aussi, que Winston n'ait mentionné ni son âge ni le mien. Feint-il d'ignorer que j'ai quarante-deux ans ? L'a-t-il oublié ? Que se passera-t-il quand la mémoire lui reviendra ? Oh, et puis merde ! Peu importe. Je lui plais. Il me plaît. Et j'en suis heureuse. Pour l'instant c'est tout ce que je sais. Pour l'instant cela me suffit. En résumé, c'est très bien ainsi.

Pour une raison quelconque (en réalité je sais très bien laquelle car je ne suis pas complètement bouchée), je suis saisie d'un brusque regain d'énergie et je range toutes mes affaires en moins de deux. Ensuite je me rends au centre commercial dans l'idée d'acheter une nouvelle paire de baskets pour Quincy, dont les pieds ne cessent de grandir, et quelques disques : le dernier CD de Monica dans lequel elle chante une chanson que j'adore, *Just One of Them Thangs*, celui de Mr. Shaggy Boombastic, un Jamaïquain pur jus, et *Crazy Sexy Cool* de TLC, que je prendrai en double car Quincy et moi ne pouvons plus partager les disques depuis que je lui ai offert une mini-stéréo pour sa chambre. Moi aussi j'aime écouter Beavis et Butthead de temps en temps, et je ne crains pas les mauvaises influences pour Quincy. Il sait d'où il vient. Même si le mot « merde » figure depuis toujours au nombre de mes jurons favoris et que je l'emploie à tout bout de champ, mon fils ne m'a jamais entendue, et j'espère ne m'entendra jamais, l'utiliser. Oh, pardon, j'oublie le jour où je baignais en plein syndrome prémenstruel et où il réparait son kart : en posant ses outils sur le capot de ma voiture, Quincy a rayé la carrosserie, ce qui m'a coûté la bagatelle de deux mille trois cents dollars de réparation. J'ai piqué une colère contre lui et laissé échapper mon juron préféré, mais il n'a jamais osé réitérer une bêtise aussi coûteuse sans en peser les conséquences, aussi je continue de jurer en privé, en général pour des raisons très personnelles, par exemple pour émettre ou digérer certaines réflexions, ou encore devant les amis ou parents proches qui en apprécient également l'usage.

J'ai le sentiment qu'il y a peu de temps, quelques semaines seulement, Quincy regardait encore les émissions de variété à la télé, et puis subitement, du jour au lendemain, il a zappé sur les *Jams* de Bill Bellamy sur MTV, ce qui explique pourquoi il est au courant des derniers tubes et me tient informée. Maintenant il me réclame le groupe TLC et trouve mignonne la fille du groupe qui porte un bandeau sur l'œil gauche. Quand je lui ai fait observer qu'elle avait réduit en cendres la maison de son petit ami il a objecté : « Ça ne fait rien, elle est quand même jolie et elle me plaît beaucoup. » Une chose au moins m'a rassérénée : c'est la première fois que je voyais mon fils s'intéresser aux filles, et je dois admettre qu'il a bon goût et qu'il vise haut. De plus, à ma grande honte et au risque de paraître raciste et sexiste, le fait que cette fille soit noire m'a fait plaisir, et plus encore que ce soit une fille. Pas de problème, *mon*. C'est ce que je me dis en m'engageant dans le parking du centre commercial. Pendant que j'y suis, je pourrais aussi lui acheter quelques T-shirts que je cacherai dans ses tiroirs pour les préserver au moins jusqu'à sa première semaine d'entrée au lycée.

Je n'avais pas prémédité d'acheter quoi ce soit pour Winston, et je suis la première surprise de me voir demander deux paires de baskets taille 10 pour Quincy, ainsi qu'une paire de Nike Air dernier modèle taille 13. Je ne sais pas ce que je fais. Mais si, finalement, je le sais très bien. Un vieux dicton affirme que si vous offrez des chaussures à un homme il s'éloignera de vous. Eh bien, je veux que Winston s'éloigne de moi. Ce serait plus sûr. Plus intelligent. Aucun doute.

Mais ensuite je perds les pédales. Dans le magasin de disques où j'entre chercher les CD pour Quincy, j'en choisis aussi certains dont je sais qu'ils plaisent à Winston mais qu'il n'a certainement pas car il a très peu d'argent. J'en sélectionne six ou sept à son intention : du hip-hop, bien sûr, un peu de rap, et puis Seal et Mary J. Blige pour faire bonne mesure, mais en sortant du magasin je me rappelle brusquement qu'il n'a pas de lecteur CD, alors je décide de lui en acheter un portable, avec des écouteurs. Une fois dans la boutique je m'aperçois qu'un baladeur CD pourrait m'être utile à moi aussi, en avion par exemple, bien que maintenant que je suis au chômage je risque de voyager moins souvent, mais je pourrais également m'en servir à la plage ou dans le jardin. Et Quincy serait sûrement ravi d'en avoir un à lui quand nous allons à la montagne et que j'ai envie de silence dans la voiture alors qu'il veut écouter Monteil Jordan. Je lui choisis un modèle bon marché parce qu'il le fera tomber ou le perdra, et c'est ainsi que nous nous retrouvons chacun avec un baladeur CD.

Un scénario identique se répète avec les tee-shirts. Je perds toute mesure. J'en achète quatre pour Winston et cinq pour Quincy – après tout il est mon fils. Et quand j'aperçois des sacs à dos chez Macy's, je me rappelle que Quincy en a besoin d'un neuf. Je lui en choisis un vert foncé et j'en prends un autre pour Winston. Comme ça. Ensuite, devant la vitrine de l'opticien, je remarque un modèle de lunettes de soleil très sympa avec des verres miroirs et une forme qui enveloppe le visage. Je ressors ma carte Visa. J'adore gâter quelqu'un. Winston n'a rien, et ces petites choses lui apporteront peut-être un peu de gaieté, il saura que quelqu'un, que moi je pense à lui. Ce sera une surprise. Oui, mais. Il y a le revers de la médaille. Et si jamais il pense que je cherche à l'impressionner ou même à acheter son affection, comme cette vieille femme dans le film où Richard Gere joue le rôle d'un gigolo ? Je ne suis pas si vieille, tout de même. Pourquoi une telle idée lui viendrait-elle ? D'ailleurs ces menus cadeaux ne coûtent même pas le prix d'une traite de ma voiture.

Angela est assise sous la véranda du côté de la maison quand je m'engage dans l'allée. Visiblement, quelque chose la contrarie.

« Tu as complètement perdu la tête, hein ?
— De quoi parles-tu ?
— Ne joue pas l'idiote avec moi, Stella. À quoi ça rime ? Tu te prends pour Cher ou Diana Ross ?
— Écoute, Angela. Il fait une chaleur à crever, alors laisse-moi entrer chez moi boire un verre d'eau glacée pendant que tu te répands en invectives.
— Je ne suis pas venue pour me répandre en invectives, rétorque-t-elle en me suivant à l'intérieur. Qu'as-tu acheté ? Qu'y a-t-il dans tous ces sacs ?
— Ça ne te regarde pas. » Je fourre les sacs dans la penderie. Si ma sœur avait une vie plus passionnante, elle serait moins curieuse.

Elle s'assoit à la table de la cuisine, tourne sa chaise de façon à me faire face, écarte les jambes, et m'apostrophe.

« Stella, ce n'est pas sérieux avec ce garçon ?
— Qui a dit que c'était sérieux ? Merde, à la fin. Pourquoi est-ce que tout le monde en fait une telle histoire ?
— Apparemment c'est toi qui en fais une histoire. Et apparemment tes voisins se posent des questions.

— Comment peux-tu savoir que mes voisins se posent des questions ?

— Parce que Vanessa dit que la fille de la femme qui habite en face est dans la classe de Chantel. Et Chantel lui a raconté que sa mère lui avait dit que tu as un nouveau petit ami et qu'il se pourrait que Quincy ait un nouveau papa.

— Tu te fous de moi.

— Je t'en prie, Stella, dis-moi exactement ce qu'il en est.

— Je l'aime bien, c'est tout.

— Tu te rends compte de ce que tu dis ?

— Oui.

— Tu te rends compte que tu es naïve ?

— Oui », je réponds, en m'efforçant de ne pas rire. Angela ne me suit pas. Même pas à des kilomètres.

« J'espère que tu ne vas pas pousser les choses plus loin ?

— Comment "plus loin" ?

— Tu n'envisages pas de le revoir ?

— Pas dans l'immédiat.

— Quoi ?

— J'ai dit pas dans l'immédiat.

— Je n'en crois pas mes oreilles. D'accord. Prenons les choses autrement. Admettons que ce soit sérieux, et réponds franchement. Que peut-il t'apporter de bon ? »

L'envie me démange d'aller ouvrir la porte et de demander à ce modèle de vertu de ramener son gros ventre chez elle. J'aimerais aussi lui dire qu'elle n'a rien compris parce qu'elle ne comprend jamais rien. Pour elle, une chose qui ne mène à rien de concret est forcément mauvaise. Eh bien, tu sais quoi, Angela ? Cette relation ne mène à rien, et je m'en contrefous. Point final. Pour l'instant, tout ce que je sais c'est que je me sens bien et que c'est grâce à ce jeune homme. Grâce à lui, j'ai l'impression de voler, d'être

un arc-en-ciel, faute de trouver un meilleur cliché.
« Quelle est ta question, déjà ?
— Que peut-il t'apporter de bon ?
— Il l'a déjà fait.
— Oh, voyez-vous ça. Et comment, exactement ? »
Je finis par perdre patience et je viens me planter devant elle, les mains sur les hanches : « Avec lui, j'ai l'impression d'avoir sniffé des lignes de coke, fumé un joint, bu quelques verres, couru dix kilomètres, qu'on m'a fait un massage, que j'ai descendu une piste noire de Squaw Valley à quatre-vingts à l'heure, avalé un espresso et un comprimé de Xanax. Tout cela à la fois. Qu'est-ce que tu en dis ?
— Tu dérailles complètement.
— Je n'ai *rien* fait ! Je ne l'épouse pas ! J'ai simplement couché avec lui et j'espère avoir l'occasion de recommencer. Et puis il se trouve que je l'aime bien. Où est le mal ? »
Angela reste très calme. « Tu n'as pas entendu parler de ce qu'on appelle la fièvre tropicale ? Réfléchis, Stella. Tu vas dans un coin exotique, qui est paraît-il une sorte de paradis, et tu rencontres ce charmant jeune homme que toute femme sensée aimerait mettre dans son lit. Ce que tu fais. Mais la plupart des gens en resteraient là et rentreraient chez eux pour reprendre le cours normal de leur vie. Pourquoi pas toi ?
— J'essaie ! Je ne suis revenue que depuis quelques jours et à t'entendre on croirait que je vais m'enfuir pour me marier en cachette !
— Je m'inquiète pour toi, Stella. Tu te comportes bizarrement.
— C'est-à-dire ?
— Vanessa dit que tu n'arrêtes pas de rire.
— Et alors ?
— Nous ne sommes pas habituées à te voir dans cet état.

— Quel état ? »

Elle cherche le mot approprié. Je décide de l'aider : « Heureuse ?

— Oui.

— Oh, parce qu'il existe une loi disant que Stella ne peut être heureuse si elle doit son bonheur à un jeune homme ?

— Je n'ai pas dit ça.

— Toi et Vanessa, vous êtes tellement habituées à me voir neutre, sans éclat et seule, jamais enjouée ni enthousiaste, que pour une fois que je me comporte comme une personne vivante, un peu audacieuse, qui ne se contente pas de jouer les mères au foyer, vous ne pouvez pas le supporter. Allons, admets-le !

— Inutile de présenter les choses ainsi parce que ce n'est pas vrai.

— Oh si, c'est vrai.

— Tu es l'aînée, Stella. Celle qui doit garder les pieds fermement plantés dans le sol.

— Ils le sont. Mais disons que je soulève un peu de terre. J'en ai le droit.

— Oh, Stella. » Elle grogne, sa patience l'abandonne.

« Quoi, Angela ?

— Le fantasme de tous les jeunes gens est de coucher avec une femme plus âgée. Tu ne le savais pas ?

— Plus ou moins.

— C'est la vérité. Evan a couché avec une femme de trente-cinq ans.

— Il te l'a dit ?

— Évidemment il me l'a dit.

— Et alors ? Où veux-tu en venir ?

— Il a couché avec elle un certain nombre de fois. C'était flatteur pour son ego de savoir qu'il était capable de satisfaire une femme expérimentée.

— Et ?

— Ce n'était rien de plus. Un coup de pommade pour son ego.

— Écoute-moi, Angela. Tu ne connais pas Winston, alors ne compare pas mon histoire avec la petite expérience érotique de ton fils.

— Il y a une différence ?

— À mon avis, oui.

— As-tu seulement songé que ce Winston a le même âge que ton neveu ? »

Le coup est bas.

« Winston n'est pas mon neveu.

— Garde quand même à l'esprit que tu es assez vieille pour être sa mère, et combien ce serait gênant pour Quincy. Car tu penses à ton fils, n'est-ce pas, Stella ?

— Maintenant ça suffit, Angela.

— Une dernière question.

— Je t'écoute.

— J'espère que tu as été prudente ? demande-t-elle avec un regard appuyé.

— Tu m'emmerdes, Angela. »

En vérité, j'ai plutôt envie de lui dire : Rentre chez toi. Fais une sieste. Mets ton tablier. Cherche d'autres issues de secours, puisque tu sembles toutes les connaître. Ou bien : Rentre étudier ton équipement anti-tremblement de terre. Parce que j'ai une tonne de choses à faire avant le retour de Quincy.

Elle se frotte les mains sur son gros ventre rond comme un saladier, davantage pour produire un effet que par confort. Elle sait qu'elle m'a exaspérée mais elle adore pousser les gens à bout car cela lui donne l'illusion de servir à quelque chose, d'être un membre actif d'une vraie famille, de pouvoir vous forcer à réagir. J'ai envie de l'asseoir sur une chaise haute ou dans un parc de bébé et de lui coller une tétine dans la bouche.

« Vanessa m'a mise au courant pour ton travail.

— Ce n'est pas dramatique.

— Moi je trouve au contraire que c'est très grave et j'espère que tu vas prendre un avocat pour obtenir réparation. Tu sais que Kennedy a beaucoup d'amis qui ont l'expérience de ce type de situation.

— Je ne pense pas en arriver au procès.

— On ne sait jamais, dit Angela en se dirigeant – alléluia ! – vers la porte. On n'est jamais trop prudent. »

Oh si, on peut l'être. Et tu es la preuve vivante du résultat d'un excès de prudence, Angela.

13

J'ai les bras grands ouverts lorsque Quincy franchit les portes de l'aéroport. Il sourit de toutes ses dents et court se jeter à mon cou comme un bébé qu'il est. Mon bébé. J'espère qu'un jour mon sens des couleurs et du style déteindra sur lui et qu'il saura harmoniser ses vêtements, du moins les coordonner, car pour l'heure il arbore un ample short écossais dans les tons marron, un tee-shirt orange et vert à l'emblème des Suns de Phoenix et une casquette de base-ball rouge des Cardinals que, par chance, il porte à l'envers. Malgré tout il reste ma pépite de chocolat à moi.

« Bonjour, mon chéri ! » En le serrant contre moi je ne peux m'empêcher de remarquer qu'il dégage cette bonne vieille puanteur de sconse dont je croyais avoir eu raison. Je le repousse. « Quincy ? Où es-tu allé te fourrer ?

— Oh, maman. Ne recommence avec cette histoire de sconse. D'accord, je sens un petit peu. Tout le monde sent. Quel est le problème ? Je suis ton fils. Tu dois me prendre comme je suis. »

Je pars en courant. Il démarre derrière moi et les gens nous jettent des regards offusqués. On s'en moque. Quincy me double et nous nous rejoignons à l'arrivée des bagages car il connaît parfaitement l'aéroport d'Oakland, ayant comptabilisé suffisamment de distances de vol dans différentes compagnies aériennes pour gagner quelques trajets gratuits. Résultat, son nom a circulé sur un nombre impressionnant de fichiers d'adresses et il s'est vu proposer une carte de l'American Express, une Diner's Card, et une carte Or de Hertz. Il m'a suppliée, implorée de remplir les demandes. « Mais oui, bien sûr », ai-je répondu, et il s'y est aussitôt attelé, stylo en main. La première question portait sur son employeur, je lui ai dit que c'était moi ; la deuxième était le montant de son salaire, je lui ai dit qu'il n'en avait pas mais il a insisté : « Je t'en prie, maman, je dois marquer quelque chose dans la case » et je lui ai conseillé d'inscrire la somme de cinq dollars, mais comme il m'a fait observer qu'on demandait le salaire mensuel je l'ai encouragé à trouver la réponse lui-même puisqu'il avait appris les tables de multiplication. Il a poussé un hurlement car le montant s'élevait modiquement à vingt dollars par mois : « Qui peut vivre avec si peu ? », je l'ai donc engagé à se trouver une activité rémunératrice et à me laisser tranquille. Après quoi il a voulu savoir depuis quand il était employé et j'ai répondu dix ans et demi, puisque c'était son âge à l'époque. Il a signé et posté deux formulaires et c'est à moi, porteuse de mauvaises nouvelles, qu'a incombé la tâche de lui annoncer que ses revenus et ses antécédents bancaires s'avéraient insuffisants et qu'il devrait renouveler sa demande lorsqu'il aurait treize ans. Quincy a rangé les deux lettres de refus dans un tiroir spécial de son bureau et projette d'adresser ses prochaines demandes aux deux signataires, le jour de son treizième anniversaire, certain qu'ils se souviendront de lui.

Dans la voiture, sur la route de la maison, il se tourne vers moi et déclare : « Maman, tu as un air différent.

— J'ai la peau plus foncée. » C'est la troisième fois que je fournis la même réponse en quelques jours. Comme si personne ne l'avait remarqué!

« Ça, je le vois bien. Non, j'ai trouvé! Tu as des tresses dans les cheveux!

— Il t'a fallu trois quarts d'heure pour t'en apercevoir?

— Non, je te le dis seulement maintenant, c'est tout.

— Qu'est-ce que tu en penses?

— J'aime bien. Il y en a beaucoup. Je peux les toucher?

— Bien sûr. » Mais au moment où ses doigts effleurent mes cheveux je pousse un grognement qui le fait sursauter.

« Maman! il éclate de rire.

— Je suis heureuse de te voir, Quincy.

— Moi aussi, maman. On peut s'arrêter chez McDonald's? Papa n'a jamais voulu m'y emmener parce qu'il est au régime et qu'il a peur d'être tenté. Résultat, j'ai dû manger comme lui. Tu me trouves plus mince?

— Non. Mais toi aussi tu as bronzé.

— C'est à force de rester assis au soleil pour pêcher.

— Tu étais content d'être avec ton père?

— Ouais. Il est cool. »

Je hoche la tête. Moi aussi, à une époque, je le trouvais cool.

Je suis obligée de klaxonner pour faire déguerpir le chien et la chatte qui bloquent l'allée. Ils remuent la queue et Quincy bondit hors de la voiture pour leur faire des mamours, et ce tableau, qui semble sorti tout droit d'un vieux film des familles, me ravit.

Quincy court directement dans sa chambre, puis redescend. « Il est super, maman! » s'exclame-t-il en brandissant le short que je lui ai rapporté. Un short long en mousseline rouge, noir, vert et jaune, serré par un cordonnet à la ceinture mais qui lui ne tiendra certainement pas à la taille car mon fils en est encore au stade bébé orang-outan. « Merci, maman ! » Puis il remonte en courant et s'écrie : « Ouah ! Regarde un peu ça ! » comme si je devais être aussi surprise que lui, comme si j'étais étrangère à tous ces achats. Je joue le jeu : « Pas mal, hein ? » et nous passons le reste en revue, depuis le collier de la paix acheté chez Macy's mais qu'il croit venir de la Jamaïque (sans que je cherche à le détromper) jusqu'aux baskets en daim noir et rouge qu'il a déjà enfilées, avec des chaussettes blanches remontées sous ses genoux noueux, c'est-à-dire juste en dessous du short rouge, vert, noir et jaune, par-dessus lequel il porte un tee-shirt neuf couleur chocolat qu'il était censé garder pour l'école mais qui met bien en valeur l'emblème de la paix, blanc, accroché au collier en corail. Je me couvre les yeux devant un tel assemblage. Il se plante devant moi et dit : « Merci, maman. Tu es drôlement sympa. »

Ce qui n'est pas forcément vrai, et je ne m'y laisse pas prendre. Je le regarde filer dehors exhiber devant tous les voisins les trésors rapportés de Jamaïque.

Quincy est rentré depuis maintenant trois jours et nous retrouvons nos habitudes, bien que pendant l'été nous n'en ayons pas véritablement. Ce qui en devient une, en revanche, c'est que je l'entrevois à peine car il passe son temps dehors avec ses copains ; dès la nuit tombée, quand tout le monde meurt de fatigue ou d'ennui, se pose la Grande Question : est-ce que Jeremy, ou Justin, ou Jason peut dormir à la maison ? Je réponds oui et les vois débarquer avec leurs sacs de couchage et leurs nouveaux jeux Sega. Quand ses camarades sont là, Quincy n'a nul besoin de moi, sinon pour me demander la permission de manger ou de boire quelque chose. Dès qu'ils sont partis, il est tout prêt à renouer les liens. Ce qui me réconforte cependant c'est que, copains ou pas, il s'arrange toujours pour que je vienne l'embrasser avant de dormir, sauf peut-être à deux ou trois occasions très récemment.

Il a fini par me raconter par le menu son séjour avec son père. Cela m'a paru plutôt ennuyeux mais je l'ai écouté jusqu'au bout en souriant, tout en essayant d'imaginer un moyen de lui annoncer que je suis au chômage. Mais il rentre à peine et n'a pas besoin d'entendre de mauvaises nouvelles. Après tout ce sont les vacances. Je l'observe ranger ses tiroirs. Il prend trois paires de baskets minables, sales et raidies par la boue, quelques paires de sandales qui ont largement fait leur temps et une paire de bonnes chaussures habillées qu'il n'a portées qu'une seule fois en six mois et qui bien sûr ne sont plus à sa taille, puis il les place méticuleusement sur la tranche de telle sorte qu'elles s'empilent avec ordre dans le tiroir du bas de sa commode. Je suis à la fois horrifiée et stupéfaite mais je me résigne encore à me taire parce que c'est sa chambre, son domaine privé, et je ne veux pas lui imposer mes mœurs et mes principes, à l'exception, bien sûr, de l'hygiène personnelle.

Je viens de faire griller des plats de côtes au barbecue, de réchauffer au micro-ondes des pommes de terre précuites avec du cheddar pour Quincy, des oignons et de la ciboulette pour moi, et d'assaisonner une salade romaine avec du vinaigre de riz japonais totalement dépourvu de graisse, et nous nous attablons tous les deux.

« Parle-moi de ton voyage, maman.
— Quel voyage ?
— *Oh, maman...* Tu t'es bien amusée en Jamaïque ?
— Énormément.
— Qu'est-ce que tu as fait ?

— J'ai passé beaucoup de temps sur la plage. Tu n'imagines pas la couleur de l'eau. Elle est plus bleue et plus tiède qu'à Maui. Et il y a des foules de poissons qui viennent nager autour de tes pieds.

— Sans blague ? Juste devant la plage ?

— Tout au bord. J'ai fait du parachute ascensionnel, de la plongée avec masque et tuba. Pour la plongée aussi c'est mieux qu'à Hawaii parce qu'il n'y a que trois mètres de fond et tu n'as pas besoin de gilet de sauvetage. Et puis j'ai fait du jet-ski. C'était formidable et... » Je me lève pour aller chercher sur le comptoir de la cuisine quelques cartes postales vierges que je n'ai pas eu le temps d'écrire ou dont je ne savais pas si elles seraient reçues avec plaisir. Quincy les étudie avec soin, jusqu'à ce qu'il tombe sur un double de celle que je lui ai envoyée et qui représente les plongeurs du *Rick's Café*.

« Tu n'as pas sauté de là, tout de même ? » Il ouvre des yeux si ronds qu'on dirait un fou. Mais c'est un joli petit fou et je suis heureuse que sa beauté se manifeste enfin, si je puis dire, car j'ai eu quelques doutes pendant un temps – plusieurs années pour être sincère –, lorsque tous les éléments de son visage semblaient trop grands pour sa tête, ou que sa tête avait l'air trop grande pour ses traits, à l'exception de ces dents de cheval qui ont vigoureusement chassé ses quenottes de bébé. Mais depuis six mois tout paraît s'harmoniser et prendre une belle tournure.

« Tu l'as fait, maman ? Je t'en prie, ne me dis pas que tu as sauté de si haut.

— Non, mais j'aurais aimé. La prochaine fois.

— La prochaine fois ? Tu vas y retourner ? Quand ?

— Je ne sais pas. Peut-être l'année prochaine.

— Toi tu vas toujours dans des endroits supergéniaux. Et celui-là a l'air drôlement cool. Mais moi, où vas-tu m'emmener pour nos vacances ? À Martha's Vineyard[1] ou je ne sais où. Pourtant tu sais que je rêve d'aller en Afrique depuis que j'ai sept ans. Tu avais promis que nous irions en Côte-d'Ivoire et au Nigeria. Ensuite tu as dit non pour le Nigeria, à cause des problèmes politiques et des guerres, mais qu'on pourrait aller au Sénégal, et même au Kenya si on avait le temps. Je sais qu'on n'ira pas en Afrique cette année parce que tu n'en as pas parlé, mais je t'en supplie, je t'implore, ton pauvre petit garçon délaissé qui n'a-jamais-quitté-les-États-Unis-sauf-dans-ses-rêves se met à genoux devant toi. » Il se met réellement à genoux. « S'il te plaît, maman, emmène-moi en Jamaïque plutôt qu'à Martha's Vineyard. »

Je le regarde sans bouger, agenouillé à mes pieds, et je ne peux m'empêcher de sourire. Il prend son air de chien battu et il exagère tellement qu'il finit par vraiment ressembler à un chien. Nous éclatons de rire ensemble et je m'entends répondre : « D'accord. »

Il se lève d'un bond : « Tu es d'accord ?
— Oui. Pourquoi pas ?
— Tu ne te moques pas de moi ?
— Pas du tout. »

Il me plaque un gros baiser mouillé sur la joue et s'écrie : « Je t'aime, maman ! Tu es la meilleure maman du monde. En fait, tu es la meilleure que j'aie jamais eue ! » Il se rue sur le téléphone et, avant même que j'aie le temps de lui demander qui il appelle, je l'entends brailler : « Tu sais quoi, Chantel ? On va en Jamaïque ! »

Puis il se tourne vers moi et demande : « On part quand, maman ?
— Je ne sais pas. Bientôt.

---

1. *N.d.T.* : Petite île au large de la côte du Massachusetts.

— Bientôt, répète-t-il au téléphone. Probablement dans une semaine ou deux si on trouve un vol disponible. » On croirait entendre parler un snobinard de la jet-set. De nouveau il se tourne vers moi et ajoute : « Dis, maman, Chantel voudrait savoir si elle peut venir avec nous.

— Pourquoi ?

— Maman veut savoir pourquoi, répercute-t-il en riant parce que nous nous amusons toujours à taquiner Chantel de cette façon.

— Chantel dit qu'elle n'est jamais allée en Jamaïque.

— Conseille-lui de regarder plus souvent les documentaires de Planète plutôt que les feuilletons à l'eau de rose. Ça lui permettra de voyager à travers le monde.

— Allons, maman.

— Demande-lui pourquoi elle n'a jamais trouvé le moyen d'aller en Jamaïque depuis onze ans qu'elle est sur cette terre.

— Arrête, maman. Chantel t'a entendue et elle dit qu'elle regarde Planète. Alors, elle peut venir ?

— D'accord. D'accord. Maintenant reviens poser ton petit cul ici et finis de déjeuner.

— Il faut vraiment que je mange les asperges ? gémit-il après avoir raccroché.

— En tant que mère aimante et attentionnée je dois m'assurer que tu mastiques, avales et digères chaque jour des spécimens des cinq groupes d'aliments qui existent. Assieds-toi.

— Il existe seulement trois groupes d'aliments.

— Non.

— Si. Le sucre, le sucre et le sucre.

— Pose ton derrière sur cette chaise et mange tout ce qui est vert dans ton assiette, sinon tu ne verras pas la couleur de la Jamaïque.

— Tout ce que tu voudras, maman. Je t'adore ! »
En moins de temps qu'il ne m'en faut pour me servir un verre d'eau, les cinq asperges ont disparu.

Ai-je vraiment accepté d'aller en Jamaïque ? J'ai peine à le croire. Mais maintenant que j'ai ouvert ma grande bouche, impossible de reculer. Bien sûr, je pourrais mentir, prétendre qu'il n'y a plus de vol disponible, pourtant plus j'y réfléchis plus je sais que non seulement j'ai envie d'y aller, mais il le faut. J'ai besoin de revoir Winston encore une fois. Pour en finir. Pour clore cette histoire, d'une façon ou d'une autre. Pour y mettre un terme. S'il s'agit d'un béguin ou d'une toquade, d'un fantasme ou d'une illusion, je veux me l'imprimer une bonne fois dans la cervelle, puis l'effacer d'un seul coup et passer à autre chose. Winston aura probablement les boules quand il apprendra que je reviens. Et s'il ne veut pas me revoir ? S'il a menti au téléphone en prétendant que je lui manquais ? Si ce n'était qu'une comédie parce qu'il sait que nous n'avons quasiment aucune chance de nous revoir ? Merde. Moi et ma grande gueule.

L'employée de l'agence de voyages éclate de rire en apprenant mon intention de retourner à la Jamaïque, mais je lui précise que j'aurai les enfants avec moi. Pourrait-elle me trouver un hôtel agréable à Negril ? Elle me montre une photo de l'hôtel *Frangipani*, très joli, aux murs couleur pêche, jouxtant le *Paradise Grand Resort* qui est réservé aux couples et où paraît-il, si j'en crois les cartes postales envoyées de là-bas par des amis, on n'a besoin que d'une chose : l'amour. Je commence à croire que ce n'est pas faux. L'employée effectue une réservation provisoire sur un vol en classe touriste, ce que je redoute d'avance car je suis une fille gâtée : grâce à mon travail, j'ai toujours voyagé en première, et même lorsque je me déplace à mes propres frais j'opte pour la classe affaires ou la première. Mais puisque je suis au chômage, pas question de dépenser autant d'argent. Je lui dis que je vais réfléchir et que je lui donnerai ma réponse définitive demain, vendredi, jour anniversaire de mon retour de vacances et de ma perte d'emploi, il y a deux semaines.

Quincy nage dans la piscine du jardin avec neuf autres petits garçons, tandis que je lis un des livres entamés en Jamaïque. Je suis à la fois calme et anxieuse. Je n'ai pas de nouvelles de Winston depuis que je lui ai expédié le colis par Federal Express, accompagné d'une lettre amicale où je lui disais en substance que ce petit présent visait simplement à l'égayer un peu, que j'avais beaucoup aimé sa compagnie et apprécié de le connaître, et qu'il embrassait d'une manière émouvante et surprenante. Une lettre parfaitement sincère, donc, dans laquelle j'avouais que ses baisers avaient provoqué en moi un effet profond et durable et qu'en un sens cela me perturbait un peu car, au fond, que s'était-il passé ? Le savait-il ? Dans le cas contraire, mieux valait sans doute ne pas creuser la question, simplement y prêter attention, en tenir compte mais ne pas s'en inquiéter. Je crois aussi avoir écrit quelques mots sur la passion trop sous-estimée, sur la résonance qu'elle provoque en soi quand on la ressent profondément, et sur l'incapacité où l'on se trouve de l'écarter. Je lui disais combien j'étais sensible à son innocence et qu'elle déteignait sur moi, moi qui n'avais pas connu une telle légèreté intérieure depuis des années. Je le remerciais d'être Winston Shakespeare, je lui souhaitais bonne chance pour l'avenir et j'espérais, quoi qu'il advienne, rester en contact avec lui, car qui sait si je n'assisterais pas un jour à son mariage. Enfin, presque en aparté parce que je ne voulais pas lui donner l'impression fausse que le sexe était seul responsable de mes émotions alors qu'il ne faisait qu'ajouter à un sentiment naissant déjà très beau, je lui avouais à quel point j'avais aimé faire l'amour avec lui et apprécié sa lenteur consommée, que j'avais des frissons rien que d'y penser, malgré mes efforts pour ne pas le faire, mais que les frissons ne sont pas désagréables une fois qu'on en a l'habitude. Oui, je lui disais tout cela. Et aussi qu'il pouvait m'appeler en PCV quand il aurait reçu le colis. Je l'avais expédié sans me laisser le temps de me raviser parce que je ne cesse de changer radicalement d'attitude d'une minute à l'autre, et j'en arrive au point où je suis capable de justifier les points de vue les plus contradictoires. En d'autres termes, mes sentiments sont assujettis à mon humeur.

Pour l'instant je suis tendue. Je me suis peut-être un peu emballée avec les achats. Je l'ai peut-être effrayé. Finalement je me dis que je ne devrais pas rester assise là à me demander comment un garçon de vingt et un ans va réagir devant mes cadeaux, et que mieux vaudrait réfléchir à la façon dont je vais employer le restant de ma vie. Mais sur ce chapitre je fais chou blanc, je n'ai aucune envie d'aborder le sujet en ce moment.

Je recommande aux enfants de ne pas se noyer pendant que je vais courir. J'ai menti à Krystal en prétendant avoir couru la veille. En vérité je n'ai couru que deux fois depuis mon retour. J'ai prétexté que quelques pumas avaient été repérés dans les collines derrière ma maison, là où j'ai l'habitude d'aller, ce à quoi elle a simplement répondu, avec bon sens, qu'il me suffisait de changer d'itinéraire. Je sangle donc mon moniteur cardiaque autour de ma poitrine et fixe à mon poignet le cadran, qui tinte jusqu'à ce que je presse le minuscule bouton.

Le téléphone sonne alors que je procède à mes étirements, et je vois Quincy, tout dégoulinant, filer devant moi telle une fusée.

« Tu veux bien répondre, s'il te plaît ?

— Bien sûr, maman. » Il a déjà décroché. « Allô ? Oui. Qui ? Winston ? Un instant, s'il vous plaît. » Il brandit l'appareil en l'air. « Maman ! C'est un certain Winston. Il a un accent.

— Il appelle en PCV ?

— Je n'ai pas entendu l'opératrice. Dis, maman, on peut faire chauffer du pop-corn dans le micro-ondes ?

— Oui.

— Merci, maman ! »

Je couvre le micro pour crier : « Et ne cours pas tout mouillé dans la maison ! Tu vas glisser et te rompre le cou ! » Mon cœur tambourine, le moniteur cardiaque se met à sonner, ce qui signifie que j'ai atteint la zone rouge ; habituellement cela n'intervient qu'après dix bonnes minutes de course, mais je ne suis pas étonnée. « Bonjour, Winston.

— Bonjour, Stella. » Il rit. « Jamais je n'ai eu une telle surprise de toute ma vie.

— De quoi parles-tu ?

— Tous ces cadeaux que tu m'as envoyés ! Je ne comprends pas. C'est très gentil d'avoir pensé à moi mais... oh, je ne sais pas quoi dire. Un immense merci, Stella. Je suis encore sous le choc.

— Ce ne sont jamais que quelques CD, des tee-shirts, des baskets, des lunettes de soleil et un petit baladeur.

— Pour toi, c'est facile à dire. Personne ne m'a jamais autant gâté. Jamais. Jamais je ne pourrai assez te remercier. C'est vraiment adorable. Mais pourquoi ?

— Je voulais te faire plaisir.

— Tu as réussi. Je n'arrive pas à le croire. Tout le monde m'envie. Apparemment le colis est resté un certain temps à la réception avant qu'on m'avertisse qu'un paquet en provenance d'Amérique m'était destiné. Bien sûr j'ai tout de suite deviné de qui ça venait, et quand j'ai lu ton nom j'étais tellement heureux que je me moquais du contenu de la boîte.

— Contente te t'avoir fait plaisir, Winston.

— Je suis comblé. On croirait Noël en plein juillet. Mais toi, comment vas-tu ?

— Bien. Je m'apprêtais à aller courir.

— Tu sais quoi ?

— Quoi ?

— J'ai appris que j'aurai un congé dans trois mois. J'ai adoré ta lettre. Tu as une façon bien à toi d'employer les mots. Je l'ai déjà relue au moins sept fois.

— Tu exagères.

— Non… Je voudrais tellement que tu sois là. »

Je pousse un soupir. « Tu es sincère ?

— Oh oui. Je pense à toi tout le temps et ça commence à m'épuiser. Pourquoi, Stella ? Que nous arrive-t-il ? »

Je l'entends rire.

« Je peux peut-être organiser quelque chose.

— Es-tu vraiment en train de me dire ce que je crois comprendre ?

— Oui. Je vais revenir.

— Tu parles sérieusement ?

— Très.

— Quand ? Bientôt ?

— D'ici deux semaines. Qu'en dis-tu ? »

Il glousse. « Magnifique ! Tu ne me fais pas marcher, n'est-ce pas ?

— Non. Mais je ne viens pas seule.

— Qui t'accompagne ? » Sa voix est grave.

« Mon fils et ma nièce.

— Oh, fantastique ! » Sa voix est plus légère.

« Réfléchis bien, Winston. Tu as vraiment envie de me revoir ?

— C'est une question ridicule, Stella.
— Tu en es sûr ?
— Oui, j'en suis sûr. Je veux te revoir. C'est clair ?
— Nous descendrons au *Frangipani*, cette fois.
— Je vais voir si je peux obtenir deux jours de congé d'affilée. Ça risque d'être difficile car je n'ai aucune ancienneté mais je vais essayer de permuter avec un copain. Tu es quelqu'un, Stella, tu sais.
— Tu le penses vraiment ?
— Tu ne m'as pas écouté. Ma seule préoccupation est de savoir si tout ira bien avec ton fils. Tu comprends, je ne sais pas... Il faudra que tu me dises ce que tu attends de moi.
— Il n'y aura aucun problème avec Quincy. Nous avons un bungalow avec deux chambres, sur deux niveaux.
— Il y aura de la place pour moi, alors ?
— Tu pourras y passer au moins une nuit.
— Tu veux dire... une nuit entière ?
— Si tu en as envie.
— Ça me plairait beaucoup. Quel jour arrivez-vous ? Et à quelle heure ? J'essaierai d'être là pour vous accueillir. »

Je suis aux anges. Je souris de béatitude. Je nage dans le bonheur. Je me sens capable de flotter au-dessus du sol telle Mary Poppins. Enfin, Stella, que t'arrive-t-il ? Quel effet ce jeune homme te fait-il au téléphone pour te rendre à ce point gaga et sentimentale ? Je l'ignore et je m'en fiche. Je suis simplement contente que mon cœur batte et que Winston en accélère les battements.

« Je te ferai savoir le jour et l'heure exacte.
— Stella, tu peux me rendre un grand service ?
— Je t'écoute.
— Rapporte-moi des cochonneries à manger d'Amérique.
— Des cochonneries ? Quel genre de cochonneries ?

— Des Oreos.

— Tu veux dire des biscuits au chocolat fourrés à la vanille ?

— Oui, répond Winston en pouffant de rire. Et un sachet de chips Lay. Et aussi toutes sortes de sucreries, sauf des Skittles.

— Tu es vraiment sérieux ?

— Absolument. Ces choses-là coûtent trop cher en Jamaïque. Mais je ne voudrais pas que cela t'embête.

— Pas du tout.

— Je suis impatient de te voir, Stella. C'est... tout est tellement incroyable. Et je suis ravi de connaître ton fils et... ta nièce ?

— Oui, ma nièce.

— Je vous mitonnerai un petit plat spécial.

— Quelque chose d'épicé ?

— Très épicé », répondit-il dans un grognement.

Nous nous disons au revoir et je suis de nouveau sens dessus dessous. Mais je me ressaisis et je cours pendant une heure sans m'arrêter, chose extrêmement rare.

Tu t'es droguée ou quoi ?

— La ferme, Vanessa. Épargne-moi moi ton baratin, s'il te plaît.

— Quel baratin ?

— Et comment et pourquoi et patati et patata. »

Je suis assise par terre dans la salle de séjour avec le téléphone sans fil, occupée à feuilleter des magazines de décoration, car j'envisage quelques réaménagements dans un avenir proche et je cherche des idées pour compléter celles que j'ai déjà.

« Écoute, ma grande, moi je te dis de foncer. Et je suis ravie que tu emmènes Chantel. Ça me fera des vacances. Il faut prendre le bonheur quand il se présente et comme il vient. Quand on y réfléchit bien, pourquoi en faire tout un plat ?

— C'est *toi* qui es droguée ou je rêve ?
— Non. La vilaine sœur qui ne veut pas entendre parler de ce jeune homme ce n'est pas moi, c'est l'autre. Si tout ce que tu m'as raconté est vrai, ton Winston a l'air mature et sincère, et à ta place je ne m'occuperais pas de ce qu'en disent les autres. Merde, c'est ta vie, Stella. Et puis je ne t'ai pas vue aussi optimiste et heureuse depuis une éternité.
— Merci.
— Il suffit d'ouvrir les yeux. Depuis ton retour, j'ai l'impression de n'entendre que des histoires de femmes plus âgées avec des hommes jeunes. Tu n'es pas la première à passer en marche arrière plutôt qu'en marche avant. Et puis tu sais quoi ? » Vanessa semble remontée et je saisis mal où elle veut en venir.

« Quoi ?
— Il y a des siècles que les hommes sortent avec des femmes plus jeunes et personne ne leur dit rien. Regarde Hugh Hefner, qui a déjà un pied dans la tombe. Est-ce qu'il n'a pas épousé une gamine à peine sortie du lycée, qui lui a donné deux enfants ? »

Je manque m'étrangler avec mon cappuccino. « Oui, mais elle avait une bonne vingtaine d'années.
— C'est pareil. De toute façon, tu n'as qu'à vérifier les statistiques. Moi je te dis de te lancer et d'oublier le reste. Tu savais que la première femme de Marvin Gaye avait dix-sept ans de plus que lui ?
— Non.
— Si. Et celle de Clark Gable aussi. Il paraît que ce salaud a épousé deux femmes qui avaient l'âge d'être sa mère. Alors à ta place je ne m'en ferais pas. Je prendrais tout ce que ce jeune homme a à m'offrir, si c'est aussi bon que tu le prétends.
— Ce n'est pas une question de sexe, Vanessa.
— Je ne voulais pas dire ça. Tu déformes mes paroles.

— Je tiens seulement à ce que ce soit bien clair. J'aime faire l'amour avec Winston, mais je l'aime encore plus *lui*.

— C'est très clair. Maintenant passons à autre chose. Tu sais comme je suis, avec le fric. Je ne sais pas combien d'argent de poche donner à Chantel pour la Jamaïque. Qu'est-ce que tu en penses ?

— Va au diable, Vanessa.

— Il fallait bien que je demande. Au fait, je sais que ce ne sont pas mes affaires, mais comment as-tu les moyens de jouer les globe-trotters alors que tu as perdu ton travail ?

— Grâce à de bons investissements. Une question à laquelle tu ne connais rien. Au revoir, Vanessa. »

« Quincy ! »

J'ai beau crier, pas de réponse. Alors je cours au bas de l'escalier et je crie plus fort : « Éteins-moi ce vacarme et descends ! J'ai à te parler ! » Quincy écoute TLC quasiment sans interruption. Et il commence à fermer sa porte. Dieu seul sait ce qu'il fabrique dans sa chambre, d'ailleurs je préfère ne pas le savoir.

« Maman ? dit-il en se penchant par-dessus la rampe d'escalier.

— Quoi ?

— On ne pourrait pas discuter dans ma chambre ?

— Non. Je t'ai dit de descendre tout de suite. Je suis ta mère et tu dois m'obéir.

— J'arrive. » Il dévale l'escalier en courant et nous nous asseyons côte à côte sur la dernière marche.

« Est-ce que cette petite discussion va durer longtemps ?

— Quelle importance ?

— Je suis en train de dessiner et la peinture va sécher.

— Désolée. Je ne te retiendrai pas longtemps.

— Ce n'est pas grave. Mes oreilles sont grandes ouvertes.

— Ça, on ne peut pas dire le contraire ! » Il se laisse tomber contre moi, me plaquant contre le mur, et je le serre dans mes bras. « Bon, soyons sérieux. »

Il se redresse. « Je suis sérieux.

— Je t'ai dit que je m'étais beaucoup amusée en Jamaïque, n'est-ce pas ?

— Oui.

— Eh bien j'ai aussi rencontré quelqu'un.

— Ah oui ?

— Oui.

— Il était temps !

— Du calme. Bon, il s'appelle...

— Winston. Maman, tu crois que je suis né d'hier ou quoi ?

— Exact, il s'appelle Winston.

— Dommage qu'il t'ait fallu aller si loin pour le dégoter.

— Tais-toi, Quincy.

— Donc nous allons le voir en Jamaïque.

— Évidemment.

— Je tiens seulement à ce que tu saches qu'il n'est *pas* mon petit ami. C'est juste quelqu'un que j'aime bien.

— Je suis content pour toi, maman.

— Mais il y a un petit problème.

— Quel genre de problème ?

— Winston est un peu plus jeune que moi.

— Plus jeune de combien ?

— Il n'a pas encore trente ans.

— Tu sais, maman, l'âge n'est jamais qu'un chiffre, conclut Quincy. C'est tout, maman ?

— Hein ?

— La discussion est terminée ? Il y a autre chose ?

— Non. Mais as-tu vraiment conscience de ce que tu viens de me dire, Quincy ?

— J'ai dit que l'âge n'est jamais qu'un chiffre.
— Où as-tu entendu ça ? Sur MTV ?
— Dans une chanson de Aaliyah. Elle est super. Tu l'as sûrement déjà entendue. Ils la passent sur Wild 107.
— Quincy, Winston n'est pas un personnage de chanson. C'est une personne réelle.
— Mais enfin, maman, qu'est-ce qui t'inquiète tellement ?
— Qui a dit que je suis inquiète ?
— Si tu ne l'es pas, pourquoi dis-tu qu'il y a un petit problème ? C'est un problème seulement si tu en fais un. C'est bien ce que tu me répètes tout le temps, non ? »

J'ai envie à la fois de lui taper sur la tête et de le serrer dans mes bras. « Oui, tu as raison. » Je me fais l'effet d'une petite fille qui vient de recevoir une leçon de son père. « Attends. Une dernière chose.
— Oui ?
— Tu veux des œufs pour le petit déjeuner ?
— Maman ! Il n'en est pas question ! Tu ne sais pas que les œufs sont pleins de cholestérol et de graisse saturée, qu'ils provoquent des brûlures d'estomac et nuisent à la santé ?
— Non, dis-je en secouant la tête. Je n'en avais pas la moindre idée. »

14

Je sais que l'avion va s'écraser parce que je passe un été beaucoup trop merveilleux, si l'on excepte le fait que j'ai perdu mon emploi, lequel n'est d'ailleurs pas une perte sur le plan affectif et spirituel même s'il rapportait pas mal d'argent. Cependant je crois sincèrement que le Seigneur a des voies impénétrables, ce qui tendrait à expliquer pourquoi je suis sans travail et tellement soulagée, ravie même, de ne plus en avoir, et je pense que cela survient à ce stade de ma vie pour une raison précise. Au fond de moi, pourtant, j'ai la sensation que je vais succomber très bientôt à quelque maladie fatale, c'est pourquoi j'ordonne à Chantel et à Quincy de me suivre en première classe où je nous élève tous les trois en échange de trois mille dollars, car si je dois mourir prochainement, ma police d'assurance couvrira les factures impayées de cartes de crédit. Et puis, si la tragédie nous frappe tandis que nous sommes dans les nuages, mon âme ne sera pas si éloignée du paradis. Mais ce serait quand même bien agréable de pouvoir encore poser mes lèvres sur celles de Winston, ne serait-ce qu'une fois. Si Dieu est juste, Il ou Elle m'accordera cet ultime plaisir avant que je disparaisse, et si ce n'est pas trop demander et si le temps n'est pas trop compté, une heure ou deux de câlins seraient comme la cerise sur le gâteau. Car voilà bien de quoi il s'agit en réalité : non pas de sexe, mais de l'impression d'être, pour je ne sais quelle raison stupide, semblable à ces femmes émotionnellement handicapées dont parlent les manuels «aide-toi toi-même», qui ont le sentiment qu'elles ne méritent pas d'être heureuses ou n'en ont pas le droit. Mais si je creusais davantage la question je saurais que cela aussi est un tissu d'âneries car cette logique ne s'applique pas à mon cas. Étant arrivée au milieu de ma vie je suis en mesure de réaliser un peu plus que ce que j'ai déjà accompli, et c'est une excellente position si l'on considère l'alternative. Voilà donc comment, tout en achetant des biscuits Oreos, un Kit Kat grand modèle, diverses sucreries et des paquets de chips Lay – nature, à la sauce piquante, à la crème aigre, aux oignons –, je recoupe tous les éléments et parviens à la conclusion que j'ai bien gagné le droit à un peu de bonheur. Et bon sang je ne vais pas m'en priver.

Les enfants sont enchantés de leur première heure de trajet en minibus et ils réussissent à dormir pendant la deuxième, ce qui me laisse pantoise. Quand nous passons devant le *Castle Beach Negril*, mon cœur bondit. Les lumières basses bordant l'allée illuminent les hibiscus qui ont l'air de danser. Une minute après nous arrivons à l'hôtel *Frangipani*. Il est joli et couleur pêche même de nuit. Bien qu'il ne soit que huit heures du soir il fait noir depuis déjà une heure. Nous sommes à peine arrivés à la réception que déjà les enfants se dirigent vers la piscine éclairée, d'un bleu étincelant. Une Jamaïquaine vêtue d'une robe imprimée africaine aux couleurs vives, avec un grand turban ajusté autour de la tête, chante une magnifique ballade en balançant ses hanches robustes sur une grande estrade dressée derrière la piscine. C'est un hôtel charmant et, à en juger par la longue file de pensionnaires devant l'immense buffet, on peut supposer que la nourriture est également excellente.

« Bonsoir, madame Payne. Bienvenue au *Frangipani* », me lance une jeune Jamaïquaine aux grands yeux noirs, qui ressemble à leurs peintures sur velours.

— Comment savez-vous mon nom ?

— Nous vous attendions », répond-elle en arrondissant les lèvres. Elle est mignonne à croquer. « Et puis nous avons un message pour vous. Il est arrivé il y a quelques instants. Je vais vous le chercher. »

Mes joues me chatouillent, j'ai l'impression d'avoir des fossettes. La jeune fille revient et me tend une petite fiche jaune. Winston Shakespeare a téléphoné à dix-neuf heures cinquante-deux et demande qu'on le rappelle dès que possible.

Le chasseur nous précède sur une allée sinueuse d'où l'on sent et entend l'océan sur la droite mais sans pouvoir le distinguer. Chantel me dit : « Merci de m'avoir amenée en Jamaïque, tante Stella. » Je la serre contre moi, puis elle file rejoindre Quincy qui est déjà en train d'inspecter le ping-pong. Notre bungalow se trouve juste en surplomb d'une autre piscine et il a beaucoup d'allure. Le plafond est en bois blanchi à la chaux et en forme de A. Un ventilateur blanc, dont les pales tournent si vite qu'on ne les voit pas, se révèle fort utile car l'air est moite et chaud. Je repère un petit coin-cuisine doté d'un réfrigérateur que j'ouvre aussitôt. Une bouteille verte de Ting n'attend que moi. L'escalier mène à la chambre où seront séquestrés les enfants, équipée de lits jumeaux et d'une salle de bains indépendante, Dieu merci. La chambre du rez-de-chaussée est du même saumon pâle que la mienne et deux fois plus grande que celle des enfants, alléluia, et la salle de bains plus spacieuse. Je suis certaine que nous allons nous y plaire. Le chasseur dépose les bagages dans nos chambres respectives et je lui tends un billet de dix dollars, qu'il refuse, mais sous mon regard insistant qui signifie : Si tu n'en parles pas je n'en parlerai pas, il hoche la tête en souriant parce qu'il sait que c'est une histoire entre Noirs, et il glisse le billet dans sa poche de pantalon.

Les enfants grimpent l'escalier en courant.

« Maman, on peut aller se baigner ?

— Oh, oui, s'il te plaît, tante Stella ?

— Vous arrivez à peine !

— Mais nous sommes en vacances ! objecte Quincy. Ce n'est pas ce qu'on est censés faire ? »

Gagné. « Très bien, allez-y. » Ils se précipitent en haut et je les entends piailler puis se chamailler pour le choix des lits, mais, à ma grande surprise, ils règlent la question eux-mêmes sans intervention ni menaces de ma part, signe chez eux d'une maturité nouvelle. Au moment où je m'émerveille du miracle de cette maturité, les voilà qui dévalent les marches au pas de charge, armés de serviettes de bain. « Doucement, vous allez vous briser le cou ! » je hurle. « D'accord », répond Quincy, et avant qu'il ouvre la porte je m'empresse d'ajouter : « Il se peut que Winston vienne dîner avec nous, un peu plus tard.

— Super. On peut y aller, maintenant ?

— Qui est Winston ? s'enquiert Chantel.

— C'est l'ami de maman, qui pourrait être son petit ami mais comme il est beaucoup plus jeune qu'elle on ne doit pas dire qu'il est son petit ami.

— Quel âge il a ? » demande Chantel. Ma nièce est en passe de devenir une très jolie fille et il s'en faut seulement de quelques heures, quelques jours, quelques mois, un an tout au plus avant qu'elle fasse des ravages. Elle ne le sait pas encore, ce qui nous rassure Vanessa et moi, mais dès qu'elle en prendra conscience, direction le couvent !

« Dans les vingt-neuf ans, répond mon fils d'un air dégagé.

— Tais-toi, Quincy. Tu parles trop.

— Ce n'est pas si jeune, tante Stella. Bon, tu es prêt, Mister Q ? »

Ils sont aussi ignorants l'un que l'autre, et je me réjouis qu'ils ne fassent pas la différence entre vingt et un et vingt-neuf ans.

J'ai envie d'appeler Winston mais j'ai peur, j'appelle quand même. Il n'est pas là. L'opératrice me met en attente. Me transfère. C'est le jour de congé de Winston. Elle me remet en attente. Revient. On le cherche. Attendez. Il finit de dîner. Il arrive. Le voilà.

« Oui ?

— Winston ?

— Enfin tu es là.

— Oui, je viens d'arriver.

— Bien.

— Pourquoi as-tu dîné ?

— J'avais faim.

— Saute le dessert. Je t'ai apporté des Oreos, des chips et des bonbons.

— Tu n'as pas oublié !

— Non, je n'ai pas oublié.

— J'attendais ton coup de fil. C'est toujours d'accord pour ce soir ? Tu n'es pas trop fatiguée ?

— Non, je ne suis pas fatiguée. Et oui, je veux te voir ce soir.

— Quand ?

— Que dirais-tu de maintenant ?

— Quinze minutes, d'accord ?

— Prends davantage de temps si tu en as besoin.

— Non, je n'en ai pas besoin.

— Parfait. Nous serons probablement en train de dîner au bord de la piscine. J'irai te chercher à la réception.

— J'ai hâte de te voir. »

Je raccroche. J'ai l'impression d'être un jouet mécanique. Je fonce dans la salle de bains accomplir le rituel habituel : fil dentaire, déodorant, coup de brosse, parfum. J'enfile une robe en jean sans manches et me noue un bandana autour de la tête, de telle façon que mes tresses retombent sur le haut des épaules, et je les repousse derrière les oreilles. Puis je crie aux enfants de remonter en vitesse pour venir dîner. Mais oui, vous pourrez retourner nager après.

Ils obéissent car ils connaissent le prix de leur obéissance, et chacun fait son choix parmi un large assortiment de plats jamaïquains. Quincy opte essentiellement pour des fruits et des légumes, déclarant qu'il ne peut avaler ce qu'il ne peut identifier. Chantel est moins difficile, son assiette en témoigne. Quant à moi, je me sers des pâtes et des fruits frais, toutes choses qui ne nécessiteront pas de fil dentaire dans les prochaines minutes et me laisseront la bouche propre, car j'attends, je prévois, j'espère, je prie pour un baiser.

Je le vois.

On pourrait croire que Winston est le seul être vivant dans le hall qui soit beau et digne d'être remarqué. Il regarde autour de lui, les mains dans les poches, comme s'il allait se mettre à siffloter, et je me retiens de rire parce qu'il porte un des tee-shirts que je lui ai envoyés, un collier semblable à ceux que j'ai offerts à Quincy et à Chantel, les lunettes de soleil, bien qu'il fasse nuit, et aussi les baskets! Il est adorable. Je sens mon corps se soulever de la chaise et glisser jusqu'à lui. Je me dresse sur la pointe des pieds pour dire : « Bonsoir », et son parfum m'assaille. Winston se retourne et incline la tête en souriant, alors je pousse un soupir de soulagement et il se penche pour déposer un baiser léger sur mes lèvres.

Sa bouche est chaude, on croirait qu'elle sort du four. Tout à coup je me sens sentimentale, et prise moi aussi d'une envie de siffloter.

« Bonsoir. Heureux de te voir. » Je rougis et lui serre la main. Puis je vais à la réception demander un laissez-passer d'invité qui coûte soixante dollars. C'est une autre employée qui est de service, et à sa façon de me scruter je devine aussitôt la garce en elle. Visiblement elle se prend pour une dame, si j'en juge par ses cheveux lissés en arrière et retenus dans une longue queue de cheval mouvante qui lui tombe au milieu du dos, sa bouche fardée de rouge sur la lèvre inférieure seulement, ce qui produit un effet étrange, et ses manières qu'elle croit raffinées mais qui sont épouvantables. La façon dont elle a obtenu cet emploi est un mystère. Elle me tend le formulaire à remplir comme si cela lui causait le plus extrême déplaisir, m'indique à quel endroit signer et jette un stylo sur le comptoir, tout en reluquant Winston de façon à capter son attention, mais il ne lui accorde aucun regard. Cela semble l'exaspérer et elle tourne son dépit contre moi. J'espère que ce manège va bientôt finir.

Nous revenons à la table, où je présente Winston aux enfants. Très poli, Quincy lui serre la main en se déclarant ravi de le rencontrer. Chantel se contente d'un bonsoir, et ils filent aussitôt vers la piscine sans plus s'occuper de nous.

« Tu as réussi à revenir, dit Winston.
— Oui.
— Ton fils te ressemble.
— Si c'est un compliment, je l'accepte.
— C'en est un. Il est très beau, et grand pour son âge.
— Il chausse du quarante-deux.
— En effet.
— Tu n'as pas faim, je suppose ?

— Non, mais finis de dîner.
— J'ai terminé.
— Que veux-tu faire ?
— Je ne sais pas. Pas grand-chose. Les enfants ont envie de nager encore.
— C'est parfait pour moi.
— Ils iront se coucher à onze heures.
— Tu es certaine que ça ne pose pas de problème, Stella ? Je veux dire... que je passe la nuit avec toi ? Je ne veux pas te causer d'ennuis.
— Je leur ai dit que tu allais regarder un peu la télé avec moi ce soir, et s'ils veulent aller plonger demain ils doivent se coucher au plus tard à onze heures.
— Quelle heure est-il ?
— Neuf heures et demie. »
Winston hoche la tête à plusieurs reprises et se renverse contre le dossier de sa chaise.
« Pas mal, ce tee-shirt. » Il rougit. « Et d'où te vient ce collier ?
— C'est une bonne amie à moi qui me l'a envoyé d'Amérique.
— Une amie très proche, j'imagine ?
— Très. Mais je la voudrais plus proche encore.
— Proche comment ?
— Autant qu'on peut l'être. »
Je souris et jette un coup d'œil à ma montre. Toujours neuf heures et demie.
Winston me regarde droit dans les yeux puis se penche en avant, les coudes sur la table, et ses lèvres chaudes contre mon oreille il murmure : « Bienvenue en Jamaïque. »

Nous regardons Quincy et Chantel nager, faire la course et s'amuser avec six autres enfants. Il est dix heures dix. Winston leur apprend à améliorer leurs mouvements, à gagner de la vitesse et à mieux se propulser en avant. D'ici on entend jouer l'orchestre reggae qui pourtant se trouve à cinq bonnes minutes à pied. Des couples et des familles sont assis sur leurs balcons, on entend des télévisions branchées sur des chaînes différentes, des stations de radio diffusant un brouillamini de musique qui pour moi n'a rien de reggae.

Comme la piscine n'a qu'un mètre cinquante de profondeur et que plusieurs adultes surveillent leurs bambins, je demande à un couple s'ils comptent rester encore un moment et s'ils peuvent jeter un œil sur Quincy et Chantel. Bien sûr, me répondent-ils, puisque leurs enfants jouent avec les miens. Je préviens Quincy et Chantel que nous allons boire un verre et serons de retour dans un quart d'heure. Nous nous dirigeons doucement vers le bar en plein air, au bas de l'allée qui serpente, à côté du restaurant de la piscine où nous avons dîné, et je me hisse sur un tabouret à côté de Winston. Nous commandons nos boissons habituelles. L'orchestre joue mais personne ne danse. Bientôt la fille de la réception à la queue de cheval vient s'asseoir à trois tabourets de nous.

« Votre fils vous ressemble beaucoup, dit-elle en regardant Winston.

— Non, pas du tout, je lui réponds. Il tient surtout de son père.

— Pourtant il a beaucoup de vos traits », insiste-t-elle en dévisageant Winston, qui tourne vers moi un regard interrogateur.

Qu'est-ce que tu racontes? semble-t-il demander. Je feins de l'ignorer et je poursuis.

« Peut-être avez-vous raison. J'ai une mauvaise vue avec cette lumière. Et il y a longtemps que je n'ai pas vu mon fils aîné.

— Depuis quand?

— Eh bien, comme son père est jamaïquain, il vit avec lui et je ne le vois que l'été. Nous sommes divorcés, vous comprenez.

— C'est fréquent de nos jours, commente la fille. C'est dommage.

— Oui, mais c'est très bien comme ça. Notre divorce remonte à dix ans et je voulais que mon fils soit auprès de son père au moment d'atteindre l'âge d'homme. Et puis il adore vivre ici, avec les rastas. Mais je suis ravie de le voir ! Et toi, mon fils, tu es content de revoir maman ? »

Winston penche la tête de côté et répond : « Oh oui. Je vais te montrer comme je suis content de te voir, maman. » Et il m'embrasse goulûment sur la bouche. On dirait qu'un éclair de flash a aveuglé la dame à la queue de cheval. Elle se lève d'un bond du tabouret et s'éloigne à grands pas, tandis que Winston et moi, dans les bras l'un de l'autre, éclatons de rire.

« C'était cruel, dit Winston.

— C'est tout ce qu'elle méritait. » Après quoi nous emportons nos verres au bord de la piscine, où les enfants récupèrent leurs serviettes et disent bonne nuit à demain à leurs nouveaux camarades.

De retour au bungalow, Quincy et Chantel prennent une douche, enfilent leur pyjama, et pointent le nez en haut des marches. Quincy prend la parole : « Maman, on est fatigués. Ça t'ennuie si on se couche maintenant ?

— Que t'arrive-t-il ?

— Rien. Je suis un garçon qui souffre du décalage horaire, c'est tout. La journée a été longue. Et puis Chantel et moi on voudrait vous donner un peu d'air, à Winston et à toi.

— Un peu de quoi ?

— De l'air. Tu sais bien. De l'intimité, quoi. »

Chantel surgit derrière lui et hoche la tête en signe d'approbation.

« Je vous reverrai peut-être demain », dit Winston. Mais il se reprend aussitôt. « Il paraît que vous allez au *Rick's Café* pour plonger. C'est vrai, Quincy ?

— Oui ! Tu plongeras aussi, Winston ?
— Si tu sautes je saute.
— D'ac. À demain, alors. Bonne nuit. »
Apparemment, ces deux-là sont devenus copains.
Nous sommes assis comme deux adolescents qui craignent de voir leurs parents franchir la porte d'un instant à l'autre et les surprendre, alors qu'ils ne font rien de mal. Winston est à un bout du canapé et moi à l'autre.
« Je ne mords pas.
— Moi non plus, répond-il.
— Alors à toi de jouer.
— Non, à toi.
— Je ne sais pas comment.
— Je suis certain que si.
— Aide-moi.
— Jusqu'à quel point ?
— Le maximum », je réponds. Il glisse vers le milieu du canapé, se penche dans ma direction, je me penche vers lui, et nous fusionnons.
« Je n'arrive pas à croire que je suis ici.
— Moi non plus, dit-il. Pourtant tu es bien là.
— Tu es sûr de vouloir rester ?
— Stella, si tu me poses encore une fois cette question…
— D'accord. Alors debout. J'ai besoin de prendre une douche. J'ai voyagé toute la journée.
— Moi aussi. Mais avant, laisse-moi t'annoncer la mauvaise nouvelle. »
Mon cœur dégringole. « Quel genre de mauvaise nouvelle ? J'ai horreur des mauvaises nouvelles.
— Je suis obligé de travailler demain. Je n'ai pas réussi à permuter avec quelqu'un.
— À quelle heure dois-tu partir ?
— Vers midi.
— Tu ne pourras pas nous accompagner au *Rick's Café* ?

— Sauf si on y va de bonne heure.

— Winston, tu ne dois pas te sentir forcé de faire quelque chose avec mon fils.

— Je ne me sens forcé de rien. J'ai *envie* de le connaître mieux.

— Pourquoi ?

— Parce que.

— Parce que quoi ?

— Parce que j'aime bien sa mère. Maintenant va prendre ta douche. »

Je disparais sous la mousse, puis je ressors embaumant Calyx comme si j'avais avalé le flacon, et quand j'entre dans la chambre, où je discerne la forme de son grand corps se dessiner sous les draps, la première parole de Winston est : « Hum, tu sens bon. » Pourquoi ai-je enfilé cette idiote nuisette d'été ? Dès que je me suis faufilée dans le lit et que je sens la chaleur de son corps, je décide que je suis une grande personne et que je peux me mettre nue. Ce que je fais.

Je me glisse sur Winston et il me gratifie d'un de ses baisers profonds et chauds dont je ne suis jamais rassasiée je-t'en-prie-encore-encore-encore, et je l'enlace, je l'étreins, aussi étroitement que je peux mais ce n'est jamais assez. Il semble plus fort, plus assuré, et j'aime ce qu'il me fait, énormément, même si notre anxiété est perceptible à l'un et à l'autre.

« Tu n'as rien à me prouver, Winston.

— Si. Je veux te prouver combien je tiens à toi, répond-il en m'effleurant doucement les cheveux du bout des doigts. Et je veux te faire oublier ce qui te préoccupe.

— Comment sais-tu que quelque chose me préoccupe ?

— Je le sens.

— Oh, Winston. » Je pousse un soupir, et il me serre contre lui, il m'embrasse plus longtemps, plus profondément. J'ai l'impression d'être à l'abri, et je suppose qu'il éprouve la même chose car il me plaque contre lui avec une infinie fermeté, avec une sorte d'urgence. Ses mains, ses bras ne me quittent pas jusqu'au lever du jour.

Je me penche pour l'embrasser et lui murmure que je vais courir. Il ronronne. Il sourit, ouvre les yeux et m'adresse un petit signe en me regardant enfiler un short et mon soutien-gorge de sport. Je le contemple pendant plusieurs minutes, allongé dans ce lit, si plein de force et d'innocence, et je m'aperçois que je peux courir n'importe quand, alors je sors un préservatif de la table de nuit, je me déshabille, je me glisse de nouveau sous les draps, où très vite nos corps se rejoignent.

« Avec toi, on risque vite de devenir accro, remarque-t-il ensuite.

— Je parie que tu dis ça à toutes les filles.

— Quelles filles ?

— Oh, Winston. C'est une façon de parler. »

Ma tête repose sur mon oreiller. La sienne aussi.

« Dis-moi, Stella, où cela va-t-il mener ? »

Je m'assois. « Quoi ?

— Nous.

— Je ne sais pas, Winston. Où cela *pourrait-il* mener ?

— Ce qui signifie ?

— Tu le sais très bien.

— Tu considères toujours que je suis trop jeune, n'est-ce pas ?

— Mais tu l'es !

— Trop jeune pour quoi ?

— Je ne sais pas. Pour moi.

— Tu me trouves trop jeune quand je te touche ?

— Non.

— Est-ce que j'ai l'air trop jeune ? »

Je le regarde.

« Peu importe, oublie cette question. » Nous pouffons de rire ensemble quelques secondes avant de redevenir sérieux.

« Écoute-moi, Winston. Je ne sais pas ce que je fais. Ma seule certitude est que je t'aime plus que je ne devrais.

— C'est agréable à entendre. De quoi as-tu peur, Stella ?

— Je n'ai pas réellement peur.

— Oh si. Tu as peur de tes sentiments parce qu'ils ne cadrent pas avec ta façon de voir. Je me trompe ?

— Présenté de cette façon, c'est assez juste, en effet.

— Tu connais le dicton américain.

— Lequel ?

— Les emmerdements arrivent et on n'y peut rien. »

D'accord. C'est juste. Les emmerdements arrivent. Celui-ci est arrivé. Je le reconnais.

« Et toi, Winston, de quoi as-tu peur ?

— De rien.

— Tu dois bien craindre quelque chose.

— Franchement ?

— Franchement.

— J'ai peur des araignées et des insectes. Tous les insectes.

— Je ne parle pas de ce genre de peur.

— De quelle peur parles-tu, *toi*, Stella ?

— D'accord, laissons cela. Dis-moi ce que tu attends de la vie. » Je pensais que cette question allait le surprendre.

« Je veux devenir quelqu'un de bien, de brave, un homme fort sur qui on peut compter, un homme de parole. Je veux être charitable, aimant, je veux aimer une femme si fort qu'elle ne voudra jamais se débarrasser de moi parce que je serai, j'espère, la lumière de sa vie. Et puis, dans les priorités, je veux aussi gagner correctement ma vie. Et toi ?

— La même chose.

— C'est toi qui m'as posé la question. J'aimerais une vraie réponse.

— Eh bien... je veux trouver ma place dans ce monde. Une place à table, comme on dit. Je veux donner de la chaleur autour de moi. Je veux aimer un homme si fort que mon amour lui paraîtra doux, et durera toujours. Je veux voir jusqu'où je peux aller seule et jusqu'où je peux aller avec une autre personne. Je veux devenir plus intelligente. Je veux être la meilleure mère, la meilleure amie, la meilleure sœur, la meilleure amante qu'il me soit possible d'être. Je veux respecter les sentiments d'autrui autant que je peux et je veux trouver le moyen de gagner ma vie sans avoir d'emploi.

— Mais tu as un emploi ?

— J'avais.

— Que s'est-il passé ?

— J'ai été virée.

— Tu plaisantes ?

— Pas du tout.

— Quand ?

— Juste après mon retour de Jamaïque.

— Pourquoi ne m'en as-tu pas parlé ? Ça va ?

— Très bien.

— Mais qu'est-ce que tu fais ici ?

— Que veux-tu dire ?

— Voyons, Stella, tu n'as plus de travail.

— Mais j'ai encore une vie.

— Pourquoi t'ont-ils licenciée ?

— Parce qu'ils réorganisent mon service et que je ne fais plus l'affaire.

— Ça te perturbe ?

— Pas réellement. En vérité j'éprouve plutôt un sentiment de soulagement.

— J'ai du mal à le concevoir.
— As-tu déjà été viré ?
— Non. C'est mon premier emploi.
— Tout s'explique.
— Ne te moque pas. Laisse-moi te poser une question et réponds sincèrement si tu le peux. As-tu des projets précis en ce qui te concerne ?
— Non, rien de très précis.
— Donc tu cherches ?
— Je suis sur le pavé, oui.
— Accepterais-tu que je t'aide à faciliter tes recherches ? »

Une seule réponse me vient : « Je crois que tu as déjà commencé, Winston. »

15

« Maman, où est Winston ? » questionne Quincy, penché par-dessus la rampe du premier étage. Je commençais à me demander s'ils allaient se réveiller. Il est bientôt midi. Hier soir il était visible qu'ils étaient claqués mais qu'ils l'admettent m'a stupéfiée. Chantel surgit derrière lui, ébouriffée comme une petite sorcière de conte de fées : avec ses cheveux hérissés qui forment un halo noir et sa chemise de nuit rose on croirait qu'elle va s'envoler. « Bonjour, tante Stella », dit-elle de sa voix haut perchée dont elle devrait prier le bon Dieu de l'en débarrasser en grandissant.

— Bonjour, Chantel. Et toi, Quincy, tu ne sais pas dire bonjour ?

— Bonjour, maman. Où est Winston ? À quelle heure on va au *Rick's Café* ?

— Du calme. D'abord, Winston a dû partir travailler et il s'excuse de ne pouvoir nous accompagner.

— Oh, zut.

— Il reviendra.

— Mais on y va quand même ?

— Bien sûr. Mais j'ai oublié que nous avions projeté de faire de la plongée, ce matin. Or on va bientôt déjeuner. »

Quincy consulte sa montre. « Quelle est la différence d'heure entre ici et chez nous ?

— Trois heures.
— Tu veux dire qu'ici il est déjà midi ?
— Ça m'en a tout l'air.
— Pourquoi tu nous as laissé dormir si longtemps ?
— Parce que vous en aviez besoin apparemment. »

Il descend l'escalier en courant et ouvre la porte d'entrée. « Ouah ! Viens voir, Chantel. La plage est juste devant. Maman, on peut y aller ? »

Chantel descend les marches de manière plus féminine et le rejoint d'un pas nonchalant. Elle frotte encore ses yeux ensommeillés.

« Calme-toi, Quincy, tu veux bien ? lui dis-je. Chaque chose en son temps. C'est notre première journée, alors voilà ce que je propose. Vous prenez une douche et nous allons déjeuner. Ensuite plage et plongée à trois heures puisque nous avons manqué le bateau de neuf heures et demie. Nous irons au *Rick's Café* demain. »

Quincy jette un regard à Chantel comme s'il attendait son accord, et aucun d'eux ne comprend que *c'est* le programme de la journée et qu'ils devront de toute façon s'y conformer. Ils échangent un signe de tête puis le porte-parole se tourne vers moi : « On est d'accord, maman.
— Alors en piste.
— Il revient quand, Winston ? s'enquiert Chantel.
— Peut-être demain ou samedi. Tout dépend de ses heures de repos.
— Il est très mignon », commente ma nièce. Et elle a le culot de rougir.

Chantel a trop grandi. Je me demande comment lui ira l'habit de nonne.

Après un solide déjeuner, j'entame l'après-midi avec ma *piña colada* sans alcool. Certaines habitudes ne changent pas. Nous tirons les transats vers le bord de l'eau. D'ici on aperçoit notre bungalow. Les enfants, le corps dûment enduit d'écran total par mes soins, vont se jeter dans l'eau où ils vont rester deux heures en attendant la plongée, après quoi ils reviendront sur la plage jusqu'au dîner.

Je bouquine, je m'ennuie vaguement mais pas réellement. J'adore regarder les enfants s'ébattre, et en les observant je m'aperçois que je les envie. Comme leur univers est limpide, dépourvu de décombres. Mais pour combien de temps ? J'espère autant que possible préserver Quincy de toutes sortes de conneries. Je veux qu'il sache qu'elles existent, mais je veux aussi qu'il sache qu'il a le choix : plonger dedans ou les laisser passer. C'est un garçon dégourdi. Vif. Il tient ça de moi, bien sûr, et j'espère qu'il restera un nigaud, un charmant nigaud. Cela me conviendrait parfaitement.

« Êtes-vous Anita Baker ? »

Je lève les yeux et découvre un employé de la sécurité de l'hôtel qui me toise. Il a la peau très noire et des faux airs de Wesley Snipes, ce qui me désoriente un instant, pourtant il ne fait aucun doute qu'il est jamaïquain.

« Moi ?

— Oui, *mon*, dit-il en soulevant sa casquette de policier avant de la remettre prestement en place.

— Non, je crains que non.

— Vous êtes sûre ?

— Certaine.

— Comment vous appelez-vous, *mon* ?

— Stella.

— Et votre nom de famille ?

— Stella suffira. Et vous ?

— Frisco. C'est mon prénom.

— Enchantée, Frisco. »

Je m'assois parce qu'il est debout devant moi et je n'aime pas me sentir ainsi regardée d'en haut, surtout avec mon maillot deux-pièces vert pomme aux bonnets rembourrés.

« Vous restez ici combien de temps ?
— Une semaine. Je viens d'arriver.
— Ce sont vos enfants ?
— Oui, dis-je pour simplifier.
— Où est votre mari ?
— À Ponderosa.
— Ça se trouve où ?
— Dans le Nevada, près de Reno.
— Reno ? » Il essaie visiblement de localiser l'endroit sur la carte mais sans trop de succès.

« Pardon. C'est plus près de Las Vegas.
— Ah oui », sourit-il d'un air plus assuré. « Votre mari n'a pas pu quitter son travail, c'est ça ?
— Exactement. Il possède un casino.
— Vous vous moquez de moi.
— Avec des associés, bien entendu.
— Alors vous devez drôlement bien gagner votre vie, hein ? Il le faut, pour descendre dans cet hôtel.
— Les choses vont plutôt bien pour nous, oui. Écoutez, Cisco...
— Frisco. Comme dans San Francisco.
— D'accord. Frisco. Je ne veux pas être impolie mais j'ai envie d'aller me baigner. Il fait une chaleur terrible aujourd'hui.
— Pour ça oui. Pour ça oui. Amusez-vous bien. »

Il porte l'index à sa casquette et s'éloigne vers un palmier sous lequel apparemment l'attend son banc, il s'y assoit et y prendra place de façon régulière pendant les prochains jours, nous regardant batifoler dans l'eau. J'apprendrai de sa bouche que Frisco occupe deux emplois, qu'il a trente-quatre ans et cherche une épouse, d'autant plus activement depuis qu'il travaille dur et en a les moyens. À l'en croire, il refusait jusqu'ici de se marier sous prétexte qu'il ne pouvait pas payer l'éducation de ses enfants.

Je lui demanderai pourquoi les enfants qu'il n'a pas encore devront aller dans une école privée et il m'expliquera que le système public est une vraie farce et que le seul moyen de garantir une bonne instruction à ses enfants est de les inscrire dans un établissement privé qui coûte très cher. Frisco a le pressentiment qu'avant la fin de l'été il aura déniché une épouse, bien qu'il n'ait pour l'instant personne en vue, mais il sait que leurs chemins vont se croiser et il est persuadé qu'il sera père dès l'année prochaine.

Évidemment, Quincy est le premier à sauter de la falaise et il est logique que mon fils, habitué à me solliciter, s'avance sur la saillie inférieure de la falaise la plus basse (qui s'élève quand même à neuf mètres au-dessus de l'eau) et m'interpelle : « Allons, maman, ne sois pas si trouillarde ! Saute ! »

Chantel, qui se tient à côté de moi, m'encourage de sa voix de petite souris : « C'est facile, tante Stella. Tu sautes, c'est tout !

— Dans une minute. Ne me bousculez pas ! »

J'ai du mal à réaliser quoi que ce soit quand j'ai un public, or partout, au-dessus et au-dessous, une bonne centaine de touristes armés de caméras vidéo et d'appareils photo attendent que deux cinglés tels que nous se jettent de cette plate-forme en ciment construite il y a des années sur le rocher. Sur la gauche se trouve la saillie d'où les vrais cinglés, les durs à cuire, sautent d'une hauteur de dix-huit ou vingt mètres. Je m'écarte pour laisser s'élancer des petits bonshommes qui n'ont pas dix ans, et puis je me dis : Merde, après tout ! Je me pince le nez et je saute.

Ouah !

J'ai l'impression de voler, j'éprouve une sensation de néant, et presque aussitôt mes pieds, mes jambes, mes cuisses fendent l'eau bleue très dense, et je descends, descends, descends, puis remonte comme une flèche à la surface. L'eau tiède dégouline de mon visage et je me sens en pleine santé, fraîche, athlétique. Je n'ai qu'une envie : recommencer ! Ce que je fais une bonne dizaine de fois au moins avec les enfants. Nous plongeons côte à côte. Eux s'amusent à faire des pirouettes en vol, et même si je m'en abstiens, quelle euphorie je ressens en perforant l'eau ! Je crois que je comprends ce qu'éprouvent les plongeurs aux jeux Olympiques. Enfin presque.

Quincy est à côté de moi, tout frissonnant. « Maman, je peux aller sauter de là-haut ? » Il désigne la plate-forme des vingt mètres, où une fillette se tient depuis une demi-heure en s'efforçant de rassembler son courage pour sauter, sans succès jusqu'à présent, ce qui l'oblige à s'écarter sans cesse pour laisser la place aux autres.

« Tu es fou, Quincy.

— S'il te plaît, maman, gémit mon fils. Je suis bon nageur, tu le sais. Je t'en prie.

— Quincy, je grogne. Ça a l'air dangereux. »

Il se met à gesticuler, l'air de dire : Allons jusqu'au bout. « Regarde tous ces gens qui ont déjà sauté. Est-ce qu'ils ont l'air morts ? Non. Y a-t-il des blessés ? Non. S'il te plaît, maman. Tu me dis toujours qu'il faut prendre des risques. Voilà une bonne occasion. Je t'en prie.

— Bon, vas-y. Mais juste une fois. Et je ne plaisante pas. Je vais avoir une crise cardiaque. »

Il est déjà en route pour gravir les trente ou quarante marches cimentées par lesquelles nous sommes descendus et il me crie : « Merci, maman ! »

Chantel me passe les bras autour de la taille. « Ne t'inquiète pas, tante Stella. Moi je ne veux pas sauter de là-haut.

— De toute façon je ne te laisserais pas faire. Pas question. Je ne pourrais pas rentrer en Californie et annoncer à ma sœur que sa fille s'est rompu le cou en sautant d'une falaise en Jamaïque. Alors non. Tu ne sauteras pas. Quincy, c'est différent. Il y tient et je dois le laisser faire. »

Mon cœur bat la chamade, mais je crois ma décision judicieuse car je ne veux pas transmettre mes peurs à mon fils. S'il n'est pas craintif, pourquoi le deviendrait-il par ma faute ? D'ailleurs il a raison, des tas de gens ont sauté et sauteront encore de cette falaise, et il n'y a aucun risque. Simplement c'est très haut. Le voilà. Un large sourire lui barre le visage. Il ne fait même pas attention à la position de ses pieds avant de sauter, il s'élance tel un oiseau et, comme les autres avant lui, il pousse un grand cri. Je regarde en bas. Il se débrouille très bien dans l'eau et nage vers le bord, où il agrippe la rambarde rouillée, puis remonte les marches en courant jusqu'à moi.

« Tu m'as vu, maman ?
— Je t'ai vu.
— C'est génial. Je peux recommencer ?
— Quincy, je t'en supplie. J'ai failli avoir une attaque. Tu voudrais que j'en aie une autre ?
— Ne regarde pas. C'est super, maman. C'est génial. Tu devrais essayer. Bon, d'accord, pas toi. S'il te plaît. Je suis encore en vie. Touche-moi, dit-il en prenant ma main pour la poser sur son bras.
— Très bien. Vas-y. »

Il saute à nouveau, et je m'aperçois qu'il y prend un plaisir fou. Chantel, de son côté, a sympathisé avec une petite blondinette originaire de Suisse, et elles sautent en se tenant par la main. J'attends que Quincy ait sauté six ou sept fois, puis je lui signifie qu'il est temps d'arrêter.

« Voyons, maman, tu ne comprends pas. Je suis *né* pour ça ! Encore trois fois et, je te le promets, j'arrête. »

Je commence vraiment à me lasser de le regarder, parce qu'il fait toujours la même chose, c'est-à-dire sauter, puisque je lui ai formellement interdit de plonger.

Nous nous séchons. Les enfants ont déjà bronzé. Nous dînons au *Rick's Café* de homard et de crabe, tenus en éveil par les invisibles insectes. À notre retour à l'hôtel, aucun message de Winston. Ce n'est pas grave. Nous ne sommes que vendredi.

Le voyant de messages ne clignote pas non plus le samedi, malgré mes innombrables voyages jusqu'à ma chambre sous des prétextes variés : une autre cassette pour mon baladeur, un autre livre, un autre tube de crème solaire, d'autres lunettes de soleil. Quand arrive l'heure du dîner, je me sens horriblement offensée. Pour qui se prend-il ?

Les enfants se sont liés d'amitié avec deux garçons noirs de La Nouvelle-Orléans et je les regarde jouer à chat et à un million d'autres jeux dans la piscine. Tout à coup je me sens comme une idiote, une pauvre idiote abandonnée. Pourquoi n'a-t-il pas téléphoné ? Au moins pour dire bonjour. N'importe quoi. Je comprends qu'il travaille quatorze heures par jour, ce qui est une honte mais la règle dans les hôtels de la région. Tous les employés sont sur la brèche six jours sur sept, ce qui est également la norme mais, à mon avis, en dessous de la réalité.

Nous regagnons le bungalow vers huit heures du soir. Le voyant lumineux clignote. Je me rue sur le téléphone et compose le zéro. « J'aimerais avoir mes messages.

— Un instant, je vous prie. »

Je souris déjà. L'opératrice m'annonce : « Vanessa a téléphoné. Voici son message : "Ma fille est morte ou vivante ? Rappelle-moi." Désirez-vous le numéro ?

— Non, merci. »

Je suis prête à jeter le téléphone à travers la pièce. Non, je n'irai pas jusque-là. Je me sens comme un enfant brimé. Je me parle à voix haute : « Arrête, Stella. Arrête. Pour de bon. C'est un gamin. Un sale gamin. Tu débloques. Ne fais pas ça. Je t'en supplie, ne fais pas ça. » Je compose le numéro de Vanessa, mais je tombe sur son répondeur et je laisse un message pour m'excuser de ne pas l'avoir appelée dès notre arrivée. Je lui dis que les enfants s'amusent comme des fous, que nous la rappellerons dans un jour ou deux, qu'elle ne s'inquiète pas.

Le samedi, nous allons faire de la plongée à neuf heures et demie, du jet-ski à onze heures, de la plage toute la journée, avec une autre séance de plongée à trois heures pour les enfants. Ils adorent nager sous l'eau avec un masque et un tuba, et moi j'adore les avoir hors de portée de voix pendant une heure. Je salue Frisco qui est à son poste. J'ai lu environ quatre-vingts pages de *Laughing in the Night*, de Patrice Gaines, une journaliste du *Washington Post* qui a connu la drogue, la prison et toutes sortes d'expériences très dures, et je m'aperçois que si elle a été capable de se reprendre en main je n'ai aucune raison de me lamenter sur mon sort. Cependant, je décide d'accorder à ma vie une attention un peu plus vigilante au cours des prochains jours, tandis que je cuis sous ce soleil brûlant.

Pour commencer, merde à Winston. Et merde à moi-même, qui perd la tête à cause de ce beau Jamaïquain dégingandé. Il ne saurait pas quoi faire d'une femme s'il en avait vraiment une. Qu'une de ces petites minettes essaie de te mettre la tête à l'envers, Winston. Voyons si elles te renversent. Voyons si elles te font planer. Voyons si elles sont curieuses de ce que tu ressens, de ce que tu penses, de ce que tu fais et pourquoi tu le fais et comment. Voyons si elles peuvent te rentrer dans la peau, s'insinuer jusque dans la doublure de ton cœur, le caresser, le réchauffer, le masser, le faire fondre. Voyons si elles peuvent faire cela pour toi, Winston, et la prochaine fois qu'une autre femme viendra d'Amérique, porteuse d'une carte American Express, sache qu'elle ne se réduit pas à sa carte de crédit et n'imagine pas, même une seconde, que sous prétexte qu'elle voyage non accompagnée elle est seule et désespérée, parce que ce n'est pas le cas. Ça ne l'était pas pour moi. Personne ne t'a demandé de venir asseoir ton petit cul à ma table. Personne ne t'a demandé de flirter avec moi comme le ferait un homme mûr et responsable. Personne ne t'a dit de te conduire de façon aussi virile pour ton âge, et personne, certainement, ne t'a dit de m'embrasser et de me perturber ainsi. Je ne connais même pas ton second prénom. C'est sans doute quelque chose comme Platon ou Socrate, ou plus vraisemblablement Caligula.

Je souhaite qu'il n'appelle pas. Ainsi je serai délivrée de lui. Ainsi je pourrai retrouver le cours normal de ma vie. Après tout, je ne suis pas venue ici pour démarrer une histoire, pour m'impliquer sérieusement. Je suis venue à Negril chercher une petite récréation, pour simplifier ma vie et non pour la compliquer. Et voyez ce que je récolte. On m'a virée de mon travail et je ne sais pas du tout où je vais. Je n'ai guère consacré de temps à y réfléchir non plus, et c'est la faute de ce jeune homme, qui a tout embrouillé au point que j'ai gaspillé mon énergie mentale à penser à lui. Pauvre idiote. Qu'est-ce que je fiche en Jamaïque ? Tu es venue pour te détendre, Stella. Tu ne sais pas ce que tu fais, admets-le, Stella. C'est ton cœur qui t'a ramenée ici, et tu ne supportes pas l'idée de ne pas contrôler la situation. Eh bien, va au diable ! Ça t'apprendra à te conduire comme une irresponsable. Tu as quarante-deux ans, ma vieille, pas vingt-deux !

Je suis sûrement en pleine crise de la quarantaine. Voilà ce qui m'arrive. Je ne sais plus où j'en suis. Peut-être devrais-je boucler mes valises et rentrer.

Lundi matin. On frappe à la porte. À ma montre il est seulement sept heures et demie, ce ne peut donc être la femme de chambre. Bien entendu les enfants dorment encore, ils ont veillé tard avec leurs copains. Il faudra que je surveille Chantel comme le lait sur le feu parce qu'elle a déjà un amoureux, Tyrell, qui a treize ans mais en paraît quinze et est donc beaucoup trop vieux pour elle qui n'a que onze ans. Vanessa n'aurait pas dû envoyer sa fille ici avec ce petit maillot de bain étriqué à fleurs orange, qui moule les deux petites olives qui commencent à saillir sur sa poitrine mince.

J'ouvre la porte et un employé de la réception me tend trois fiches jaunes. « Nous sommes désolés pour ces désagréments, madame, mais apparemment votre téléphone a mal fonctionné pendant deux jours. Vous avez reçu ces messages. Le monsieur a insisté pour qu'on vous les porte en main propre car vous n'avez pas répondu à ses appels et il était très contrarié. Nous vous présentons toutes nos excuses. »

Je l'embrasserais.

Je le rassure : « Ce n'est pas grave, *mon* », mais je lui demande si la ligne est maintenant rétablie. Il répond que tout est en ordre depuis ce matin. Je m'assois sur le canapé et parcours les messages. Ils datent de deux jours. Je me sens soulagée, radoucie, un peu puérile, et heureuse. Très heureuse.

Je décide d'aller courir. À mon retour, je me douche et vais petit-déjeuner. Je mange une gaufre.

Je sais que je gagne du temps, mais il serait plus juste de dire que je prolonge l'instant, même si je ne sais pas exactement ce que je prolonge. Je regagne ma chambre à neuf heures passées et je compose le numéro de l'hôtel *Windswept* que bizarrement je connais par cœur. On me connecte directement avec la chambre de M. Shakespeare qui, m'explique-t-on, ne figure pas au tableau de service avant deux heures. Sa voix est rugueuse, plus grave de deux ou trois octaves, son accent plus prononcé que jamais.

« Bonjour, Winston.

— Ah, Stella. Je m'inquiétais. Je n'avais aucune nouvelle de toi. Tout va bien ?

— Oui, tout va bien. Pour être franche, moi aussi j'étais un peu inquiète de ne pas avoir de tes nouvelles...

— Je n'ai pas cessé de t'appeler depuis deux jours et tu ne répondais pas à mes messages. J'ai pensé que, après m'avoir revu, tu avais changé d'avis à mon sujet.

— Non, je crains bien que non.

— Que s'est-il passé ?

— Mon téléphone était en dérangement.

— Oh, c'était donc ça ! Oh, Stella, Stella, Stella. » Il soupire, soulagé. « Les enfants s'amusent bien ?

— Oui.

— Je peux vous rejoindre pour déjeuner aujourd'hui ? J'apporterai quelques plats de ma spécialité pour que vous les goûtiez. À moins que tu n'aies d'autres projets.

— Ce serait merveilleux, Winston. Mais la standardiste m'a dit que tu reprenais ton service à deux heures.

— C'est vrai. Le travail me plaît moins qu'au début. Je commence vraiment à être fatigué mais je tiendrai le coup. Pardonne-moi, je ne voulais pas jouer les enfants boudeurs. Midi, ça te va ? Je ne pourrai rester qu'une heure et demie.

— Très bien. C'est parfait pour moi, Winston.

Il porte un autre de mes tee-shirts, mais sans le collier, ses sandales et un long short rouge. Il est si beau dans le soleil que je sauterais volontiers le déjeuner, mais bien sûr je n'ose pas le lui dire.

Les enfants sont introuvables. Je m'installe avec Winston sur le balcon et je goûte sa soupe au poivre dans laquelle flottent des feuilles vertes qui ressemblent à des épinards. C'est délicieux. Vient ensuite une sorte de pomme de terre orange et douce qui s'avère être du manioc, puis un plat de poisson, de l'*escovich*, très vinaigré et garni de carottes, d'oignons et d'un autre légume dont Winston dit qu'il est généralement consommé au petit déjeuner mais qu'il voulait me faire goûter. Après il me sert une sorte de ragoût : du maquereau salé qui a mijoté dans du lait de coco avec des tomates et des oignons. C'est un tel régal que j'en reprendrais volontiers. Pour finir j'ai droit à des plantains frits à la poêle. Repue, je l'embrasse pour le remercier, sans me soucier de fil dentaire.

Nous restons un moment absorbés dans la contemplation de la mer, puis Winston recouvre ma main de la sienne et pousse un soupir. « J'aimerais pouvoir rester.

— J'aimerais aussi.

— Je me plais en ta compagnie.

— Pourquoi ?

— Je me sens à l'aise. Je n'ai pas à faire semblant d'être ce que je ne suis pas. C'est nouveau pour moi mais je pourrais facilement m'habituer.

— À quoi ?

— À toi... Tu sais, mon père ne m'a jamais rien expliqué sur les choses de l'amour. Et ma mère s'en remettait à lui. Si bien que je suis très novice, je ne sais pas exactement ce qu'il faut faire ni si je le fais correctement.

— Ne t'inquiète pas, Winston, tu t'en tires parfaitement bien. Et puis il n'y a pas de bonne ni de mauvaise façon. L'important est de se sentir bien à l'intérieur.

— Oh, pour ça, je me sens très bien.

— Et tu deviendras un grand chef.

— On verra. Mon père m'a toujours poussé à faire des études de médecine et il est déçu que j'aie pris une autre voie.

— Ta vie t'appartient, Winston.

— Oui, mais il ne le comprend pas.

— Sait-il que tu veux devenir cuisinier?

— Pas précisément. Je n'en suis pas tout à fait sûr moi-même. L'occasion s'est présentée et, jusqu'ici, ça me convient.

— Chacun a le droit d'avoir des doutes, Winston. Je ne sais pas si beaucoup de gens de ton âge savent avec certitude ce qu'ils veulent faire le restant de leurs jours. Ne t'inquiète pas. Tu devrais parler avec ton père de ce que tu éprouves. »

Il secoue la tête.

« Pourquoi pas?

— Nous ne discutons jamais, lui et moi.

— Essayez.

— Il n'a pas grand-chose à me dire.

— Prends les devants, il sera bien obligé de te répondre.

— Je vais y penser », promet Winston en reportant son attention sur les vagues. Nous demeurons silencieux pendant plusieurs minutes. Il me serre la main, puis la lâche et se lève. Son short a légèrement glissé sur ses hanches. « Il faut que je grossisse un peu, remarque-t-il en remontant son short.

— Tu es très bien comme tu es.

— Je suis trop maigre. On n'arrête pas de me le dire.

— N'écoute pas les autres. Tu me plais tel que tu es. Grand et mince.

— Tu es sincère ?

— Oh oui. »

Il esquisse un sourire satisfait et effleure doucement mes tresses de ses longs doigts. Je crois qu'il va m'embrasser mais il me prend simplement dans ses bras et m'étreint ainsi pendant un temps infini. Ma place est là. Tout à coup nous entendons les enfants gravir les marches en courant et les voilà qui surgissent.

« Winston ! s'exclame Quincy. Tu as raté le *Rick's Café* !

— Je le regrette. J'ai dû aller travailler.

— Un homme doit faire ce qu'il a à faire, déclare Quincy d'un ton sentencieux qui laisse Winston baba.

— Bonjour, Winston », dit Chantel. Elle lui fait du charme.

« Je vous ai apporté de quoi déjeuner. Mais attention, c'est un peu épicé.

— Tu repars encore ? demande Quincy.

— Le devoir m'appelle.

— Pourquoi travailles-tu autant ? s'étonne Chantel.

— Je dois gagner ma vie.

— Bonne réponse.

— Et tu reviens quand ? questionne Quincy.

— Pas avant demain soir. J'aurai une pause un peu longue.

— Oh, je dis. Eh bien, je serai sûrement en train de préparer les bagages.

— Déjà ? C'est seulement mardi.

— Oui, mais nous partons mercredi matin.

— Oh non ! Je pensais que vous partiez jeudi.

— La dernière fois, c'était un jeudi. »

Il soupire. « Si j'avais su, j'aurais fait des pieds et des mains pour me libérer demain. Ils ne voudront pas me donner ma journée, Stella.

— Tant pis, ce n'est pas grave. » Faux. Pourquoi dit-on que ce n'est pas grave quand on pense le contraire ? « J'aurai deux heures. Je viendrai à huit heures vous dire au revoir. D'accord ?

— Nous prendrons ce que tu peux nous offrir, Winston. »

Il me donne un baiser léger. Chantel feint de manger mais prend des notes, et je lui fais les gros yeux pour qu'elle sache qu'elle est repérée. Quincy, lui, mange avec conviction, mais seulement les plantains. Il adore les bananes frites.

Je sirote une *piña colada* sans alcool au restaurant de la piscine. Il est vingt heures quinze. Winston a téléphoné à dix-huit heures pour confirmer qu'il venait. Je ne cesse de jeter des coups d'œil en direction du hall dans l'espoir de le voir apparaître comme le premier soir de notre arrivée, mais au bout d'une demi-heure j'ai les nerfs en pelote à force de fixer le même endroit désert. Il reste invisible.

À neuf heures moins cinq, je recommence à le maudire. Le salaud ! Je n'ai pas à endurer ça. C'est un manque d'égard, c'est grossier. J'avale une bouchée de quelque chose et n'y trouve aucun goût. Mon cœur se pince douloureusement. Pour qui se prend-il, ce petit con, à me poser un lapin ? À quel jeu tordu joue-t-il ? Je ne suis pas venue ici pour me faire démolir par un gamin. À moins qu'il ne fasse partie d'une bande d'escrocs et que je sois victime d'un coup monté ? Mais pourquoi moi ? Il ne sait rien à mon sujet. Je ne l'ai pas forcé à venir. Je ne l'ai pas supplié. Il s'est proposé. J'ai l'impression que tous les clients de l'hôtel devinent que j'attends un homme qui ne viendra pas. C'est bien fait pour moi. Je n'avais pas à jouer avec le feu. Je n'avais pas à prendre des risques. Voilà pourquoi et comment on finit par se sentir stupide, c'est parce que les hommes – jeunes ou vieux – vous trompent, vous contraignent à leur accorder votre confiance, et ensuite vous commencez à vous conduire comme une imbécile.

Heureusement, les enfants dînent avec leurs petits copains de La Nouvelle-Orléans. À neuf heures cinq, je n'en peux plus. Va te faire foutre, Winston, et merci pour tout ! Je me lève de table et reviens comme une furie au bungalow, où clignote le voyant rouge du téléphone. Après une hésitation je me résous à décrocher et la standardiste me dit d'appeler le gardien de l'entrée principale, ce que je fais aussitôt. Le gardien m'informe qu'un certain Winston Shakespeare m'attend à la grille.

Je traverse à grands pas le parc de stationnement pour couper jusqu'au portail, excédée et brûlant de dire ses quatre vérités à Winston. « De quel droit te pointes-tu avec plus d'une heure de retard ? Dois-je te remercier de m'accorder dix minutes de ton précieux temps ? S'il te plaît, épargne-moi ce genre de faveurs, jeune homme. Pour qui te prends-tu ? Suis-je censée quémander quelques câlins d'adieu, ou bien arrives-tu en retard parce que tu es las de cette vieille peau de Stella ? Si c'est le cas, pourquoi ne pas me le dire en face ? »

Je l'aperçois à côté du gardien. Il a l'air perturbé et affolé. Je m'approche, je me hisse sur la pointe des pieds, et je lui dépose un baiser du bout des lèvres sur la joue. « Merci d'être venu et adieu. Ravie d'avoir fait ta connaissance. »

Il pousse un grognement. « Oh, Stella. J'attends ici depuis huit heures moins cinq. Cette fois ils n'ont pas voulu me laisser franchir le portail et t'attendre dans le hall. On a téléphoné dans ta chambre mais tu n'y étais pas. Je leur ai dit d'essayer du côté du restaurant, mais on m'a répondu que tu n'y étais pas non plus. Finalement je leur ai demandé d'essayer à nouveau dans ta chambre.

— C'est vrai ?
— Mais oui, c'est vrai. Qu'as-tu imaginé ?
— Que tu me posais un lapin.
— Pourquoi ferais-je une chose pareille ?
— Je me disais que tu avais repris tes esprits.
— Je ne les ai jamais perdus, Stella. »

Nous sommes au milieu de l'allée, et les phares d'une voiture qui arrive nous obligent à nous déplacer sur un terre-plein de gazon. Winston m'embrasse. « Si tu savais comme je regrette que nous n'ayons pas pu passer davantage de temps ensemble.

— Moi aussi. »

Il regarde la route, où les voitures semblent vouloir faire la course. Il pousse un soupir, puis m'entoure de ses bras et me serre contre lui. « Tu vas me manquer, Stella.

— Tu vas me manquer, Winston.
— Tu sais, dit-il en m'embrassant sur le front, j'ai peur de m'être un peu trop attaché à toi.
— Qu'entends-tu par attaché ?
— Je me surprends à penser à toi en permanence. J'ai constamment envie de te voir.
— Bienvenue au club.
— Tu te souviens quand tu m'as demandé si j'avais déjà été amoureux ? Je t'ai répondu que je n'en savais rien.
— Je m'en souviens.
— Je t'ai demandé ce qu'on ressentait, et tu m'as répondu qu'on éprouve le besoin violent d'être auprès de la personne, qu'on a de violentes poussées d'adrénaline et qu'on en redemande sans cesse.
— Et ?

— C'est ce que je ressens. »

Je glisse les mains dans les poches arrière de son pantalon. Dans la poche gauche, mes doigts rencontrent un préservatif.

Sa sincérité me touche au plus profond.

« Je vais te confier un petit secret, Winston.
— Quel genre de secret ?
— Je crois que je suis tombée amoureuse de toi et c'est complètement absurde. Demain matin je serai dans l'avion, à douze mille kilomètres d'ici, et il faudra que j'oublie tout ça.
— Tout quoi ?
— Tu m'as très bien entendue.
— Pourquoi oublier ?
— Tu le sais, pourquoi, Winston. »

Il me serre dans ses bras et m'embrasse. Les voitures qui passent commencent à klaxonner mais il ne s'interrompt pas. J'ai l'impression que mes pieds s'enfoncent dans la terre meuble de la pelouse. Nos lèvres s'aiment et n'ont pas peur de le montrer. Je comprends brusquement que je voudrais pouvoir garder Winston près de moi. Cette nuit, demain, très longtemps. J'aime les émotions qu'il éveille en moi et je me demande, tandis que mes mains l'étreignent aussi fort qu'il m'étreint, pourquoi nous ne pouvons pas continuer. Existe-t-il quelque part une loi qui l'interdit ? Y a-t-il une police de l'amour qui fouille les parages en espérant nous arrêter ?

Winston s'écarte un peu et pose sa bouche contre mon cou, sa chaleur contre la mienne. C'est un peu comme si nous faisions l'amour tout habillés, sur le bord de cette route où défilent des phares de voitures roulant à toute allure. Les battements de mon cœur s'accélèrent eux aussi, à tel point que c'en devient insupportable. Je n'en peux plus.

« J'espère te revoir très bientôt, Stella.
— Tu dis ça maintenant.

— Tu crois que j'aurai changé d'avis demain, la semaine prochaine, dans un mois ?
— Winston, j'ai quarante-deux ans.
— Je connais ton âge.
— L'année prochaine j'en aurai quarante-trois, puis quarante-quatre.
— Et alors ?
— Tout cela est déraisonnable. »

Visiblement il est aussi lassé de me l'entendre dire que moi de le répéter, pourtant c'est la vérité, de quelque point de vue que l'on se place. Il me serre un peu plus fort, comme pour m'assurer de sa sincérité. Je sens son cœur battre. Il pousse un long soupir. « Une personne de *ton âge* devrait savoir que tout ce qui est bon est rarement raisonnable. » Puis il recule de deux pas et ajoute : « Et s'il existe une loi stipulant que le raisonnable est obligatoire, alors transgressons-la. »

16

« Tu ne sais jamais quand t'arrêter, n'est-ce pas, Stella ?
— Rends-moi service, Angela. Prends l'habitude de téléphoner avant de venir. » J'aimerais pouvoir lui dire qu'elle est en beauté mais c'est impossible. Sa peau a pris une teinte cuivrée et luisante. Ses cheveux ont poussé et sont coiffés en épaisses bouclettes tombantes à la Shirley Temple. Sous la robe rose son ventre a l'air d'un ballon de volley, et elle a enfin pris des nichons.

« Je n'ai *jamais* téléphoné avant de venir. Pourquoi maintenant ? Tu es en train de perdre la raison, Stella. Seigneur, ce n'est qu'un enfant et tu es retournée à la Jamaïque pour coucher avec lui. Qu'est-ce qui t'arrive ? »

Si Angela n'était pas ma sœur et enceinte de cinq mois, je lui botterais volontiers les fesses avant de la jeter dans la piscine.

« Tu veux du thé glacé ?
— Non, je... quel parfum ?
— Framboise.
— D'accord. Un verre. Enfin, Stella, qu'est-ce qui t'a pris de retourner là-bas ?
— J'avais envie de nager avec les petits poissons et de faire sauter Quincy et Chantel d'une falaise. » Sur ce, je me lève pour aller dans la cuisine. J'observe Angela à travers les stores. Elle est l'image cra-

chée de notre mère et depuis un an elle se comporte comme elle, ce qui justifie sans doute les réprimandes dont elle m'abreuve. Au fond de moi, pourtant, je sais qu'elle ne songe qu'à me protéger. Si j'étais à sa place – et Dieu sait que je suis heureuse de ne pas y être – et si je considérais les choses de son point de vue, il est évident que tout cela me paraîtrait un peu ridicule. Mais, je le répète, Angela a toujours joué la sécurité. Elle avait déposé sa candidature auprès d'une douzaine d'universités alors que l'excellence de ses notes lui ouvrait les portes de celle de son choix, et comme toutes lui avaient donné une réponse favorable elle s'était ensuite torturée sur son éloignement de la maison. Maman l'avait incitée à prendre du large et à gagner son indépendance. À la vérité, Angela tapait sur les nerfs de tout le monde.

« Est-ce que les bébés bougent beaucoup ?

— Oui, répond-elle en faisant tout un cinéma pour s'installer confortablement alors qu'elle n'est pas encore énorme. Bon, j'espère que cette histoire est terminée maintenant ?

— Pourquoi cela te préoccupe-t-il tellement, Angela ?

— Parce que, à mon avis, tu pousses le bouchon trop loin et je veux savoir quand tu vas oublier ce garçon et revenir à la réalité. Par exemple réfléchir à ta carrière. As-tu au moins consacré quelques instants de tes loisirs à ce sujet bénin ?

— Oui.

— Et alors ?

— Alors quoi ?

— As-tu envoyé ton CV à des chasseurs de tête ?

— Non.

— Pour quelle raison ?

— Parce que je ne veux plus travailler dans les placements financiers.

— Oh, je vois. Ne me dis rien. Tu as eu une révélation et tu as décidé que le monde des affaires n'offre aucune satisfaction spirituelle, morale ou émotionnelle. Tu vas donc profiter de ce moment pour fouiller au fond de toi-même jusqu'à ce que tu trouves quelque chose d'un peu plus créatif et satisfaisant. J'ai deviné ?

— Tu as deviné.

— À mon sens, soit tu fais une dépression nerveuse, soit tu traverses la crise de la quarantaine. Stella, tu ne peux pas flanquer ta carrière en l'air sous prétexte que tu as un coup de chaleur pour un garçon qui ne peut rien faire d'autre pour toi que de te baiser.

— Tu ne comprends rien, Angela.

— Qu'y a-t-il à comprendre ?

— Il m'est arrivé quelque chose. Winston n'en est responsable qu'en partie seulement. Je ne rejette pas le monde des affaires parce que Winston me baise bien. D'ailleurs, pour ton information, je n'ai couché avec lui que deux fois.

— Eh bien, c'est très significatif. Tu es vraiment paumée.

— Ce n'est pas seulement à cause de *lui*. J'ai agi selon les règles pendant si longtemps que je ne m'apercevais pas que je vivais dans un cocon, dans une sorte de coma.

— Ce sont des conneries, et tu le sais.

— Tu ignores ce que je ressens profondément ! C'est bien ton problème, Angela. Tu ne regardes que la surface des choses et jamais au-delà. Moi j'ai creusé un peu plus profond et je me rends compte que j'en ai assez de manquer les occasions de bonheur qui peuvent s'offrir. Parfois on ne sait pas sous quelles formes il se cache, mais j'apprends à l'accepter le jour où il se présentera.

— Oh, je vois. Tu penses que Dieu t'a *envoyé* ce garçon !

— Peut-être. Mais comme je n'ai pas le numéro vert du bon Dieu je ne peux pas l'appeler pour lui poser la question, à Lui ou à Elle.

— Lui ou *Elle* ? Tu vois que j'ai raison. Depuis quand es-tu si politiquement correcte ?

— Laisse tomber, Angela. Mon agent d'assurances doit passer dans quelques minutes pour me parler de ma voiture.

— Tu n'as pas répondu à ma question.

— À quel sujet ?

— Cette histoire est terminée, oui ou non ?

— Avec Winston ?

— Peu importe son nom.

— Non. En fait je crois qu'il va venir me rendre visite. »

Ses bébés doivent faire un saut périlleux car elle se saisit le ventre à deux mains et prend une profonde respiration.

« Tu n'es *pas* sérieuse !

— Très sérieuse.

— Et quand est-il censé arriver ?

— Je ne sais pas.

— Combien de temps va-t-il rester ?

— Je ne sais pas.

— Que comptes-tu faire ? Lui acheter un billet d'avion ?

— L'idée m'a traversé l'esprit, en effet. Mais ce ne sont pas tes oignons, n'est-ce pas, Angela ?

— Et je suppose qu'il te téléphone en PCV.?

— Si mes souvenirs sont bons, à l'époque où tu courais après Kennedy, tu t'es offert un sacré nombre de voyages pour le rejoindre à la fac de droit. Pardon si je me trompe.

— Ce n'est pas comparable.

— Ah non ? Tu dépensais une fortune en billets d'avion et tu lui téléphonais deux à trois fois par jour.

— Et alors ?

— Alors quelle est la différence si j'envoie un billet d'avion à Winston et lui demande de m'appeler en PCV ?

— La différence est que j'investissais sur mon avenir. Kennedy est cultivé, intelligent, il gagne de l'argent et nous avons des échanges sur le plan intellectuel que tu ne peux envisager d'avoir avec un gamin qui sort à peine du lycée. Voyons, Stella ! Réveille-toi ! Quelles peuvent être tes perspectives de mariage ? Quel père pourrait-il être pour Quincy, y as-tu songé ? Cela restera toujours ce que c'est : une amourette de vacances.

— Tu ne comprends vraiment rien, hein ? D'abord, tu ignores de quoi nous discutons ensemble, et je ne vais pas perdre mon temps à te le raconter. Ensuite, qui a parlé de mariage ? Je ne cherche pas un homme pour assurer mon avenir. Je suis propriétaire de ma maison. J'en possède une autre sur le lac Tahoe. J'ai un portefeuille d'actions, des titres, des obligations d'État. Les voitures que je conduis m'appartiennent. Que possédais-tu en propre avant d'avoir la bague au doigt ?

— La question n'est pas là. Ce qui compte c'est ce que je possède aujourd'hui.

— Pour moi, la question est que je n'ai besoin d'un homme pour aucune de ces raisons. Tout ce dont j'ai besoin c'est d'amour.

— Tu ne parles pas sérieusement.

— Oh si.

— Tu crois vraiment que la seule chose qui te manque c'est l'amour ?

— Non, pas la seule, bien sûr. Mais laisse-moi te dire ceci. Quand j'arrive au bout de ma liste personnelle de ce qu'un homme doit faire, ne pas faire, posséder, quelle taille il doit mesurer, quel physique il doit avoir, combien d'argent il doit gagner, et cetera, je comprends pourquoi je suis seule. Il est extrêmement difficile de dénicher un homme qui remplisse toutes les conditions.

— Moi j'en ai trouvé un.
— Bravo.
— Tu te prends vraiment pour Cher ou Diana Ross, n'est-ce pas, Stella ?
— Pas du tout.
— Alors pourquoi n'agis-tu pas en fonction de ton âge ?
— Et comment suis-je supposée agir ?
— Comme une femme de quarante-deux ans.
— C'est-à-dire ?
— Tu le sais bien. Comme une personne responsable. Bah, laisse tomber.
— Oh, tu veux dire que même si je me sens la même personne que j'étais à... disons trente-deux ans, bien que j'aie vu et réalisé beaucoup plus de choses puisque j'en ai dix de plus, je dois me métamorphoser dans cette fameuse entité d'âge mûr, cet être sur le déclin, et repousser tout ce qui a trait à la jeunesse, y compris une attitude juvénile face à la vie. Je suppose aussi que, comme je porte mes jeans un peu serrés avec un body, comme je ne suis ni grosse, ni négligée, ni difforme, comme j'ai des tresses dans les cheveux et je ne sais quoi encore – si je suis bien ton raisonnement – et parce que j'ai un peu d'entrain et de tonus et que je transgresse quelques règles, tu penses que je régresse, c'est bien ça ? Tu penses que je m'efforce d'imiter les filles de vingt ans ? Tu penses que je n'aime pas mon âge, que j'agis par nostalgie de ma jeunesse perdue, que je nourris l'espoir secret de revenir en arrière. C'est bien ce que tu penses, Angela ?
— Je n'ai rien dit de tel. C'est toi. Moi je ne te dis qu'une chose : sois prudente.
— À quel sujet ?

— Ce garçon sait que tu as de l'argent ?
— Pas spécialement. Et même s'il le savait ?
— Les types de ces pays-là cherchent *tous* à se dégoter une riche maman gâteau pour se faire épouser et devenir citoyens américains. C'est bien connu.
— Ce que moi j'ai entendu dire, c'est que ces mariages sont généralement arrangés d'avance par deux adultes consentants, et qu'il n'y aucune tricherie d'aucune sorte. D'ailleurs, je te le répète, qui parle de mariage ?
— Tu te conduis comme une femme atteinte de démence, alors qui peut dire jusqu'où tu vas aller ? J'essaie de te mettre en garde, c'est tout. Mets-toi en colère et prends-le comme tu voudras, mais surtout ne fais pas l'idiote et ne commets pas l'erreur d'épouser ce garçon sans signer un contrat prénuptial. C'est tout ce que j'ai à te dire. »

Là-dessus je me lève et reconduis Angela à la grille, au moment précis où mon agent d'assurances, Rodney, gare sa voiture.

Rodney et Angela se saluent en se croisant, mais je ne prends pas la peine de les présenter. Encore un peu fâchée, je tiens la grille ouverte pour le laisser entrer.

« Alors, Rodney, quel est le problème ? »

Phoenix déboule sur nous et claque le portail. Je ne suis pas d'humeur à me faire renifler ni à le caresser. Rodney est un géant. Arrière ligne de football dans les années 1980, une blessure l'a contraint à se reconvertir dans les assurances et il possède sa propre agence. Guère plus de trente ans, une épaisse tignasse brune et bouclée, des lunettes à monture d'écaille qui tombent un peu sur son visage pourtant deux fois grand comme le mien. On peut dire qu'il est beau.

Je me laisse choir un peu trop lourdement sur une chaise en bois et il s'adosse contre un des piliers qui soutiennent le treillis.

« Oh, ce n'est pas si grave, en réalité.

— Au téléphone vous m'avez parlé d'une mauvaise nouvelle.

— Ne vous emballez pas, petite sœur. Bon, voilà de quoi il retourne. Une loi récente votée dans l'État de Californie exige que désormais, quand un conducteur conduit le véhicule d'un tiers et que se produit un accident, le propriétaire du véhicule est responsable de tous les dommages survenus à la suite de cet accident.

— Êtes-vous en train de me dire que je dois tout payer ?

— C'est à peu près ça.

— Vous vous fichez de moi ?

— J'aimerais bien. Mais ce n'est pas si terrible. Nous allons régler le problème, Stella, parce que le connard que votre sœur a embouti conduisait un break de 1982 qui ne vaut même pas le prix estimé des dégâts.

— Laissons ma sœur le dédommager.

— Ce n'est pas judicieux parce que, si elle paie, il risque de revenir dans une semaine ou dans un mois avec une soudaine maladie invalidante et de la poursuivre en justice.

— Alors il faut l'indemniser et faire réparer ma voiture ?

— C'est le mieux.

— Bon, ma sœur paiera la franchise, mais quelle incidence cela aura-t-il sur ma prime ?

— Elle augmentera de quelques cents. En tout cas, Stella, je vous en supplie, levez un peu le pied. Vous avez récolté trois amendes pour excès de vitesse en un an !

— Je peux vous expliquer, dis-je en pouffant de rire.

— Inutile. Bon. Vous sortez avec quelqu'un ces temps-ci ?

— Pourquoi, Rodney ? Votre petite amie vous a plaqué ?

— Non, je suis fiancé. Mais il y a quelqu'un que j'aimerais vous présenter. Un type super. Je joue au golf avec lui. Il est juge. Très bonne forme physique, le sens de l'humour, séduisant.

— Quel âge ?

— Je ne sais pas. À vue de nez, Spencer doit avoir dans les cinquante ans. »

Je secoue déjà la tête. Non. Passer de vingt et un à cinquante ans me donne la nausée. « Trop vieux, dis-je.

— Vous devriez au moins le rencontrer, Stella. Ce n'est pas un type de cinquante ans comme on en voit tous les jours. Je lui ai parlé de vous, de votre tonus. Il fait du sport, il habite sur l'eau, à Alameda, et il donne des super fêtes sur son bateau. Il n'a même pas les cheveux gris.

— J'y réfléchirai, Rodney.

— Que diriez-vous si j'organisais un déjeuner entre nous trois ? Sans arrière-pensée et au grand jour.

— J'y réfléchirai. Cinquante ans, vous dites ?

— Ce n'est pas si vieux, Stella.

— Tout dépend de quel point de vue on se place », dis-je en le raccompagnant à la grille.

C'est dur. Je dépense une énergie folle à essayer de ne pas penser à Winston et, plus je m'y emploie, moins ça marche. La semaine dernière, je lui ai expédié en express une lettre dont je ne me rappelle pas un seul mot. Mais la vie continue même quand vous ne pouvez obtenir ce que vous désirez. Je passe mon temps à apprendre à surmonter ce désir et à prier pour qu'il s'estompe bientôt, ou bien pour rencontrer un homme merveilleux – environ trente-quatre ans, installé professionnellement, drôle, amusant, fabuleux, appétissant, gentil, qui me fera chavirer dix fois plus encore que Winston. Cela pourrait arriver, non ?

J'accompagne Quincy au centre commercial où il doit retrouver deux de ses copains et traîner avec eux dans les galeries pendant plus de deux heures. De mon côté j'irai voir *Batman Forever*, qu'il a déjà vu trois fois. Bien qu'il n'ait que vingt dollars en poche pour ses folles dépenses il ne sera certainement pas prêt à rentrer à la maison avant la fin de la séance, même s'il jure qu'il ne vient pas là pour reluquer les filles.

C'est la énième fois qu'il appuie sur le bouton du lecteur de CD pour zapper de Annie Lennox à Warren G. Je proteste : « Quincy, laisse-moi un peu vivre, s'il te plaît.

— C'est toujours ta musique qu'on écoute, maman. Tu ne trouves pas juste de me laisser écouter la mienne de temps en temps ?

— Tais-toi un peu, s'il te plaît. J'ai à te parler. » Il baisse le volume, ce que je trouve très attentionné de sa part, et se rencogne dans son siège. « Je suis tout ouïe. Et pas de plaisanterie sur mes oreilles, je te prie.

— Je n'ai plus de travail.

— Vraiment ?

— Vraiment.

— C'est vachement cool ! Est-ce que tu resteras à la maison toute la journée comme les mamans de Jeremy, Jason et Justin ?

— Pas exactement, non. Enfin presque. Peut-être. Je ne sais pas. Pas tout à fait.

— Oui ou non ?

— Leurs mamans ont des maris. Nous n'avons pas ça à la maison.

— Explique-moi.

— Je n'aimais plus ce travail.
— Alors pourquoi y allais-tu tous les jours ?
— Par habitude, et parce que le salaire nous permettait un certain train de vie.
— Alors tu leur as dit : "Salut, les gars, je me tire !" et tu es partie ?
— Pas exactement. En réalité, ils m'ont virée.
— Ils t'ont sacquée ?
— Oui.
— Mais c'est horrible ! Quand je vais raconter ça à Jere...
— Ce n'est pas une nouvelle à répandre à tort et à travers, Quincy. Tes copains le rediront à leurs parents et cette histoire ne concerne que nous. Compris ?
— Compris, maman. Mais il n'y a rien de honteux.
— Je n'ai pas dit que j'avais honte. Si ?
— Non. Est-ce qu'on va devoir vivre avec l'aide sociale ?
— Non.
— Je peux trouver un petit boulot pour t'aider à payer les factures, si tu veux.
— Ça ne serait pas du luxe si tu travaillais un peu. Ton allocation hebdomadaire de cinq dollars fait un sacré trou dans le budget.
— Mais, maman, tu ne me donnes pas d'allocation hebdomadaire !
— Je t'en donne une sous forme de forfait. Mais crois-moi, je compte les semaines et j'opère des déductions quand tu ne ranges pas ta chambre ou quand je dois te répéter cent fois de faire quelque chose.
— Inutile de me le rappeler. Bon, tu vas chercher un nouveau travail ?
— Je n'en sais rien encore. Je ne veux pas travailler pour une autre entreprise.

— Alors travaille pour toi.
— Pour faire quoi ?
— Je ne sais pas. Tu m'as toujours dit qu'un jour je n'aurais qu'à choisir ce que j'ai envie de faire parce que j'ai plusieurs talents. Toi aussi tu as des tas de talents.
— Par exemple ?
— Laisse-moi réfléchir. »

J'attends. J'espère. Peut-être sait-il quelque chose que j'ignore.

« Tu cuisines très bien.
— Continue.
— Tu sais chanter.
— Je chante mal et tu le sais.
— Tu peins.
— Non. On ne peut pas vivre en peignant de vieux meubles. Ce n'est pas un talent, c'est juste un passe-temps. Je fais ça uniquement pour m'amuser.
— En tout cas il y en a plein chez nous et je les aime beaucoup. Et puis il y a les boucles d'oreilles bizarres que tu fabriques. Et tous ces objets en fil de fer. En fait tu as plein de talents cachés. Écoute ton fils ! Je dis la vérité !
— C'est très gentil à toi, Quincy, et dans un monde idéal je pourrais faire comme Demi Moore dans *Ghost*. Rester à la maison toute la journée, fabriquer des pots et des coupes en argile sur un tour, et payer ainsi toutes les factures. J'ai assez d'argent d'avance pour tenir un moment, mais il faudra que je trouve une occupation qui m'amuse, pour changer, et qui nous permette en même temps de joindre les deux bouts. Un peu plus, si possible.
— Tu trouveras, maman. Prends ton temps. C'est ce que tu me dis toujours. Dis, maman, je peux te demander quelque chose ?
— Bien sûr.
— Je peux me faire percer l'oreille aujourd'hui ?

— D'accord. »
Il bondit littéralement sur son siège.
« C'est vrai ?
— Pourquoi pas ?
— Tu es une mère géniale, maman. Je le pense vraiment. Je t'aime. » Il se penche pour m'embrasser sur la joue. « Et ne t'inquiète pas, surtout. Tu trouveras un travail qui te rendra heureuse. J'en suis sûr. »
Après quoi il augmente le volume, saute sur la face deux, et Monteil Jordan entonne *This Is How We Do It*. J'espère que moi aussi je saurai bientôt comment il faut faire.

Je sors du cinéma un peu désorientée. Soyons honnête, je n'ai guère aimé le film. Je le trouve plutôt stupide, mais j'avoue que je n'étais pas d'humeur à avaler des idioties. En revanche, la musique est fracassante et je décide d'aller l'acheter de ce pas. C'est alors que j'aperçois Quincy et ses copains devant une boutique de chaussures de sport.
« Eh, maman ! » Pourquoi faut-il toujours qu'il braille si fort ? J'espère que ça lui passera en grandissant. « Regarde ce que j'ai acheté ! C'est super. » Il me tend sa main. Je vois une bague en argent ornée d'une petite main aux doigts écartés, avec, entre les doigts, un œil à la pupille verte extrêmement réaliste.
« Qu'est-ce que c'est ?
— Une bague.
— Mais encore ?
— C'est super, c'est tout.
— Bon. Peu importe. Il est l'heure de rentrer.
— Ma petite maman chérie, serait-il possible de...
— Non.
— Tu n'as même pas entendu ce que j'allais demander.

— La réponse reste non.
— Maman, gémit-il.
— Dis au revoir à tes amis.
— Salut, mesdames ! » Et il m'emboîte le pas en me tirant sur la manche, ce que je ne peux supporter.

« Lâche-moi, Quincy.
— Maman, si tu m'avances dix dollars sur mon argent de poche, je te promets que je nettoierai la litière de Dr Dre sans que tu me le demandes, et je laverai l'aquarium aujourd'hui. S'il te plaît, maman, j'ai tellement envie du nouveau CD du film qui n'est même pas encore sorti, *Dangerous Minds*. La musique est géniale. S'il te plaît, maman. Je te promets de ne rien demander d'autre d'ici à Noël !
— Quincy, tu me tapes sur les nerfs, tu le sais ? » Mais comme une idiote je fouille dans mon sac et lui tends un billet de dix dollars. Il saute de joie et fonce dans le magasin. Je l'attends devant, tout en me demandant où est Winston en ce moment, quel temps il fait en Jamaïque, et si par hasard il pense à moi.

« Merci, maman. Tu vas adorer ce CD.
— Il y a là-bas un salon où tu peux te faire percer l'oreille. Ça te tente ?
— Maintenant ?
— Pourquoi pas ? Tu as peur ?
— Tu rigoles ! Je n'ai peur de rien. »
Nous entrons. Il m'en coûte onze dollars, clou en or compris. C'est moi qui ai mal en entendant le bruit du pistolet. Il suffit de quelques secondes et nous voilà dehors. Mon fils a l'oreille percée et il se trouve vraiment très cool. Il a raison.

En feuilletant rapidement le courrier qui était dans la boîte aux lettres je remarque une carte postale à mon nom. Elle est de Winston. Je m'arrête et m'assois sur les marches. Je la parcours si vite que je dois la relire encore et encore. *Bonjour, Stella. Je ne peux te dire à quel point j'ai été heureux de te rencontrer. J'ai passé avec toi les meilleurs moments de ma vie. Jamais je n'ai connu une personne telle que toi. Tu me manques. Mon travail va bien. Je pense beaucoup à toi et j'attends de tes nouvelles. Quand me feras-tu rire à nouveau ? Et à quand le prochain baiser ? As-tu mangé des* pesta *récemment ? J'espère te revoir dans un avenir proche. Mes amitiés à Quincy et Chantel. Affectueusement. Winston.*

Sans vraiment réfléchir, je rentre dans la maison et décroche le téléphone. J'appelle l'agence de voyages. J'annonce à l'employée que j'ai besoin d'un aller-retour Montego Bay-San Francisco. Elle semble un peu perplexe. Vous voulez y retourner ? Non. Le billet est pour un ami. Oh, dit-elle. Pour quelle date ? J'ignore encore quand il pourra se libérer. Laissez la date en blanc. Ce sera plus cher. Je m'en fiche. Attendez une minute, je vais vous dire le prix. En classe touriste ? Je réponds oui. Elle revient bientôt et m'informe que le tarif est plus élevé pour les billets « open ». Ensuite je lui demande la différence entre le prix en classe touriste et la première classe. Je l'entends pianoter sur son clavier puis elle répond trois cents dollars seulement. D'accord, je dis, et je lui donne le nom de Winston. Shakespeare la fait pouffer de rire. Alors c'est du sérieux, hein ? me dit-elle. Je lui réponds peut-être, peut-être pas, et je lui demande de débiter mon compte American Express. Quand aurai-je les billets ? Dans une heure. Je lui dis que je serai là. Quand j'arrive, elle me tend les billets, je les glisse dans une enveloppe Federal Express que j'ai déjà remplie et vais la déposer dans la boîte de FedEx. Après quoi je rentre en roulant lentement parce que je me rends compte que je viens de commettre un acte irrévocable, que je ne peux plus changer d'avis, que j'ai pris un engagement, un engagement important, et quand je sens mon pied écraser la pédale de frein, ce n'est pas parce que je regrette déjà mon geste, au contraire je suis fière de moi d'avoir osé faire une chose que je veux vraiment, sans me soucier de l'opinion des autres pour une fois. Si je freine brutalement c'est parce que je suis tellement excitée que je peux à peine respirer.

17

Une deux, une deux trois! Une deux trois quatre cinq! Bonjour!» Je jette un coup d'œil au réveil en forme d'entraîneur de gymnastique que m'a offert Krystal pour Noël et je grogne: «La ferme!» Mais la rengaine «Une deux, une deux trois» remet ça et j'appuie sur le bouton couleur barbe à papa qui fige aussitôt, pied en l'air, le corps sanglé dans une combinaison moulante en plastique rose. Je résiste à la tentation de déchirer le plastique, d'arracher le petit serre-tête rose qui entoure les cheveux blonds, et de casser en deux une bonne fois pour toutes son petit corps osseux de Barbie. Mais comment expliquerai-je à Krystal l'accident de sa Blondie?

Il est à peine sept heures du matin. Quincy et moi prenons l'avion pour passer le week-end à San Diego où se déroule le vernissage dans la galerie de mon amie Maisha. Je veux arriver à temps pour l'aider à régler les derniers préparatifs.

Le téléphone sonne tandis que je suis sous la douche et, en reconnaissant le bourdonnement familier des appels longue distance, je me demande quel autre de mes lointains cousins m'appelle de prison. Mais quand l'opératrice annonce «Winston», je reprends vie et accepte le PCV avec empressement.

«Stella?
— C'est moi.

— Désolé de t'appeler en PCV mais les deux derniers coups de téléphone m'ont presque coûté tout mon salaire. Ne t'inquiète pas, je n'en ai pas pour longtemps. Je connais le prix des communications. Tu sais ce que j'ai reçu de Federal Express, aujourd'hui ?

— Je n'en ai pas la moindre idée.

— Un billet d'avion pour la Californie !

— Non !

— Tu es incroyable, Stella. Vraiment incroyable.

— Mais non.

— Tu es vraiment sûre de toi ?

— Sinon je ne te l'aurais pas envoyé.

— Quand puis-je venir ?

— Tu le veux vraiment ? Pour de bon ?

— Absolument.

— Alors toi dis-moi *quand* tu viens.

— J'ai déjà demandé un congé mais j'ignore encore s'ils vont me l'accorder, étant donné mon manque d'ancienneté.

— Combien de temps aimerais-tu rester, Winston ?

— Je ne sais pas. Combien de temps veux-tu me garder ?

— Ne me pose pas cette question.

— Tu veux la vérité ?

— Oui, Winston, je veux la vérité.

— J'ai demandé un congé de trois semaines. Qu'en penses-tu ? »

Je suis tout émoustillée. « C'est fantastique.

— Tu en es sûre ?

— Oh oui, je le suis. Et toi ?

— Sûr et certain. Je n'arrive pas encore à croire que tu m'as envoyé un billet d'avion. Personne ne m'a jamais fait un tel cadeau. Pourquoi toutes ces gentillesses, Stella ?

— Parce que je t'aime bien, Winston. Et parce que je suis dingue, je suppose.

— Non, tu n'es pas dingue. Tu es bonne, et je saurai te dédommager, tu verras.
— Tu n'as pas à me dédommager de quoi que ce soit.
— En tout cas je pense pouvoir venir dans un mois environ. Est-ce que cela te convient ?
— Parfait. J'aimerais que tu sois déjà là.
— Moi aussi. Mais c'est pour bientôt. Ne t'inquiète pas, je vais venir. Comment vas-tu ?
— Bien. Je pars à San Diego.
— Au zoo ?
— Non, pas cette fois. Une de mes amies a une galerie d'art et elle organise un vernissage important ce week-end.
— Tu y vas... avec des amis ?
— Qu'entends-tu par des amis ?
— Avec quelqu'un ?
— Pourquoi ?
— Oh, simple question.
— Ne sois pas si curieux, dis-je en riant.
— Alors ?
— Est-ce que quelqu'un m'accompagne ?
— Oui, grommelle-t-il d'un ton vaguement inquiet que je trouve très agréable.
— Oui, j'y vais accompagnée. Et cette personne s'appelle Quincy.
— Ah ! Bon. Très bien. Tu me rappelleras dans quelques jours ?
— Pourquoi ?
— Pour que j'entende ta voix.
— Peut-être, peut-être, peut-être. J'ai reçu ta carte postale.
— Seulement maintenant ?
— Oui. Tes paroles m'ont fait plaisir, Winston. Extrêmement.
— Parce que je t'aime extrêmement, Stella.
— Moi aussi je t'aime extrêmement.

— Dans ce cas disons-nous au revoir avant que tu dévies sur un autre terrain.
— Quel terrain ?
— Au revoir, Stella. Je t'aime.
— Je t'aime aussi, Winston. » Et puis je raccroche.
Eh ! Minute. Je rêve ou il a dit « je t'aime », et moi « je t'aime aussi » ? Que se passe-t-il, Stella ? Voyons, mais que se passe-t-il ?

Nous sommes dans les airs.
J'ôte les écouteurs des oreilles de Quincy. Il écoute un CD sur son baladeur bon marché, qui s'avère avoir un son meilleur que le mien. « Quincy, nous avons à parler.
— Tout de suite ?
— Tout de suite.
— Je t'écoute.
— Que dirais-tu si Winston venait nous voir ?
— Super. Je l'aime bien.
— Tu le connais à peine.
— Je l'ai rencontré, non ? Tu t'en souviens ?
— Oui, mais tu as passé très peu de temps avec lui.
— Le peu de temps que j'ai passé, je l'ai trouvé sympa.
— Que penses-tu sincèrement de sa visite chez nous ?
— Maman, si ça te fait plaisir, ça me fait plaisir aussi.
— Toi, tu as regardé les émissions de Jenny ou de Oprah.
— J'aime bien Jenny Jones. L'autre jour elle a fait une émission sur les adolescentes qui tombent enceintes. C'était très instructif.
— Tais-toi un peu, tu veux ?
— Est-ce que Winston va dormir dans ta chambre ?
— Je pense, oui. Ça te pose un problème ?

— Non. Je suis au courant de tous ces trucs-là.
— Quels trucs ?
— Le sexe.
— Et que sais-tu du sexe ?
— D'abord, que les gens aiment ça. Et si on est pas marié il faut se protéger et utiliser des préservatifs. Dis, maman, tu te protèges ? »

Ce gamin est incroyable. « Bien sûr, je me protège.
— Tant mieux. Parce qu'il y a plein de MST qui traînent, et ton fils chéri aurait le cœur brisé si tu attrapais le sida ou je ne sais quoi. Si tu mourais, qui serait ma maman ?
— Bon, ça suffit. Que sais-tu d'autre sur le sexe ?
— Il y a autre chose à savoir ?
— Non, rien. » Et je lui remets ses écouteurs sur les oreilles.

Maisha et Tiger nous attendent à la sortie de la salle des bagages. Maisha est époustouflante, comme d'habitude. Elle porte presque toujours des vêtements très colorés d'inspiration africaine ou caraïbe, qu'elle associe à des vestes de grands couturiers et aux chaussures les plus robustes que j'aie jamais vues. Elle est coiffée de longues et épaisses dreadlocks striées de gris, et elle rayonne de santé. Maisha a quarante-cinq ans et croit elle aussi aux vertus du sport.

Nous avons l'une et l'autre suivi le même cours à l'Institut des Beaux-Arts de Chicago, mais à la différence de moi Maisha a mis son diplôme en pratique. Pendant des années elle s'est bagarrée pour boucler ses fins de mois mais elle s'est accrochée à son rêve, soutenue par Rudy, son géant de mari.

« Bonjour, ma grande ! » Elle me serre dans ses bras avant que nous grimpions tous dans son coupé Saab rouge foncé. Son fils Tiger (ou Tyson), qui a un an de plus que Quincy, est déjà plus grand que moi.

Lui aussi doit commencer à avoir un peu peur, là-haut. Quant à Quincy, il écrase le pied de Maisha en voulant l'embrasser.

« Regarde-moi un peu cette pointure ! s'écrie Maisha.

— Comment ? dit Quincy.

— Combien chausses-tu maintenant ?

— Du quarante-deux.

— Moi du quarante-six, intervient Tiger.

— Bon, dis-je. Maintenant que nous avons refait connaissance, on peut y aller ? »

Maisha pouffe de rire et les garçons sautent sur la banquette arrière. La capote est abaissée malgré la brume et le froid assez piquant, mais je ne dis rien, je me penche vers le pare-brise et j'admire San Diego. Si un jour je quitte la baie de San Francisco ce sera probablement pour venir m'installer ici.

« Tu vois, maman, Quincy a l'oreille percée, lui, remarque Tiger.

— C'est vrai, Quincy ? s'étonne Maisha en jetant un coup d'œil dans le rétroviseur.

— Ouais, regarde. » Il tourne la tête pour se montrer.

« Tu ne crains pas de te blesser en faisant du sport ?

— Quand la saison de basket reprendra ce sera cicatrisé.

— Moi je joue au foot et l'entraînement a déjà repris, remarque Tiger.

— Alors du devras patienter, conclut Maisha. Dieu merci. »

Elle m'observe de côté et sourit. Je connais la raison de son sourire. Je n'ai pas pu m'empêcher de mentionner Winston et elle attend que je lui raconte tous les détails. Après avoir déposé les garçons dans une salle de jeux vidéo nous allons dans sa superbe galerie régler les derniers préparatifs, et là, pendant deux heures, je lui narre par le menu toute mon histoire avec Winston, sans omettre les réactions de mes deux sœurs, celle qui considère que j'ai disjoncté et celle qui m'encourage à aller de l'avant.

« Je partage l'avis de Vanessa, Stella.
— C'est-à-dire ?
— Tu devrais envoyer un billet d'avion à ton Winston. Fais-le venir le plus vite possible.
— Tu es sérieuse ?
— Ab-so-lu-ment. Ces choses-là ne se produisent pas si souvent. Je ne vois pas ce que son âge a à voir là-dedans.
— Il a beaucoup à y voir.
— Uniquement parce que tu en fais une montagne. Franchement, il te plaît, non ?
— Énormément.
— Alors n'hésite pas. Et ne te soucie pas de l'avis des autres. C'est ta vie, ma grande. Tu n'auras pas l'occasion de revenir une seconde fois et de recommencer. Amuse-toi. Fais-toi plaisir.
— Je lui ai envoyé un billet d'avion.
— *Fantastique !* Tu as bien fait. Au diable les convenances. Et puis je ne vois pas la différence entre ton expérience et ce que font les hommes depuis des lustres. Si tu étais un homme et que tu aies rencontré sur une île une petite nana sans carrière, sans situation et sans argent mais qui t'aurait rendu heureux et à qui tu aurais offert un billet d'avion, crois-tu que quiconque s'en offusquerait ? J'en doute. À bas les vieux principes ! Je suis sincère, Stella. »

Sa réaction me remplit de joie. Au fond de moi je partage son avis mais le monde reste le monde. Je vais seulement devoir apprendre à l'assumer. Jusqu'à présent je me débrouille pas mal. Après tout, j'ai envoyé un billet d'avion à Winston, n'est-ce pas ?

« Stella, j'aimerais quand même te poser une question.

— Laquelle ?

— Que vas-tu faire s'il vient chez toi, que vous vous entendez à merveille, que tout est magique comme au début et que tu n'as plus envie qu'il reparte ?

— Où veux-tu en venir ?

— Supposons que vous tombiez fous amoureux l'un de l'autre, qu'il ne veuille plus s'en aller, que tu ne veuilles plus le laisser partir. Que feras-tu ?

— Je ne sais pas. Je n'ai pas pensé aussi loin.

— Je crois que tu devrais.

— Comment veux-tu que j'envisage une telle hypothèse ?

— Parce que c'est une hypothèse envisageable, voilà pourquoi. Les choses surviennent sans qu'on les attende.

— Tu oublies un détail, Maisha. Je ne veux pas l'épouser. Je suis assez vieille pour être sa mère.

— Tu n'es pas sa mère.

— Je sais. Mais il n'est pas question pour moi d'avoir d'autres enfants. Et il n'est pas question non plus de programmer une longue vie ensemble. Il n'y aura ni mariage, ni bébé, ni jolie clôture blanche autour de la maison. Rien de tout cela.

— Comment le sais-tu ?

— Tu m'emmerdes, Maisha. Tu refuses de comprendre.

— Comprendre quoi ?

— Je ne vais pas aller aussi loin avec lui.

— Comment peux-tu en être si sûre ? Qui es-tu pour décider à l'avance jusqu'où tes sentiments vont te mener ?

— Ce n'est pas ce que je veux dire. Simplement je ne sais pas exactement ce qui se passe entre nous, je sais seulement que je me sens merveilleusement bien, qu'il me manque, que je voudrais l'avoir près de moi, et que si ça doit durer trois semaines, alors je profiterai de ces trois semaines de bonheur absolu plutôt que trois semaines de rien du tout.

— J'ai compris. Mais j'ai autre chose à te dire. Maman a un cancer du poumon.

— Je l'ignorais. Je suis désolée de l'apprendre, Maisha.

— Ne t'inquiète pas. J'arrive à faire face. Tu sais que, entre ma mère et moi, les relations n'ont jamais été très faciles.

— Oui, ça je le sais.

— Foncièrement, c'est une femme intrigante. Elle l'a toujours été et le sera toujours. Elle a eu neuf enfants et sur les neuf il n'y en a que trois qui prennent la peine de lui téléphoner ou de lui rendre visite.

— Pourtant, c'est toujours ta mère. Sois heureuse d'en avoir une.

— Je sais, mais voilà où je veux en venir. C'est sans doute la personne la plus impitoyable que j'aie connue. Après son divorce avec mon père, il y a vingt-cinq ans, elle s'est retrouvée seule et malheureuse. Elle a soixante-treize ans aujourd'hui et je doute qu'elle ait eu un seul rendez-vous amoureux pendant ces vingt-cinq années, ne parlons même pas de sexe ou d'amour, et c'est probablement la raison pour laquelle elle est si dure. Après le départ de mon père, elle est devenue amère, et elle mourra vraisemblablement seule et sèche. C'est moi qui m'occupe d'elle. J'en ai accepté la responsabilité et je l'assumerai, mais ce que j'essaie de t'expliquer c'est qu'à force de l'écouter, de l'observer, et sachant qu'il ne lui reste plus longtemps à vivre, je suis parvenue à la conclusion que si l'on peut avoir dix minutes, dix semaines ou dix mois de bonheur, il faut les prendre. Prends tous les instants qui se présentent, Stella. Certaines personnes passent l'arme à gauche sans profiter de ces dix minutes parce que soit elles ont trop peur de s'ouvrir à l'inconnu, soit elles ne voient que les inconvénients, soit elles transforment en problèmes ce qui est en réalité des opportunités. Les lendemains ne sont pas pleins de promesses, Stella. On ne sait rien de demain.

— Tu as raison. Je suis navrée pour ta mère, Maisha. Si je peux t'aider en quoi que ce soit, n'hésite pas. Moi je n'ai plus de mère dont je puisse me plaindre ni m'occuper.

— Je sais, ma chérie. Bon, passons à un sujet moins lugubre. Tu veux que je te dise ?

— Quoi ?

— Cesse de te conduire comme une adulte stupide. Te rends-tu seulement compte que nous autres femmes avons été programmées pour suivre les règles depuis notre plus jeune âge ? Même quand nous avions vingt ans et que nous nous shootions avec ces cinglés dont nous étions amoureuses. Tout le monde se droguait plus ou moins et faisait la fête, tu te souviens ?

— Bien sûr que je m'en souviens. Enfin, plus ou moins.

— À l'époque nous étions censées être indépendantes, libres d'esprit. Et pourtant qui, dans un couple, s'assurait que le loyer était payé ?

— Nous.

— Qui s'occupait des problèmes, en général ?

— Nous.

— Nous agissons en êtres responsables depuis si longtemps que nous aurions pu nous amuser davantage, et je crois que nous méritons beaucoup plus. Donc, il est temps pour toi de profiter de tout ce qui t'a manqué.

— Je n'avais jamais vu les choses sous cet angle.

— Eh bien penses-y. Et pose-toi aussi une autre question. Que feras-tu si Winston tombe vraiment amoureux ?

— Explique-toi.

— Premièrement, beaucoup de jeunes gens fantasment sur les femmes plus âgées. Qui d'autre est plus apte à leur apprendre les ficelles de l'amour ? Ensuite, s'ils parviennent à la satisfaire, c'est un fleuron à leur couronne. Certains se servent de cette expérience pour séduire ensuite des jeunes filles, mais d'autres aiment véritablement les femmes plus âgées et quelques-uns en tombent amoureux.

— Je n'y peux rien.

— Souviens-toi seulement que tu n'es pas seule en cause, Stella.

— Je sais. Mais maintenant arrête. Je n'arrive plus à réfléchir.

— C'est un signe », conclut Maisha.

Rudy nous attend à la maison. Rudy est musicien de jazz. Il a joué comme saxophoniste avec les meilleurs, y compris Miles Davis. Il enseigne aussi la musicologie et la composition du jazz à l'université. À notre arrivée il est en train de cuisiner et Maisha fronce le nez, en secouant la tête comme pour me prévenir d'un désastre, mais quand il lève les yeux elle affiche un sourire de pur ravissement. « Rudy qui prépare le dîner !

— C'est une recette spéciale que j'ai goûtée au Brésil. J'espère arriver à me souvenir de tout. Je le saurai quand j'aurai ajouté suffisamment d'épices. Salut, Stella. Qu'est-ce que c'est que tous ces cheveux ?

— Je les ai achetés.

— Ah oui ? Et qui a dû mourir pour que tu les récupères ? » Il éclate de rire. « Tout va bien à la galerie, Maisha ?

— Tout est prêt. À ce propos je disais à Stella qu'elle devrait dessiner d'autres tables comme celles qu'elle faisait avant. Quel matériau utilisais-tu pour leur donner cet aspect lisse et cuivré ?

— De la feuille d'or.

— Et qu'as-tu fabriqué dernièrement ?

— Tu vas voir. Je te l'ai apporté.

— Pour moi ? Où est-ce ? Va vite le chercher. Tu me fais toujours des cadeaux fabuleux. Qu'est-ce que c'est, des boucles d'oreilles ? Tu devrais les commercialiser, tes bijoux. Je pourrais les vendre à la galerie. Allons là-haut. »

Nous montons l'escalier quatre à quatre. La maison de Maisha évoque un peu une revue de décoration. Il y a peu de mobilier mais les œuvres d'art abondent.

J'ouvre mon sac de voyage et en sors un objet que j'appelle de l'art portable. En fait il s'agit d'un pull en fil de cuivre que j'ai tricoté et bordé d'angora couleur rouille.

« Ne reste pas plantée là et dis-moi si c'est toi qui l'as fait ?

— Je suis plantée là et je te dis : oui c'est moi qui l'ai fait. Je l'ai commencé il y a un an mais ne l'ai terminé qu'au printemps. Tu te souviens quand j'ai chopé ce virus qui m'a clouée au lit ? »

Maisha hoche la tête mais je ne suis pas certaine qu'elle s'en souvienne.

« Je n'avais rien d'autre à faire. Pour être franche je l'avais oublié jusqu'à ce que je prépare mes affaires pour venir ici.

— C'est somptueux ! Je l'adore ! J'en veux d'autres. Fabriques-en plusieurs pour la galerie. Je t'en prie, Stella. Comment t'est venue l'idée ? Quelle est la matière, exactement ?

— Une sorte de fil de cuivre. Enfile-le.

— Tu es folle !

— C'est fait pour être porté, Maisha.

— Oh non, ma chérie, je ne vais sûrement pas le mettre. Je vais l'accrocher au mur. Non, mieux. Je vais l'exposer dans la galerie. Aujourd'hui même. Ça t'ennuie ?

— Il est à toi. Tu en fais ce que tu veux. Je suis seulement contente qu'il te plaise.

— S'il me plaît ! » Elle s'approche et me serre dans ses bras. « Tu vaux beaucoup mieux que ce que tu imagines, ma chérie. C'est une qualité, mais tu dois te réveiller.

— J'ai une autre nouvelle à t'apprendre.

— Laquelle ?

— J'ai été licenciée.

— Tant mieux. Il était grand temps que tu quittes cette place épouvantable. Tu y es restée trop longtemps. Maintenant, tu vas enfin pouvoir devenir l'artiste que tu as toujours été.

— N'allons pas si loin.

— Tu verras. Tu verras jusqu'où tu iras. » Puis, dans le même souffle, elle ajoute : « Ton Winston a l'air merveilleux. J'espère que vous allez tomber follement amoureux et qu'il va te secouer parce que Dieu sait que tu t'es encroûtée depuis ton divorce. Profite de la vie. Tu l'aimes ? Dis-moi la vérité.

— Je ne sais pas !

— Foutaises. Bien sûr que si, tu le sais.

— Je suppose que oui mais c'est un peu embarrassant à admettre.

— Qu'y a-t-il d'embarrassant ? C'est un homme, tu es une femme. Point.

— Une chose est sûre c'est qu'il est un merveilleux amant et qu'avec lui je me sens ressusciter.

— En tout cas tu es en beauté. Je ne sais pas si ce sont les cheveux ou autre chose, mais quoi que ce soit arrange-toi pour que cela continue.

— J'essaie, Maisha. Mais c'est un peu effrayant.

— Et alors ?

— Tu as raison. Je vais être tout à fait sincère. Ne crois pas que je n'ai pas songé à ce qui se passerait si je ne supportais pas l'idée de le voir repartir. Que devrais-je faire selon toi ?

— Lui demander de rester. C'est aussi simple que ça. Allons, maintenant nous devons descendre et feindre de savourer l'horrible dîner de Rudy. Tu n'auras qu'à picorer et je me débrouillerai pour distraire son attention le temps de vider nos assiettes à la poubelle. Ensuite il faudra nous préparer. »

Le repas de Rudy est succulent et chacun se sert deux fois. Maisha est tellement fière de lui qu'elle l'embrasse. Après quoi nous nous pomponnons et partons à la galerie, où des invités essaient déjà de trouver des places de parking. Maisha a apporté mon pull. À peine arrivée, elle rédige une étiquette et lui trouve un emplacement sur le mur, près de la porte qui conduit au jardin, où de longues tables sont garnies de bouquets de fleurs fraîches, de fromages, de fruits et de vin. L'exposition est une rétrospective des œuvres d'une vingtaine d'artistes africains américains. En moins d'une heure la galerie grouille de plus de deux cents personnes. Des chèques sont signés. Des cartes de crédit prélevées. Des petites pastilles rouges collées sur les pièces accrochées au mur ou dressées sur le sol.

Maisha s'approche de moi d'un pas nonchalant. Dans son ensemble jaune pâle, elle est magnifique, élégante, excentrique. « Figure-toi que huit personnes m'ont questionnée sur ton pull. Nous en discuterons toutes les deux. Sérieusement. Ne prends pas cela à la légère. La soirée est superbe, non ?

— Tout est superbe. » Je m'approche de ce qui ressemble à une très ancienne photographie représentant une famille noire, qui a été transférée sur du verre par l'artiste, Mildred Howard. Je consulte à nouveau la liste de prix : trois mille cinq cents dollars. Cela dépasse mes moyens mais je me tourne vers mon amie : « Maisha, s'il te plaît, tu veux bien m'inscrire sur l'échéancier de règlement réservé aux amis ? Il *me faut* cette pièce. Ces gens pourraient être *ma* famille. »

Elle me serre dans ses bras et me chuchote à l'oreille : « Ne regarde pas tout de suite, mais il y a là-bas un type qui n'a cessé de poser des questions sur toi à Rudy toute la soirée. Il veut te connaître. »

Je tourne la tête et je dois admettre que, s'il s'agit de celui dont elle parle, il a vraiment une allure splendide. « Celui avec le pantalon large et la chemise blanche ?

— Oui. Il est sculpteur. Voici deux de ses œuvres. Tu veux que je te le présente ?

— Je ne sais pas.

— Ça ne peut pas te faire de mal. Il s'agit seulement de le rencontrer. C'est tout.

— D'accord. »

Je me sens toute nue. Maisha va le chercher et il revient avec elle sans me quitter du regard. Il est réellement d'une beauté rare, ses traits sont parfaits, il pourrait poser comme mannequin. Le dessin des lèvres m'intéresse plus qu'avant, et je remarque que les siennes sont charnues, lisses, d'une courbe qui appelle le baiser. Il a dans les quarante ans, mesure environ un mètre quatre-vingt-cinq, sa peau est d'un brun sombre et satiné, ses cheveux sont serrés en mille minidreadlocks qui lui donnent davantage l'air d'un prince africain que ce « je-ne-sais-plus-qui » originaire du Sénégal que j'ai rencontré à la Jamaïque.

« Ralston, dit Maisha, j'aimerais vous présenter l'une de mes plus anciennes et plus proches amies. Stella, Ralston.

— Enchantée, Ralston.

— Ravi de vous connaître enfin, Stella. Je n'ai pas cessé de me renseigner sur vous depuis que je suis arrivé.

— Vraiment ?

— Vraiment. J'adore votre travail. Mais pourquoi n'avez-vous exposé qu'une seule pièce ?

— Oh, c'est une longue histoire. J'aime aussi beaucoup vos œuvres, Ralston. J'aimerais avoir les moyens de m'en offrir une.

— Je peux vous proposer un arrangement. » Il semble sincère. Et puis il me scrute comme s'il me sondait à l'intérieur, avec ses grands et beaux yeux couleur de lave noire. Son regard me trouble un peu et je détourne le mien.

« Non, je suis vraiment trop serrée financièrement.

— Nous pourrions faire un échange.

— Oui, peut-être.

— Où habitez-vous ?

— Dans la baie de San Francisco.

— Moi aussi. À quel endroit ?

— Juste après Walnut Creek. Alamo.

— Et moi à Montclair ! »

Eh bien, ça, alors.

« Nous devrions déjeuner ensemble un de ces jours.

— Oui, nous devrions.

— Ça ne vous ennuie pas de me donner votre numéro de téléphone ?

— Non, ça ne m'ennuie pas. » Mensonge. J'ai déjà donné mon numéro à celui à qui je souhaitais le donner, mais je peux difficilement l'expliquer à Ralston. « Rudy et Maisha vous le communiqueront.

— Je vous appellerai.
— J'en suis sûre. Maintenant, si vous voulez bien m'excuser, j'aimerais visiter le reste de l'expo.
— Je vous en prie. » Il me dévisage comme s'il venait de faire une découverte. Ce qu'il ignore c'est qu'une requête prioritaire a déjà été déposée.

18

J'ai peur, je me tourmente, je commence à me demander si je ne perds pas les pédales. Je roule dans ma camionnette en direction de l'épicerie. Le feu est au rouge et je médite sur le pétrin dans lequel je me suis fourrée. Bon Dieu qu'est-ce que je fabrique *réellement* ? Ai-je réellement envoyé un billet d'avion en première classe à un jeune homme de vingt et un ans pour qu'il vienne me voir ? A-t-il réellement accepté et va-t-il réellement passer trois semaines entières chez moi ? À quoi allons-nous pouvoir nous occuper pendant ces trois semaines ? Aucun homme n'a passé plus de vingt-quatre heures dans la maison depuis près de trois ans. Quelqu'un va-t-il réellement utiliser le second lavabo de ma salle de bains ? Vais-je devoir débarrasser toute la tablette des vernis à ongles, lotions, parfums et autres produits de maquillage ? Où rangera-t-il ses affaires ? Dans quels tiroirs ? À moins qu'il ne les laisse pliées dans sa valise. Combien de valises ? Voudra-t-il sortir tous les soirs ? Il adore danser, or je sors très peu – pas du tout en vérité —, ce qui signifie que je vais devoir mener de sérieuses investigations pour dénicher les meilleures boîtes. Quoi d'autre ? Que ferons-nous de nos journées, puisque désormais je reste à la maison ? Comme il ne sait certainement pas conduire, devrai-je le véhiculer partout ? Et s'il a son permis, sait-il manier une voiture avec un levier de vitesse, et pourra-t-il s'adapter à la conduite à droite ? Possède-t-il au moins un permis de conduire ? Devrai-je lui laver son linge ou le laisser s'empiler ? Et s'il me tape sur les nerfs ? Et si *moi* je lui tape sur les nerfs ? Et si, au bout de trois jours, je m'aperçois qu'il ne me plaît plus du tout ? Que ce n'était qu'un emballement physique, une fascination, une toquade ? Qu'Angela avait raison et qu'il s'agissait d'un mirage tropical ? Que je le désire uniquement parce qu'il est tabou, parce que j'étais trop seule, en manque, flattée d'éveiller l'attention d'un homme ? Mais non, je n'étais pas en manque à ce point, et la solitude ne me pèse pas. Je peux avoir un homme si j'en ai envie. Évidemment, en dénicher un à mon goût qui m'inspire vraiment est une autre paire de manches. Mais non, décidément ce n'était pas ça. Et s'il n'aime pas la nourriture américaine ? Et s'il meurt pendant son séjour ? S'il a mal aux dents, s'il doit subir une appendicectomie, s'il rapporte avec lui je ne sais quelle incurable maladie tropicale ? Ou les drosophiles qui infestent les fruits ? A-t-il au moins une veste doublée ou un manteau ? Car ici la température commence à tomber, et puis si par hasard, après son départ, mes sentiments à son égard n'ont pas changé, il pourrait revenir en hiver, après avoir connu l'automne. Je pourrais l'emmener au lac Tahoe où il verrait de la vraie neige, Quincy lui apprendrait à surfer et moi à dévaler les pentes et à sauter les bosses. A-t-il déjà vu la neige ? A-t-il déjà touché cette froideur et cette douceur ?

Oh non. Voilà un de mes voisins. Merde. Ah, les voisins. Que faire avec les voisins ? Comment vais-je leur présenter Winston ? Car ils posent des questions sur la moindre nouveauté et Winston en sera une de taille, une belle, avec un accent jamaïquain qui plus est ! Or chacun sait que je suis allée en Jamaïque cet été. Ils en déduiront que je l'ai acheté, que je l'ai eu par chantage, que je l'ai kidnappé. Comment justifier sa présence ? Qui est-il, *au fond* ?

Un coup de klaxon retentit derrière moi. « Oui, oui, j'avance ! » Je mets le clignotant et tourne vers le Safeway. Maintenant je souris. Je trouve une place pour stationner juste devant l'entrée, ce qui prouve que Dieu existe. Puis je ris franchement parce que je découvre que si je me suis tellement relaxée cet été c'est parce que pour la première fois depuis bien longtemps je ne me soucie absolument pas de l'avis des autres. D'accord, je me conduis de façon un peu irrationnelle, spontanée, mais si j'avais su que c'était aussi bon d'agir follement j'aurais commencé plus tôt.

J'emmerde les voisins. Je me contrefiche de ce qu'ils pensent. Enfin pas tout à fait parce que je les aime bien et je ne dois pas oublier que j'ai un fils qui doit affronter leurs enfants tous les jours. Je devrai donc avoir une petite conversation avec Quincy sur un nouveau sujet spiritualo-philosophico-anthropologique auquel il réagira, j'en suis certaine, à sa manière typiquement quincyesque. Dieu que j'aime cet enfant. Au fait, que suis-je venue faire ici ? Ah oui, des courses pour la maison.

Nouveau tête-à-tête familial. C'est samedi soir et Quincy et moi sommes assis sur la causeuse en cuir rouge du séjour, le chien à nos pieds. J'aimerais qu'on nous prenne en photo. Nous regardons un documentaire sur la chaîne câblée Discovery, intitulé *Navires naufragés,* auquel je n'ai commencé à prêter attention qu'un quart d'heure après le début. J'ai proposé à Quincy de venir m'asseoir à côté de lui et il m'a répondu : « Bien sûr, maman. Mais je ne sais pas si tu es sado ou maso ! »

Sa remarque nous fait rire tous les deux parce que nous aimons jouer avec les mots et utiliser les expressions argotiques à la mode, ce qui nous permettra de compter parmi les familles les plus branchées, tendance et cool, qui aient jamais honoré de leur présence les banlieues chics. Enfin presque. Quincy jette la couverture afghane sur nos genoux, malgré la chaleur et les portes fenêtres ouvertes. Sur l'écran, des hommes que je suppose être des Australiens s'affairent sur un gigantesque bateau naviguant sur un océan indéterminé.

Je me renseigne : « C'est l'Australie ?
— Je n'en suis pas sûr, répond Quincy.
— Pourquoi ?
— Parce qu'ils ne l'ont pas dit.
— Ils ont dû le dire mais tu n'écoutais pas.
— J'ai écouté.
— Bon, alors, à ton avis, où sont-ils ?
— En mer. »

J'ai envie de lui répondre : Sans déconner, Quincy, tu es drôlement fortiche. Mais je ne m'y risquerais pas. « S'ils ont effectivement précisé leur position et que tu ne faisais pas attention, je te conseille de mieux te concentrer car dans deux semaines tu entres au lycée et ta faculté de concentration comptera énormément. Pour l'instant tu es incapable de répondre à une question toute simple. Mais tu sais quoi ?
— Quoi ?
— Je t'aime quand même, mon fils !
— Je t'aime aussi, maman. Mais si tu n'avais pas fait tout ce boucan dans la cuisine en mettant les casseroles dans le lave-vaisselle, j'aurais pu entendre où ils se trouvent ! » Et en disant cela, Quincy se redresse lentement mais fermement.

« Ils plongent pour trouver quoi, au fait ?
— Une épave de bateau ou un trésor, un truc de ce genre, répond-il en se laissant retomber avec un flop.

— Une épave ou un trésor ?
— Les deux.
— Ils approchent ?
— Ils ont déjà découvert des machins intéressants mais pas assez pour répondre à toutes leurs questions. Tu sais ce qui est vraiment super ? Ils n'ont pas l'équipement qu'il faut pour ce genre de plongée mais ils y vont quand même. Et puis devine quoi ? Il y a des requins.
— Tu veux dire que les requins risquent de les dévorer ou de les attaquer ?
— Exactement. »

J'observe l'équipage du bateau. Ils sont une douzaine. Uniquement des hommes. Tous blancs. Selon moi ils sont timbrés parce qu'il me suffit de les voir examiner leurs cartes et tracer leur route pour savoir que rien au monde ne me ferait plonger au milieu de l'océan dans l'espoir de dénicher un vieux rafiot qui *peut-être* recèle un trésor quelconque, pendant que des requins rôdent dans les parages et risquent de me manger toute crue. « Des Noirs ne partiraient pas à la recherche d'un navire englouti à moins d'être certains d'y trouver quelques milliards. Et même dans ce cas ils ne plongeraient pas avec des combinaisons inappropriées et incapables de résister aux dents des requins. Les Noirs n'aiment guère courir ce genre de dangers. »

Quincy hausse les épaules. « Mais, maman, pour ces types c'est très excitant, justement. Tu dois au moins leur accorder ça. »

Sa remarque me heurte parce que Quincy n'est manifestement pas aussi noir que je l'étais à son âge. En fait, nous devrions être en train de nous payer la tête de ces pauvres types, de les traiter de crétins et de vociférer devant la télé comme nous le faisions autrefois, quand j'étais gamine. Nous nous mettions la tête à l'envers au ras du sol pour regarder sous les jupes des dames qui dansaient le quadrille, les raillant parce qu'elles n'avaient aucun rythme et qu'elles étaient ridicules; pendant les films d'horreur, quand le monstre pourchassait la superbe blonde qui n'arrêtait pas de trébucher, nous hurlions comme des enragés: Relève-toi, espèce d'empotée! Et lorsque la même blonde n'allait pas assez vite ou cassait son talon aiguille, nous nous demandions ce qu'elle fabriquait en talons hauts à un pique-nique ou dans un camp de scouts. Ou encore lorsqu'elle tombait dans un trou, dans un fossé, ou qu'elle restait suspendue à une branche, nous nous levions en criant: Tue-la donc cette godiche! Vas-y, croque-la!

Aujourd'hui je reste assise là, sans me lever une seule fois, pas même pour aller aux toilettes, car je me suis promis ce soir de regarder l'émission en entier avec Quincy. Je m'y astreins régulièrement depuis mon retour de Jamaïque, tout au moins lorsque je suis en mesure de l'intercepter.

Le film s'achève. Bien entendu, les types ont fini par additionner deux et deux et ils ont établi, en se basant sur x, y et z, que le navire naufragé devait venir d'Arabie Saoudite et, ça alors! une fois étudiée la carte et retracée la route en sens inverse, que celle-ci mène droit de l'océan Indien à la mer d'Arabie! J'aurais pu le leur signaler avant, mais c'était très agréable de regarder la télé avec mon fils, lequel se tourne vers moi pour déclarer: «Tu sais, maman, j'aime bien quand on passe une soirée comme ça.» Je lui pose un baiser sur le front: «Moi aussi, Quin. Et ce n'est qu'un début.»

Il est prêt à bondir.

«Une minute, Quincy. Nous avons à parler.
— Encore? s'écrie-t-il en se laissant retomber.
— Encore.
— Qu'est-ce que j'ai fait?
— Rien.

— C'est une leçon de morale ?
— Non.
— Ça va prendre longtemps ?
— Je ne sais pas. Pourquoi ?
— Parce que *Ren et Stimpy* commence dans quelques minutes, et ensuite il y a *Are you afraid of the dark* ? Et puis j'aimerais bien rester jusqu'à onze heures et demie pour voir *The State*. Tu veux bien ?
— Le quoi ?
— Ça passe sur MTV.
— C'est aussi ridicule que *Beavis et Tête de con* ?
— Pas du tout. C'est marrant, je ne pensais pas que tu te souviendrais de ce mot.
— Je sais que tu es intelligent, Quincy, mais je préfère que tu t'abstiennes de me le prouver car je suis déjà impressionnée. Tu vois, au moment d'accoucher j'ai été généreuse. J'ai demandé au docteur de s'assurer que tu aies les meilleures cellules de mon cerveau et quelques-unes de celui ton papa, et apparemment tu lui as pompé presque tout son stock. Quoi qu'il en soit je reste convaincue que tu es plus intelligent que nous deux réunis, et dix fois plus brillant que tu ne le penses toi-même. Tu verras. Tu sais, quand j'étais petite, je jouais à un jeu.
— Quel genre de jeu ?
— J'essayais en permanence de m'étonner moi-même.
— Comment ?
— Eh bien, tout d'abord, je n'avais pas pour objectif de rester une demeurée. Je connaissais un tas de gens ignorants et je voulais être intelligente, assez intelligente pour mener une vie intéressante une fois adulte. Alors quand je suis entrée en première année de lycée, j'ai pris l'habitude de choisir une lettre par jour, par exemple le B, et de lire tout ce que je pouvais commençant par la lettre B dans l'encyclopédie.

J'entourais au crayon les mots que je ne connaissais pas dans le journal, je cherchais leur définition, puis je les insérais dans des phrases de ma composition que je remettais à ma mère en fin de semaine.

— Et ?

— Et me voilà hors sujet. Tu vois ce que tu me fais faire ! Je perds le fil.

— Ce n'est pas de ma faute, maman ! C'est une habitude chez toi.

— Quoi ?

— De commencer à parler d'une chose et de finir par une autre. Tu dois t'en tenir à ton sujet. C'est ce que j'ai appris en classe. Il faut s'en tenir à son sujet.

— D'accord. Bon. Quand Winston sera chez nous, certains voisins pourraient se montrer un peu curieux et chercher à savoir qui il est.

— Oui.

— Et ils pourraient ne pas comprendre.

— Ne pas comprendre quoi ?

— Eh bien, d'abord, il est beaucoup plus jeune que moi.

— Souviens-toi, maman. L'âge n'est rien…

— Je sais. Mais certaines personnes pensent différemment.

— Pas toi, hein ?

— J'essaie. Mais nos voisins sont des gens très normaux, qui pourraient ne pas bien saisir et vouloir te questionner sur Winston.

— Ce ne sont pas leurs oignons.

— En effet, mais on peut difficilement le leur dire en ces termes, parce que ce serait grossier.

— Quel genre de questions vont-ils poser à ton avis ?

— Qui est Winston, pour commencer.

— Et je devrai répondre quoi ?

— Je ne tiens pas à ce que tu mentes. Réponds que c'est un ami qui vient de Jamaïque.

317

— C'est la vérité.
— Oui. Et si on te demande combien de temps il reste, tu réponds qu'il va séjourner quelques semaines mais qu'il reviendra peut-être faire des études ici.
— Quelles études ?
— À l'université.
— C'est vrai ?
— Je ne sais pas, Quincy.
— C'est un mensonge, maman ?
— Non ! Et si jamais quelqu'un te demande où il dort, que répondras-tu ? »

Il hausse les épaules. Il ne sait quelle réponse j'attends de lui.

« Dis qu'il dort avec ta maman, et que c'est la raison pour laquelle elle est tellement épanouie et souriante, et qu'elle fredonne tout le temps.
— D'accord, je leur dirai ça, si c'est ce que tu veux.
— Je plaisante, Quincy. Je voulais vérifier que tu m'écoutais. Éteins ce truc, s'il te plaît. »

Il baisse le volume de la télévision.

« Personne n'a besoin de savoir où Winston dort, et si quelqu'un te pose la question, envoie-le-moi.
— Drôle de plan. »

Nous restons silencieux un moment. Je regarde quelques minutes de *Ren et Stimpy*. Ce sont deux petits chiens malades. Je pousse un soupir. « J'aimerais que Winston soit déjà là.
— Moi aussi, dit Quincy.
— Pourquoi ?
— Parce que j'aime bien son accent. Et puis tu as l'air beaucoup plus heureuse quand il est là. Et je parie qu'il aime jouer à la Sega et à la Super Nintendo. »

Moi je ne touche pas à cela.

Winston n'a pas donné signe de vie depuis quatre jours. Son silence me panique parce que maintenant que nous avons décidé de nous retrouver sur mes terres, mon domaine, mon territoire, l'idée me taraude que je suis peut-être la victime d'un coup monté. Il se peut que Winston soit un véritable gigolo, comme Richard Gere. Après tout, il est venu s'asseoir à une table voisine fort à propos, non ? Sans doute m'avait-il observée et avait repéré en moi l'Américaine d'âge mûr, seule, crédule et libérale, qui baverait à la vue d'un beau jeune homme. Peut-être a-t-il poussé son petit copain Norris à dérober ma fiche dans les dossiers de l'hôtel pour tout apprendre sur mon compte : montant du salaire, lieu de travail, train de vie. Donc il possédait peut-être déjà des tuyaux sur moi lorsqu'il me coulait ses sourires enjôleurs. En y réfléchissant maintenant, je pense qu'il s'est arrangé pour me suivre. Partout je le trouvais sur mon chemin. Et il s'est entiché de moi très vite. Trop vite. Personnellement, si une étrangère m'envoyait un billet d'avion, je voudrais tout savoir d'elle avant de m'embarquer sur ce foutu avion et m'envoler pour un autre pays. Winston doit avoir des accointances ici. Il pourrait aussi fort bien être un salopard de tueur en série. Quelles sont ses véritables motivations ? Ce n'est pas comme si j'allais devenir sa petite amie. Que cherche-t-il auprès d'une femme assez vieille pour être sa mère ?

Voilà que je recommence à délirer. Mieux vaut lui téléphoner, bien que je me retienne de l'appeler trop souvent pour éviter de le mettre sous pression. Je veux qu'il se sente à l'aise. Ces derniers temps je m'éveille en pleine nuit en me demandant si je lui ai véritablement expédié un billet d'avion, s'il va vraiment venir, et si bientôt, en me retournant dans mon lit, je le trouverai près de moi. Une petite bouffée d'excitation m'envahit à cette pensée mais, lorsqu'il répond au téléphone, je perçois une contrainte dans sa voix. Je le savais, je le savais, je le savais. Il ne vient pas. Je le devine à son intonation. C'était trop beau pour être vrai. Je le savais, je le savais, je le savais.

« Tout va bien, Winston ?
— Plus ou moins.
— Que se passe-t-il ?
— Mes parents me mènent la vie dure. »

Le mot « parents » me rappelle brutalement qu'il vivait encore chez eux juste avant de commencer ce travail. Et moi, depuis combien d'années je n'habite plus chez mes parents ?

« À propos de quoi ?
— De mon départ.
— Mais enfin, Winston, c'est un simple voyage. Tu n'émigres pas.
— Je sais.
— Que leur as-tu dit, exactement ?
— Que j'ai rencontré une femme que j'aime beaucoup, qu'elle est américaine, qu'elle m'a envoyé un billet d'avion, et que j'ai pris un congé pour aller lui rendre visite en Californie dans cinq semaines.
— As-tu précisé l'âge de ton amie ?
— Oui. Trente-quatre ans. »

J'éclate de rire, et il rit avec moi. « Tu as bien fait, Winston. » Je me sens vraiment soulagée car, s'il était mon fils, je me montrerais un peu sceptique quant à sa virée en Amérique chez une femme de quarante-deux ans avec qui il n'a passé que quelques jours. Sincèrement.

« Ils craignent que ce ne soit une sorte d'arnaque.
— Comment ça, une arnaque ?
— Ma mère ne comprend pas ce que tu vois en moi.
— Vraiment ?
— Oui. Elle dit que je n'ai rien à offrir, pas d'argent. Elle se demande ce que tu veux.
— Que lui as-tu répondu ?

— Je n'ai pas su quoi répondre.
— Tu ne le sais donc pas, Winston ?
— J'ai une petite idée.
— À ton avis, Winston, qu'est-ce que je veux ?
— Moi ?
— Tout juste. Mais je vais t'avouer quelque chose. Ce matin, je te voyais en tueur en série ! Moi aussi j'ai peur, Winston, et je me demande si tu ne t'attaches pas à moi pour des raisons intéressées et inavouées.
— Que pourrais-je obtenir de toi, Stella ?
— Je ne sais pas. Peut-être une carte de résident.
— Et comment devrais-je m'y prendre ?
— Peu importe, Winston. Veux-tu savoir ce que je vois en toi ?
— Ça m'aiderait sûrement.
— Tu veux réellement que je te le dise maintenant ?
— Oui. » Sa voix s'adoucit, se détend. Je retrouve le Winston que je connais.
« Eh bien, pour commencer, l'une des choses qui m'attirent en toi c'est la fraîcheur de ton regard.
— La fraîcheur ?
— Tu n'as pas vécu assez longtemps pour avoir une vision cynique et pervertie du monde, des gens, ou tout au moins des femmes. Le regard que tu portes sur les choses est neuf et il déteint sur moi. Avant, c'est ainsi que je voyais le monde, la vie, les gens. Tu ne crains pas l'avenir. Avec toi je recouvre ma virginité, si tu vois ce que je veux dire. Tu possèdes encore la faculté d'être fasciné et bouleversé. C'est réconfortant. Je suis heureuse de t'avoir rencontré, je suis même reconnaissante.
— C'est moi qui te suis reconnaissant, Stella. Tu es la seule personne avec qui je peux parler de tout. Tu ne mâches pas tes mots et je n'ai pas à feindre d'être ce que je ne suis pas. Avec toi je me sens bien

dans ma peau. Et puis tu me fais rire. Il y a très peu de gens qui me font rire, surtout les femmes.

— Je n'ai pas fini.
— Non ?
— Non. J'aime que tu ne t'angoisses pas à propos de tout, que tu sois encore peu sûr de toi mais en même temps pas tourmenté par l'incertitude. Et puis tu es beau. J'aime te regarder, habillé ou non. J'aime ta voix. Je te trouve sexy. J'aime ton sourire, ton rire, tes yeux noirs étincelants, tes sourcils épais, et ta bouche merveilleuse.
— J'ai toujours détesté ma bouche.
— Je sais. J'ai détesté la mienne. Mais regarde comment les choses évoluent. Ce qui était objet de raillerie pendant notre enfance, ces grosses lèvres, ces joues pleines, ces nez ronds, sont devenus nos meilleurs atouts.
— Tu crois ?
— Eh bien... »
Nous éclatons de rire.
« J'aime ta façon de m'embrasser, Winston. Personne ne m'a jamais embrassée aussi bien que toi.
— Je sais que c'est faux, Stella.
— Non, c'est la vérité. Et je n'ai pas terminé. J'aime ne pas savoir toujours ce que tu penses. Tu gardes certaines choses pour toi. Ce mystère me plaît.
— Vraiment ?
— Vraiment. Et j'aime que tu ne connaisses pas ton propre pouvoir.
— Quel pouvoir ?
— Tu vois bien !
— Tu as fini ?
— J'aime aussi ta façon de t'aventurer, même quand tu n'es pas certain de ce que tu veux.
— C'est parce que je ne suis pas persuadé de vouloir devenir cuisinier.

— Ce n'est pas grave, Winston. Crois-moi, s'il y a une époque dans ta vie où tu peux te permettre de prendre des risques et de commettre des erreurs c'est maintenant, quand tu as vingt ans, parce que tu as toujours la possibilité de changer d'avis et de prendre une autre orientation. Et le monde ne s'arrêtera pas si tu te trompes.

— Tu es la seule à me parler de cette façon, Stella.

— Il y a aussi une chose en toi qui m'échappe et qui me plaît, c'est ta faculté de fermer les yeux sur mon âge et de m'apprécier pour moi-même, non pour ce que je représente.

— Ton âge n'a aucune importance pour moi.

— Va expliquer ça à tes parents ! »

De nouveau nous éclatons de rire.

« Ils me tapent sur les nerfs. Je ne comprends pas pourquoi ils font tant d'histoires.

— Parce qu'ils sont tes parents, Winston. Ils t'aiment et ils ont le droit de se sentir concernés. Réjouis-toi qu'ils le soient. Mais la question essentielle est la suivante : quelle est ta plus grande peur ?

— À propos de ma venue chez toi ?

— Oui.

— Que tu m'aimes moins que tu ne le penses.

— Ah oui ?

— Oui.

— Eh bien laisse-moi te rassurer, Winston. Je n'arrive pas à dormir tellement je suis excitée.

— Bienvenue au club.

— Tu me manques énormément et je dois faire un effort tellement surhumain pour ne pas penser à toi que j'en arrive à l'admettre ouvertement.

— Et tes sœurs, Stella ? Comment vont-elles m'accueillir ?

— Angela est sur la même longueur d'ondes que tes parents mais, ne t'inquiète pas, tu ne passeras pas beaucoup de temps avec elle. Quant à Vanessa, elle a l'esprit large. Elle est très favorable et attend avec impatience de te connaître.

— Et Quincy ?

— Il est survolté. Il veut savoir si tu joueras à la Sega et à la Super Nintendo avec lui.

— Bien sûr, mais dis-lui que je ne suis pas très fort.

— Ce n'est pas grave. Ne te méprends pas, Winston. N'imagine surtout pas que j'attends de toi que tu te conduises comme son père. »

Il pouffe de rire. « Ce serait difficile alors que je n'ai que dix ans de plus que lui ! »

Cette fois c'est moi qui ris.

« Quand a lieu la rentrée des classes ? demande-t-il.

— Dans quelques semaines.

— Et comment Quincy va-t-il au lycée ?

— Je le conduis à l'arrêt de bus.

— Tu crois que je pourrai l'accompagner, de temps en temps ?

— Bien sûr, mais, Winston…

— Oui ?

— Tu as un permis de conduire ?

— Évidemment.

— Tu sais conduire à droite ?

— Oui. C'est comme la conduite à gauche.

— Tu as eu des interventions dentaires, ces derniers temps ?

— Je n'ai pas de caries, Stella. Pourquoi ces questions ?

— Des maladies graves ?

— Rien qui me vienne à l'esprit.

— As-tu jamais tué quelqu'un ?

— Seulement deux fois, mais j'ai purgé ma peine.

— Tant mieux.

— On a fait le tour, j'espère ?

— Une dernière question, Winston.

— Quoi, encore ?
— Tu es adroit de tes mains ?
— Pardon ?
— Es-tu bricoleur ?
— Je sais réparer *beaucoup* de choses.
— Cite-m'en deux.
— Seulement deux ?
— Disons trois.
— Les voitures, les bicyclettes, et à peu près tout ce qui bouge. Y compris toi.
— D'accord, petit malin.
— Cela veut dire que j'ai mon autorisation ?
— De ma part, oui. Pour tes parents, je ne sais pas.
— Je me charge d'eux.
— Que vas-tu leur dire, maintenant ?
— Rien de bien différent. Ils devront simplement accepter le fait qu'il s'agit de ma vie, que je suis un homme et que je fais ce que je veux. C'est tout.
— Ont-ils une chance de t'influencer ?
— J'en doute. J'atterrirai à l'aéroport de San Francisco le 13 septembre.
— Dans cinq longues semaines. Que vais-je devenir d'ici là ?
— Et moi ?
— Tu peux toujours faire de la broderie, du crochet ou du tricot.
— D'accord, Miss America. À bientôt au téléphone.
— Au revoir.
— Je t'aime, susurre-t-il d'une voix de crooner.
— Je t'aime. » Cette fois je le dis haut et clair.

19

C'est le week-end de la fête du Travail. Quincy et moi partons pour cinq jours au lac Tahoe. En vérité, je tue le temps, je compte les semaines et les jours avant l'arrivée de Winston, mais c'est aussi l'occasion pour moi de passer un moment privilégié seule avec mon fils, sans diversion, avant qu'il entame sa nouvelle vie en première année de lycée.

Phoenix, le chien, n'arrête pas de péter à l'arrière de la camionnette et je suis tentée de lui donner des pastilles de Pepto-Bismol. Il est capable de les avaler parce qu'il est stupide et mangerait n'importe quoi. Vanessa nous a suppliés de lui confier Dr Dre pour la grande fête de « panier papattes en rond » organisée par leur chat Milo, ce que nous avons accepté mais à la condition que les deux minous dorment dans des lits séparés. Notre plan de campagne se compose ainsi : jet-ski, pêche, rafting, et toutes autres activités pouvant se pratiquer sur l'eau, dans l'eau ou au bord de l'eau.

Premier jour. « Tu as envie de faire du jet-ski, aujourd'hui, Quincy ?

— Pas vraiment, maman. J'ai envie de grasse matinée.

— D'accord. »

Il dort jusqu'à midi.

« Tu as envie d'aller quelque part, Quincy ?

— Pas vraiment, maman. On peut louer des vidéos ?

— Bien sûr. »

Nous louons des films. Je vais à l'épicerie. J'achète des provisions. Je cuisine. Nous mangeons. Nous allons dormir.

Deuxième jour. Répétition du premier.

Troisième jour. Winston ne téléphone pas. Je lui ai donné le numéro la semaine dernière et il a promis de passer un coup de fil le samedi. Nous sommes dimanche. Pas question que je l'appelle. Je ne peux pas. Nous sommes encore trop près de l'ébauche de notre relation. Je cours avec le chien à mille huit cents mètres. Aujourd'hui l'altitude me coupe un peu le souffle mais je continue. Partout se dressent des sapins hauts de trente mètres, l'air est vif, on aperçoit de la neige sur plusieurs sommets. J'adore cet endroit. Je m'y sens débordante de santé.

Quincy et moi bouquinons sur le ponton pendant des heures. C'est le moment le plus paisible que nous ayons eu ensemble depuis au moins deux ans. Avant, j'avais l'habitude de m'allonger sur son lit pendant une heure, avant l'extinction des feux ou bien le samedi après-midi, et de lui lire des histoires. Puis, quand il a eu l'âge des vrais livres avec des chapitres, il lui arrivait de lire lui-même. Je l'observais, je regardais son corps qui semblait avoir poussé en quelques minutes, ses lèvres bougeaient, ses yeux dansaient sur la page et je pensais : Mon fils sait lire, il peut comprendre des choses, il fait des découvertes et bientôt il aura d'autres opinions sur le monde. Quand il sentait mon regard et mon sourire, il s'arrêtait de lire et levait les yeux, m'adressait un clin d'œil ou pouffait de rire, parce qu'il savait exactement ce qui me rendait si radieuse, et moi je restais allongée là et j'essayais de deviner combien de temps encore nous pourrions nous étendre côte à côte sur le lit et lire à voix haute, mon bras frottant contre son pyjama en coton. Systématiquement, il posait son livre et se déplaçait jusqu'à mes pieds, que je pressais bien à plat contre son torse et, lui tenant les mains, je le soulevais en l'air au-dessus de moi. Nous hurlions de rire et le jeu n'avait jamais de fin. D'autres fois, nous mettions un disque de Beethoven dont Quincy raffolait, et nous lisions nos livres respectifs en mangeant du pop-corn, lui avec un soda à la framboise, moi fraise-kiwi.

Aujourd'hui il est plongé dans le énième volume de la série « Chair de poule » de R.L. Stine, ce que je lui accorde parce qu'il a précédemment lu *Congo* de Michael Crichton, L'*Autobiographie de Malcolm X* de Alex Haley, *Roll of Thunder* et *Hear my Cry* de Mildred Taylor. En juin dernier, l'école nous a communiqué une liste de vingt-six livres parmi lesquels Quincy devait en choisir quatre pour l'été. Bien entendu je les ai *tous* achetés, et il m'a promis de les lire d'ici à Noël. « Ne les lis pas pour moi, lui ai-je dit, mais pour toi. »

Nous faisons la sieste. Puis nous allons au magasin de produits diététiques, où j'achète un nouveau lait pour le bain parce qu'il est naturel et qu'il sent bon. Au menu du dîner : repas mexicain. Mon estomac se rebelle mais nous enfermons le chien dans le garage en laissant une fenêtre entrebâillée et nous allons à Reno, où je gagne deux cent vingt-cinq dollars dans les machines à sous, pendant que Quincy, dans la salle de jeux vidéo à l'étage supérieur, s'amuse pendant deux heures au Killer Instinct. Après quoi nous rentrons à la maison et allons nous coucher. Aucun appel de Winston.

Quatrième jour. C'est la fête du Travail. Je me réveille avec des douleurs aiguës dans le côté, l'estomac gonflé, et des nausées. J'appelle Vanessa pour lui demander conseil, puisqu'elle travaille dans un hôpital et côtoie couramment la douleur et les souffrances.

« Comment sait-on si on a le cancer ?
— Quel type de cancer ?
— Tous.
— Pour le cancer du poumon, tu manques de souffle, tu tousses tout le temps et tu as la poitrine oppressée. Tu ressens ces symptômes ?
— Non.
— Ensuite il y a le cancer de la prostate.
— Passons sur celui-là.
— Bon. Pour le cancer du sein, tu as une boule dans le sein évidemment. »

J'en saisis un dans une main puis je me dis qu'il ne peut s'agir de cela puisque j'ai passé une mammographie au début de l'été qui s'est révélée négative.

« Dans le cas des autres cancers, on a des douleurs, parfois des saignements, ce genre de trucs. Pourquoi ces questions ?
— J'ai mal à l'estomac depuis hier et je me sens bizarre, comme si j'étais enceinte.
— Sois réaliste, Stella.
— Il est impossible que je sois enceinte. D'abord parce que j'ai eu mes règles en août, et ensuite parce que nous avons utilisé des préservatifs.
— Si tu as encore mal à ton retour, va consulter ton médecin et tire ça au clair.
— J'irai.
— Qu'est-ce que vous avez prévu, aujourd'hui ?
— Je ne sais pas. Peut-être du jet-ski.
— Amusez-vous bien. Tu sais ce que tu as, à mon avis ?
— Quoi ?
— Des gaz.
— Si j'avais des gaz, je le saurais, Vanessa.
— Tu es énervée par la venue de Winston, et il se peut que ce soit simplement le stress.

— D'accord. S'il s'avère que j'ai une maladie au stade terminal et que je meure avant l'arrivée de Winston, fais-moi penser à te remercier pour ton diagnostic.

— Salut, Stella. Rappelle-moi si tu penses ne pas survivre, d'accord ? Et n'oublie pas de me léguer ta BMW. »

Je raccroche.

« Maman, est-ce qu'un membre de notre famille est allergique au lactose ?

— Comment ?

— Y a-t-il un membre de notre famille qui ne supporte pas le lactose ?

— Je n'en sais rien. Pourquoi ?

— Comme ça. »

Il est allongé sur le canapé.

« Quincy, je vais descendre un instant aux urgences. J'ai des douleurs d'estomac et je voudrais savoir ce que c'est.

— Tu es malade ?

— Je crois, oui.

— Tu veux que je vienne ? Oui, je vais t'accompagner, dit-il en se redressant.

— Non, Quin. Reste ici. Je n'en ai pas pour longtemps. Ce n'est probablement rien.

— Tu en es sûre ? »

Je hoche la tête à plusieurs reprises avec conviction jusqu'à ce qu'il me croie.

Il y a trois heures que je suis là. On me rappelle que c'est un jour férié et que le service est surchargé. Un type entre, l'oreille en sang. Puis une jeune mère, qui a eu une crise d'épilepsie alors qu'elle se trouvait seule chez elle avec son bébé, lequel est pour l'instant dans les bras de sa grand-mère. Arrivent ensuite sur des brancards au moins quatre blessés ensanglantés que je n'ose pas regarder, victimes d'accidents de bateau. Je ne compte pas les crises cardiaques. Donc je patiente, allongée sur un lit, feuilletant magazine sur magazine, dans l'attente des résultats des examens que j'ai passés il y a deux heures.

Lorsque le rideau cachemire glisse enfin sur sa tringle et laisse apparaître le Dr Kildare, en blouse bleu pâle, qui me salue en examinant ma fiche, je me mets la main sur le cœur pour le maintenir en place. Je parviens néanmoins à répondre à son bonjour et il m'annonce : « Vous n'êtes pas enceinte et vos analyses sanguines sont parfaites.

— Aucun signe de cancer, alors ? »

Il me regarde en souriant. « Je crains que non. Désolé de vous décevoir.

— Ça ne fait rien.

— Je ne décèle rien d'anormal, mais j'enverrai ces résultats à votre médecin traitant. Laissez-moi vous poser une question, ajoute-t-il en consultant la fiche. Avez-vous subi un stress important, ces derniers temps, madame Payne ?

— Qui n'est pas stressé !

— Je parle d'une tension supplémentaire, ou exceptionnelle.

— Vous voulez la vérité ?

— Je préfère.

— Si l'on tient compte du fait que j'ai été licenciée, que je suis tombée amoureuse d'un Jamaïquain assez jeune pour être mon fils qui doit venir me rendre visite dans trois semaines, bien que je n'aie pas de ses nouvelles depuis une semaine, que par ailleurs l'une de mes sœurs me mène la vie dure à cause de cette histoire tandis que l'autre m'encourage, et que je me demande si je suis folle et comment je vais passer le reste de ma vie, je suppose que, en effet, on peut me considérer comme un peu stressée.

— Vous buvez du café ?
— Oui.
— Fort ?
— Très.
— Combien de tasses ?
— Trois.
— Réduisez à une.
— Par jour ?
— Le café est parfois très acide. Mais vous voulez savoir ce que je pense ?
— Un ulcère ?
— Non, répond-il avec un petit rire. L'anxiété. Les nerfs. Essayez de boire moins de café, d'expirer plus d'air que vous n'en inspirez, et de faire beaucoup d'exercice.
— J'en fais énormément.
— Vous avez essayé le yoga ?
— Le yoga ? »
Une seule phrase tourne dans ma tête : Je ne vais pas mourir, merci mon Dieu ! Mais quand j'entends le médecin me proposer le yoga comme remède plutôt qu'un médicament quelconque, je me dis : Pas de doute, on est en Californie.
« Non, je ne fais pas de yoga.
— Alors attendez que ça passe, comme tout le monde.
— C'est tout ?
— Vous devriez être contente.
— Oui, je suppose. »
C'est vrai, je suis contente de ne pas être mourante mais cette attente est infernale et malsaine.

Quand j'engage la voiture dans l'allée, Quincy et Phoenix flemmardent encore sur le ponton. Quincy se lève d'un bond et accourt jusqu'à la rampe. « Tu vas bien, maman ?
— Très bien, je lui crie par la fenêtre.

— Winston a téléphoné.
— Ah ?
— Oui.
— Qu'a-t-il dit ?
— Bonjour.
— Où lui as-tu dit que j'étais ?
— À l'hôpital.
— Pourquoi ?
— Parce que c'est la vérité, non ?
— Tu lui as expliqué la raison ?
— Je lui ai dit que tu avais mal à l'estomac.
— Il va rappeler ?
— Non, il attend ton coup de fil.
— D'accord. »
Je monte dans la chambre pour téléphoner et la première parole de Winston est : « Stella, tu vas bien ?
— Oui, ça va. J'avais mal à l'estomac mais il s'avère que c'est une simple indigestion ajoutée à l'anxiété.
— Nerveuse parce que je viens ?
— Évidemment que je suis nerveuse, *si* tu viens toujours.
— Ne t'inquiète pas, je serai là. Tu es certaine que tu te sens mieux ?
— Certaine.
— Excuse-moi mais le devoir m'appelle. Je voulais juste prendre de tes nouvelles et m'assurer que tu n'avais pas changé d'avis.
— Je trouve cette attente interminable.
— J'aimerais pouvoir venir plus tôt.
— C'est une chanson de Seal que j'entends ?
— Oui. C'est toi qui m'as envoyé le disque, tu te souviens ? Et c'est le seul que tu écoutais quand nous nous sommes rencontrés. Je n'en suis pas fou mais je le passe parce qu'il me fait penser à toi.
— Et moi, *tout* me fait penser à *toi*, dis-je en envoyant un baiser dans le téléphone.

— Je ne veux pas d'autre pense-bête que celui-là.
— Moi non plus, Winston.
— Il faut que tu saches quelque chose, Stella.
— Quoi ?
— Quand je serai là, je veux savoir jusqu'où nous voulons mener cette histoire.
— Explique-toi.
— Je n'ai jamais rien éprouvé de tel pour personne. Je me sens tout clair et léger à l'intérieur, et je veux savoir jusqu'où cela peut aller. Je veux te montrer à quel point je peux t'aimer. Tu comprends, Stella ?
— Je crois, oui.
— Comment exprimer ce que je ressens... Quand nous sommes ensemble il se passe quelque chose qui va au-delà de l'amour. C'est comme si nous avions la même intuition à propos des choses. Et je suis prêt à partir en exploration avec toi jusqu'au bout de la route. Ça te paraît bizarre ?
— Pas du tout, Winston. Pas du tout. Je pense que nous pouvons y réfléchir.
— Je suis sérieux, Stella.
— Moi aussi, Winston.
— Je ne viens pas chez toi pour jouer au papa et à la maman, m'amuser ou traîner dans les boîtes de nuit tous les soirs.
— Je pensais que tu aimerais aller danser.
— Je danse suffisamment à l'hôtel. Et puis il faut avoir vingt et un ans pour entrer dans les discothèques, non ?
— Oui, mais tu les as, alors ne t'inquiète pas.
— Pas encore.
— Quoi ?
— Je t'ai dit que j'allais avoir vingt et un ans.
— Quand ?
— Le mois prochain.
— Ô Seigneur. »

Il se met à rire. « Ne le dis pas, je sais. Je suis trop jeune pour toi.

— Silence, Winston. Je voulais seulement dire que nous devrons guincher dans le séjour.

— Ça m'est égal. Je viens pour être avec toi, pas avec tous les noctambules d'Amérique. Bon, tout se présente bien ?

— Je t'ai acheté une brosse à dents.

— Non !

— Si. Écossaise. Tu aimes l'écossais ?

— Pas tellement, mais si tu me l'as achetée je vais l'adorer.

— De quel côté du lit dors-tu ?

— À gauche.

— Zut. Moi aussi.

— Sur toi, alors.

— C'est tentant. Je vais essayer de trouver un moyen pour que tu te sentes le plus à l'aise possible. Qu'en penses-tu ?

— C'est parfait, Stella. Maintenant je dois te laisser si je veux encore avoir un travail quand je reviendrai. »

Nous nous disons au revoir selon notre manière habituelle, puis je m'assois sur la carpette, et lorsque le chien vient se poser sur mon pied droit je suis surprise de m'entendre gémir : « Winston, tu ne pourrais pas devenir cuisinier en Amérique ? »

20

Ne le fais pas venir ici, Stella.

— Ne te rends pas malade, Angela, dis-je dans le téléphone portable que je trimbale d'une pièce à l'autre coincé entre l'épaule et la joue, guettant la première occasion de raccrocher.

— Tu es certaine qu'il a un billet aller-retour ?

— C'est la seule chose dont je suis sûre, Angela. Tu devrais prendre un tranquillisant parce que tout le stress et le chagrin que t'inflige mon bonheur vont s'infiltrer dans ton système sanguin et infecter la poche des eaux. Et si plus tard tes bébés souffrent de troubles dus à un manque d'attention, s'ils deviennent hyperactifs et de vrais petits monstres – comme ces enfants qui piquent des crises de colère en public – tu seras la seule à blâmer.

— Où va-t-il dormir ?

— Dans le garage, avec Phoenix. À moins que je ne nettoie le cabanon et ne l'y enferme jusqu'à ce que j'aie besoin de lui pour la bagatelle.

— Que pense Quincy de sa venue ?

— Quincy est très enthousiaste.

— C'est ce qu'il prétend.

— Écoute, Angela, nous verrons bien. Maintenant, si ça ne t'ennuie pas, j'ai une tonne de courses à faire.

— Tu vas dépenser une fortune, et il n'est même pas encore arrivé !

— C'est mon argent, non ?
— La question n'est pas là. À propos, où en es-tu sur le plan professionnel ?
— Combien de fois devrai-je te le répéter ?
— Tu ne m'as encore rien dit.
— Je ne veux pas retravailler. Du moins pas dans une entreprise.
— Et comment comptes-tu gagner ta vie ?
— En vendant mon corps. Salut, Angela. S'il te plaît, rends-nous service, à tes bébés et à moi, cesse de regarder la télé pendant la journée. Surtout les débats sur les sujets de société, parce que les gens qui les animent ne savent pas de quoi ils parlent. Et à t'entendre on croirait un de ces petits prodiges des talk-shows. Suis mon conseil, Angela, vis ta vie et arrête de juger ceux qui n'ont pas peur d'improviser, qui ne vivent pas selon une règle conforme à ton image de jeune fille modèle, sinon tu finiras dans la peau d'une mère de famille qui a passé ses plus belles années enfermée chez elle à coudre des rideaux, faire des gâteaux et trimbaler les enfants en voiture. Et à cinquante ans tu essaieras de te rappeler à quoi tu t'occupais avant tes enfants, avant ton mari. Tu te demanderas pourquoi tu ne t'es pas servi de tes diplômes. Et le jour où il te faudra revenir à la réalité et chercher un travail ou une carrière perdue parce que ton mari se sera lassé de toi depuis longtemps et aura filé avec une femme toute neuve qui lui rappellera ce que tu étais *avant*, avant que tu lui colles l'étiquette "vendu" sur le front tu tâcheras de te souvenir des rêves que tu as mis au congélateur. Tu seras furieuse, amère, abattue et ahurie parce que tu n'auras rien vu venir, Angela. Tu pleureras toutes les larmes de ton corps en sortant du four tes biscuits au citron dont tu te demanderas pourquoi le foutu jaune a disparu. »

Là-dessus, je raccroche.

Je me dis que je n'entendrai plus parler d'elle avant un bout de temps, mais le téléphone resonne aussitôt. « Écoute, Angela, j'en ai assez de défendre…

— Ce n'est pas Angela, chérie », m'interrompt Leroy. Une voix surgie du passé ! Comme il fait grand jour, au moins il n'est pas encore ivre. Fidèle à son habitude, il appelle de son téléphone de voiture.

« Comment vas-tu, Leroy ?

— Je n'ai pas réussi à te joindre de l'été. Où étais-tu passée ? Tu vas bien ? Qu'est-ce que tu fabriques ?

— Tu sais à qui tu t'adresses, n'est-ce pas, Leroy ?

— Stella. Pourquoi je ne le saurais pas ?

— Oublions ça. J'ai un peu voyagé.

— Ah ! je vois. Où es-tu allée ?

— À la Jamaïque.

— À quel endroit en Jamaïque ?

— Negril.

— C'est vrai ce qu'on raconte sur les hommes de là-bas ?

— Seulement pour les jeunes. » Ma réponse devrait lui clouer le bec, à ce crétin grossier.

« D'accord, dit-il en se raclant la gorge. On se voit quand, nous deux, Stella ? J'ai beaucoup pensé à toi, tu sais.

— Ça t'a sûrement empêché de dormir.

— Non, sérieusement, tu me manques.

— Je suis assez occupée en ce moment, Leroy.

— Tu travailles dur ?

— Non. Je ne travaille pas du tout.

— Ce qui veut dire ?

— J'ai été virée.

— Tu as un avocat ?

— Non.

— Tu devrais prendre un bon conseiller, un spécialiste de la discrimination. J'en connais plusieurs que je peux te recommander.

— C'est déjà réglé.
— Où vas-tu ?
— Nulle part.
— Non, je veux dire dans quelle entreprise ? Il doit y en avoir beaucoup sur les rangs parce que dès que la nouvelle se répand elles te courent après comme les souris derrière le fromage.
— Je compte prendre une orientation différente.
— Quel genre ?
— Il se peut que je reprenne des études.
— Dans quel but ? Pas encore un autre diplôme, j'espère ? Tu en as déjà trois, il me semble.
— Quelques cours d'art plastique.
— Attends, attends. Ne me dis rien. Vitraux, poterie ? Tu rigoles, Stella !
— Non, ni les vitraux ni la poterie. Mais c'est une idée, j'y songerai. Bon, excuse-moi, Leroy, je dois te quitter.
— Pas encore.
— Je n'ai rien d'autre à ajouter.
— Si tu as besoin de références, d'une lettre de recommandation, n'importe quoi, tu sais que je connais tout le monde. Je peux t'aider.
— Merci, Leroy, mais seulement si tu connais quelqu'un qui peut vouloir acheter du mobilier.
— Moi. Tout dépend de ce que c'est.
— C'est le genre de meubles qu'on ne voit pas chez Macy's ni même chez Levitz, ton magasin préféré.
— Quand se voit-on, Stella ? Tu me manques. Il y a au moins cinq mois que je n'ai pas caressé ta peau de velours.
— Du calme, Leroy. J'ai rencontré quelqu'un.
— Oh, merde. Je me demandais quand ça arriverait.
— Eh bien c'est arrivé.
— Tu es heureuse ?

— Je vais l'être.
— Ce qui signifie ?
— Oui, Leroy, je suis heureuse.
— Bon. Je suis content pour toi, Stella.
— Merci, Leroy.
— Fais-moi savoir quand je pourrai voir ces fameux meubles, d'accord ? Ma femme adore les trucs originaux. Alors autant aider une amie. À bientôt. Sois sage et donne de tes nouvelles. »

Si, en surface Leroy, est un doberman, à l'intérieur il est resté un petit chat. Et si sa femme faisait claquer son fouet de temps en temps, il serait parfait.

Quel exercice préfères-tu, Stella ? Cercles de jambes ou pliés en avant ? » s'enquiert Krystal. Nous sommes dans ma salle d'entraînement. Je regarde par la fenêtre.

« Ça m'est égal.
— Pliés en avant, alors. Prends les poids de deux kilos cinq. »

Je ramasse les poids violets. Krystal m'a sauvé la vie. Grâce à elle je n'ai pas grossi après avoir arrêté de fumer, ce que je redoutais, mais ce n'est pas la seule raison qui m'a poussée à m'entraîner avec elle. Je suis paresseuse de nature et Krystal me motive. Ensemble nous discutons de tout et, bien entendu, elle est au courant pour Winston. Elle trouve l'aventure super, selon son expression, mais garde certaines réserves qu'elle s'applique à masquer parce qu'elle croit qu'il faut toujours tenter une expérience avant d'abandonner, mais sans toutefois perdre de vue les buts que l'on s'est fixés dans la vie, lesquels peuvent se révéler en contradiction avec l'action engagée. Krystal a trente-quatre ans et elle est mariée depuis cinq ans avec un type adorable. Elle est heureuse, toujours amoureuse de son mari qui, si j'en crois ce que j'ai vu, est également très mordu. Contrairement à certains profs de gym particuliers, Krystal possède une maîtrise de physiologie et s'est qualifiée pour participer à la course du deux cents mètres aux jeux Olympiques, l'année prochaine.

Nous enchaînons deux séries de quinze. Je suis en nage. Pas elle.

« Alors, tu es excitée ?
— Évidemment.
— Est-ce qu'Angela s'est un peu calmée ?
— Non. J'ai dû me mettre en colère.
— À ta place je ne serais pas trop dure avec elle. Après tout ce n'est pas une situation si courante. C'est ta sœur, elle t'aime, et je crois qu'elle s'inquiète tout simplement.
— Je sais. » Je déploie mon tapis bleu et fixe les poids à mes chevilles. Je m'agenouille, paumes à plat sur le sol, puis je soulève le genou gauche en l'air, le baisse, le lève encore, jusqu'à ce que je le sente tirer sur mon muscle fessier, ce qui est le but recherché. « Mais je n'ai pas besoin du consentement d'Angela, Krystal. Je suis une adulte et j'aimerais qu'elle me reconnaisse le mérite de savoir ce que je fais.
— Je comprends très bien, dit Krystal. Tu as compté ?
— Quinze. » Je mens.

« Disons la moitié. Encore quinze. En tout cas, il est clair que ce garçon te plaît. Je trouve fantastique que tu lui aies envoyé un billet, et terrifiant qu'il vienne. C'est une sorte d'aventure dont vous savez, ou supposez, l'un et l'autre qu'elle ne va probablement pas vous conduire au mariage ni durer toujours. Donc tout est bien. Jambe droite.
— C'est juste. »

Mais l'amour toujours, dans tout ça ? Quand on réfléchit bien, c'est combien de temps toujours ?

Pourquoi ne peut-on simplement tomber amoureux, s'aimer aussi fort qu'on en est capable et voir ce qui arrive, voir jusqu'où on peut aller, à quel niveau de compréhension, de passion, de compassion, de sincérité et d'espoir on peut atteindre ? Comment progresser si l'on se croit déjà arrivés au bout ? La vie n'est-elle pas censée être évolutive, dynamique ? N'est-ce pas justement une des raisons de l'ennui qui nous gagne, car une fois l'appartement en terrasse atteint on se croit au sommet, mais au-dessus il y a encore un jardin sur le toit, et si l'on continue il y a les nuages, et ensuite l'immense inconnu.

C'est exactement ce qui s'est produit lorsque je me suis mariée et je n'ai nulle envie de remettre ça. Non. Pas question. Impossible. Je ne veux pas recommencer. De plus, je ne suis pas une personne ennuyeuse, de cela au moins je suis sûre. Je m'ennuie rarement avec moi-même, je déteste l'idée d'être une raseuse, et je n'ai nullement l'intention de barber Winston. J'espère qu'il le comprend. J'espère et je crois qu'il sait que ce que nous explorons c'est la courbe, la circonférence, la chaleur, la profondeur du terrain, afin de vivre notre vie en trois dimensions et d'en percevoir toute l'intensité. Que nous voulons sauter, que nous nous lançons à notre propre poursuite, que nous voulons nous étaler nous-mêmes en fines couches et fendre les couches parce que quelque part, dans tout cet inconnu, sous le voile de dureté, de douleur et de tout ce qui blesse, il se trouve quelque chose de doux, de souple, d'étouffé, et que nous savons comment l'atteindre, comment y pénétrer petit à petit, car nous avons déjà commencé.

« Prête pour les étirements ? demande Krystal.
— Avec plaisir. » Nous éclatons de rire.
Une fois terminé le haut du corps, Krystal reprend : « En tout cas une chose est sûre. Winston ne risque

pas de trouver beaucoup de femmes de quarante-deux ans aussi en forme que toi.
— C'est pourquoi il garde le contact, dis-je en faisant quelques étirements tranquilles.
— Conclusion ?
— Pardon ?
— Si ça te fait du bien, n'hésite pas. Écoute ton cœur, ta tête, et ignore ce que disent les autres. C'est ta vie, Stella. Personne ne peut la mener mieux que toi. Bon, on se revoit mercredi ?
— Avec plaisir », je répète.

Quincy descend l'escalier, beau et luisant comme un sou neuf. En fait il porte son nouveau bermuda écossais qui lui arrive aux genoux, un tee-shirt marron foncé de golf que j'avais caché dans le tiroir, des baskets gris et marron, et il embaume tellement qu'il a dû s'asperger avec tout l'échantillon gratuit d'eau de toilette *Tommy Hilfiger*. Ses cheveux ont maintenant un bon centimètre et ils sont très épais, noirs et frisés. Depuis notre voyage à San Diego où il a vu les dreadlocks naissantes de Tiger, il a décidé que le moins qu'il pouvait faire était de se laisser pousser une coiffure afro. Je suis tout à fait pour. Il me semble qu'il n'y a pas si longtemps, moi aussi j'étais coiffée afro. Certaines choses se répètent.

« Tu es drôlement chicos !
— Merci, maman, dit-il en laissant tomber son sac à dos sur le sol.
— Et coordonné avec ça !
— Maman, je coordonne mes vêtements depuis au moins quatre mois.
— C'est faux, Quincy, et tu le sais. La semaine dernière encore tu arborais trois motifs différents : imprimé, rayures et écossais, sans compter le nombre de couleurs que cela suppose, et le tout sur ton fragile petit corps. Alors permets-moi de te

contredire, mon vieux, parce que *ça* c'est la vérité.

— Maintenant je sais coordonner.

— Tu es en bonne voie. Et tu sens très bon.

— Merci, maman.

— Mais... il suffit d'une goutte derrière les oreilles, peut-être un nuage dans le cou et une larme sur chaque poignet, c'est tout.

— Quand j'ai retiré le petit bouchon en plastique, tout a giclé sur moi. C'est ça que tu sens. Ce qui a giclé. Pas ce que je me suis mis dans le cou et sous les bras. Tiens, sens », dit-il en levant un bras.

J'inspire une bouffée. Peut-être un jour sera-t-il capable de faire la synthèse.

Je vais dans la cuisine sortir les biscuits du four et en pose deux sur la table à côté d'une assiette de gruau de maïs, quelques tranches de melon et un verre de jus de pomme, et je m'assois pour regarder mon fils manger. Nous prenons toujours notre petit déjeuner ensemble, du moins quand il va à l'école.

— Tu es nerveux ?

— Bien sûr. Tu ne le serais pas si c'était ton premier jour de lycée et que tu allais dans une école toute neuve ? Réfléchis.

— Ne fais pas le malin, d'accord ?

— Pardon. Je plaisantais.

— Eh bien, mets un bémol s'il te plaît.

— Et toi, tu es nerveuse ?

— À quel propos ?

— Winston arrive bientôt, non ?

— Oui. Et oui je suis nerveuse.

— Tu l'aimes ?

— Comment ?

— Est-ce que tu l'aimes ?

— Pourquoi cette question ?

— Tu l'aimes beaucoup, il vient nous rendre visite, il va dormir avec toi, vous allez coucher ensemble, sûrement souvent, donc je me posais la question, c'est tout.

— J'aime beaucoup de choses en lui, oui.

— Tu l'épouserais s'il te le proposait ?

— Je ne crois pas.

— Pourquoi non ?

— Je ne veux pas... Je n'ai pas songé à me remarier, Quincy. Et puis Winston vient seulement en visite.

— Oui, mais s'il t'aime vraiment bien et que toi aussi tu l'aimes bien et que tu ne veux pas qu'il retourne à la Jamaïque ?

— Je n'ai pas pensé à ça.

— Tu devrais, maman. Tu devrais.

— Et toi, que ferais-tu s'il voulait rester ?

— Je deviendrais son copain. Dis, maman, quel effet ça fait d'aimer ?

— Toi, je vois que tu n'as pas encore eu ton café ! Laisse-moi réfléchir une minute. Aimer c'est un peu comme s'il y avait une lumière chaude et brillante qui brûlait en toi. Elle te parcourt le corps tout entier et te donne des frissons.

— C'est tout ? Je ressens la même chose quand je fais du roller.

— Ce n'est qu'un exemple.

— Tu peux m'en donner un meilleur ?

— Imagine ce que tu éprouves quand tu surfes sur la neige.

— J'imagine.

— Tu sens cette bouffée de plaisir ?

— Oui, dit Quincy. C'est comme en roller.

— La vérité c'est que c'est horriblement dur à expliquer. Disons plus simplement qu'aimer c'est se sentir bien auprès d'une personne.

— Comme qui ?

— Bon, je vois que cet exemple n'est pas meilleur.

— Essaie quand même.

— Imagine que tu n'as pas mangé de la journée et que tu rêves d'un McNuggets, un filet de poisson avec du rab de sauce tartare, un cornet de frites géant et un Sprite. Tu sais ce que tu ressens quand tu avales la première bouchée ?

— Tu parles !

— Eh bien c'est l'effet que me fait Winston.

— Ouah ! C'est drôlement profond, maman. Excellente métaphore. Tu devrais peut-être essayer de devenir écrivain.

— Merci pour le conseil. En tout cas, sache que l'amour qu'éprouvent l'un pour l'autre un homme et une femme est différent de celui que des parents éprouvent pour un enfant.

— Différent en quoi ?

— Eh bien disons que je me sens protectrice à ton égard. Tout ce qui t'arrive me touche.

— Pas avec Winston ?

— Heu... si. Mais laisse-moi terminer. Quand des adultes s'aiment vraiment ils s'embrassent, s'étreignent, se touchent, et ils font l'amour, qui est une expression beaucoup plus appropriée que "coucher". Mais ils partagent aussi toutes sortes de choses, leurs sentiments, leurs peurs, leurs espoirs, leurs rêves, leurs frustrations même, et ensemble ils se sentent en sécurité et détendus, parce qu'ils savent qu'ils peuvent compter l'un sur l'autre.

— Tu peux compter sur moi, remarque Quincy avec un clin d'œil.

— Je sais, Quin. Mais tu saisis la différence, non ?

— Bien sûr, maman. Avec Winston tu es romantique, avec moi tu es affectueuse, mais tu te sens bien avec les deux. Qu'est-ce que tu en dis ?

— Parfait. Excellent. En tout cas tu ne dois jamais croire que j'aurai moins d'amour à te donner si j'aime Winston ou quelqu'un d'autre.

— J'ai l'air inquiet ?

— Je suis stupide. Maintenant dépêche-toi de terminer ton déjeuner sinon tu vas manquer le bus.

— Merci pour tes explications, maman. Moi aussi je t'aime.

Je sors de la douche et m'observe dans le miroir. En me frictionnant le corps de lotion tonique il me semble voir des poils gris partout, et je me demande si Winston saura vraiment assumer cela, s'il saura me regarder et se dire que je suis belle, point, et non pas seulement que je suis belle pour mon âge. Car j'ai bel et bien quarante-deux ans, et j'aimerais qu'il existe un moyen de les conserver pendant les vingt-deux prochaines années, de façon que Winston puisse me rattraper et que nous ayons le même âge en même temps. Non, c'est faux. Je suis fière d'avoir quarante-deux ans et j'attends d'en avoir cinquante-deux, puis soixante-deux, et ainsi de suite, en outre je ne suis pas certaine que j'éprouverais les mêmes sentiments pour Winston s'il avait mon âge. Si je veux être tout à fait honnête avec moi-même, je dois admettre qu'une partie de mon attirance pour lui tient au fait qu'il n'est pas un homme que je devrais normalement désirer ni avoir. Mais jusqu'à présent les dés ont roulé en ma faveur. Pas vrai, Stella ?

Il me faut une éternité pour m'habiller. Je ne sais pas quoi me mettre. Que porte-t-on pour se rendre à l'aéroport chercher l'homme que l'on aime ? Je reste plantée pendant vingt minutes devant la penderie à essayer des jupes, des pantalons, des tailleurs, des shorts, des tee-shirts, puis à les ranger sur leurs cintres respectifs. En fin de compte j'opte pour un jean et un maillot très ajusté en coton et fibre élastique couleur lavande, sur lequel j'enfile un blazer d'homme en lin vert menthe. De simples anneaux d'argent aux oreilles. Pas de maquillage, hormis une touche de rouge à lèvres et un trait de crayon pour

souligner le coin de mes yeux. Je m'inspecte dans le miroir pour m'assurer du résultat : je me trouve pas mal, agréable à regarder, l'air sympathique, mais je ne sais pas si j'aurais envie de me sauter au cou pour m'embrasser. Peut-être devrais-je ajouter un peu de maquillage ? Non, décidément non, je ne veux pas paraître enjolivée. D'ailleurs je suis une femme, pas un ornement.

Je m'apprête à faire un pas vers la chambre de Quincy lorsque je me rappelle qu'il passe la nuit chez Vanessa et Chantel, sur l'insistance de Vanessa bien sûr. « Ma grande, inutile que ton fils vienne coller son oreille à la porte de ta chambre ou surgisse en se plaignant d'un petit bobo pour attirer ton attention. Vous devez profiter de cette première soirée de lune de miel. Je viendrai chercher le petit à six heures. » Je suis reconnaissante à Vanessa mais en même temps j'ai peur. Quincy est un pare-chocs formidable, un briseur de silence formidable, bref il est formidable en toutes occasions.

Je me suis mise en quatre pour rendre la maison impeccable. Je suis retournée à la jardinerie acheter deux nouvelles plantes vertes immenses. J'ai aussi acheté des serviettes de toilette neuves très épaisses et colorées, que j'ai rangées en pile à côté de sa brosse à dents écossaise. J'ai enlevé certains vêtements de la penderie pour lui ménager de la place. Idem pour les chaussures. Quant à mon tiroir de tenues de sport, il est nettoyé, vidé. Dans l'armoire de toilette, j'ai débarrassé toute la tablette du bas à son intention. J'ai le souffle court, mais à part ça tout va bien. Je suis juste un peu énervée, effrayée, anxieuse. Je voudrais pouvoir aller en avion à l'aéroport et happer Winston sur la piste pour revenir ici, afin d'éviter l'heure de trajet sur l'autoroute et ce pont interminable, le parking de l'aéroport, et tout ce chemin jusqu'à la porte d'arrivée, où mon cœur tambourinera comme un fou jusqu'à ce qu'il apparaisse.

Je me trouve devant la porte 38 et mon calme m'étonne. Le trajet s'est passé sans anicroches et je n'ai roulé qu'à cent vingt. J'ai eu l'impression de flotter. En fait j'éprouve la même sensation qu'en plongeant avec un masque et un tuba. Je ne comprends pas pourquoi je ne rebondis pas contre les murs. Pourquoi je ne suis pas une loque aux nerfs démolis. Pourquoi je n'entends pas siffler ou bourdonner mes oreilles. Enfin quoi, cet homme va descendre de l'avion et entrer dans ma vie, et même si cela ne dure que trois semaines toute mon existence risque d'en être bouleversée. Mais je m'aperçois que mon existence a *déjà* été bouleversée et, quel que soit le temps que Winston séjourne ici, quoi qu'il advienne ou n'advienne pas, j'ai déjà découvert que les choses ont une autre face, pure et bienfaisante, qui attend qu'on la remarque, qui est gratuite mais que l'on ne trouve qu'en payant un prix élevé. Quand on l'atteint, quand on y arrive, on découvre que l'on est encore capable de sauter, de galoper, de survivre à un deuil, à une souffrance, à un chagrin d'amour, qu'il est possible d'être réparé, remis à neuf, restauré, sans comprendre pourquoi ni comment c'est arrivé, que l'on peut d'un clin d'œil accepter d'être absolument et indubitablement une version renouvelée et améliorée de soi-même, et que, quoi qu'il arrive désormais, on ne se trompera plus de place, on ne s'égarera plus, on ne reviendra plus en arrière, on ne laissera plus la poussière s'entasser, s'amasser, s'installer sur son cœur. Ça non alors, plus jamais.

Je tamponne mes lèvres, ravie d'avoir mis un rouge mat et non brillant. Je ne sais pas trop ce que je vais dire à Winston, bien que j'aie répété nos retrouvailles en rêve un bon millier de fois. Il existe tellement de façons différentes de dire : Salut, Winston ! ou : Bonjour, Winston ! ou : Enfin te voilà, Winston ! ou : Je suis ravie de te voir, Winston ! ou : Bienvenue à toi, Winston ! ou : Tu as fait bon voyage, Winston ?

Je me demande s'il va m'embrasser devant tout le monde. Moi je ne l'embrasserai pas. Ce serait un peu provocateur et je ne veux pas le gêner. Mais peut-être que si je me dresse sur la pointe des pieds pour lui faire un baiser amical les gens le prendront pour mon fils et nous échangerons un vrai baiser une fois dans la voiture. J'espère qu'il aura aussi belle allure qu'à la Jamaïque, mais bizarrement aucune image de lui ne me vient à l'esprit, c'est comme un écran vide et gris. Je ne comprends pas ce qui se passe. Je me tourne vers la fenêtre et tout à coup j'entends sa voix. « Bonjour, Stella. » Je fais volte-face et il est là, si grand et si beau, il s'approche et je sens son parfum, mes épaules s'affaissent, et quand il me prend dans ses bras j'éprouve un immense soulagement de le voir bien vivant, et non plus irréel comme une image de film, et je l'enlace et je le serre contre moi parce que je veux qu'il sache à quel point je suis heureuse de le toucher, de sentir son odeur. Il baisse les yeux et dit : « Enfin je suis là », puis il presse ses lèvres chaudes sur les miennes. Je les aspire, aussi longtemps que je le peux, puis je m'écarte et je dis : « Bienvenue en Amérique, Winston. » Il relâche sa respiration, passe un bras autour de mes épaules, et nous fendons la foule qui nous regarde. Arrivés dans la salle de réception des bagages, nous sommes tellement occupés à rire, à nous bécoter, à nous étreindre, à nous tenir les mains, à nous dévorer des yeux, comme pour nous assurer que nous ne rêvons pas, que c'est seulement en découvrant brusquement qu'il n'y a personne autour de nous que nous prenons conscience que nous sommes devant le mauvais tapis roulant. Mais qu'importe. Nous ne bougeons pas, sauf pour nous enlacer plus étroitement. Cette fois je suis sûre qu'il est bien là. Que je suis là. Que je suis heureuse. Et que nous rentrons à la maison.

21

« Tu veux conduire, Winston ?
— Ne me persécute pas déjà, Stella. »
Il rougit. Je souris. « Je plaisantais. » Il le sait, bien sûr. Il range ses deux valises dans le coffre et remarque : « Jolie voiture. Le noir est ma couleur préférée. C'est quel modèle de BMW ?
— M-5.
— Une voiture de course, non ?
— Oui. »
Il hoche la tête et s'assoit. Ses jambes sont plus longues que dans mon souvenir, mais il faut dire que je ne suis jamais montée dans une voiture avec lui. Je le regarde chercher la manette pour reculer le siège. Puis il reprend : « Tu ne m'avais pas dit que tu faisais aussi des courses de dragster.
— Aurais-je omis ce petit détail ?
— Je ne me souviens pas de te l'avoir entendu mentionner.
— Disons que j'aime la vitesse.
— Je le sais déjà.
— Ça te pose un problème ?
— Aucun. »
J'enclenche la marche arrière.
« Dois-je m'attendre à ce ton railleur pendant les trois semaines à venir, Winston ?
— J'en ai peur. Ça te pose un problème ?

— Aucun », dis-je en essayant d'effacer le sourire satisfait que je sens s'étirer sur mon visage. « Pas le moindre. »

Winston vibre d'excitation tandis que nous fonçons sur l'autoroute et que je commente l'itinéraire et le paysage. Je lui montre Candlestick Park, l'océan Pacifique, le brouillard, le centre de San Francisco (notamment l'immeuble pyramide), je lui explique combien mesure le Bay Bridge et pourquoi il y a un péage, après lequel nous passons à Oakland. Je lui dis qu'il a hérité d'un guide particulier et gratuit et que je répondrai à toutes ses questions, mais il remarque simplement : « Pour l'instant j'essaie de tout voir, ne t'occupe pas de moi. » Alors je dis : « Ha ! » et il répète : « Ah ! » en se calant dans son siège jusqu'à la sortie de l'autoroute. Quand enfin nous arrivons dans mon quartier, je lui signale l'épicerie. « Voilà l'endroit où tu passeras une grande partie de ton temps libre pour faire les provisions de la maison pendant les trois semaines à venir. Étant donné que tu vas préparer tous les repas, petit déjeuner, déjeuner et dîner, tu auras besoin de connaître le chemin, alors fais bien attention. »

J'ai l'impression qu'il prend vraiment ses repères.

« Et voici la pompe à essence et le McDonald's. Les cinémas sont juste là. En face il y a une station de lavage de voitures dont tu n'auras pas besoin car j'ai d'excellents chiffons à la maison dont tu pourras te servir. Ici c'est la teinturerie, là le vidéoclub, mais tu n'auras guère le temps de regarder des films à la maison, à moins que nous n'en soyons les vedettes bien sûr. Ici c'est le marchand de pizzas, et là-bas la quincaillerie, que tu fréquenteras sans doute assidûment. Nous t'accorderons peut-être ton vendredi libre, en cas de bonne conduite. »

Winston continue de hocher la tête et d'arborer un sourire rayonnant.

Quand je bifurque dans ma rue, il s'exclame : « Ce n'est pas possible, Stella ! Tu me fais marcher.

— À quel propos ?

— Tu n'habites pas dans ce quartier !

— Ce n'est jamais qu'un pâté de maisons.

— Mais quelles maisons ! Ce sont de vrais châteaux !

— Tu veux voir des châteaux ? Je t'en montrerai. Ces maisons-là en sont loin, je t'assure. De toute façon, ne t'inquiète pas, si je ne trouve pas un moyen d'existence d'ici à douze mois, la mienne sera à vendre et nous devrons déménager dans les cités.

— Les cités ?

— Tu n'en as jamais entendu parler ?

— Non.

— Ce sont des logements où l'on habite quand on est à court d'argent, ou complètement fauché. Ce n'est pas particulièrement confortable ni luxueux et on n'a pas franchement envie d'y élever ses enfants. En général, les cités sont situées en plein quartier noir.

— Si je comprends bien, c'est loin d'ici.

— Oui, mais je pourrai t'y conduire.

— Je me plairai très bien ici. Et je crois savoir à quoi ressemblent tes cités. C'est le ghetto noir. Nous en avons des tas à Kingston. »

Je me gare devant la maison, sorte de bâtisse contemporaine blanche de style méditerranéen avec un toit en tuiles d'argile gris sombre. Winston hoche de nouveau la tête. Ma Land Cruiser blanche stationne dans l'allée.

« Elle est à *toi* ?

— Dans ce pays, chaque femme a besoin de sa camionnette. Viens. Je vais te montrer tes appartements. »

Visiblement Winston est subjugué par ce qu'il découvre. Je suppose – et j'essaie de ne pas l'oublier – que, venant de la Jamaïque, même s'il a vécu dans une jolie maison dotée de tout le confort, il n'est pas habitué à une villa telle que celle-ci, bien qu'à mon avis elle ne mérite pas que l'on en fasse toute une affaire. De la cuisine, Winston observe dans la salle de séjour une table en érable tacheté délavé, cuivre et acier, avec des courbes, des angles, des inclinaisons, dont j'admets qu'elle a une forme assez bizarre.

« Ouah ! Où as-tu trouvé une table pareille ?

— Je l'ai dessinée il y a une dizaine d'années.

— Tu veux dire que tu l'as conçue, dit-il, sans véritablement poser la question.

— Oui. Et je l'ai fait fabriquer.

— Tu es sérieuse ?

— Absolument.

— Mais, Stella, tu disais que tu réalisais des meubles par-ci, par-là, sans plus.

— C'est la vérité.

— Oui, mais ce n'est pas n'importe quel mobilier, pas au sens ordinaire du terme. C'est de la sculpture, un objet d'art. Tu ne penses pas ?

— Je considère le mobilier comme de la sculpture fonctionnelle s'il atteint réellement son objectif, qui est de remplir une fonction. S'il peut aussi apporter une touche de beauté ou d'originalité à une pièce, pourquoi pas ? La plupart du temps, les meubles sont ennuyeux alors qu'ils devraient davantage être comme de la musique. En tout cas c'est l'idée qui m'animait quand j'ai conçu celui-ci. »

Il s'approche d'une petite banquette faite de bandes de daim, de toile à sac et de cuir, et dit : « On dirait un objet vivant.

— C'est l'une des rares pièces que j'ai réalisées moi-même. La plupart des autres, je me suis contentée de les dessiner et de les faire fabriquer.

— Tu ne m'as jamais révélé ce talent caché. Pourquoi tant de modestie ? Pourquoi ne m'en as-tu pas dit davantage ?

— Que voulais-tu que je dise ? »

Il pousse un grognement en me jetant un drôle de regard, mais il est évident que nous reprendrons cette conversation. Je suis ravie qu'il apprécie mes réalisations, et ravie de redécouvrir ce qui me donne du plaisir, ce qui m'a permis de prendre suffisamment de recul pour observer avec attention les choses qui m'entourent. J'ai choisi le métal, le bois, la peinture et le tissu comme moyens d'expression parce que je suis attirée par la texture des objets, j'aime créer l'harmonie là où elle manque, rendre possible l'impossible, révoquer l'irrévocable. C'est par ce processus que je peux m'abandonner, me livrer, être qui je suis et ce que je suis là où je suis. Je ferme très fort les yeux puis les rouvre, et je peux tout embrasser du regard et *voir* ce que j'ai rêvé, *sentir* ce que j'ai rêvé, en avoir une preuve tangible.

Winston s'est promené dans mon rêve et il vient juste d'en émerger. « Cette maison est fascinante, dit-il en baissant les yeux. En quelle matière est le sol ?

— En ciment.

— Du ciment ! À l'intérieur d'une maison. Et ça ne ressemble même pas à un trottoir ! »

Je l'entraîne dans une visite guidée et lui explique tout ce qui mérite de l'être. Dans la chambre, il est un peu saisi parce que c'est l'une des pièces les plus fraîches de la maison (je me demande pourquoi).

« Nous dormons ici ?

— Eh bien... tu peux occuper la chambre d'ami au bout du couloir avec la banquette-lit, ou bien dormir dans le nid d'amour près du garage. Tu le vois, là-bas ? Choisis l'endroit où te sentiras le plus à l'aise, mon chéri.

— Je reste ici. Avec toi. C'est quoi, le nid d'amour ?

— Un cabanon où on logeait les invités autrefois.
— Et maintenant ?
— Rien.
— Comment ça, rien ?
— C'est un vrai capharnaüm. J'y remise les vieilleries.

— Tu permets ? » Il sort dans le jardin. Je le suis. Nous passons la tête dans la petite bâtisse en stuc, qui n'est pas en si mauvais état, mais simplement très encombrée : une brouette, des binettes et autres outils de jardinage, des tentes, les décorations de Noël et tout un bric-à-brac recouvert de poussière. Ma table à dessin se dresse en plein milieu, et bien entendu Winston ne manque pas de la remarquer.

« On dirait que je vais devoir aller acheter des détergents spéciaux à la quincaillerie dès demain matin pour remettre cet endroit en état. » Et avec un geste pour désigner la table à dessin il ajoute : « Je commencerai par ça puisque tu vas t'en servir. Tu ne crois pas ? »

Je ne suis pas loin de pleurer. Il y a bien longtemps que quelqu'un ne m'a procuré un tel bonheur, il y a bien longtemps que quelqu'un n'a répondu à mon attente avec une telle acuité. Pourrai-je jamais lui rendre la moitié du cadeau qu'il vient de me faire ?

« Je suppose que ça ne me tuera pas de remonter mes manches. Mais il faudra que j'aille à San Francisco acheter du matériel dans mon magasin préféré. Tu voudras bien m'accompagner ?

— C'est moi qui t'y conduirai », promet Winston. Nous regagnons lentement la maison et, la porte franchie, nous nous arrêtons et nous restons là à nous regarder, avec un air interrogateur un peu stupide : Et maintenant qu'est-ce qu'on fait ?

En vérité, j'ai très envie de faire l'amour mais je ne veux pas lui donner l'image d'une gloutonne incapable de se contenir. Et puis le voyage l'a sans doute fatigué.

Mais non, il est jeune. Allons, Stella, du calme. Il reste trois semaines entières.

« Je vais chercher mes bagages, dit Winston.

— Tu veux que je t'aide ?

— Non. C'est lourd. Tu as du thé ?

— Du thé ?

— Oui, tu sais, du thé.

— Oh, bien sûr. J'en ai de toutes sortes. Quel parfum préfères-tu ?

— Ça m'est égal. N'importe lequel.

— Si tu es aussi facile à contenter, tu peux rester ici autant que tu veux.

— Ne me tente pas, Stella. » Il trouve le chemin du garage pendant que je mets l'eau à bouillir. À son retour, je laisse le thé infuser et je le suis dans ma chambre.

« Tu peux utiliser ces tiroirs, dis-je en lui indiquant la commode.

— Tu les as vidés pour moi, n'est-ce pas ?

— Oui. » Je m'assois sur le bord du lit. C'est un simple matelas sur une plate-forme très basse, et je me renverse un peu en arrière en m'appuyant sur les mains. Le soleil couchant projette une teinte ocre sur les murs saumon, ce qui est d'un très bel effet. La chambre prend peu à peu la couleur d'un melon très mûr.

« Le sol est pourpre ?

— Oui.

— Comme dans la pièce d'à côté.

— Exact. C'est un bois qui vient d'Afrique. Dans mon bureau, le sol est recouvert de vieux cuir uni.

— Un sol en cuir ?

— Ça s'est déjà fait. Crois-moi. »

Winston sort un costume de sa valise et je m'approche de la penderie pour lui montrer un emplacement libre. « Tu peux suspendre toutes tes affaires ici.

— Je n'ai apporté qu'un seul costume. Il m'en faudra d'autres ? »

Je souris. Il est trop mignon. « Non, celui-ci suffira. Combien de costumes as-tu, Winston ?

— Voici l'unique exemplaire, répond-il en riant. Je ne fréquente pas beaucoup les soirées mondaines.

— T'inquiète pas, mon pote. »

Nous faisons une halte dans la salle de bains. Le plafond est en plâtre jaune et incurvé comme la voûte d'un tunnel.

« Le moins que l'on puisse dire c'est que tu as un goût très inhabituel, remarque Winston. Je n'ai jamais vu des trucs pareils. Ce sont des lavabos en verre ?

— Oui, m'sieur.

— Et là ce sont des coquillages incrustés dans la table, ou je rêve ?

— Tu ne rêves pas.

— Tu as une maison incroyable.

— Je suis contente qu'elle te plaise, Winston. J'aimerais que tu t'y sentes chez toi. Parce que tu l'es.

— Merci, Stella, dit-il en m'embrassant sur le bout du nez. Pour l'instant je suis encore sous le choc.

— Nous sommes deux.

— Alors crois-tu que nous pourrions cesser de nous agiter pendant une minute ou deux ?

— Bien sûr, dis-je en indiquant la porte. Dedans ou dehors ?

— Ici, ce sera parfait. » Nous nous étendons côte à côte sur le lit, les yeux fixés sur le ventilateur du plafond. Les pieds de Winston touchent le sol et les miens pendent par-dessus le bord. Mes doigts explorent les carrés du dessus-de-lit matelassé et je prends sa main dans la mienne. Nous restons ainsi un long moment – c'est délicieux de partager le silence avec un homme, d'en rencontrer un qui apprécie le calme – et juste quand je me dis que ce serait bien agréable de rouler dans ses bras, Winston m'attire sur lui, m'enlace, m'embrasse et dit : « Je suis si heureux de te voir.

— Moi aussi, je suis heureuse.
— Je n'arrive pas à croire que je suis là.
— Pourtant tu l'es.
— Oui. Bon, tu es prête ?
— À quoi ?
— À prendre un bain nocturne dans la piscine.
— Tu as envie de nager maintenant ?
— Ça t'ennuie ?
— Non, m'sieur, dis-je en m'asseyant.
— Mais nageons d'abord un peu ici, si tu es d'accord.
— Pas de problème, *mon*. »

Et lentement je me prépare à un plongeon dans le duvet.

22

« Tu es sûre que ta sœur va m'accepter ?
— Détends-toi, Winston.
— Je *suis* détendu. Je me pose la question, c'est tout. »

Winston est au volant de la Land Cruiser, et il conduit comme s'il avait vécu ici toute sa vie. Je suis impressionnée. Nous nous garons devant la maison de Vanessa. Quincy et Chantel pourchassent les deux chats dans l'allée. « Maman ! Winston ! » s'écrie Quincy en accourant pour m'embrasser. Il embrasse aussi Winston. Chantel l'imite.

Je lui demande : « Où est ta maman ?
— Par ici ! » crie Vanessa en sortant de la maison. Avec son bandana noué autour de la tête, elle est le portrait de plus en plus craché de Pepa. Elle porte un blue-jean serré qui la moule avantageusement et un chemisier imprimé jaune noué sur le ventre.

« Bonjour, Cindy ! je m'exclame.
— Cindy ? » Elle est décontenancée.

« Cindy Crawford, n'est-ce pas ?
— Tu sais où tu peux aller te faire voir, Stella. Insolente. Oh mais pardon, je *vous* néglige. Laissez-moi deviner, vous devez être… »

Il rougit. « Winston.
— Et vous venez de… ?
— … la Jamaïque.
— Non, je ne peux pas le croire ! »

Il continue de rougir.

« Enchantée, Winston. Je suis Vanessa. La belle et brillante sœur de Stella. Vous entrez ?

— Pas maintenant, lui dis-je. Nous allons à San Francisco.

— Quincy peut rester ici.

— Nous aimerions qu'il nous accompagne, intervient Winston. Et Chantel aussi, si vous êtes d'accord. »

Derrière le dos de Winston, Vanessa me jette un regard d'approbation en levant le pouce, et me fait une mimique qui signifie : Fonce, ma grande, à laquelle je réponds par un petit sourire satisfait.

« Prenez Chantel et gardez-la, dit Vanessa. J'ai des piles de linge à laver. Ensuite je ferai un barbecue. Vous aimez les steaks grillés, Winston ?

— Bien sûr.

— Si ça vous tente, revenez dîner tout à l'heure tous ensemble.

— Bonne idée, je réponds. Nous serons là vers cinq heures.

Nous commençons par le magasin de fournitures pour artistes, où je dépense une somme que je préfère oublier. Une chose est certaine : les temps changent et les prix montent. Mais une fois l'arrière de la camionnette rempli, je me dis que la vie est belle et je souris béatement, impatiente d'ouvrir tous mes paquets comme si c'était Noël.

Nous passons la journée sur le Pont 39, nous prenons le ferry jusqu'à Sausalito en doublant Alcatraz, puis nous parcourons San Francisco en voiture par monts et par vaux. Après deux heures de pérégrinations dans les rues de la ville, Winston me fait observer : « Tu sais, Stella, rien ne t'oblige à tout me montrer aujourd'hui. Tu n'es pas fatiguée ?

— Pas trop. Je pensais que tu voulais visiter San Francisco.

— Oui, mais pas en une seule journée. Je peux revenir.

— Je sais. Je voulais juste t'en montrer le plus possible tant que tu es là.

— C'est le plus possible de *toi* que je veux voir tant que je suis là. »

La petite fouineuse de Chantel, derrière, ouvre grands ses yeux innocents et ses oreilles. Quincy, lui, est bien trop occupé à compter les coccinelles Volkswagen pour prêter attention à notre conversation.

« Je tiens à ce que tu voies ce qu'il y a à voir.

— J'ai vu. Pourquoi penses-tu que je suis ici ?

— Tu es comme un bébé qui vient de naître en Amérique, Winston Shakespeare.

— Pardon ?

— Dis, maman, on peut s'arrêter chez McDonald's ?

— Non, Quincy. Ta tante Vanessa nous prépare un barbecue. Tu as déjà oublié ?

— Ah oui. Ce serait bien meilleur chez McDo, pas vrai, Chantel ?

— Ouais, un bon poisson pané avec plein de sauce tartare. Mais j'adore le barbecue de maman. Sa sauce est géniale.

— Quincy, nous n'allons pas au McDonald's. Fin de la discussion.

— Bon, tu les décommanderas », ironise-t-il.

Sur le Bay Bridge, Winston s'exclame : « C'est vraiment magnifique. J'aime l'impression qui se dégage de cet endroit.

— Laquelle ?

— La sérénité. C'est tellement paisible. »

Le break d'Angela est garé dans l'allée de Vanessa. J'ai un haut-le-cœur. Mais elle est là, nous sommes là, et elle l'a bien cherché. Je me fais la promesse de ne pas montrer les dents devant Winston : je ne tiens pas à l'effrayer, d'autant qu'il n'est ici que depuis vingt-quatre heures à peine. Mais que se passera-t-il si Angela le snobe ? Ou si elle me lance des remarques gênantes ? Si elle le soumet à un interrogatoire, si elle le met mal à l'aise ? Eh bien, nous partirons. Si Angela se distingue d'une façon ou d'une autre, nous lèverons le camp.

Elle est la première à nous accueillir quand nous entrons dans la maison. Vanessa est dans le patio, occupée à ôter les steaks du gril. Angela a horreur de l'odeur de fumée.

« Bonjour, dit-elle gentiment.

— Angela, je te présente mon ami Winston. Winston, ma sœur Angela.

— Bonjour », dit Winston en s'avançant pour lui tendre la main. J'ai envie de lui hurler : Ne la touche pas ! Elle a des poux et ils vont te sauter dessus ! « Ravi de vous rencontrer », poursuit-il avec un sourire chaleureux.

Angela lui retourne son sourire, ce qui renforce mes soupçons, mais elle porte sa chère robe bleu marine style Laura Ashley à petit col Claudine blanc qui lui donne l'air doux et innocent – c'est d'ailleurs la raison qui pousse les femmes à revêtir ce style de robes, alors que, soyons lucides, à peine a-t-on tourné le dos que beaucoup d'entre elles se conduisent comme les pires salopes. Je dois admettre, à regret, qu'aujourd'hui Angela est très pimpante.

« J'ai beaucoup entendu parler de vous, Winston, et j'étais impatiente de vous rencontrer. Je suis ravie que vous soyez arrivé jusqu'ici sans encombre. » Elle a presque l'air sincère.

De l'autre côté de la fenêtre, Vanessa m'adresse une grimace qui a l'air de dire : Alors, ça gaze ?

« J'ai cru comprendre que vous en attendez deux ? reprend Winston avec un signe vers le gros ventre d'Angela.

— En effet, oui. Deux garçons.
— Vous connaissez déjà le sexe ?
— Bien sûr.
— Et pour quand sont-ils programmés ?
— C'est gentiment dit », remarque Angela, comme si elle était capable d'être touchée, et j'avoue qu'en cette seconde elle est assez convaincante. « Vers le 10 décembre.
— C'est bientôt, constate Winston.
— Les grillades sont prêtes ! » crie Vanessa sur le pas de la porte, en brandissant une assiette de plats de côtes luisants.

Nous entrons dans la cuisine en file indienne pour nous munir d'assiettes en papier que Vanessa empile dans des supports en osier. Winston se sert un steak, des haricots cuits au four, du pain au levain et de la salade. « Vous avez de la sauce Thousand Island, Vanessa ? Mayonnaise, ketchup et cornichons ?
— Qui peut avaler un truc pareil ?
— Moi, intervient Angela.
— Oh, je suis vraiment désooooolée, dit Vanessa. La mayo nature est ce que j'ai de plus approchant. Allons, Winston, goûtez quelque chose de nouveau. Il faut vous y habituer, mon vieux ! »

Winston rougit et Angela s'approche de lui. « Vanessa est un peu fruste, mais ne faites pas trop attention à elle. Chacun sait qu'elle a ses mauvais jours. »

Winston rit. Il verse un peu de sauce mayonnaise sur sa salade et en offre à Angela, qui acquiesce de la tête. « Je peux vous servir à boire ? lui offre Winston.

— Merci, Winston. Je prendrai juste un peu de citronnade », répond Angela en sortant dans le patio.

Winston lui remplit un verre. Pendant ce temps, Quincy et Chantel dévalent l'escalier en courant, pour aller manger devant la télévision, je suppose.

Vanessa me rejoint avec son assiette de viande. « Il est très gentil », commente-t-elle en regardant Winston, assis à côté d'Angela à la table de pique-nique. Et délicat, pourrais-je ajouter. Winston est en train de rire. « Ne t'inquiète pas, reprend Vanessa. Je ne crois pas qu'Angela se risque à faire quoi que ce soit de stupide.

— J'espère que non. Mais je vais quand même aller m'en assurer.

— Vous allez prendre un coup de grisou sur la tête ! Moi je ne peux pas supporter ce soleil d'enfer. Non merci, je préfère rester dans ma cuisine. »

Je sors m'asseoir en face de Winston et d'Angela. En effet le soleil me brûle le dos.

« Salut, dis-je, à court d'imagination.

— Angela me disait qu'elle a un fils à l'université. »

J'épie ma sœur. Elle affiche un air affable.

« Winston était paraît-il un très bon nageur et un bon joueur de volley. Je lui expliquais qu'en Amérique on voit peu de nageurs ou de volleyeurs noirs, et qu'Evan est un des rares hockeyeurs. N'est-ce pas, Winston ? » Elle essaie semble-t-il de me convaincre qu'elle n'a aucune arrière-pensée. « Evan rentre la semaine prochaine. Combien de temps restez-vous, Winston ?

— Trois semaines, répond-il en me regardant, comme pour vérifier l'information.

— C'est ce qui est prévu, dis-je.

— Dans ce cas, tu pourras peut-être amener Winston dîner à la maison pour qu'il fasse la connaissance d'Evan et de Kennedy ? suggère Angela en me gratifiant d'un sourire on ne peut plus affectueux qui me laisse coite.

— Bien sûr.

— Parfait. Alors, Winston, de quelle partie de la Jamaïque venez-vous ? »

Il lui répond, à la suite de quoi elle le questionne sur sa famille, son travail, et il lui parle de ses aspirations professionnelles. Apparemment elle essaie de sympathiser avec lui, à moins que ce ne soit déjà fait. Si je ne m'abuse, elle semble également impressionnée pour une raison qui m'échappe.

Finalement, nous rentrons tous dans la maison et bientôt Angela annonce qu'elle doit s'en aller. « Vous savez, Winston, dit-elle, il y a quelques très bonnes écoles de cuisine à San Francisco. Envisageriez-vous de venir achever vos études ici ? »

Je suis abasourdie, Winston interloqué, et Vanessa, qui est occupée à nettoyer la table, en fait tomber les miettes par terre.

« Je ne sais pas, répond enfin Winston. Je n'y ai pas songé.

— Vous devriez. » Angela le salue et crie au revoir aux enfants. Je l'accompagne à la porte et elle me demande de l'aider à porter son sac jusqu'à sa voiture. Une fois dehors elle se tourne vers moi : « Écoute, Stella, je sais que j'ai été un peu dure envers toi et ce n'était pas mon intention. J'ai simplement eu du mal à accepter cette idée, mais je ne veux que ton bien. Je veux te voir heureuse. Je veux que tu reçoives l'amour que tu mérites.

— Je sais, Angela.

— Winston est charmant. Très calme et agréable. Et très beau. Il n'a pas le comportement d'un garçon de son âge.

— Je sais.

— Maintenant que je l'ai vu, il est plus réel. Ce n'est plus une sorte de mirage. J'étais obnubilée par l'immaturité d'Evan et je me représentais Winston aussi infantile que lui. Mais après lui avoir parlé... c'est peut-être parce qu'il n'est pas d'ici, je ne sais pas, en tout cas il me paraît beaucoup plus mûr et réaliste.

— Contente que tu t'en sois aperçue, Angela. »

Elle pousse un soupir. « Et toi tu es très en beauté, Stella. Je ne t'ai pas vue aussi lumineuse depuis longtemps.

— Toi aussi, tu t'en aperçois ?

— Qui d'autre ?

— Tout le monde, dis-je en rougissant.

— Tu sais que je suis la sceptique de la famille », se lamente-t-elle. Je hoche la tête et elle poursuit : « Je ne veux pas que tu sois imprudente, Stella. Essaie d'aborder les choses sans précipitation, c'est tout. » Elle jette son sac à l'arrière du break puis se retourne et me prend dans ses bras. Je sens la chaleur de son ventre contre le mien. « Cela étant dit, l'essentiel est de faire ce qui te rend heureuse.

— Merci, Angela. »

Elle s'installe dans la voiture et abaisse la vitre. « Je crois qu'il plaira aussi à Evan. À bientôt, grande sœur.

— À bientôt, Angela. » Je la regarde s'éloigner.

Tout au long de la première semaine, nous agissons comme des jeunes mariés. Nous nous brossons les dents ensemble, prenons notre douche ensemble, faisons l'amour deux ou trois fois par jour (pour être exacte, ce marathon n'a eu lieu qu'une fois), nous passons trois soirées blottis l'un contre l'autre devant la cheminée, à laquelle nous prêtons une grande valeur émotionnelle, et décidons de renouveler l'expérience. J'ai été gentille : je l'ai laissé dormir sur le côté gauche, et ça marche.

Winston conduit Quincy au lycée au lieu de le déposer à l'arrêt de bus, et il insiste pour aller le chercher. Je suppose que les trajets en voiture les ont rapprochés. Winston aide Quincy pour ses devoirs de maths et prête parfois l'oreille à ses dissertations existentielles. Tout cela se déroule avant le dîner – cuisine jamaïquaine –, que Winston a préparé. Nous apprécions beaucoup ses plats épicés. J'aime particulièrement le regarder s'affairer dans la cuisine, manipuler mes casseroles et mes poêles, et quand nous sommes côte à côte devant l'évier, les mains dans l'eau de vaisselle savonneuse, et que nos doigts se trouvent, je me rends compte à quel point j'aime qu'il soit là.

Au début, j'étais vraiment inquiète à la pensée de voir quelqu'un envahir mon espace, car personne n'y avait pénétré depuis longtemps. Mais j'aime le frôler dans la maison, j'aime le voir à mon réveil, le toucher, le sentir, j'aime prendre des bains et des douches avec lui, j'aime le café léger qu'il me prépare. J'aime faire des longueurs dans la piscine à côté de lui, le regarder nettoyer et laver le garage au jet, transformer la maison d'hôtes en atelier pour moi, réparer la poussette de Quincy, poser une nouvelle tête sur la valve d'arrosage, empiler les trois mètres cubes de bûches pour la cheminée qui traînaient dans l'allée. J'aime m'immerger dans le jacuzzi avec lui, et répondre à ses « invitations », comme celle de ce soir : un pique-nique à minuit au bord de la piscine.

Petit à petit, il s'impose à moi.

Pendant la deuxième semaine, nous montons au lac Tahoe. Il n'a jamais vu de montagnes enneigées. C'est l'automne, là-haut, et l'air est vif, très vif. Nous sommes assis dans le bain chaud sur le ponton. Il est dix heures du soir.

« Tu as déjà lu la Bible, Winston ?

— Pas entièrement, et toi ?

— Des passages. C'est trop long, le langage est trop archaïque, il y a trop de personnages à suivre, et pour tout dire je trouve le style ampoulé. Mais j'aime beaucoup l'histoire. Tu crois en Dieu ?

— Je crois en de nombreux dieux.
— Combien ?
— Je ne sais pas. J'en invoque un selon le besoin du moment.
— Par exemple ?
— J'ai invoqué le dieu de l'amour lorsque j'espérais que tu tomberais amoureuse de moi.
— Et alors ?
— Il s'est manifesté, non ?
— Oui.
— J'ai invoqué le dieu du courage pour qu'il me donne l'audace d'abandonner derrière moi tout ce qui compte à mes yeux afin de venir te rejoindre ici.
— Et ensuite ?
— Maintenant que je suis là, j'avoue que j'en sollicite plusieurs.
— Lesquels ?
— Je demande au dieu perpétuel de m'aider à poursuivre ce que nous avons entamé. Au dieu de l'amour de nous visiter régulièrement. Aux dieux de la patience, de la compréhension, de la perfection et de l'orientation, de me rendre plus patient et compréhensif, de me faire tendre vers la perfection et de me guider dans la bonne direction.
— Je suis stupéfaite.
— C'est que le dieu de la surprise s'est également manifesté. »
Winston sourit et me tend la main. Elle est chaude. C'est une main d'homme. Elle est grande. Il me caresse les doigts. Ça me chatouille et je me rapproche de lui. Je le regarde et je souris. « Je crois que nous sommes fous.
— Alors nous avons tous les deux invoqué les dieux de la folie.
— Je ne crois pas. Je ne leur ai rien demandé.
— Pourtant c'est arrivé. Et tu m'as eu. Que veux-tu faire, maintenant ?

— J'aimerais que tu puisses rester.
— Moi aussi.
— Combien de temps resterais-tu si tu pouvais ?
— Aussi longtemps que possible. Crois-moi, aussi longtemps que possible. »

Un matin, Winston se réveille enrhumé et c'est moi qui conduis Quincy à l'école.
« Tout se passe bien, Quin ?
— Super.
— Tu ne m'as pas montré tes devoirs, comme je te l'avais demandé.
— Je te les montrerai, maman. Tu sais quoi ?
— Quoi ?
— Je t'ai dit que je m'étais inscrit pour l'animation par ordinateur, dans les cours à la carte. Tu te souviens ?
— Je m'en souviens.
— Je t'ai dit aussi qu'il y avait trop d'élèves intéressés et qu'on avait dû mettre les noms dans un chapeau pour tirer au sort et que je n'avais pas été choisi.
— Oui, je me rappelle.
— Eh bien tu ne devineras jamais.
— Quoi ?
— Hier, le moniteur m'a appris qu'un des élèves avait abandonné le cours. Et tu sais qui le remplace ?
— Qui ?
— Moi.
— Comment se fait-il ?
— On a remis les noms dans un chapeau, mais cette fois on a utilisé *mon* chapeau.
— Petit futé.
— Alors Winston a un rhume ?
— Je crois, oui.
— Tu devrais lui faire du thé bien chaud, maman. Prendre sa température, lui mettre un pyjama et le

garder au lit sous les couvertures, comme tu le fais quand je suis malade.

— Je pense que je vais suivre ton conseil. Tu t'entends bien avec lui, Quincy ? Je veux dire… tu es content qu'il soit chez nous ?

— Très, maman. Pas toi ?

— Si.

— Tant mieux. Nous allons faire du *roller* dès qu'il sera guéri. Et puis, lui aussi il aime la pêche. J'aime bien quand il m'emmène à l'école. Il conduit bien.

— Il reste dans sa file ?

— Oh oui, toujours ! De temps en temps il veut tourner dans le mauvais sens mais je lui crie : "Non, pas là, Winston !" À part ça il conduit très bien. Oh zut… Je lui avais promis de ne pas t'en parler. Tu ne lui répéteras pas, hein, maman ? D'accord ?

— Pas de problème, *mon*. » Je m'arrête à la station d'autobus. « Maintenant, file. » Nous échangeons un baiser.

La fin de la troisième semaine approche. Je suis dans le même état que si j'allais avoir mes règles. Tout m'énerve. Winston me tape sur les nerfs. Il part dans quelques jours et je serai ravie de ne plus le voir. Je serai ravie de retrouver mon espace, ma vie telle qu'elle était avant son arrivée. Car tout a changé. Il prend beaucoup de place. Même si je sais qu'il va manquer à Quincy et que j'ai dit à mon fils qu'il pourrait lui écrire et que peut-être nous irions passer les vacances de Noël à la Jamaïque, je n'en pas suis pas certaine. Quand on y réfléchit, la Jamaïque n'est pas si formidable que ça et il y a sûrement d'autres îles à visiter.

Arrête, Stella. Tu recommences à t'égarer dans des zones où tu avais juré de ne plus t'aventurer. Allons, admets-le. Tu aimes farouchement Winston et tu as tout simplement peur de tes sentiments, tu as peur qu'il te manque trop, tu ne veux même pas imaginer qu'il ne sera bientôt plus là, alors tu essaies de découvrir ce qui en lui ne te manquera pas, ce que tu ne pourrais absolument pas tolérer si par hasard il devait... disons... rester. Par exemple, la nuit, quand il tire toute la couverture à lui et que tu te réveilles gelée, les fesses à l'air. Combien de temps crois-tu pouvoir supporter cela ? Et puis il ronfle comme un sonneur, il a des problèmes de sinus et, chaque matin, il n'en finit pas de se moucher. Combien cela coûterait-il de boîtes de mouchoirs en papier par semaine, par mois ? Sans parler de la question de la musique. Sois lucide, Stella, tu aimes le hip-hop et le rap comme tout Noir qui se respecte, mais est-il obligé d'écouter la même chanson à longueur de journée, et doit-il se livrer à une compétition de volume sonore avec Quincy ? Et puis il y a le problème du pain. Il n'aime pas la croûte, il mange toute la mie et laisse les miettes sur son assiette ; c'est franchement agaçant. Il fait du bruit en buvant. Cela se pratique peut-être en Jamaïque mais pas en Amérique. Et puis sa façon d'agir. Il est du genre lambin. Oh, bien sûr, il fait les choses mais on a l'impression qu'il n'est jamais pressé. Toi tu ne tiens pas en place et lui il demande sans arrêt à quoi sert de se hâter, alors tu t'énerves parce que, évidemment, c'est une question à laquelle il est difficile de répondre puisque la plupart du temps tu ignores pourquoi tu fais les choses précipitamment. Enfin, et ce n'est pas un détail négligeable, il y a les serviettes de toilette humides. Pourquoi les met-il dans le panier d'osier où elles commencent à moisir ? Après tu te demandes d'où vient cette odeur. Et puis même s'il se croit un champion des tâches domestiques, il ne comprend pas qu'on doit doser les détergents et qu'il est risqué d'utiliser l'eau de Javel pour laver les couleurs sombres. Quoi d'autre encore ? Réfléchis bien, Stella, parce que tu as à peine découvert le sommet de l'iceberg. Ce n'est pas fini. Il y a bien d'autres défauts que tu seras incapable de supporter. Ouvre les yeux. Il lui reste encore quelques jours. Tu verras. Tu seras contente quand il sera parti, crois-moi sur parole.

Je serai contente quand il ne sera plus là parce que je pourrai récupérer mes tiroirs (même si je ne me rappelle plus ce que j'y rangeais), je pourrai réinvestir la table de toilette du second lavabo avec tous mes vernis à ongles, mes lotions, mes parfums, et remettre en place tous les chemisiers et les vestes que j'ai déplacés pour lui ! J'aurai besoin de toute la place disponible car je n'ai pas encore fait mes achats d'automne. Et le lit. Quel besoin a-t-on de sentir la chaleur d'un autre corps chaque soir de la semaine ? C'est assez pénible, finalement, de rouler contre lui toutes les nuits, tous les matins, sans compter que faire l'amour régulièrement prend beaucoup de temps. Ça décoiffe complètement mes tresses, et j'en ai assez de manger une prune ou un fruit quelconque avant de me coucher pour m'assurer que mon palais sera propre à mon réveil. Sans compter tous les efforts que j'ai accomplis pour sentir bon de partout, pour éliminer tous les poils de mes jambes et de mes aisselles, pour m'épiler les sourcils et me brosser les dents trois fois par jour au lieu de deux. Je me suis vraiment mise en quatre pour que cet homme se sente bien, et qu'ai-je reçu en retour ? Oui, qu'ai-je réellement reçu en retour ?

« Stella ? » C'est lui qui m'appelle. Il est dehors. Il fait trop froid pour être dehors, je ne devrais peut-être pas sortir. Je resterai sur le seuil pour lui répondre. Aucun doute, il est devenu très bavard depuis qu'il est ici. Et curieux avec ça. Il veut savoir quand je compte occuper mon nouvel atelier. Je lui ai répondu que je commencerai après son départ, quand je pourrai me concentrer, ce à quoi il a rétorqué que je devais cesser de m'occuper de lui et qu'ainsi j'aurais une chance de me concentrer sur mon travail. Je l'ai écarté d'une chiquenaude, en affirmant que je suis une personne pleine de talents et que tout ce que j'ai à faire est d'attendre l'inspiration, parce qu'il est difficile de retrouver son rythme quand on l'a perdu. Il ne m'a pas crue, moi non plus d'ailleurs, mais c'est la seule excuse qui m'est venue à l'esprit. Je lui ai dit que je songeais à reprendre quelques cours de dessin, et que s'il vivait ici il pourrait peut-être en prendre aussi, juste pour s'amuser. Il m'a répondu qu'il avait déjà regardé dans les pages jaunes de l'annuaire et repéré plusieurs écoles, parmi lesquelles le California Culinary Institute, auquel il avait téléphoné, par simple curiosité. On avait promis de lui envoyer une brochure, grâce à laquelle il pourrait comparer le cursus proposé en Amérique à ce qui existait en Jamaïque. Cette brochure devait normalement arriver par la poste aujourd'hui ou demain, mais il la lirait dans l'avion.

Le téléphone sonne. « Tu voulais me dire quelque chose, monsieur Shakespeare ?

— Quand tu en auras terminé avec ce coup de fil, rejoins-moi dehors. » Il est couché dans le hamac à rayures vertes et blanches que j'ai acheté par correspondance sur le catalogue de Hammacher Schlemmer, juste avant mon départ pour la Jamaïque. J'ai peur de m'y allonger car j'ai la sensation que je vais tomber.

« Pourquoi veux-tu que je sorte ?

— J'ai à te parler, Stel-la.

— À quel sujet, Win-ston ?

— Viens et tu le sauras. »

Mais avant je réponds au téléphone. « Allô ?

— Stella ? Comment allez-vous ? C'est Ralston.

— Qui ?

— Souvenez-vous, nous nous sommes rencontrés à San Diego, dans la galerie de Maisha.

— Ah oui. Comment allez-vous ?

— Très bien. Je voulais savoir si nous pourrions dîner ensemble ce week-end.

— J'aimerais bien, mais je suis prise.

— Vous avez un emploi du temps chargé ?

— Très.

— Chargé *chargé* ?

— Oui.

— D'accord, message reçu. Mais un dîner purement amical, c'est possible ?

— Je pense, oui.

— J'aimerais que nous discutions de votre travail, du mien, et de nos projets respectifs.

— J'en serais ravie.

— Et je suis toujours partant pour faire un échange. Je voudrais voir vos œuvres. Qu'en dites-vous ?

— D'accord.

— Parfait. Donnez-moi de vos nouvelles. Notez mon numéro, cette fois. Et vous pourrez venir avec *lui*. On est entre nous, ma sœur, je croyais que vous le saviez.

— Je le sais. » Je note ses coordonnées, et juste après lui avoir dit au revoir, j'entends un déclic. « Allô ?

— Stella ?

— Oui, c'est moi. Qui êtes-vous ?

— Le juge Spencer Boyle. C'est Rodney Wolinski, votre courtier d'assurances, qui m'a donné votre numéro et conseillé de vous appeler. Je ne vous dérange pas ? » À en juger par sa voix, c'est un homme d'un certain âge.

« Si, un peu, juge Boyle. Je m'apprêtais à donner un bain à mon mari.

— Pardon ?

— Excusez-moi. Je voulais dire à mon bébé.
— Vous avez un bébé ? Rodney ne me l'a pas dit.
— Oh mais oui. Un garçon. Un beau et grand bébé ! » Je remercie le juge de son coup de fil et je regrette de ne pouvoir lui conseiller de faire une halte au centre de loisirs de la Communauté de retraités de Rossmoor, où il aurait peut-être plus de chances de se dénicher lui-même une petite nana sexy. Je repose le téléphone et sors lentement dans l'air vif du soir rejoindre mon grand bébé. Il étire la toile du hamac pour me ménager un peu de place. Je regarde le hamac et je dis : « Je ne peux pas monter là-dedans.
— Pourquoi ?
— Il n'y a pas assez de place.
— Je t'en fais.
— Je vais tomber.
— Je suis là depuis une heure et je ne suis pas tombé. C'est une impression que tu as.
— Je déteste cette impression.
— Tu n'aimes pas te sentir tomber ?
— Pas du tout.
— Tu veux dire que tu n'aimes pas sentir que tu perds le contrôle. »

Je le toise d'un regard « comment-sais-tu-ça », puis d'un regard « tu-crois-tout-savoir ».

« Allons, viens, insiste Winston. Je ne te laisserai pas tomber. »

Voilà l'illustration parfaite de ce que je ressens à son égard. C'est le genre de choses dont il est capable et qui m'embête. Il a le don de me mettre à l'aise et je n'ai pas l'habitude d'être aussi à l'aise avec un homme. Je sais qu'il est stupide de ma part de résister mais... Allons, Stella, monte dans ce foutu hamac. Bon, j'écoute la femme en moi et je monte. Stella sait ce qui me convient parce que dès que je sens mon corps sombrer contre celui de Winston, je comprends qu'il ne me laissera tomber nulle part sauf là.

« Comment te sens-tu ?
— Bien.
— Et comme ça ? demande-t-il en passant ses bras autour de moi.
— Mieux, mais il fait un peu frais.
— D'accord, d'accord, d'accord. Ne bouge pas. » Il se lève et j'ai vraiment la sensation de tomber pour de bon. Je roule au milieu du hamac, les bords remontent, et je me vois transformée en épi de maïs coincé entre ses cosses, mais Winston revient aussitôt avec le dessus-de-lit en duvet, et il se coule près de moi en se tournant sur le côté, de telle façon que son cœur bat contre mon dos. Dieu que c'est bon de sentir son corps, et ces plumes d'oie. J'ai tellement chaud que je pourrais m'endormir là.

« Et maintenant, dit Winston.
— Oui ?
— Comment te sens-tu ?
— Très bien. Et toi ?
— Pas très bien.
— Qu'y a-t-il ?
— J'ai du mal à accepter l'idée que je pars dans quelques jours.
— Moi aussi.
— Tu n'en as rien dit.
— Je ne savais pas comment le formuler.
— Tu aurais pu dire quelque chose comme : Winston, j'ai du mal à accepter l'idée que tu vas partir. Ce n'était pas compliqué.
— Et comment aurais-tu réagi ?
— J'aurais répondu : Stella, tu sais que je t'aime, j'aime être avec toi, j'aime ce que nous faisons et ce que nous éprouvons, j'aime les sentiments que tu éveilles en moi, et je ne veux pas partir. Jamais.
— Tu aurais dit ça ?

— Oui. Et toi, qu'aurais-tu répondu ?
— Que tu n'es pas obligé de t'en aller, mais que je ne veux pas que tu perdes ton emploi à cause de moi.
— Dans ce cas je t'aurais dit que je quitterais cet emploi avec plaisir parce qu'il ne représente rien pour moi, pas même le dixième de ce que toi tu représentes. Et puis je peux toujours trouver un autre travail.
— Tu aurais vraiment dit ça ?
— Absolument.
— Et que ferais-tu en Amérique si tu restais ?
— Je m'inscrirais dans une école et je travaillerais pour devenir un chef diplômé, avec une spécialisation, afin de trouver plus facilement un poste dans ce pays. Et en attendant je ferais des petits boulots parce que je ne suis pas homme à me laisser entretenir par une femme. Je gagnerais de l'argent pour participer aux frais de la maison. Tu comprends ?
— Oui, je crois que je comprends.
— Ensuite, si cette femme que j'aime s'autorisait à ne pas se croire obligée de *tout* contrôler *tout le temps*, et à reconnaître les sentiments qu'elle éprouve, car si elle a peur elle devrait savoir que le dénommé Winston l'aime suffisamment, qu'elle n'a pas à s'inquiéter, eh bien elle devrait lui expliquer ce qui l'effraie et il la réconforterait parce que, même s'il n'est pas riche et ne le sera probablement jamais, elle compte énormément pour lui et il aimerait sincèrement être son ami le plus sûr. Et une fois qu'elle aurait accepté cela, ils pourraient peut-être même se marier.
— Se marier ? » Je me retourne pour lui faire face.
« Oui, se marier. Si elle l'aime autant qu'elle l'affirme, et même la moitié moins qu'il l'aime.
— Elle l'aime. Elle me le répète sans arrêt. D'ailleurs ça me tape sur les nerfs de l'entendre radoter qu'elle n'arrive pas à croire qu'elle ait pu

tomber amoureuse de ce jeune homme rencontré pendant ses vacances à la Jamaïque. Son problème c'est qu'elle redoute le mariage à cause des effets qu'il a sur l'amour, et de tout ce qu'il fait perdre, la spontanéité notamment. Dans le mariage, tout semble devoir être programmé à l'avance, et elle refuse de savoir ce qu'il va advenir. Quant à la passion, elle est écartée du chemin, ou éjectée et reléguée tout au bas de la liste des *besoins et exigences*, et elle est considérée comme superflue. Là où il y avait la joie, les rires, les sourires, tout à coup c'est comme s'ils franchissaient le piquet de grève. Chacun s'énerve pour un rien, l'ambiance devient tendue. Voilà pourquoi elle trouve que le mariage est surfait, présenté sous un faux jour, et absolument pas gratifiant. En outre, il modifie les caractères et elle n'a pas envie d'être changée.

— Peut-être, mais dans ce cas elle épouserait un *genre* d'homme très différent de celui auquel elle a été habituée. Elle épouserait quelqu'un qui partage sa rage de vivre, son enthousiasme, son émerveillement, et que son indépendance stimule. Elle épouserait un homme qui apprécie leurs différences, qui aime la contredire parce qu'il adore la regarder se mettre dans tous ses états et prend plaisir à l'écouter fulminer et tempêter, un homme ravi d'avoir rencontré une femme qui possède de la maturité, qui réfléchit, qui a des opinions et ne suit pas les sentiers battus, un homme séduit aussi par sa personnalité et qui sait qu'elle est assez fine pour savoir que le bonheur est à sa portée et que ce pourrait bien être la grande aventure de leur vie à tous les deux.

—Elle apprécie tous ces compliments mais elle sait que même si Winston l'aime *maintenant*, il est trop jeune pour songer au mariage.

— Il n'est pas d'accord.

— Dommage, parce qu'elle croit profondément que s'il l'épousait, dans un an, quand elle aura quarante-trois ans, puis quarante-quatre – à supposer que cela dure jusque-là –, il regrettera son choix car elle commencera à avoir des cheveux blancs et des rides.

— Il sait que les rides et les cheveux blancs ne lui enlèveront rien de sa séduction. Et puis elle les aura gagnés. D'ailleurs elle a déjà quelques poils blancs dans un endroit merveilleux. Et elle devrait savoir qu'il est tombé amoureux de ce qu'il percevait au fond d'elle, et pas seulement de ce qu'il voyait avec ses yeux.

— Mais il regardera les filles plus jeunes.

— Évidemment il les *regardera*, mais c'est la plus vieille qu'il *aimera*, réplique Winston en rapprochant son visage du mien, si près que nos nez se touchent. On a terminé ?

— Je pense.

— Je suis sérieux, Stella.

— D'accord, Winston. Supposons, c'est une pure hypothèse, que nous nous mariions. Combien de temps cela durera-t-il ?

— Je ne sais pas.

— Bonne réponse.

— Mais *qui* peut le savoir, Stella ?

— Tu as raison. Nul ne le sait jamais.

— Donc… » Il m'enveloppe confortablement dans ses bras.

« Donc… » Je glisse mes mains derrière son dos.

Subitement il me lâche et j'ai l'impression que je vais tomber du hamac mais, j'ignore pourquoi, cela m'est égal. Après tout, de quelle hauteur tomberais-je ? Et puis il y a du gazon dessous, et une terre meuble et tendre grâce à l'arrosage automatique quotidien, et…

« Stella ?

— Oui, Winston ?

— Tu vas m'épouser ? »

Je l'observe quelques secondes, je lui donne un baiser savoureux, profond, succulent, puis je scrute à nouveau son beau regard sincère et je dis : « As-tu vraiment conscience de ce que tu viens de me demander ?

— J'en ai conscience.
— Répète-le.
— Stella, veux-tu m'épouser ? »

Je tourne la tête vers la piscine, sans raison précise sinon de reprendre ma respiration, puis je lève les yeux vers le ciel tout noir où ne brille aucune étoile, ce qui est parfait car en cet instant elles ne sont pas nécessaires, je pèse cette idée, cette hypothèse, cette perspective quelques secondes de plus, et enfin je souris à Winston et presse mes lèvres doucement contre les siennes. Oh oui, j'aime cet homme, je l'aime, je l'aime, mais je le regarde encore pour m'assurer qu'il est bien réel, et quand j'en suis certaine je respire à fond pour m'assurer que moi aussi je suis réelle. Allons Stella, accepte le fait que tu as enfin ce que tu voulais, que tu as le droit de jouir de lui, de jouir de l'instant, vas-y, franchis le pas, épouse le rythme, éclate-toi, fonce, saute, plonge, vole, danse, ma fille, tu l'as bien gagné, tu le mérites, tu peux en profiter. Quand j'entends tous les conseils et les encouragements prodigués par cette femme mature arrivée au milieu de sa vie, qui n'est pas tombée de la dernière pluie et connaît la chanson, et dont le nom s'avère être le même que le mien, je suis totalement conquise, convaincue, sous influence, alors je franchis le pas, j'enveloppe entre mes bras cet homme magnifique qui s'appelle Winston Shakespeare, et je lui dis : « D'accord ! »

6883

Composition Chesteroc Ltd
Achevé d'imprimer en France (La Flèche)
par Brodard et Taupin
le 10 février 2004 - 22552
Dépôt légal 10 février 2004. ISBN 2-290-32280-6

Éditions J'ai lu
84, rue de Grenelle, 75007 Paris
Diffusion France et étranger : Flammarion